LES COLLECTIONNEURS D'IMAGES

Poète, dramaturge, romancier et essayiste, Jóanes Nielsen est né et a grandi à Tórshavn, la capitale des Îles Féroé. Il a commencé par travailler comme marin-pêcheur puis comme ouvrier du bâtiment avant de publier ses premiers poèmes en 1978.

JÓANES NIELSEN

Les Collectionneurs d'images

TRADUIT DU DANOIS PAR INÈS JORGENSEN

Postface et validation linguistique
à partir du texte original féroïen
par Malan Marnersdóttir

LA PEUPLADE

Titre original :
GLANSBÍLÆTASAMLARARNIR

ISBN : 978-2-253-93625-1 – 1re publication LGF

Djalli fut le premier à mourir de la classe d'âge 1952 de l'école Saint-François. Son véritable prénom était Djóni, mais les élèves ne l'appelaient jamais que Djalli et, peu à peu, les nonnes aussi se mirent à utiliser ce surnom particulier, aux sonorités vibrantes. Et Djalli ressemblait assez à son surnom. Si, d'après un son, on essayait de s'imaginer une ambiance, alors djaller pourrait avoir quelque chose à voir avec la légèreté et la fuite. Dès ses onze ans, il mourut d'une méningite.

Le deuxième de la classe à mourir fut Ingimar. Il passa par-dessus bord au large du Groenland, à l'âge de vingt-trois ans. Les restes de son long corps maigre reposent dans la zone de pêche à la crevette située à l'ouest de Sisimiut.

Staffan mourut cinq ans plus tard. Des enfants le découvrirent sous un buisson dans la commune libre de Christiana, à Copenhague.

Fríðrikur grandit à l'orphelinat. Sa mère était venue à Tórshavn pour aller au collège et, comme bon nombre de filles venues des villages, elle vivait à l'internat que dirigeaient en ce temps-là les religieuses. À quinze ans, elle tomba enceinte et, sans surprise dans une telle institution, cet acte devait être puni. Elle fut renvoyée, et

Fríðrikur n'était âgé que de quatre jours quand cette pauvre fille se suicida. D'ordinaire, les enfants de l'orphelinat allaient à l'école communale. Cette école était gratuite, alors que les parents qui mettaient leurs enfants à Saint-François payaient des frais mensuels fixes. Mais Fríðrikur était une exception. Et l'exception avait à voir avec le sentiment de culpabilité. Les sœurs s'arrangèrent pour qu'il soit autorisé à fréquenter leur école et, jusqu'à son assassinat à l'automne 1982, il fut en réalité leur fils adoptif.

Olaf devint politicien et mourut d'une maladie dont il est interdit de mourir aux Îles Féroé. Et pas seulement aux Îles Féroé, mais dans bien d'autres petites sociétés, où les secrets les plus intimes des gens sont souvent sur la place publique. On dit aussi que les Islandais qui ont contracté le sida essaient de quitter leur pays pour mourir et, comme pour les Féroïens, le voyage les mène souvent à Copenhague, la vieille capitale de la Communauté du Royaume du Danemark.

DJALLI

Djalli cessa de collectionner des images en troisième année. Tout le monde arrêta en même temps. Et, d'un jour à l'autre, les albums d'images furent fermés pour ne plus jamais être rouverts. Djalli avait à la fois la plus belle et la plus inhabituelle des collections d'images de la classe. Par beau temps, les collectionneurs d'images avaient l'habitude de se retrouver près du poulailler des nonnes. Environ sept ou huit enfants. Le poulailler était situé au nord de l'aire de jeux, ils s'asseyaient sur l'herbe avec leurs albums et leurs boîtes, et ils se montraient leurs images. Kári en avait hérité quelques-unes de sa sœur Elgerda. Elles avaient été rangées pendant plusieurs années dans une boîte à cigares qui sentait le bois et le tabac. Sur le couvercle était écrit *Havana* en grandes lettres. Dagmar, qui portait des lunettes, les enlevait souvent quand elle voulait regarder une image. Elle la tenait devant elle les bras tendus et l'approchait de plus en plus près de ses yeux, comme pour en examiner chaque détail.

La plupart des images étaient tirées de contes. Il y avait Blanche-Neige et les sept nains. Et aussi des images de sa belle-mère, parfois en sorcière, parfois très belle. Mais la plus ravissante des images de Blanche-Neige était celle où elle était allongée dans le cercueil. Tous les habitants de la forêt la pleuraient – les oiseaux, les animaux et les sept nains qui avaient recueilli la jeune fille. Toutefois, au plus profond d'eux-mêmes, les enfants savaient qu'elle se réveillerait à nouveau. C'est pour ça que son corps inanimé luisait d'une beauté exceptionnelle dans le cercueil de verre. Ils avaient aussi des images de princesses dans des carrosses blancs et, sur les images de princesses, il y avait souvent des paillettes bleues ou vertes. De nombreuses images étaient religieuses. On y voyait des anges féminins qui guidaient les enfants à travers des forêts dangereuses. Il y avait aussi l'image d'un ange qui, les coudes appuyés sur un nuage, regardait les cieux de ses grands yeux rêveurs.

— L'Enfant Jésus dort toujours, dit Djalli. Je ne veux plus d'images de lui.

— Mais il tend les mains vers nous, dit Dagmar.

— Oui, oui. Mais j'en ai déjà plusieurs de lui.

— Soit il dort, soit il est mort et accroché sur la croix, dit Olaf.

— On ne doit pas médire de Dieu, avertit Dagmar.

— Je ne médis pas, répondit Olaf.

— Est-ce que Jésus est Dieu ? demanda Bjarki.

Il n'avait que récemment commencé à collectionner des images, et plusieurs d'entre elles provenaient de paquets de corn-flakes et de flocons d'avoine. Sa mère l'avait aidé à coller du papier argenté au dos des images et, même si elles étaient différentes, elles avaient de l'allure. Or ce n'était pas l'avis des collectionneurs d'images avertis. Ils exigeaient la vraie marchandise et n'appréciaient pas ses manières de fils à maman, comme disait Kári.

— T'es idiot. Dieu est son père, gronda Dagmar.

— Peut-être que Jésus avait une sœur et que nous n'en savons rien, dit Fríðrikur.

Lui-même ne possédait pas d'images. On ne pouvait pas avoir d'images à soi quand on vivait à l'orphelinat. Seulement, il aimait bien être avec les collectionneurs d'images. Ils ne se battaient pas non plus autant que les autres enfants. Pas, en tout cas, quand ils étaient assis sur l'herbe près du poulailler. Et puis Djalli et Fríðrikur étaient amis.

— Je trouve quand même bizarre que Jésus soit enfant unique, continua Bjarki.

— Moi, je ne trouve pas ça bizarre du tout. Moi aussi, je suis enfant unique, répondit Dagmar.

— Peut-être que le Saint-Esprit était la sœur de Jésus, insista Bjarki.

Dagmar se fâcha :

— Tu dis toujours des bêtises. Je ne supporte pas qu'on dise tant de bêtises. Le Saint-Esprit ? Oui, le Saint-Esprit, c'est quelque chose d'étrange fait d'air.

— Nous ne voyons jamais Dieu, son fils est accroché sur une croix, et le Saint-Esprit, ce n'est que de l'air !

Olaf secoua la tête.

— Hannis aussi est plein d'air, rigola Kári.

Même Dagmar dut rire. Assis sur l'herbe, ils riaient tous à gorge déployée. Hannis était un des costauds de la classe, et les garçons qui collectionnaient des images, il les appelait des gonzesses.

Un jour, Djalli montra à ses amis des images, inhabituellement belles, de chevaliers. Elles étaient imprimées sur du papier épais et rien que de sentir le poids d'une telle image était en soi un plaisir. En effleurant délicatement l'image du bout des doigts, on percevait le bord des mentons et les poils des chevaux. Mais échanger une image aussi exceptionnelle, c'était impensable. Djalli les avait reçues d'Islande et, quand on lui demandait qui les lui avait envoyées, il disait que c'était une femme qui avait une grande maison à Reykjavík. Il ne voulait pas dire que cette femme était sa mère. Pas même à Fríðrikur, qui était son meilleur ami.

Un grand événement dans la vie de Djalli fut quand Súrtsey, l'île volcanique, surgit de la mer en 1963. Pendant un cours de géographie, il annonça que, bientôt, on pourrait aller à pied de Tórshavn à Reykjavík. Car Súrtsey devenait de plus en plus grande. C'était comme si la Terre elle-même avait mal au ventre et que, chaque jour, elle vomissait une quantité énorme de pierres et de lave. « Les Îles Féroé et l'Islande deviendront un seul pays », affirma-t-il. Une chaîne de montagnes toute neuve réunira les deux pays. Peut-être sera-t-il nécessaire de niveler à certains endroits ou de construire un pont là où les montagnes seront trop hautes et infranchissables. Mais, dans peu de temps, il serait possible de partir de Tórshavn avec sa tente et, après avoir marché quelques jours et dormi dans les nouvelles montagnes, on arriverait à Reykjavík.

L'année même où Djalli mourut, sa sœur Margreta et lui avaient passé les vacances d'été chez leur mère à Reykjavík. Sa sœur y était allée auparavant, mais c'était la première fois depuis cinq ans que Djalli rencontrait sa mère. À ce moment-là, l'éruption était terminée, et pourtant Súrtsey n'était pas encore arrivée aux Îles Féroé. Ils furent obligés de voyager sur le paquebot *Gullfoss* jusqu'à Reykjavík. Djalli ne raconta pas grand-chose sur son voyage. La grande maison de Reykjavík, qui avait étincelé dans son imagination, n'était, dans les faits, qu'une petite maison avec des tinettes dans la cour. Il n'arrivait pas non plus à dire *maman* à sa mère. Même s'ils dormaient dans la même pièce et qu'il entendait sa respiration calme la nuit, sa mère restait la femme étrangère qui avait l'habitude de lui envoyer des colis avec des images de collection.

Une femme qui s'appelait Kala

Les gens de Tórshavn connaissaient la mère de Djalli sous le nom de Poula, mais en Islande elle changea de nom et se fit appeler Kala. Elle n'avait presque aucune relation avec les autres Féroïens de Reykjavík. Elle ne participait pas non plus aux fêtes qu'organisait l'Association féroïenne. Elle s'occupait d'elle-même et de son travail comme femme de ménage à l'Hôtel Borg. Mais c'est à Reykjavík que furent reconnus ses dons de clairvoyance, et c'est également autour de cette époque qu'elle changea de nom. Le nom de Kala n'avait pas été choisi au hasard. Une femme ainsi dénommée avait commencé à lui apparaître lorsqu'elle avait neuf ans. Kala était-elle morte ou vivante, elle ne le savait pas, et au début cela n'avait pas non plus beaucoup d'importance. Il arrivait que Kala vienne à elle alors qu'elle était assise sur l'escalier et faisait couler du sable fin entre ses doigts. Parfois aussi, quand Poula était seule sur la plage, quand les rochers étaient chauds et que la pointe sud de l'île de Nólsoy avec son phare se devinait à l'horizon, Kala venait soudain s'asseoir à côté d'elle. De temps en temps, l'intervalle entre ses visites était court, mais il pouvait aussi se passer près de six mois entre deux rencontres. Poula parlait volontiers à sa mère de cette femme si gentille. Au début, sa mère se réjouissait de ses histoires. Elle était fière d'avoir une fille à l'imagination aussi vive et, s'il s'écoulait trop de temps entre ses récits, il lui arrivait de demander à sa fille comment allait Kala.

Seulement, ce qui étonnait sa mère, c'étaient les nombreux détails de ses histoires. Un dimanche où elles devaient se rendre à un anniversaire, elle comprit soudain qui était réellement Kala. Elle était en train d'habiller sa fille, de lui enfiler des socquettes blanches et une jolie robe rouge. Cependant, même en la suppliant ou en la grondant, il lui fut impossible de lui faire mettre le col, pourtant assorti à la robe.

— La fille de Kala est morte dans son col, disait Poula.

— Je ne veux pas entendre ces histoires de Kala maintenant, dit sa mère.

— Il le faut, dit Poula. La fille de Kala est morte dans son col. Elle n'avait que deux ans. Elle avait grimpé sur la table blanche qui se trouvait près de la fenêtre de la cuisine. La fenêtre était ouverte, il y avait de petits arbres qui poussaient juste devant, et un papillon aux ailes jaune et rouge était posé sur une feuille. L'enfant a tendu la main vers le papillon et, soudain, elle a basculé. Elle n'a pas réussi à se rattraper à la fenêtre, et son col s'est pris dans le crochet du bas. La fille était seule dans la cuisine, personne ne l'a entendue. Elle n'arrivait pas non plus à se retourner, elle était accrochée là et se débattait, le dos contre la maison. Les gens qui passaient sur la route crurent voir un enfant noir suspendu au crochet, tant son visage était devenu sombre. Malheureusement, il était trop tard. Imagine, maman, si moi, ta propre enfant, je m'étranglais dans un col !

Sa mère fut si troublée par cette histoire que, peu de temps après, elle se rendit chez le pasteur Bojesen avec Poula. Bojesen était danois, mais il comprenait bien le féroïen et il écouta avec grand intérêt la mère lui parler de cette femme bizarre qui rendait visite à sa fille. Ils se trouvaient dans le bureau à l'extrémité est de l'église. Mis à part le bureau lui-même et l'étagère avec tous les registres d'église, la pièce était presque vide. Une robe noire était pendue à un cintre et, au-dessus de la porte basse qui menait à l'église, Jésus était accroché sur la croix. La pipe du pasteur reposait dans le cendrier, et la bonne odeur du tabac donnait une atmosphère bienveillante à la pièce.

— Quelle langue parlait cette femme étrangère ? demanda le pasteur.

— La langue de Tórshavn, répondit Poula.

Le pasteur voulut savoir comment était habillée la femme. Poula réfléchit un instant. Elle pensait qu'elle portait une robe claire qui lui descendait presque jusqu'aux chevilles. Bojesen nota la réponse.

— Y a-t-il des ampoules au plafond ? demanda-t-il.

— Non, répondit Poula.

— Est-ce qu'il y a des voitures qui passent devant la maison ? Est-ce que tu entends parfois des klaxons ?

Poula fit non de la tête. Alors Bojesen l'interrogea sur les yeux de Kala : de quelle couleur étaient-ils autour des pupilles ? Étaient-ils peut-être rouges ? Ou bien luisaient-ils ?

— Kala est une femme gentille et elle est bonne avec moi, répondit Poula au bord des larmes.

— Non, mon enfant, dit Bojesen, Kala est un démon, et les démons ne sont jamais bons avec les enfants.

Le pasteur se leva du bureau et alla vers Poula. C'était un grand homme mince et, de ses longues mains fines, il fit le signe de croix au-dessus de l'enfant. Mais, quand Poula vit ses mains blanches s'approcher de sa tête et sentit le bout de ses doigts toucher ses cheveux, elle commença à pleurer. Elle se serra contre sa mère en tremblant de tout son corps. Le pasteur se sentit quelque peu mal à l'aise et sembla un instant pris de doute. La mère aussi s'étonnait. Poula se blottissait contre elle et, sans trop réfléchir, la mère demanda au pasteur s'il ne devrait pas asperger un peu d'eau bénite sur l'enfant.

— Ma bonne amie, répondit Bojesen, les luthériens ne font pas usage de ce genre de fadaises.

— Et si ça aidait ? insista la mère.

— La force de la parole aide.

Un léger sourire se dessina sur les lèvres du pasteur, et il demanda à Poula de venir auprès de lui.

— Vas-y, Poula, lui dit sa mère.

Elle lui fit une petite caresse sur la joue, et sa fille n'osa pas protester. Elle ne s'opposa pas non plus quand Bojesen prit pour la seconde fois sa tête entre ses mains et pressa les pouces contre ses tempes. Pas très fort, mais avec détermination. Ils demeurèrent un moment ainsi, le pasteur les yeux fermés et Poula regardant droit dans sa veste de tweed, où un long cheveu bougeait dans un flocon de poussière.

Le seul résultat de la visite chez le pasteur Bojesen fut que Poula cessa de parler de son amie. Pourtant, elle continua à recevoir sa visite jusqu'à ses dix-sept ans. Toutefois sans le dire. En partie parce que le pasteur lui avait fait peur, en partie aussi parce qu'elle avait la migraine chaque fois qu'elle parlait de Kala.

— Le pasteur a introduit quelque chose dans ma tête, dit-elle à sa mère. C'est un homme qui fait du mal aux filles.

La libre-penseuse de Revagarður[1]

Poula et Leif Nolsøe furent mariés chez le greffier. Elle avait vingt-deux ans, lui neuf ans de plus. Sur la photo de mariage, il porte un costume. La manche droite couvre la moitié de sa main, comme si la veste avait été achetée en prévision de sa future croissance, et de son bras gauche il tient sa femme. Poula porte un

---

1. *Revagarður*, « la ferme aux renards ». Ce lotissement de petites maisons alignées avait pris ce nom parce que les maisons ressemblaient aux cages des élevages de renards qui s'étaient développés un temps sur les Îles Féroé. *(Toutes les notes sont de la traductrice.)*

tailleur serré à la taille et ses cheveux sont permanentés. Et tous les deux sourient. Le repas de mariage se déroula dans la salle de la Communauté pentecôtiste et, le soir, ils reçurent des invités chez eux dans leur petite maison du lotissement de Revagarður. Les cadeaux de mariage étaient surtout utilitaires. Les jeunes mariés venaient de s'installer et ne possédaient que le strict nécessaire. Mais, chose exceptionnelle, l'oncle de Leif leur offrit en cadeau la *Grande encyclopédie illustrée de Salmonsen*. Et, à ce propos, il vaut la peine de mentionner que celui qui en tira le plus de joie, ce fut Djalli.

Leif avait commencé à fréquenter les pentecôtistes tout jeune, mais il était de ceux qui ne témoignaient que rarement. Lui-même disait de son salut que c'était comme une lettre précieuse, une lettre qui n'était pas exposée à la vue. Il la cachait dans sa poche de chemise, près de son cœur, et les gens avec qui il se sentait en confiance avaient parfois le droit d'y jeter un œil. C'était un petit homme mince. Ses yeux dépassaient tout juste au-dessus du volant de son taxi. C'est Olaf Lydersen qui avait dit une fois que Leif était une de ces personnes abominables qui ne feraient pas de mal à une poule boiteuse.

Un certain nombre de pentecôtistes pensaient que Poula était certainement une libre-penseuse et, à la fin des années 1950, c'était loin d'être un compliment. Ce mot avait une couleur sombre et faisait penser à Satan. Que les athées soient traités de libres-penseurs n'avait rien d'étrange. Mais ce sceau pouvait également être apposé sur les gens qui s'opposaient à la base de l'OTAN près de Mjørkadalur. Tout comme sur ceux qui se désaffiliaient de l'Église protestante, non parce qu'ils ne croyaient pas en Dieu, mais parce que l'Église, à leurs yeux, était une grande maison morte. Des couples qui vivaient ensemble sans être mariés, ou *à la polonaise*, pouvaient également avoir l'honneur douteux d'être appelés libres-penseurs. Et une version tout à fait particulière de la race des libres-penseurs était un homme d'Argir qui possédait une moto BSA avec side-car. Il avait une femme aux nerfs fragiles, et une des choses qu'elle appréciait le plus, c'étaient les promenades du dimanche matin jusqu'à Hvítanes et Kirkjubøur. Les routes étaient rougeâtres et poussiéreuses. Elle portait des lunettes de conduite rondes et un foulard sur la tête, et lorsque, exceptionnellement, ils croisaient une voiture, elle agitait la main depuis le side-car. Ordinairement, les personnes aux nerfs fragiles étaient envoyées dans une institution au Danemark. Mais le libre-penseur d'Argir adorait sa femme et faisait de son mieux pour prendre soin d'elle à la maison.

Seulement Poula n'était ni athée, ni opposante à l'OTAN, ni même passagère de side-car. Au contraire, elle était de celles qui cherchent authentiquement Dieu. Si elle avait été davantage libre-penseuse, elle aurait peut-être pu se faire la réflexion que, même si une maison porte un nom biblique, ce n'est pas en soi la garantie que l'esprit de Dieu y habite.

Elle se détourna de cette Église qui lui avait donné la migraine et qui pensait que ses dons lui avaient été offerts par le Malin. Elle n'allait pas non plus au bal du samedi, comme le faisaient les autres jeunes, ni ne se promenait comme eux sur la jetée après la danse. Au contraire. La plupart de ses trajets l'emmenaient dans les différentes maisons des communautés de la ville.

Elle avait été à l'Armée du Salut et à la Communauté des Frères baptistes. Or sa réputation d'être tourmentée par les démons fit que, ostensiblement, nulle part on ne lui ouvrit vraiment la porte. Poula était une jeune femme qui posait des questions et, quand personne ne lui donnait de réponse satisfaisante, elle essayait elle-même d'en trouver une. Le fait qu'elle resta malgré tout chez les pentecôtistes était dû à sa rencontre avec Leif.

La visite qui changea la vie

Un soir d'août 1958, on frappa à la porte extérieure de la famille de Revagarður et c'était si tard que Djalli et Margreta étaient déjà couchés et endormis. Leif venait de rentrer et avait garé la voiture et, même si Poula ne demanda pas ce qui se passait, elle vit clairement qu'il y avait quelque chose qui tourmentait son homme.

— Qui vient ici ce soir ? demanda-t-elle en se levant.

— J'ai invité deux des membres du Conseil des anciens, répondit-il.

— Pourquoi ? répliqua Poula, étonnée.

— Pour prier.

— Prier ?

— Oui, chuchota Leif.

— Je ne te comprends pas, dit Poula. Tu ne peux pas être plus clair ?

— Je leur ai demandé de venir prier pour toi, dit Leif.

— Le Conseil des anciens vient ici à Revagarður la nuit pour prier pour moi ?

— J'ai peur de ce qui se passe ici chez nous. Je ne te reconnais plus. Tu parles à quelqu'un qui n'est pas là, et je ne sais pas non plus d'où ça vient.

Poula était plus surprise que troublée. On frappa de nouveau et, lorsqu'elle ouvrit la porte de l'entrée, elle vit le boulanger Hermund Holm et son frère Aksel debout sur le seuil de la porte extérieure. Ils lui dirent bonsoir, et Poula sembla un instant se demander si elle devait les inviter à entrer ou les prier de s'en aller. Eux non plus n'étaient pas à l'aise avec la situation, ça se voyait. Ils avaient tous deux leur manteau du dimanche, et Aksel retira son petit chapeau en voyant le regard perturbé de Poula. Malgré tout, elle s'écarta et ils entrèrent silencieusement dans la cuisine. Leif murmura quelque chose qui pouvait se comprendre comme une invitation à prendre place, puis il demanda à sa femme si elle voulait bien s'asseoir aussi. Mais Poula ne répondit pas. Elle était tout bonnement prise de court. Elle vit Hermund Holm sortir la Bible et la poser sur la table. Elle jeta un coup d'œil vers son mari et le vit se tordre les mains.

— Je comprends que vous êtes venus ici pour chasser de moi les mauvais esprits.

La voix de Poula était assez triste.

— Es-tu tourmentée par de mauvais esprits ? demanda Hermund gentiment.

— Mon propre mari a rapporté aux grands prêtres.

— Nous sommes venus pour bavarder avec toi, dit Hermund.

— Pour prier avec une drôlesse ?

— Leif dit qu'il se passe tant de choses bizarres chez vous. Des portes s'ouvrent toutes seules. Des lumières s'allument et s'éteignent. Les planches du parquet grincent même si personne n'y marche. Et Leif rapporte que tu parles avec quelqu'un qui n'est pas de ce monde.

— C'est pour cela que vous voulez me stigmatiser ?

— Est-ce vrai ce que raconte Leif ? l'interrogea Hermund.

Poula se tut un instant.

— Je vois et j'entends. Et ces dons, je les ai depuis que je suis petite. Mais je ne les ai pas voulus.

— Personne n'a dit ça, dit Hermund gentiment.

— On n'a pas besoin de tout dire, répondit Poula. On voit ce que pensent les gens. Je sais que vous ne m'aimez pas.

— Ce n'est pas vrai, Poula.

— Les gens m'appellent libre-penseuse.

— Tout le monde est bienvenu dans notre maison, dit Hermund.

— Je le sais. Vous me dites aussi bonsoir, mais vous pourriez tout aussi bien dire *oiseau de malheur*. Aucune des femmes ne m'a jamais invitée au club de tricot. Aucune.

— Allons, allons. Je ne suis pas ton ennemi. Viens t'asseoir avec nous, dit Hermund d'un ton rassurant.

Mais Poula n'avait envie ni d'être rassurée ni de s'asseoir. Elle se tenait près de l'évier, et une terrible migraine cognait dans ses tempes.

— Quand j'avais onze ans, maman m'a emmenée chez le pasteur Bojesen, et il m'a stigmatisée avec le pouce. Une fille de onze ans ! Et maintenant mon propre mari dit au Conseil des anciens que sa femme a des relations avec Belzébuth lui-même.

Les larmes se déversaient sur les joues de Poula. Et ce n'étaient pas des larmes de remords. Ses larmes amères coulaient à la commissure de ses lèvres et, lorsqu'elle prononça le nom de Belzébuth, elle vit que Hermund eut un haut-le-cœur. Leif, tout pâle, était assis à côté de lui. Aksel non plus ne disait rien, mais son visage était aimable. Il lui manquait les doigts de la main gauche, il ne lui restait que le pouce, et celui-ci pointait vers le haut comme la petite queue tronquée d'un chien curieux. Hermund ouvrit la Bible et trouva un passage dans l'Évangile selon saint Luc.

— *Aux côtés des disciples se trouvaient aussi Madeleine et Marie, que Jésus avait libérées des mauvais esprits.* Pense à ces mots, Poula. Il n'y a pas de honte à demander de l'aide. Nous en avons tous besoin. Et c'est aussi pour ça que nous avons la communauté. Nous ne sommes pas tes ennemis. Je suis attristé d'entendre que tu te sens si seule parmi nous. Mais je dois aussi être sincère ce soir. On a un peu peur de toi. Et c'est humain d'avoir peur de ce que l'on ne connaît pas bien. Tu dois me donner raison là-dessus. Nous sommes tes frères et, avec les Écritures, nous pouvons t'aider. Viens et agenouille-toi avec nous.

— Où était Jérémie quand le Seigneur lui a parlé ?

Poula se redressa, s'appuya contre l'évier et regarda ses invités avec gravité.

— Quelqu'un d'autre a-t-il entendu la voix du Seigneur ?

— Ne blasphème pas, dit Hermund. Tu n'es pas prophète.

— Paul a vu un ange du Seigneur en route vers Damas, et Dieu a parlé à Moïse depuis un buisson ardent. Le buisson est-il devenu cendres après ?

— Le Seigneur a parlé à Moïse, c'est vrai. Mais Moïse est un de nos pères. Dans la hiérarchie, il est juste au-dessous de Jésus. Tu es une jeune femme, Poula, et tu ne dois pas être orgueilleuse.

— Vous n'écoutez pas ce que je dis. Vous avez fait de ma cuisine une salle de justice et la condamnation a déjà été prononcée.

Leif prit la parole.

— Une nuit, je t'ai entendue dire : « Qui es-tu ? Pourquoi ne me laisses-tu pas en paix ? » À qui parlais-tu cette nuit-là ?

— Je ne sais pas. Peut-être que je parlais à un ange.

— On ne parle pas comme ça à un ange, répondit Leif.

— Qu'en sais-tu ? gronda Poula.

— « Qui es-tu ? Pourquoi ne me laisses-tu pas en paix ? » On parle comme ça à un ange ? demanda Hermund.

Poula passa la main sur son visage et se massa un peu les tempes. Puis elle dit :

— J'ai eu une fois une drôle de vision. C'était une grande foule de gens. La foule traversait le ciel. Et c'étaient des gens de tous les temps et de tous les peuples. Il y avait des soldats avec des boucliers fendus, mais aussi des soldats tels qu'ils sont aujourd'hui, et ils traînaient derrière eux des casques cabossés. J'ai vu d'innombrables prêtres et, tout comme les chevaux sont attelés aux voitures, ils l'étaient à de grandes églises. Et il y avait de la lumière dans les églises, et on avait l'impression que les pierres bougeaient ou qu'elles étaient vivantes. La foule traversait lentement le ciel. Il y avait des millions de gens. Ils prenaient autant de place sur la voûte céleste que les aurores boréales. Certains portaient leurs intestins dans des seaux. Certains n'étaient pas de vrais humains ; plusieurs bras et têtes étaient fixés sur le même corps. Et même si on n'entendait pas un son, toutes les têtes pleuraient. J'ai vu Adam et Ève, et j'ai cru d'abord qu'ils marchaient en se tenant par la main. Mais en réalité, leurs bras étaient cousus ensemble à grands points grossiers. J'ai vu aussi ma mère et, même si je l'ai appelée, elle ne m'a ni vue ni entendue. Et j'ai vu mon amie Kala. Elle portait sa fille dans ses bras, et la tête de sa fille était noire. Personne ne disait rien. On n'entendait aucun bruit. Le silence était si profond que c'était comme si ma tête allait éclater. J'ai vu aussi Jésus, et ceux que j'ai d'abord cru être ses disciples se sont révélés être une file infinie de joueurs de tambour. Et, comme tous les autres, Jésus et les joueurs de tambour étaient appesantis par le chagrin. Belzébuth aussi était dans la foule. Il était en costume-cravate. Mais il ne portait pas de chaussures, et je voyais ses sabots, ils semblaient être comme en verre noir. Tous étaient attristés, et ils marchaient et marchaient. Et de grands autocars aussi roulaient à travers le ciel. Ils étaient pleins de squelettes, et des crânes et des vertèbres dépassaient des vitres. Alors j'ai eu le sentiment que c'était la fin du monde que je voyais. Tous ceux qui avaient vécu à tous les temps pleuraient le monde. David et Goliath marchaient ensemble. Et ils n'étaient plus ennemis. Étaient-ils amis, je ne le sais pas. Mais ils avaient en commun un chagrin terrible. Et la lune faisait partie de la foule. Elle était portée par des hommes du Syndicat des ouvriers de Tórshavn. Je ne me souviens pas combien de temps dura la vision. Mais, soudain, je vis clairement ce que tout ce monde faisait dans le ciel. Dieu était mort. Voilà ce qui était arrivé. Et toute l'humanité l'accompagnait au tombeau. J'ai vu l'enterrement de Dieu. C'est ça que j'ai vu.

Les trois hommes écoutaient religieusement. C'était comme s'ils n'en croyaient pas leurs propres oreilles. Un discours d'une telle force, ils n'en avaient jamais entendu, et les mots sortaient de la bouche d'une femme de vingt-sept ans. Et les mots les éveillèrent et, quand Poula se tut, ils semblaient attendre qu'elle en dise plus. Leif aussi s'était éveillé. Il ne connaissait pas sa femme comme ça. Jamais auparavant il ne l'avait entendue parler de cette façon. Elle aurait tout aussi bien pu être une étrangère, mais elle était tellement belle, telle qu'elle se tenait là, avec des perles de sueur sur sa lèvre supérieure. Il ferma les yeux, ressentit un coup au cœur et, lorsqu'il la regarda à nouveau, il eut le sentiment qu'à cet instant même, elle avait mis le cap hors de sa vie.

— J'ai parfois de telles visions, dit Poula. Ce n'est pas ma faute. Je n'ai pas demandé à les avoir. Les visions viennent, c'est tout, et je ne peux rien y faire.

— Que signifie cette vision ? demanda Hermund.

— Je crois que ça signifie que les gens ont cessé de croire en Dieu, répondit Poula à voix basse.

Hermund se leva avec fougue, le visage illuminé.

— Exactement ! C'est un appel. Ni plus ni moins.

Va dans le monde et fais de tous les peuples mon peuple !

Hermund tira une chaise et demanda à Poula de s'asseoir. Il l'aida à s'installer et l'appela *chère enfant*. Il y avait un châle sur la table de cuisine et il le posa sur ses épaules. Puis il se rassit et joignit les mains. Il remercia Dieu qu'il existe une femme qui s'appelait Poula Nolsøe. Il demanda à Dieu de la protéger lorsque ses visions deviendraient trop puissantes. Et si de mauvais esprits s'y mêlaient, alors Dieu devait faire la même chose que les videurs de boîte de nuit avec les ivrognes qui cherchent la bagarre : les jeter dehors. Il Lui demanda aussi de garder une main sur Leif, afin qu'il n'ait pas aussi peur. Et il demanda également que leur petit foyer soit béni tant qu'un cœur y battrait.

4 janvier 1959

Poula se tenait derrière le bastingage du *Gullfoss*. Son manteau était boutonné jusqu'au cou, son foulard bordait son front et était noué sur sa nuque. Dans son sac, elle transportait toutes ses possessions matérielles, un peu plus de quatre-vingts couronnes. Des hommes et des femmes agitaient la main tout le long du bastingage. Les temps étaient durs aux Îles Féroé, et trouver un emploi dans la pêche aux Îles Westmann ou quelque part en Islande était un moyen prisé d'assurer un revenu annuel pour soi et les siens. Plusieurs des passagers avaient sorti des mouchoirs, autant pour dire au revoir que pour essuyer leurs larmes. Poula, elle, ne pleurait pas et ne pensait pas non plus au revenu annuel. Elle tenta de lever la main pour faire un signe, n'y parvint pas, et se contenta de regarder sa main, ouverte et découragée. Leif se tenait derrière les deux enfants. Djóni, comme ils appelaient leur fils, portait la veste et le pantalon qu'il avait reçus en cadeau de Noël. Margreta avait son manteau du dimanche et un foulard, et son visage entouré de ses cheveux lumineux s'ouvrait comme une petite fleur au bas de la passerelle.

Poula suça un relent de pourriture dans un trou entre ses dents et elle aima son propre goût pourri. Elle continua à plonger la langue dans la douce cavité et à la coller contre son palais. Était-ce pour la blesser ou pour l'humilier que Leif avait si bien habillé les enfants ? Les gens s'habillent pour les enterrements, mais ceci n'était pas un enterrement. Ou bien avait-elle peut-être mal compris ? Est-ce que cet ange-démon calculateur, qui avait la main posée sur l'épaule de leur fils, lui avait donné le rôle de la défunte ? C'est exactement ce qu'il avait fait. C'étaient des funérailles. Leif avait mis en scène cette soirée horrible, puis l'avait envoyée en Islande par la mer. Elle se trouvait à bord d'un grand cercueil de fer, tandis que ses propres enfants la suivaient des yeux. Elle aurait pu refuser de partir en Islande. Elle le savait bien. Mais elle n'avait pas vraiment le choix. Ce qui importait, avait dit Leif, c'était que l'ordre revienne dans leur mariage. Ou qu'ils partent chacun de son côté.

Depuis le soir où Hermund Holm était venu en visite à Revagarður, leur vie commune avait été plus ou moins détruite. Elle dormait à présent dans la chambre des enfants, et Leif, tout seul dans le grand lit. La plupart du temps, il était à la maison pour le repas du soir, mais on ne parlait pratiquement pas à table. Et il ne récitait plus non plus la prière avant de manger. Il avait honte de demander la bénédiction sur leur foyer. Cette autorité-là, il sentait qu'il l'avait perdue lorsqu'il avait planté un couteau dans le dos de sa femme.

Alors Poula avait commencé à aller en ville danser. C'est ce qu'il croyait, en tout cas, même s'il ne lui avait jamais demandé ce qu'elle fabriquait en ville, le samedi après le repas du soir. Mais, peu à peu, il eut le sentiment qu'elle ne faisait pas que danser. Dans la maison de la communauté, il arrivait que les gens viennent lui donner une petite tape sur l'épaule, comme pour dire : *nous te plaignons*. Parfois aussi, quand il arrivait à la station de taxis, il avait l'impression que les chauffeurs parlaient de lui, car ils se taisaient brusquement ou changeaient de sujet si rapidement que c'en était franchement suspect. Apparemment, les gens savaient quelque chose que lui ignorait. Et, un soir de tempête, alors qu'il ramenait deux hommes soûls, son soupçon fut confirmé. Les hommes assis sur la banquette arrière buvaient du schnaps, et l'un d'eux fut assez grossier pour lui demander si ce n'était pas lui qui était marié à Poula Nolsøe.

— Oui, c'est ma femme, dit Leif.

— Et c'est une élue, non ? poursuivit l'homme.

Leif ne répondit pas, mais le visage qu'il vit dans le rétroviseur le remplit d'horreur. L'homme leva son verre en direction du rétroviseur.

— À la santé des putains élues de la marine ! dit-il.

Leif n'en dit pas un mot à sa femme, et il ne dit rien non plus lorsqu'un des samedis soir suivants, elle enfila son manteau et sortit. Mais cet après-midi-là, justement, il avait vu deux paquebots de ligne norvégiens et un coaster amarrés au quai. Les voir lui avait fait si mal qu'il fut incapable de retourner à la station de taxis ce jour-là. Il ne prit que les courses depuis le centre-ville ou celles que la station lui envoyait par le nouveau téléphone de voiture. Et les bateaux le poursuivirent toute la journée. Lors d'une course à Marknagil, il put voir d'en haut les deux paquebots, amarrés côte à côte comme s'ils s'accouplaient. Il fit deux courses vers Argir et, de là aussi, il regarda les bateaux. Et bien qu'il n'eût rien à faire sur le quai, il se rendit quand même au bureau du port. Il longea les bateaux au ralenti. Le coaster portait le nom fameux de *Vinland*, mais la seule vie qu'il aperçut à bord était un chien qui faisait l'aller-retour sur le pont. Sur un des bateaux norvégiens, un homme fumait, debout derrière la vitre du pont. Ses manches de chemise étaient retroussées. Ses bras étaient poilus, et l'homme avait une solide moustache. Leif s'arrêta et regarda l'homme. Il devait être au milieu de la trentaine, et son visage était beau et bronzé. Était-il celui avec qui Poula couchait ? Ou bien couchait-elle avec plus d'un ?

Plusieurs fois ce jour-là, il pensa qu'il lui fallait punir sa femme. Seulement, il ne savait pas comment. Allait-il la frapper sur les parties molles de son corps et arracher quelques mèches de cheveux de sa tête de catin ? Si elle se mettait à crier ? Et que diraient les enfants si d'aventure ils se réveillaient ? Ou les voisins ?

Leif se tournait et se retournait, sans arriver à

dormir. Il avait terriblement pitié de lui-même. Il n'avait pas mérité cela. Une femme ne pouvait pas offrir une telle vie à son mari. Il savait bien qu'il était allé trop loin quand il avait demandé aux frères Holm de venir prier pour Poula. Mais on devait quand même pouvoir se pardonner l'un l'autre. La chemise de nuit de Poula était accrochée dans les toilettes. Leif la toucha, la pressa contre son visage et inspira son odeur de nuit. Depuis près de trois mois, ils n'avaient pas dormi ensemble, et maintenant elle était devenue une des putains du port. Il regarda dans le miroir, vit son visage découragé, et soudain il pensa au Norvégien bronzé qu'il avait vu sur la jetée. À son gigantesque bras velu qui reposait sur la vitre du pont et ressemblait presque à un membre de cheval.

Le temps passa, quatre puis cinq heures, mais toujours pas de Poula. Leif entra chez les enfants, alluma la veilleuse et les regarda, plongés dans leur plus profond sommeil. Il adorait ses enfants et il était fier de Djóni, qui avait déjà commencé à lire l'encyclopédie de Salmonsen. Nancy, sa sœur de Hvítanes, disait toujours que les enfants lui ressemblaient. Mais était-ce vraiment le cas ? Est-ce qu'on ne voyait pas seulement ce qu'on voulait voir, est-ce qu'on ne faisait pas qu'additionner, soustraire et faire de son mieux pour aimer ses enfants ? Leif demanda pardon à Jésus pour ces mauvaises pensées, baisa le bout de ses doigts et toucha avec précaution les mains des enfants.

Autour de six heures, il entendit des pas à l'extérieur et, lorsque Poula entra dans la cuisine, il se tenait devant elle. Elle sursauta. De l'épaule jusqu'au bout des doigts, le bras de Leif était un ressort tendu, et il lui colla une gifle. Elle tomba sur la table de cuisine et, avant qu'elle ne puisse se défendre, le coup suivant l'atteignit sur le côté.

— Qu'est-ce que tu fais ? parvint-elle à dire.

Il ne répondit pas. Le ciseau de couture se trouvait là. Il tourna plusieurs fois autour de son doigt une mèche de ses cheveux et la coupa. Sur le côté de la tête, puis sur la nuque. Une des dents de Poula cassa presque tout de suite ; il continua quand même à la frapper. Elle essayait de se protéger et, une fois, elle réussit à planter ses dents dans son bras. Mais il se dégagea. Quand Poula se mit à vomir à cause des coups de pied qu'elle avait reçus dans le ventre, il espéra qu'elle lui demanderait pitié. Elle geignait à ses pieds, mais même alors elle ne demanda rien du tout. Elle était plus forte que lui, il devait le reconnaître, et elle l'avait été depuis le jour où ils s'étaient rencontrés. Il l'attrapa sous les bras, la tira sur le sol et la hissa sur le banc.

— En janvier, tu pars en Islande prendre un travail dans la pêche. Tu entends ce que je dis ? En Islande !

Hochait-elle la tête ou bien tremblait-elle tout simplement, il ne le savait pas.

— Tu me donnes un peu d'eau ? chuchota-t-elle.

Cela rendit Leif joyeux. Il se sentit soudain heureux. Enfin, elle lui parlait.

Pour la première fois depuis longtemps. Il remplit un verre d'eau et le lui donna. Elle demanda aussi une cuvette pour vomir.

— Tu ne veux pas que je fasse bouillir de l'eau pour que tu puisses te laver ? demanda-t-il.

— Donne-moi une cuvette et va-t'en au diable !

Poula sursauta quand la sirène du *Gullfoss* mugit une dernière fois. La passerelle fut hissée, mais, même quand le bateau se mit en mouvement, elle ne put ni agiter la main ni envoyer des baisers à ses enfants. Elle ne faisait que les fixer et sucer la pourriture du trou entre ses dents.

L'œil de Bauer

Lorsque l'année scolaire débuta au mois d'août 1959, Leif monta avec ses deux enfants l'escalier de l'école Saint-François. En secret, il avait eu quelques attirances pour le catholicisme. Comme la plupart des gens de Hvítanes, le village au nord-est de Tórshavn où il était né, il connaissait l'histoire de Bauer, le prêtre catholique qui était arrivé aux Îles Féroé en 1857. À proximité de l'endroit où la rivière Rættará se jette dans la mer, Bauer avait acheté une maison, puis construit une église dans son prolongement. Il avait aménagé un grand jardin avec des arbres et des buissons et, dans une serre, il fit pousser des pommes, des tomates et des concombres, fruits qu'auparavant on n'avait jamais goûtés, ni même vus, à Tórshavn. Et comme si cela ne suffisait pas, il installa en plus une fontaine dans le jardin. Mais malgré cela, ce bâtiment catholique consacré ne fut jamais autre chose qu'un élément étranger dans la ville. Les habitants de Tórshavn semblaient penser que, parmi les beaux fruits de serre alléchants, il abritait peut-être aussi des descendants du serpent du paradis.

À ses enfants, Leif avait expliqué que l'église était comme un vieil oiseau qui avait volé sans feu ni lieu au-dessus des mers du Nord pendant d'innombrables années et que, lorsque enfin l'oiseau réussit à bâtir un nid près de l'estuaire de la rivière Rættará, son repos fut de courte durée. Dès 1869, Bauer quitta de nouveau le pays et il ne resta de sa communauté que quelques habitants pauvres de Hvítanes. Le dernier catholique avait été un frère du grand-père de Leif, et il était mort en 1894. Leif ne se souvenait pas de l'église qui existait dans le village. Elle avait été démolie avant son temps. Sa mère lui avait raconté que la fenêtre ronde qui se trouvait sur le mur est de l'église, et qui était surnommée l'œil de Bauer, existait encore ; elle se trouvait dans une cave sous le Vatican.

Or ce n'était pas seulement parce que l'école faisait partie de l'Église catholique qu'il voulait que ses enfants y aillent. Il espérait aussi que, de cette façon, ceux-ci bénéficieraient d'un peu de cette sollicitude maternelle qui leur manquait maintenant que Poula était en Islande. À cela s'ajoutait que l'école avait la réputation d'être tout à fait conséquente sur le chapitre de l'éducation, ce qui avait de l'importance, dès lors qu'il était seul avec les enfants. À ce moment-là, Margreta allait depuis deux ans à l'école communale. Leif la désinscrivit et lui dit que, puisque leur mère était en Islande, elle devait, en tant que grande sœur, prendre soin de Djóni.

Djalli s'adapta vite à l'école Saint-François, il était à la fois intéressé et apprenait vite. Son carnet était une longue série de très bonnes notes. Jusqu'à l'automne 1962. Et puis il avait des connaissances particulières tirées de l'encyclopédie de Salmonsen, capables de faire rayonner de fierté même le visage sévère de sœur Bertha. Alors que d'autres enfants se couchaient avec des bandes dessinées de Tarzan et de Davy Crockett, Djalli traînait les grands et lourds tomes du Salmonsen dans sa chambre et les lisait sous la lampe de chevet. Et il se souvenait de ce qu'il lisait.

Un jour, sœur Bertha demanda quels animaux les hommes utilisaient à la guerre.

— Des chevaux, dit l'un.

Un autre pensa aux chiens.

— Aucun autre animal ? demanda la sœur.

Olaf pensait que l'on utilisait aussi des pigeons. Les soldats n'avaient pas de téléphone, alors ils envoyaient des pigeons voyageurs porteurs de messages. Sœur Bertha jugea que c'était une réponse intelligente et demanda s'il y avait d'autres propositions. Alors Djalli leva la main.

— Pendant les guerres puniques, Hannibal a utilisé des éléphants contre les Romains.

Et une telle réponse plaisait à sœur Bertha. Que Djalli porte des chaussettes dépareillées et qu'il manque parfois un bouton à sa chemise, cela ne signifiait rien dans de tels moments de joie.

— Mon petit professeur, dit-elle en lui pinçant gentiment la joue.

Quand les enfants parlaient d'une certaine odeur de nonne, cela n'avait rien à voir avec une odeur corporelle. Cela se rapportait à une pénétrante odeur de cire qui vous accueillait dès l'entrée. Tout ce sur quoi des pieds pouvaient marcher était recouvert de linoléum, et la tâche de cirer les longs couloirs, toutes les marches d'escalier, les salles de classe, et de les faire briller revenait aussi aux sœurs. Aucune d'entre elles, sans doute, ne connaissait le nombre total de pièces, même sans compter les petites pièces de la cave et du grenier, de cette grande institution qui fourmillait de gens. Entre elles, les sœurs parlaient le français, mais un français émaillé de mots féroïens, hollandais, polonais et anglais ; la langue hybride de la plus grande organisation internationale de femmes. Alors qu'elles choisissaient de renoncer à toute vie familiale, elles se faisaient un devoir d'apprendre aux enfants de Tórshavn à lire, à calculer et à écrire. Et tout était soigneusement programmé. Une grave et sévère odeur de discipline cirée s'introduisait par tous les pores. Les chaussures étaient rangées à angle droit avec le mur, et personne ne jetait son pardessus ; on l'accrochait avec soin aux patères. Les enfants rentraient de récréation deux par deux, et si un chenapan mettait du désordre dans le rang, il était puni sur-le-champ. Il n'est pas exagéré de dire que l'école reflétait en partie la vie du couvent, ou peut-être serait-il plus juste de dire que c'était un monde d'images de collection à la fois beau et cruel. Les quatre premières années, filles et garçons étaient ensemble. Mais en cinquième année, on séparait les sexes. Alors que les garçons continuaient à aller en classe dans la longue aile près de Villumsgøta, les filles étaient envoyées de l'autre côté de Varðagøta, où les sœurs avaient acheté une vieille demeure patricienne qu'elles appelaient Stella Maria.

À supposer qu'une bonne école soit une école où les enfants apprennent à écrire, à lire et à calculer, l'école Saint-François n'avait aucune raison d'avoir honte. Et, à supposer qu'un bon élève soit un élève qui se conduit bien, fait ses devoirs et a les ongles propres, alors ces conditions étaient remplies par la plupart des enfants de l'école Saint-François. À l'école des nonnes, les écoliers qui réussissaient devenaient des sortes de petits sergents intelligents, tandis que les autres finissaient souvent en parias et en voleurs.

C'est à propos de sœur Bertha qu'Olaf Lydersen avait dit une fois qu'elle ressemblait à un divan debout. Et l'image du divan convenait bien. Sœur Bertha était une femme exceptionnellement large. Son visage était large, ses épaules et ses hanches aussi. Même ses doigts étaient larges, et ses ongles carrés poussaient jusqu'au bord des doigts. Quand il y avait des problèmes, sœur Bertha les réglait littéralement au pied levé. Elle était accusatrice, juge et bourreau en une seule et même personne. Une fois qu'elle avait collé quelques claques au récalcitrant, l'enseignement continuait comme si de rien n'était. Et personne ne trouvait la punition corporelle déplacée. C'était tout simplement comme ça. Durant ces années-là, les enfants étaient punis avec conséquence, et au plus profond de la violence résidait une indomptable fougue. Les enfants se battaient pendant les récréations, se tiraient les cheveux et se donnaient des coups de pied, et ceux qui étaient un peu bizarres ou différents étaient harcelés si durement que cela faisait mal jusque dans les os. La plupart volaient et rapportaient, et certains pissaient de peur dans leur froc. Les garçons les plus âgés avaient l'habitude de se battre sur la hauteur près de Varðagøta. Parfois, ils emmenaient un petit, baissaient son pantalon et se moquaient de son zizi. Ils mettaient de la boue dans son slip et alors le pauvre rentrait en général en pleurant chez lui. On jouait aussi au football pendant les récréations, et le ballon finissait parfois dans le carreau d'un des voisins. Et si l'homme était chez lui, c'était toujours avec un couteau qu'il sortait. Les enfants lui criaient après pendant que, l'écume à la bouche, il déchiquetait le ballon ; et ses cris à lui n'étaient pas moins violents lorsqu'il brandissait le cuir déchiré au-dessus de sa tête, comme si c'était un trophée sanglant.

Les enfants chantaient en chœur les tables de multiplication pendant que la sœur dirigeait de sa baguette imprévisible. S'il en avait un qui n'avait pas bien appris sa leçon, l'enfant en question recevait une tapette sur la nuque ou un rapide coup sur les doigts. Et pas question d'arrêter le chant. Les coups étaient généreusement distribués pendant que le chœur joyeux chantait : sept fois sept quarante-neuf, sept fois huit cinquante-six. Et ainsi de suite. La violence était un outil pédagogique naturel, et comme le proclame saint Paul dans la *Lettre aux Hébreux* : *le Seigneur châtie celui qu'il aime, et il frappe de ses verges tout fils qu'il reconnaît*, on punissait avec la règle, la baguette, la main à plat ou le poing sur la tête. Et on tirait aussi les cheveux lors de la grande médaille d'or, et on tirait l'oreille, et il arrivait qu'un lobe d'oreille soit arraché.

Cependant, il y avait aussi des sœurs plus douces qui, avec beaucoup d'application, expliquaient la composition des plantes, le rôle des insectes dans la création, et racontaient comment François d'Assise, qui avait donné son nom à l'école, avait chanté la lune et le soleil et tout ce qui était beau sur terre. Mais un professeur qui n'était pas sévère était généralement peu estimé. C'était comme si sévérité et compétence allaient de pair, et il était rare qu'un professeur d'aspect aimable parvienne à gagner le respect.

La présence, la conduite et les péchés – tout était inscrit dans le grand protocole noir censé ressembler exactement à celui qui servirait au Jugement dernier. Tous les quatre mois, l'école entière se réunissait dans la salle de gymnastique. Deux par deux, les élèves s'alignaient en longues rangées et chacun recevait son attestation remise personnellement par la directrice. Les meilleurs élèves recevaient la belle carte verte, et Djalli était de ceux-là. La plupart recevaient la carte jaune moyenne. Et les chenapans en chaussettes trouées recevaient la honteuse carte rouge et étaient humiliés sous les yeux de tous les élèves de l'école.

À Pâques et à Noël, toute l'école assistait à la messe. Et c'étaient de vrais moments de fête. De longues files d'enfants excités et contents suivaient l'étroit couloir qui menait à l'église. Les petits enfants s'asseyaient devant ; derrière eux les autres étaient regroupés par classes sur les belles rangées de bancs sculptés. Sur le mur du fond se tenaient les douze apôtres et ils étaient là depuis que l'église avait été inaugurée en 1933. Ils mesuraient environ un mètre de haut et, dans leurs tuniques d'apparat, ils ressemblaient à des sénateurs romains attendant que les portes du sénat s'ouvrent. Il n'y avait qu'une différence – c'est que le sénat des apôtres n'était pas de ce monde.

Kári Willumsen adorait regarder les statues, et parfois, il lui semblait qu'elles étaient vivantes, peut-être pas toutes, mais certaines d'entre elles. Il lui arrivait de fermer les yeux et de compter jusqu'à dix et, lorsqu'il les rouvrait brusquement, c'était comme si de la poussière glissait d'un bras. Peut-être le bras avait-il dirigé le chant à l'instant même où Kári avait les yeux fermés ou bien s'était-il seulement agité un peu bêtement dans les airs. Un des apôtres, surtout, ressemblait à son oncle paternel, Pabbaba, et Kári lui faisait en douce un petit signe de l'index, sans que personne s'en aperçoive.

Sœur Bertha avait raconté à sa classe que dans la sacristie se trouvait un petit écrin en argent qui renfermait un fragment de la croix de Jésus. Et les enfants la croyaient, fixaient de leurs grands yeux l'enfant de chœur quand celui-ci apportait le précieux écrin dans l'église et le déposait avec soin sur la nappe de l'autel. Les enfants ne savaient pas qu'il y avait toute une industrie qui produisait des fragments de croix, des suaires, des clous et des couronnes d'épines. Toutefois, ce genre de bagatelles ne perturbait pas le sommeil nocturne de sœur Bertha. Ce qui comptait pour elle, c'était de susciter ce merveilleux sentiment qu'un morceau du Golgotha était aussi présent ici dans le nord, dans la petite capitale de Tórshavn.

Quand Noël approchait, les sœurs montaient la crèche dans l'église, près de l'autel. Il y avait Jésus, Marie et Joseph, et évidemment leur peau était claire, comme celle de vrais Européens du Nord. Une vache et un âne représentaient le monde animal. Et puis il y avait les trois Rois mages. Deux d'entre eux étaient blonds, alors que le dernier était noir. Une fois, Kári demanda à Djalli pourquoi il y avait ce nègre dans la crèche. Djalli dessina quelques figures dans l'air avec son index et dit que l'homme était noir parce que les nonnes avaient déjà utilisé toute la peinture blanche.

Pendant la messe, certaines des nonnes étaient aux aguets. Et parmi elles, sœur Clerenze. Bien que son visage fût caché derrière ses mains jointes et crochues, il y avait quand même un œil qui guettait entre ses doigts. Et s'il y avait un chenapan qui faisait l'idiot, alors venait un jour après la messe où il recevait ce qu'il avait mérité.

La lumière des hautes fenêtres flottait en larges raies jaunâtres au-dessus des enfants, et l'odeur des encensoirs était à la fois forte et douce. Une des choses qui faisaient que les élèves se tenaient tranquilles, c'était l'adorable chant de messe des sœurs. Alors ces femmes laborieuses se transformaient en déesses du chant et remplissaient la nef de calme beauté. À de tels moments, Djalli était heureux. Ses cheveux rebelles se dressaient sur sa tête, mais le reste du corps était au repos. Ses mains reposaient tranquillement sur ses genoux. Il n'y avait aucun trouble dans sa poitrine étroite, et une lueur chaude luisait dans ses yeux intelligents.

Père célibataire

Nancy, la sœur de Leif, vivait dans leur maison d'enfance de Hvítanes. En plus de s'être occupée de leur mère durant les dernières années de sa vie, Nancy avait trois enfants, et son mari travaillait à bord d'un chalutier de Vestmanna. Nancy mettait également de l'ordre dans les vêtements de Djalli et de Margreta, et tentait aussi de prendre soin de son frère.

Mais, s'il avait été un peu à part durant ses années de jeune célibataire, et même pendant ses années de mariage, il l'était devenu encore plus après que Poula était partie en Islande. C'était du moins ce que pensait Nancy. Entre autres, Leif avait commencé à mettre une cravate au travail, ce qui, d'ordinaire, était réservé au seul chauffeur de corbillard. Il s'était aussi acheté une mandoline et, le soir, il faisait souvent résonner les huit cordes tendues sur la petite caisse bombée. Lorsqu'ils étaient enfants, il y avait une guitare dans leur maison de Hvítanes, et passer de la guitare à la mandoline n'était pas un grand saut. Parfois, Leif jouait des chants pentecôtistes, mais aussi les chansons de Gustav Winkler, telles que *La Mouette blanche* ou *C'est à Capri que je la vis*. Il lui arrivait de faire le pitre, de parodier la voix tremblante de Hermund Holm et, dans ces moments-là, Djalli riait à en avoir mal au ventre. Leif avait une voix profonde et elle s'accordait assez bien avec les cordes stridentes et emphatiques de la mandoline. De temps en temps, aussi, il incitait Margreta à chanter avec lui, et alors Leif se languissait intensément de sa femme.

Nancy connaissait bien l'histoire de leur divorce. Leif lui avait tout raconté, y compris qu'il avait usé de violence contre elle. Ils étaient étroitement liés l'un à l'autre, le frère et la sœur, et plus d'une fois elle avait été témoin de l'envers de la piété de Leif, une piété qui lui accordait l'autorité d'adresser de durs reproches à Dieu, oui, même de le salir.

— Le Seigneur a envoyé une pute dans ma vie, dit Leif une fois. C'est ça qu'il a fait. Une femme qui ouvre les jambes à toute la flotte norvégienne. Et comment appelle-t-on quelqu'un qui vous fournit des putes ? Maquereau. Voilà ce qu'est Dieu. Un maquereau calculateur. Son ciel est un grand bordel. En plus, il a fait de mes enfants des orphelins de mère. Est-ce que je ne suis pas assez respectable ? Réponds-moi, Nancy ! Peut-on renoncer davantage que je ne renonce ? Je pue la respectabilité. C'est ça que je fais. Et malgré ça, Dieu veut me rendre encore plus convenable. Comment est-ce que je peux faire ? À quoi est-ce que je peux renoncer encore ? À quel point dois-je être insatisfait de moi-même ?

— Essaie de trouver une autre femme, dit sa sœur. Ne t'imagine surtout pas qu'un autoflagelleur a droit aux premières places au ciel.

— Pour certains, la réponse est de trouver une femme, je le sais bien. Mais, moi je n'aime aucune autre femme que Poula et elle, qu'elle aille au diable ! Je le dis comme c'est. Ma vie n'a plus rien à voir avec la foi. Et regarde-moi, Nancy, regarde ton frère. Je ressemble à un squelette passé à la bombe de laque ! Cela est de la pure torture. Et malgré ça, Dieu et Hermund Holm veulent que je devienne un homme encore plus pur, encore meilleur. C'est de la haine. C'est de la pure haine. Je n'ai plus envie d'essayer de deviner quelle est la volonté de Dieu. Je n'ai tout simplement plus envie d'être un des mendiants à la porte de son bordel.

À Hvítanes, ils avaient le chauffage central et, parfois, quand Margreta et Djalli dormaient chez leur tante, ils avaient le droit de profiter du luxe d'un vrai bain. Sinon, ils utilisaient une cuvette quand ils se lavaient chez eux à Revagarður. C'était aussi ce qui était le plus courant à Tórshavn. Le samedi, les gens se lavaient des pieds à la tête et changeaient de sous-vêtements, et le dimanche matin, Leif emmenait les enfants à la communauté et, à cette occasion-là, ils étaient toujours bien habillés.

Mais il arrivait aussi que la famille aille aux bains publics, nommés Skodsborg, et alors c'était jour de fête. Margreta allait dans le secteur des femmes et trempait longuement dans l'eau tiède. Et c'était un pur bonheur de pouvoir se savonner la tête et ne pas penser à l'eau qui risquait de déborder sur le sol. Elle se bouchait le nez avec les doigts, se laissait couler au fond, et regardait le lumineux monde carrelé à travers l'eau claire. À de tels moments, il lui arrivait de jouer avec la pensée que sa mère était toute proche. Elle entendait des clapotements satisfaits dans la baignoire d'à côté et, en voyant deux pieds nus de femme sous un rideau, c'était presque sa mère qu'elle voyait. Dans le secteur des hommes, Djalli et son père avaient droit eux aussi à une baignoire chacun, et Djalli adorait péter sous l'eau et regarder les bulles d'air monter et éclater à la surface. Son père se rasait avec l'eau chaude du robinet et chantonnait de contentement quand il se tenait devant le miroir, enveloppé dans une serviette. Puis ils rejoignaient son Opel Kapitän et un tel moment était toujours fêté. Leur père achetait trois portions de *fish and chips*, les enfants avaient droit chacun à une orangeade, puis ils rentraient manger dans leur cuisine.

Leif avait repris l'habitude de prier à table. Il joignait

les mains, penchait sa nuque tendineuse et remerciait Dieu pour le pain quotidien. Il le remerciait également pour l'argent de la pension qu'envoyait Poula et il arrivait qu'il demande à Dieu de donner de la force à Poula, maintenant qu'elle vivait au loin dans un pays étranger. Il le remerciait pour les jours de tempête qui donnaient beaucoup de travail aux chauffeurs de taxi, et ce qui touchait surtout le cœur de Djalli et de Margreta, c'était quand leur père remerciait Dieu de lui avoir donné des enfants aussi gentils. Mais, les jours de pesanteur, il demandait à Dieu de le débarrasser de son découragement et de lui apprendre à voir les choses avec plus d'optimisme, et cette prière-là, Djalli ne l'aimait pas. Il voyait combien son père était tourmenté et qu'une vraie angoisse colorait chacun de ses mots. Djalli avait peur de son versant sombre, et même si le repas du soir était comme toujours sur la table à six heures, Djalli n'avait pas envie d'être à la maison ces jours-là.

Sœur Clerenze

Un soir, Djalli raconta à son père qu'il avait été chez le dentiste de l'école et que celui-ci lui avait dit que c'était effroyable qu'il prenne aussi peu soin de ses dents.

— Et qu'est-ce que tu as dit ?

Leif lui-même avait de fausses dents à la mâchoire supérieure, et sa brosse à dents avait vu des jours meilleurs. Les dents ? C'était un petit os recouvert d'émail et le jour où il ne servait plus à rien, on l'arrachait, c'était aussi simple que ça.

— Je lui ai répondu que tu prierais certainement pour mes dents, dit Djalli.

— Et le dentiste était satisfait de ta réponse ?

— Je crois bien. Mais il a dit aussi que ça aiderait pas mal si je me brossais les dents. Et sœur Clerenze a dit la même chose, quand on est revenus de chez le dentiste. Elle a dit que les dents sont un cadeau de Dieu et que les cadeaux, on y fait bien attention.

Pour sœur Clerenze, la mise en place de consultations chez le dentiste était un prolongement de ce dont elle-même parlait souvent, à savoir que les enfants qui étaient propres et soignés et venaient bien habillés à l'école étaient aussi les meilleurs élèves. Dans leur trousse, ils devaient avoir crayon, porte-plume et règle, et les livres devaient être recouverts de papier. L'école était une école privée et, pour sa réputation, cela avait de l'importance que les enfants qui la fréquentaient soient comme il faut. Quelle que soit la façon dont on tournait et retournait la question, l'école avait besoin d'approbation. Et l'approbation, on ne l'aurait pas si les enfants avaient l'air négligés. L'approbation, on l'obtenait avant tout des gens qui avaient un mot déterminant à dire dans la société. C'étaient là les conditions des écoles franciscaines en Belgique, au Danemark, tout comme aux Îles Féroé. Sans cette reconnaissance, elles pouvaient aussi bien tout abandonner. Mais, bien sûr, les sœurs accueillaient tous les enfants. Même ceux qui habitaient à Revagarður ou ceux qui vivaient dans des conditions encore plus misérables à Reyn.

Et, d'ailleurs, quand on parlait de pauvres, ils étaient certainement peu nombreux dans la ville à vivre une vie plus miséreuse que les sœurs elles-mêmes et encore moins à travailler aussi dur qu'elles. Mais cela irritait infiniment Clerenze que ce chiot savant de Revagarður prenne autant de place dans la classe. Il levait constamment un doigt, des doigts pleins de cuticules effilochées. Il enlaidissait la belle image qu'elle s'était faite du bon élève. En réalité, sœur Clerenze était une sacrée snob. Voilà exactement ce qu'elle était. Elle couvrait de sa main injuste un sacripant comme Hannis pour la simple raison que son père était capitaine de bateau et qu'il offrait souvent du poisson salé au couvent. Elle chouchoutait aussi la bonne élève Dagmar. La mère de Dagmar était professeure au lycée et son père était médecin. Staffan était fils de l'avocat et membre du Parlement Halldór Danielsen, et sœur Clerenze demandait souvent au garçon comment allaient ses parents. Mais demander la même chose à Djalli, cela ne lui serait jamais venu à l'idée. Ce qui n'empêchait toutefois pas Djalli de lever ses doigts aux cuticules effilochées. Et parfois, il apportait des informations qui agaçaient sœur Clerenze au-delà de tout. Pendant un cours, par exemple, il raconta que le pape avait volé l'œil de Bauer aux gens de Hvítanes et l'avait caché dans sa cave sous le Vatican. Sœur Clerenze était au bord de l'évanouissement.

— Personne ne doit traiter le pape de voleur ! cria-t-elle.

En plus de lui filer une claque, elle envoya le garçon chez sœur Agnes, la directrice, pour qu'il demande pardon d'avoir traité le pape de voleur. Sœur Agnes écouta l'histoire embrouillée de Djalli et comprit tout de suite que l'information sur l'œil de Bauer était un petit bout de fil authentiquement historique. À ses heures libres, elle écrivait un essai sur les catholiques aux Îles Féroé et, lorsque plus tard elle parla à sœur Clerenze, elle lui dit que Djalli, sans le savoir lui-même, lui avait fourni une intéressante information historique.

— Il faudra que tu contrôles ton tempérament, sinon cela n'ira pas, dit-elle à sœur Clerenze.

Pendant quelques semaines, tout se passa à peu près bien. Jusqu'à ce que Djalli, pendant un cours de religion chrétienne, s'avance à dire que Dieu ne pouvait pas être chrétien.

— Il n'est ni catholique ni pentecôtiste. Puisque Dieu a toujours existé, mais Jésus est né bien des années plus tard.

Entendre des mots aussi extrémistes de la bouche d'un chiot et voir l'intérêt qu'ils suscitèrent immédiatement dans la classe, sœur Clerenze ne put le supporter. En plus de l'habituelle claque, elle infligea une retenue à Djalli. *Je ne dois jamais plus blasphémer*, dut-il écrire cinquante fois sur une large bande de papier.

Le rat et la bible illustrée

En général, sœur Clerenze se tenait à la porte de la classe pour faire rentrer les enfants après la récréation. Elle avait sa montre à la main et était prompte à tirer les cheveux de la nuque des plus lents. Or ce ne fut pas le cas lors du premier cours de religion après les vacances d'automne. Les enfants étaient rentrés après la longue récréation et attendaient l'autorisation de s'asseoir. Mais aucune autorisation ne venait. Sœur Clerenze était debout en silence devant une des étagères, elle feuilletait la bible illustrée et semblait avoir tout oublié de l'heure et du lieu. Le silence dans la classe commençait à étonner les enfants et ils se regardaient les uns les autres avec interrogation et surprise. Enfin, sœur Clerenze reposa le livre, demanda aux enfants de s'asseoir, se dirigea gravement vers la porte et la ferma. Il n'y avait pas un bruit dans la classe et on entendait sa longue jupe traîner sur le sol. Elle s'arrêta près du pupitre de Djalli et lui demanda de lire ce qui était écrit sur le tableau.

— Un rat est venu grignoter…, lut Djalli.

— Debout quand tu lis ! exigea la sœur.

— Un rat est venu grignoter la bible illustrée. Le rat a mangé le bon Abel. Et David et Samson. Et le rat est si dangereux qu'il a aussi grignoté la tête de l'Enfant Jésus. Plusieurs de ceux que Dieu aime le plus ont été mangés.

Tous les élèves de la classe savaient que Djalli était complètement fasciné par la bible illustrée. Durant quelques récréations bienheureuses, quand il pleuvait beaucoup ou qu'il y avait une tempête et que les enfants étaient autorisés à rester à l'intérieur, il avait l'habitude de s'asseoir avec le grand livre sur les genoux. On ne voyait que ses cheveux rebelles, le bout de ses doigts et ses jambes. Parfois, un autre enfant aussi avait envie de regarder le livre, alors on le posait par terre, et les enfants couchés sur le ventre regardaient ces images qui ressemblaient beaucoup aux images de collection qui étaient si populaires à ce moment-là.

Sœur Clerenze sortit la montre de sa robe, en ouvrit le couvercle et fit savoir qu'il était dix heures quarante-huit et que personne ne rentrerait déjeuner avant que ne soit révélé qui était le rat. Elle se dirigea vers l'étagère, prit la bible illustrée et la posa sur son pupitre. Les enfants étaient encore désemparés, et Djalli, un peu pris de peur, se demanda pourquoi c'était précisément à lui qu'il avait été demandé de lire ce qui était écrit au tableau.

— Un grand nombre des pires maladies que l'on a connues ont été apportées par les rats. L'un d'entre vous peut me dire pourquoi ?

Sœur Clerenze jeta un coup d'œil sur la classe. Elle avait une fossette sur son beau visage large. Et si on ne regardait que sa bouche, celle-ci aurait pu appartenir à une sœur joyeuse. Seulement ses yeux étaient bien trop menaçants pour que quelqu'un ose lever la main.

— Le bœuf, l'agneau et le poisson ont été créés pour que nous n'ayons pas faim. Mais on ne mange pas les rats. Et ce n'est pas non plus l'idée. Pourtant, le rat a une tâche et une signification tout à fait particulières. Dieu a créé le rat pour avoir quelque chose avec quoi punir les hommes.

Elle repoussa sa longue manche et poursuivit :

— Quand j'avais votre âge, c'était presque la guerre civile à Anvers. Les ouvriers ne voulaient pas travailler, et les bolcheviks, qui régnaient sur leurs syndicats, détestaient l'Église. Les bolcheviks étaient aussi au conseil municipal, et les gens avaient peur d'eux. Et Dieu vit ce qui se passait. Que croyez-vous qu'il fit ?

Oui, il fit sortir les rats des égouts pour punir les gens qui ne croyaient plus en Jésus. Les mères n'osaient plus laisser leurs enfants dehors dans les landaus parce que les rats les attaquaient. Les rats grimpaient en masse sur l'écorce des arbres, dévoraient les oisillons, et le beau chant des oiseaux disparut des parcs cette année-là. Ils dévorèrent tous les chatons de la ville, et il arrivait aussi qu'ils attaquent en groupe les petits chiens et mangent leurs entrailles. Les rats étaient partout, et les gens étaient terrifiés.

Mais un jour, Léopold de Coster, qui était notre bourgmestre, un croyant qui possédait aussi plusieurs usines, dit que c'en était assez. Cela n'allait pas que les bolcheviks et les rats prennent le pouvoir dans une aussi belle et ancienne ville qu'Anvers. Le maire déclara la guerre aux rats et demanda à tout le monde de participer, car cela était une guerre entre le Bien et le Mal.

Moi, j'avais onze ans et je fis partie d'une brigade anti-rats avec quatre autres enfants. Nous avions des bottes, des gants et des foulards autour du cou. Certains portaient des lunettes de plongée pour se protéger les yeux, au cas où un rat les attaquerait. Tous avaient des bâtons à la main et les poches pleines de cailloux. Et nous allions à la chasse aux rats. Il n'y avait aucune pitié. Certains rats étaient caillassés. Parfois, nous les attirions avec des miettes de pain et, quand leurs têtes sortaient, nous les tuions avec nos bâtons. Dans chaque nid de rats que nous trouvions, nous piétinions à mort les petits. Pas parce que nous le souhaitions, mais parce que c'était un devoir envers Dieu. Certains mettaient aussi le feu aux nids, et la puanteur de chair de rat brûlée me poursuit encore. Et pour dix rats que nous tuions, nous recevions un centime de l'aumônier de notre église.

Sœur Clerenze feuilleta la bible illustrée et, lorsqu'elle arriva à la première page où quelque chose avait été découpé, elle descendit le long des pupitres avec le livre ouvert devant elle.

— Celui qui a fait ça est en ce moment ici dans la classe. Ce n'est pas seulement un acte terrible envers l'école, mais aussi une attaque contre l'Enfant Jésus. Et vous devez tous vous souvenir d'une chose : celui qui sait quelque chose, même un tout petit peu mais ne dit rien, lui aussi blasphème contre ce qui est pur et sacré.

Le silence régnait toujours dans la classe.

— Qui est-ce qui utilise le plus le Livre ? demanda-t-elle alors.

Elle regardait Djalli tout en posant la question. Mais il ne prononça pas un mot ; étrangement calme, il était assis les mains entre les genoux et tortillait ses doigts. Alors elle regarda Olaf, son voisin de table, et répéta la question. Tout le monde dans la classe savait très bien qui utilisait le plus le livre, mais dire le nom de Djalli maintenant, c'était la même chose que de rapporter. D'un mouvement rapide, sœur Clerenze attrapa les cheveux de la nuque d'Olaf et exigea une réponse. Sa prise était ferme. C'était douloureux, pourtant il ne parvint pas à dire le nom : Djalli. Pas parce que c'était son voisin de table, mais parce que rapporter était presque aussi mal que d'arracher une image dans une bible illustrée. Olaf sentait le souffle chaud de sœur Clerenze contre son oreille et, lorsqu'elle commença à tourner la touffe de cheveux, il perdit courage et dit qu'il ne le savait pas.

— Tu en es tout à fait sûr ?

— Non, dit Olaf au bord des larmes.

— Alors qui utilise le plus le livre ?

— Je crois que c'est Djalli, chuchota Olaf.

— Je n'entends pas ce que tu dis, déclara-t-elle en lâchant brusquement prise. Monte au tableau et écris la réponse !

Bien à contrecœur, Olaf se dirigea vers le tableau. Il eut soudain l'idée de courir jusqu'à la porte et de s'enfuir, mais cela, il ne l'osa pas non plus. Il se détestait lui-même, et lorsqu'il se retrouva la craie à la main, il jeta un regard rapide vers Djalli. Celui-ci se tenait toujours étonnamment calme et tortillait ses doigts. À chaque lettre qu'Olaf écrivait, il espérait qu'il arriverait un malheur. Que Dieu enverrait un rayon de feu sur la robe de sœur Clerenze et la brûlerait ou que le sol s'ouvrirait soudain et mettrait fin à ce moment affreux. Rien n'arriva. Il écrivit Djalli, retourna à son pupitre et s'assit.

— À quoi peuvent servir les images de la bible illustrée ? demanda sœur Clerenze.

— À une collection d'images.

C'est Hannnis qui le dit. Tous se tournèrent vers lui et, pour un instant, l'insupportable tension dans la classe s'allégea un peu. Il y eut même quelqu'un qui sourit, parce que soudain il y avait la perspective de rentrer déjeuner. Mais Dagmar ne souriait pas. Elle connaissait bien la collection d'images de Djalli et avait presque autant d'images que lui. Mais ses images à lui n'étaient pas découpées dans des livres. Non, ça ne pouvait pas être lui. Elle se souvenait bien, aussi, que Djalli, peu avant les vacances d'automne, lui avait dit que l'Enfant Jésus dormait toujours et qu'il ne voulait plus d'images de lui.

— Il y a plusieurs autres enfants qui ont des collections d'images, dit sœur Clerenze à Hannis.

— Pas aussi belles que celle de Djalli, répondit Hannis. Et puis sa mère est libre-penseuse.

— Libre-penseuse ? Qu'est-ce que c'est que ça ? demanda sœur Clerenze.

Hannis se gratta la nuque.

— Je ne sais pas, dit-il. Mais Djalli vole de l'argent à son père. Personne n'a autant de bonbons que lui.

Sœur Clerenze alla vers Djalli, le prit fermement par le menton et tira sa tête vers elle.

— Est-ce que c'est vrai ? Est-ce que tu voles de l'argent à ton père ?

— Je n'ai pas abîmé le livre.

— Ce n'est pas ce que je te demande. Est-ce que tu voles ? Réponds-moi.

— Pas beaucoup.

— Aha, dit-elle en se tournant vers la classe. Peut-on faire confiance à ce que dit un voleur ?

La plupart des enfants secouèrent la tête et certains se manifestèrent aussi en disant non. Sœur Clerenze tenait la bible maltraitée contre sa poitrine.

— Ce n'est pas seulement le livre qui est déchiré et blessé. Je le suis moi aussi. Le livre a été détruit pour que je sois triste.

Elle avait les larmes aux yeux et, pour autant qu'on puisse en juger, elles étaient authentiques. Cérémonieusement, elle revint vers Djalli et posa la bible sur son pupitre. Elle avait avec elle la large règle en bois, et, à voix basse, elle lui demanda de poser ses mains sur cet échafaud endommagé, mais encore sacré. Et Djalli fit ce qu'on lui demandait, posa ses mains sur le livre. Il se sentait d'ailleurs coupable. Pas parce qu'il avait endommagé le livre, puisque ça, il ne l'avait pas fait. Seulement parce qu'il avait volé de l'argent à son père, et qu'à présent sœur Clerenze et toute la classe le savaient.

La règle fondit sur ses doigts. Elle le frappa plusieurs fois, et Olaf, qui était assis à côté de lui, se recroquevilla comme si c'était lui qui recevait les coups. Il savait bien que Djalli piquait parfois de l'argent à son père. Il le faisait lui aussi, la plupart des enfants l'avaient tenté. Mais que Djalli ait détruit le livre ? Est-ce que ça pouvait être vrai ?

Maintenant, Djalli pleurait. Son nez coulait, et sœur Clerenze ne touchait pas les doigts à chaque fois. Un coup partit dans le vide et elle fut sur le point de basculer à terre. Olaf eut peur d'elle. À la fois parce qu'elle était tellement en colère et parce qu'elle paraissait bizarre. Sa tête pendait un peu d'un côté et elle clignait d'un œil, comme si elle y avait une poussière.

Alors il se passa brusquement la chose imprévue que Dagmar bondit de son pupitre.

— Djalli n'a pas fait ça. Djalli ne l'a pas fait ! cria-t-elle.

Sœur Clerenze s'arrêta, mais ne put se ressaisir assez pour demander ce que Dagmar voulait dire.

— Si, il l'a fait. Je l'ai vu moi-même, cria Hannis.

— Tu es un menteur et les menteurs vont en enfer, répondit Dagmar.

Elle se précipita à la porte, l'ouvrit et courut à toutes jambes dans le couloir. Sœur Clerenze voulut la suivre lorsqu'elle comprit qu'elle avait perdu le pouvoir sur la classe. Deux autres enfants partirent en courant et Ingimar, qui était assis juste derrière Hannis, le frappa des poings sur la nuque aussi fort qu'il le put avant de partir lui aussi en courant dans le couloir. Et comme si ça ne suffisait pas, sœur Clerenze entendit soudain la voix de Djalli.

— Ce n'est pas moi qui ai détruit le livre.

Puis il répéta ces mots, que ce n'était pas lui qui avait détruit le livre. Sœur Clerenze était totalement perturbée, et si elle n'avait pas eu le pupitre pour s'appuyer, elle serait tombée à terre.

— La sœur peut regarder ma collection, continua Djalli avec des larmes dans la voix.

À l'aide de ses genoux, Djalli remonta son cartable sur le pupitre. Mais ses doigts saignants ne lui obéissaient plus, et il perdit la boîte avec les images, qui se répandirent à terre.

Sœur Clerenze était désemparée. C'était clair. Malgré tout, elle attrapa Djalli par les épaules et ne se rendit pas du tout compte que la directrice, sœur Agnes, était entrée dans la classe. Dagmar était juste derrière elle, mais s'arrêta à la porte. Le voile avait glissé de la tête de sœur Clerenze, seule la mentonnière tenait encore, et sur sa nuque pointaient quelques mèches grises. Elle semblait ne vouloir qu'une chose : enfoncer ses doigts dans les yeux et la bouche de Djalli.

— Qu'est-ce que tu fais ? demanda une directrice visiblement choquée.

— Mais c'est le rat !

Sœur Clerenze était à genoux. Elle tourna la tête et, quand elle vit la directrice, elle parvint à avancer un pied, sans avoir la force de se relever. Un instant, elle regarda fixement devant elle, comme si elle ne comprenait pas du tout la situation. La directrice se pencha vers le voile et le lui tendit.

— Monte dans ta cellule. Tout de suite !

*

Djalli saignait de deux ongles, et la peau de ses doigts, à plusieurs endroits, était déchirée. Il était aussi choqué que blessé. La directrice l'aida à se lever et demanda aux enfants de rentrer chez eux, mais leur dit qu'ils avaient cours de nouveau après le déjeuner. Puis elle emmena Djalli dans son bureau. Elle apporta de l'eau chaude dans une cuvette et nettoya le sang de ses doigts. Très délicatement, elle les essuya, les aspergea d'iode et banda les blessures avec de la gaze. Elle lui nettoya aussi le visage, puis appela la station de taxis. Elle contacta Leif et lui dit la vérité, qu'un malheur était arrivé et qu'il valait mieux qu'il vienne la voir dans son bureau.

Pendant qu'ils attendaient, elle resta assise à côté de Djalli. Avec sollicitude, elle lui caressait les cheveux et lui disait combien elle était affectée par ce qui était arrivé. C'était Dagmar qui lui avait raconté ce qui se passait, et la directrice dit qu'elle était sûre que jamais Djalli n'aurait détruit la bible illustrée.

On frappa doucement à la porte et Leif entra. Il regarda son fils et vit tout de suite la gaze autour de ses doigts. Il vit aussi son visage tourmenté, et lorsqu'il s'assit à ses côtés, Djalli recommença à pleurer. Ce n'étaient pas les geignements habituels. Un fleuve torrentiel de pleurs faisait trembler son corps et lui coupait le souffle. Leif était sous le choc, mais tenta au mieux de consoler le garçon, le prit sur ses genoux et le berça.

— Mais qu'avez-vous fait à Djóni ? dit-il quand la crise de larmes se calma un peu.

La directrice, qui était aussi ébranlée, essaya de son mieux d'expliquer l'événement, mais dit, en accord avec la vérité, qu'elle n'avait pas eu le temps d'éclaircir pleinement ce qui s'était passé. Cependant, elle fut assez honnête pour dire que l'école avait depuis un certain temps des problèmes avec le tempérament de sœur Clerenze. Et Leif apprécia cette information. La directrice dit aussi qu'elle se chargeait personnellement d'examiner l'affaire et qu'elle espérait que Leif et Djalli accepteraient des excuses humbles et inconditionnelles de la part de l'école. Le père et le fils s'étaient levés, et sœur Agnes dit qu'il valait sans doute mieux qu'un médecin regarde les doigts de Djalli.

*

Après le déjeuner, les élèves avaient cours de calcul avec sœur Bertha. Elle était assise au bureau, tandis que la directrice se tenait à la porte pour accueillir les élèves. Sœur Agnes avait des yeux intelligents et une voix qui établissait tout de suite le contact avec la classe. Cependant, elle était aussi une professeure normale, c'est-à-dire qu'elle pinçait les joues et tirait les cheveux si ça la prenait. Mais pas ce jour-là. Et elle ne tint pas non plus de long discours. Elle dit seulement que celui qui avait la bible illustrée abîmée sur la conscience et qui était à l'origine de la triste situation dans laquelle ils se trouvaient tous devrait demander pardon à Jésus. Elle dit aussi que dans les pays catholiques, les gens qui avaient fait quelque chose de mal pouvaient aller voir le prêtre et se confesser. Ainsi on soulageait son cœur et on obtenait la paix de l'âme, et cela, on pouvait également le faire ici à Tórshavn. Puis elle signala que sœur Clerenze était en congé maladie et qu'elle aussi avait demandé pardon à Jésus pour avoir frappé Djalli si violemment.

Déjà à la porte, la directrice avait remarqué que Bjarki manquait. Elle s'en étonna un peu, et lorsqu'elle se tourna vers la classe et demanda si quelqu'un avait vu Bjarki, elle rencontra le regard de Dagmar. Pendant une seconde peut-être, à peine plus. Mais, à ce moment précis, toutes deux pensèrent la même chose, que le coupable devait être Bjarki. Ce que sœur Agnes ne savait pas et qui rendait le soupçon encore plus convaincant, c'était que Bjarki était le seul collectionneur qui fabriquait lui-même ses images.

Dès l'après-midi, la directrice eut une conversation avec la mère de Bjarki dans son bureau.

— J'ai aidé Bjarki à faire des images de collection, dit la mère. Mais je ne pouvais pas savoir qu'il avait arraché des images de la bible, et il ne m'en a rien dit. Nous habillions le dos des images de papier argenté et nous passions de si bons moments ensemble en le faisant.

Elle donna à la directrice une enveloppe contenant les images.

— Nous n'avons jamais eu de problèmes avec Bjarki, dit la directrice. Il a toujours été un brave garçon. Je suis désolée. Mais l'école a ses règles. Un méfait comme celui-là est puni de renvoi.

*

Le 3 décembre, Djalli eut onze ans et, sans se douter que ce serait son dernier anniversaire, il offrit des bonbons à la classe, et les enfants lui chantèrent la chanson d'anniversaire. Peu après, il tomba malade. Margreta se réveilla une nuit parce que Djalli vomissait dans son lit. Elle réveilla son père, et il prit Djalli avec lui. Mais son fils continuait à se plaindre de mal de tête, et lorsqu'il eut pris deux cachets de paracétamol et que son père lui eut lavé le visage, ils s'endormirent tous les deux. Le père se réveilla une heure et demie plus tard. Djalli était bien trop chaud. Leif courut à l'Opel Kapitän, appela la station de taxis et leur demanda de contacter un médecin pour qu'il vienne rapidement à Revagarður. Le médecin vit tout de suite ce qui n'allait pas. À ce moment-là, la nuque de Djalli s'était déjà raidie. Leif passa toute la journée à l'hôpital et, à sept heures et demie du soir, Djóni Nolsøe, surnommé Djalli, mourut.

INGIMAR ET KÁRI

Ingimar habitait sur la route nommée Landavegur, à cinq maisons de distance de Kári, et, en plus d'être voisins, ils étaient aussi amis. Le trajet le plus court entre les maisons était par la route, bien sûr, mais le trajet le plus excitant, surtout pour les deux petits garçons, était de passer par-dessus les clôtures. Dans le premier jardin, il y avait un abri antiaérien datant de la guerre. C'était une cavité étroite qui partageait le jardin en une partie est et une partie ouest, et dont le sous-bassement, les murs et le toit étaient en béton. À un endroit, le plafond s'était écroulé. Mais à part ça, on pouvait s'y tenir debout, et c'est là que les deux amis avaient l'habitude de passer du temps. Dans la maison à laquelle appartenait le jardin habitait un vieux photographe nommé Kalli Fonsberg. Il fréquentait peu les gens, mais parfois, quand il voyait les deux garçons, il leur faisait signe de sa fenêtre et leur demandait de chanter pour lui. Et les garçons n'y voyaient aucun inconvénient. Ils chantaient *Je suis le petit agneau de Jésus*, ou la chanson norvégienne sur Davy Crockett, et lui se tenait à la fenêtre à l'étage et leur lançait quelques bonbons ou un peu de chocolat.

Kári connaissait aussi quelques strophes de la ballade de Sigmundur[1] et, quand Kalli entendait une voix d'enfant chanter les vers sur le formidable tireur à l'arc Einarr Thambarskjelve[2], des larmes lui montaient aux yeux. Il arrivait aussi à Kalli de les photographier. Il avait photographié la vie quotidienne de Landavegur pendant de nombreuses années et avait raconté un jour à Tórstein, le père de Kári, que son projet était de faire une grande exposition intitulée *J'habite au bord d'une route*. C'était une allusion à la célèbre chanson d'Edvard Persson, et Kalli était prêt à le garantir, cette exposition serait, comme il l'exprimait, un événement photo-anthropologique de classe internationale.

Dans le jardin suivant, les habitants avaient leurs toilettes à l'extérieur. Quand les enfants du voisinage jouaient à cache-cache, il leur arrivait de se camoufler dans cette petite cabane. Elle était construite dans le prolongement de la chambre à provisions, et certains pensaient que cela donnait à la viande une force particulière d'être aussi près de la merde. Sur une étagère étaient posées une bougie et une boîte d'allumettes, et en dessous il y avait des journaux, des exemplaires du

1. *Sigmundarkvæði* ou *Sigmunds kvæði* est une ballade très connue sur les Îles Féroé, qui parle du chef viking norvégien Sigmundur Brestisson (961-1005) qui convertit l'archipel au christianisme (Saga des Féroïens).

2. Einarr Thambarskjelve ou Einar Tambaskelvi : autre grand chef de guerre norvégien (Saga de Saint Olaf), célèbre pour son arc.

Dimmalætting[1], qu'ils utilisaient pour s'essuyer. Lors d'un anniversaire chez Kári, Hjalti, l'oncle maternel de Kári, avait prétendu que le *Dimmalætting* était en réalité écrit pour le trou du cul intérieur des Féroïens. Kári ne comprit pas ce que son oncle voulait dire. Et un jour, il demanda à Ingimar s'il avait déjà entendu dire que les Féroïens avaient plus d'un trou du cul, mais celui-ci n'en savait rien. La seule chose qu'il savait, c'est que sur les petites filles, le trou était situé tout près de celui pour pisser, en tout cas chez sa sœur Stella. Ceux à qui appartenaient le jardin et les tinettes étaient un couple âgé. Ils vivaient seuls et remarquaient rarement les enfants qui crapahutaient entre leurs buissons au lieu de marcher sur la route.

Le troisième jardin appartenait au barbier Erland Jacobsen. Mais qu'Erland soit barbier, il était tout à fait impossible de le deviner aux buissons sauvages, aux grandes oseilles et aux larges feuilles de rhubarbe qui s'étalaient, étouffant la moindre herbe folle. Un joli pont de pierre longeait la maison, bordé des deux côtés par un parapet en fer qui, il y a bien longtemps, avait été peint en noir. Le ruisseau qui coulait autrefois sous le pont avait été canalisé lors de la construction du lotissement plus haut et, quand les enfants couraient à travers le jardin, ils passaient souvent sous le pont. Qu'ils accrochent des cordes aux arbres et aménagent

1. *Dimmalætting* (L'aube) : le plus ancien (1878) et longtemps le plus diffusé des journaux féroïens. Dès la création du Parti de l'Union en 1906, il en devint l'organe de presse. À l'époque où se déroule le roman, ce journal était écrit en danois et partiellement en féroïen.

là-haut de petites places pour s'asseoir, cela était tout à fait égal à Erland. Le jardin vivait sa propre vie indépendante, et si les buissons aux feuillages verdoyants avaient pu parler, ils auraient pu raconter bien des histoires sur les premières expériences amoureuses des enfants de Landavegur.

Mlle Hammer était originaire du village de Hov et avait eu, pendant de nombreuses années, un poste au gouvernement. Elle, au contraire, prenait soin de son jardin ! Là n'entrait pas un être vivant. Si les enfants s'aventuraient à grimper sur la palissade, elle apparaissait immédiatement à la fenêtre et leur demandait de ficher le camp, et si quelqu'un osait protester, elle menaçait de les dénoncer et parfois même d'aller chercher son vieux fusil à double canon. Dans son jardin poussaient plusieurs grands arbres, des rosiers et des buissons à baies, et pendant les beaux mois de printemps et d'été, les oiseaux chantaient sur les branches. Elle cultivait aussi un jardin potager avec des pommes de terre, de la rhubarbe et des navets, et, chose tout à fait singulière, elle cultivait des fraises sous châssis. Avec ses roses, ses coquelicots et ses parterres de myosotis, le jardin était une pure beauté, le bijou d'une vieille demoiselle de Hov. En été, elle y passait ses soirées. Elle portait des bottes de caoutchouc et un chapeau de toile à large bord, et sur la table de jardin il y avait le cendrier, la boîte de cigares et le verre de porto. Cette femme coléreuse était l'esthète de Landavegur, mais c'était également une femme bien, comme Kári put le constater durant les années où il était pêcheur. À cette époque, sa mère avait en effet l'habitude de lui demander d'apporter à

Mlle Hammer des joues de morue salée ou du poisson fermenté.

Il y avait cependant un jardin qui surpassait tous les autres. À la fois en taille et en beauté. Été comme hiver, les étourneaux chantaient dans les grandes cimes des érables. La plupart des espèces de fleurs existant aux Îles Féroé y poussaient et elles y trouvaient la paix pour s'épanouir, car ce jardin était le Vieux Cimetière. Il semblait ondoyer, vert, jaune et rouge, sous le beau soleil. Les insectes volaient en bourdonnant au-dessus des étroits sentiers tapissés de coquillages, et s'il soufflait une brise de l'est, on sentait la délicieuse odeur végétale jusque sur la route. Un silencieux respect pour la mort rayonnait de chaque brin d'herbe.

Un jour où Kári apportait du poisson à Mlle Hammer, elle l'invita dans son jardin. Elle lui demanda si elle pouvait lui offrir un verre et, tandis qu'ils profitaient de la lumière du soleil couchant en prenant de petites gorgées de porto, elle dit que c'était un mystère que l'on fasse autant de cas des cimetières.

— Au fond, dit-elle, le Vieux Cimetière est une déchetterie. Rien de plus. C'est là qu'on dépose nos restes. Pourtant, on tient à orner la mort. Tu as peut-être entendu parler de Friedrich Nietzsche. Il a écrit quelque part que nous avons besoin d'art, sans quoi nous serions étouffés par trop de vérité. Je pense que les cimetières participent de cet art. Nous craignons la déchéance qui mène impitoyablement à la mort. Et, un matin, seuls les autres se réveillent. Seuls les autres prennent une délicieuse douche froide et un petit déjeuner. La mort n'a rien de beau. Et c'est justement elle que nous essayons de décorer. Nous embellissons la laideur. Sinon nous ne pourrions pas vivre.

Tout près du cimetière se trouvait la clinique dentaire de Mme Haraldsen et, si on regardait par sa fenêtre, on découvrait de longues rangées de dentiers sur les étagères. Les gens venaient à elle de tout le pays. Édentés et bourrés de complexes, ils frappaient à la porte ; en ressortant, ils souriaient comme des stars de Hollywood.

Quand Elgerda, la sœur de Kári, regardait par sa fenêtre, elle voyait le cimetière et, elle qui adorait faire peur à son frère, elle lui raconta une fois que Mme Haraldsen s'y promenait la nuit. Elle y allait avec Dávur, son plus jeune fils. Lui creusait jusqu'au cercueil, elle arrachait les dents des morts. Et après, ces dents riaient sur les étagères de sa clinique.

L'âme d'automne de Mme Willumsen

Chacune des maisons de Landavegur avait son odeur, une odeur particulière qui se percevait dès l'entrée. Toutefois, il y avait certaines odeurs de base qui revenaient tout le long de Landavegur, et d'ailleurs dans tout Tórshavn. Tout d'abord l'odeur de charbon, celle du charbon des mines de Hvalba et aussi celle du charbon anglais utilisé par les chalutiers. Le Syndicat des ouvriers de Tórshavn ainsi que deux des marchands de bois de la ville vendaient du charbon et, par tous les temps, leurs voitures de livraison caractéristiques circulaient dans les rues. Les étourneaux cherchaient avidement de la nourriture dans les tas de cendres rouge-brun accumulés dans tous les jardins et, par les journées calmes d'hiver, la fumée de charbon était suspendue comme une fine couverture au-dessus de Landavegur.

L'odeur de pommes de terre cuites était ténue et discrète. C'était comme si les pommes de terre poussaient les gens à faire preuve à la fois de réserve et de modestie. En mars, seuls quelques germes étaient visibles, mais dès la Saint-Olaf[1] il y avait des tas de belles pommes de terre blanches sous toutes les plantes.

L'odeur de la chair de cétacé et du poisson fermenté était plus forte, plus pénétrante, et c'était une odeur qui, pour utiliser une expression de l'ancienne science médicale, revigorait les fluides corporels.

Quand il pleuvait, on sentait la douce odeur de vêtements mis à sécher. Les gens installaient les étendoirs à linge au-dessus des cuisinières à charbon, et la chaleur formait sur le linge une croûte un peu rêche sous les doigts. En automne, les gens portaient beaucoup de laine, surtout aux pieds. Les sous-vêtements des enfants aussi étaient en laine.

Et puis il y avait l'odeur du savon noir, ce produit miracle utilisé pour laver les sols et les fenêtres, et dont on se servait aussi pour les plaies infectées ou les ampoules sur les mains. Il y avait des femmes qui avaient carrément foi en le savon noir qui, en réalité, était brun. Elles se lavaient les cheveux au savon et, en

1. La Saint-Olaf, le 29 juillet : *Ólavsøka*, fête nationale féroïenne, célèbre le roi norvégien saint Olaf, mort en 1030. C'est aussi le jour de l'ouverture du Parlement féroïen.

plus de tuer les pellicules, le savon noir-brun donnait aux cheveux une nuance jaunâtre. Certaines femmes, dont les sols étaient recouverts de linoléum, utilisaient également de la cire et, comme dans l'école des nonnes, les planchers brillaient ; et pour les narines de gosses de nonnes, tels que Kári et Ingimar, cette odeur était à la fois digne et sévère.

L'automne apportait beaucoup de nouvelles odeurs. Les jours de tempête et de pluie, on posait des chiffons et des serviettes sur les rebords de fenêtre et, surtout quand le vent du sud-est soufflait incessamment contre les fenêtres du séjour, Mme Willumsen essorait souvent ses chiffons. La cuisinière et le feu qui vrombissait dans le fourneau tenaient en partie éloignée l'odeur d'humidité. Mais, sous le toit, la chaleur n'avait aucun pouvoir. En automne, le papier peint se détachait des plaques de carton, les édredons sentaient l'humidité et, dans l'entrée, où étaient accrochés les vestes et manteaux, et rangées toutes les chaussures, se dégageait l'odeur d'une saison puissante.

Toutefois, dans la famille de Kári, l'automne était la saison la plus douillette, parce que c'était en automne que sa mère faisait de la pâtisserie. Elle ne faisait ni pain noir ni pain blanc, qu'on achetait chez le boulanger. Elle faisait des gâteaux et adorait s'affairer à cette tâche. Ses biscuits à la vanille étaient brunis juste à point. Les motifs dessinés sur ses biscuits à la cardamome étaient bien visibles quand on les levait vers la lumière. Il y avait toujours des sablés et des gâteaux au sirop. Elle faisait aussi des gâteaux aux dattes et de petites cornes fourrées au massepain ou au nougat. Elle réalisait plusieurs sortes de fonds de tartes, au chocolat et aux noisettes, et mettait différentes sortes de crèmes entre les couches. Kári adorait aider sa mère et il avait aussi le droit de racler les bols.

— Laisse-les-lui, dit un jour leur mère, quand Elgerda exprima elle aussi l'envie de racler un fond de bol.

Cependant, Elgerda n'abandonnait jamais rien sans combat.

— La pâte va lui gâter les dents, dit-elle.

— Ça ne fait rien, répondit Kári. Je n'aurais qu'à aller chez mamie Haraldsen me procurer de nouvelles dents.

— On ne peut pas manger des gâteaux avec les dents de gens morts, dit Elgerda.

— De gens morts ? demanda la mère étonnée.

— Tu ne le savais pas ? demanda Elgerda. Mamie Haraldsen connaît tous les médecins de l'hôpital, et chaque fois que quelqu'un meurt, ils l'appellent et elle arrache les dents aux cadavres.

— C'est pas ce que tu as dit la dernière fois, protesta Kári. Tu as dit que mamie Haraldsen allait dans le cimetière déterrer les morts, et puis qu'elle leur arrachait les dents.

— Oui, c'était comme ça avant. Mais il n'y a plus de dents dans le cimetière. Mamie Haraldsen les a déjà toutes prises. C'est pour ça que maintenant, elle se les procure à l'hôpital.

Puis Elgerda pressa son pouce sur le nez de Kári et lui dit :

— Idiot de frère !

— Laisse le bol à Elgerda, dit la mère. Elle l'a vraiment mérité, avec une telle histoire.

S'il existe quelque chose nommé une âme d'automne, alors Mme Willumsen possédait une telle âme. Il semblait que cette saison puissante la réveillait et offrait à son dur tempérament un antidote bienvenu et vital. L'automne était son apport de vitamines spirituel. Il ne faut pas entendre par là qu'elle en devenait douce. Non, Hallgerð Willumsen n'était pas une femme douce, et d'ailleurs, cela ne lui irait pas non plus. Mais en automne, une lueur chaude brillait dans ses yeux. Et bien des années plus tard, Elgerda prétendit que l'automne était aussi la saison où sa mère aimait le plus son mari.

Mme Willumsen était toujours celle qui se levait en premier le matin et descendait dans la cuisine allumer le feu. Parfois, Kári se réveillait en entendant la première marche de l'escalier craquer, mais par temps calme, il était aussi réveillé par le cliquettement des bidons de lait vides qu'on hissait à bord dans le port. Il était autour de six heures et demie du matin et, un peu plus tard, se faisait entendre le bruit de moteur caractéristique signalant que le *Streymur* et le *Tróndur* quittaient le port vers Sundalag et le fjord de Skáli. Ils emportaient le courrier et quelques voyageurs, et lorsqu'ils revenaient dans l'après-midi à Tórshavn, les bidons étaient pleins de lait.

Vers sept heures, la mère allait tirer Niklas et Elgerda du lit. Kári et Niklas partageaient une chambre, et Niklas dormait dans la couchette du dessous. Niklas sortait silencieusement le pot, s'appliquait à pisser contre le bord pour ne pas faire de bruit et repoussait ensuite doucement le pot sous le lit. Pendant que sa mère coupait le pain et mettait la table, Niklas, assis les jambes repliées sous lui, parlait avec elle. D'autres fois, ils ne parlaient pas du tout, jouissaient simplement du silence : c'était leur rituel à eux, pendant que la maison se réveillait lentement. Kári adorait son grand frère patient et bienveillant. Lui ne le taquinait pas autant qu'Elgerda et, quand Kári commença à aller à l'école, c'est Niklas qui lui fit répéter ses tables de multiplication.

Elgerda restait toujours un moment encore à s'étirer, puis elle sautait du lit, s'habillait et se dépêchait de descendre dans la cuisine. Celui qui se levait en dernier, c'était leur père. Le plus souvent, il était sept heures passées quand Tórstein manœuvrait ses jambes hors du lit. Et il ne se souciait pas que les planches du parquet craquent et gémissent sous ses longs pieds étroits. Surtout lorsqu'il avait bu la veille au soir, il pétait bruyamment quand il passait, à moitié endormi, au-dessus de la trappe, et Kári était fier d'avoir un père qui faisait autant de bruit que toute une fanfare.

Pabbaba et le joueur de tambour

Deux, parfois trois fois par semaine, Pauli Willumsen traversait le pont avec sa charrette à cheval, en route vers la ville. Il se rendait à la laiterie avec du lait, et lorsqu'il reprenait Landavegur au retour, le tintement des bidons vides incitait les enfants à courir derrière la charrette. Courir est peut-être un grand mot. Le cheval velu de Norðadalur tirait lentement la voiture derrière lui et si les enfants faisaient mine de courir à sa suite, c'est que, parfois, ils étaient autorisés à monter et à faire un bout de route sur Landavegur. Pauli parlait rarement aux enfants. La plupart du temps, il souriait et, s'il disait quand même quelque chose, ce pouvait être une phrase comme *Ah, quel temps de chien*, ou encore il fredonnait un bout de chanson ou de psaume. Il portait toujours un sarrau et un bonnet féroïen, mais son pantalon large qui ballottait autour de ses mollets et ses galoches en caoutchouc aux semelles blanches indiquaient que, malgré tout, les temps nouveaux étaient parvenus jusqu'à lui. Parfois, quand il voyait Kári, il tirait sur les rênes et attendait que le garçon grimpe sur la charrette. C'était l'oncle paternel de Kári, et souvent, ils s'arrêtaient près de la Brasserie Restorff. Kári, Niklas et Elgerda ne l'appelaient pas Pauli, mais Pabbaba, oncle paternel. Le vieux était né en 1894, l'année où son propre père avait été emporté par une vague par-dessus bord du sloop *Patzy*. Sa mère ne s'était jamais remariée, mais vingt-trois ans plus tard, elle avait donné naissance à Tórstein.

Un jour où Kári et Pabbaba faisaient halte devant la brasserie, le vieux demanda à Kári d'entrer et d'aller chercher le joueur de tambour. Celui-ci avait l'habitude de lui donner des drèches pour nourrir ses animaux, en contrepartie de quoi il recevait une oie à Noël et, de temps en temps, un cou de mouton demi-sec à mettre dans la marmite. Kári descendit de la charrette, mais ne trouva pas de joueur de tambour dans la brasserie. Il chercha entre les hautes rangées de caisses de bière et de soda ; il n'y avait personne et il n'entendait pas non plus de battements de tambour. Il savait bien sûr ce qu'était un tambour, il savait aussi qu'un véritable joueur de tambour le portait accroché sur le ventre, ça il l'avait vu lorsque la fanfare défilait le jour de la messe de la Saint-Grégoire. Kári revenait vers le grand porche lorsqu'il vit un homme hisser un sac de drèches sur la charrette. Il avait déjà vu cet homme. Ingimar et lui l'avaient vu ensemble. Un jour qu'ils étaient assis sur l'escalier de Kalli, l'homme s'était arrêté et avait commencé à faire le pitre. Il avait un visage en caoutchouc qui pouvait se tordre dans tous les sens et avec lequel il savait émettre toutes sortes de bruits. Pourtant, les garçons n'osèrent pas rire. Ce n'est qu'une fois l'homme parti qu'ils essayèrent de reproduire quelques-uns des bruits bizarres que l'homme faisait à la fois par le nez et par la bouche. Mais était-ce vraiment lui, le joueur de tambour ?

Après, lorsque Elgerda et ses copines commencèrent à écouter Cliff Richard, Elvis Presley et bien d'autres nouveaux noms qu'on pouvait entendre sur Radio Luxembourg, la passion du tambour se réveilla chez Kári, et il commença à taper sur tout ce qui était susceptible de faire du bruit. Des boîtes à gâteaux, le bord de la table de la cuisine, les marches d'escalier quand il montait au grenier. Or un jour arriva cette chose incroyable : son père revint avec un tambour. C'était un tambour de marche blanc très usé. Mais le son y était, et le tambour s'installait sur une armature argentée réglable en fonction de la taille du joueur. Et encore mieux : le tambour était un cadeau pour Kári. Il se révéla que le joueur de tambour de la brasserie s'était acheté un nouvel instrument et que Pabbaba l'avait dit à son frère. Le résultat de cette conversation avait été que les deux frères avaient acheté le vieux tambour pour Kári. Et le joueur de tambour était si attentionné qu'il vint un jour voir Kári pour savoir comment ça allait avec le jeu. Kári lui raconta qu'il avait l'habitude de mettre Radio Luxembourg et de jouer au son de la musique et qu'à d'autres moments il chantait et s'accompagnait au tambour. « C'est la bonne méthode », dit le joueur de tambour. Très bien. Il prit les deux baguettes et montra à Kári comment les tenir. La baguette de la main gauche devait reposer sur le majeur et l'index, tandis que le pouce et l'annulaire la dirigeaient. La baguette de la main droite, on la tenait dans la main. Kári ne devait pas serrer trop fort, surtout pas. Les baguettes devaient rebondir légèrement entre les doigts, et quand il aurait bien appris à connaître les baguettes et le tambour, dit le joueur de tambour, il serait capable de jouer les yeux fermés.

Puis le joueur de tambour lança sa machine. Les baguettes cavalaient sur la peau, cherchaient le centre puis ressortaient vers le bord ; jouaient sur le bord lui-même et, comme si ça ne suffisait pas, Kári reçut un petit coup et le joueur de tambour dit *kissh* quand la baguette frappa sa tête. Sa mère les regardait, debout à la porte, et quand Kári la vit rire, il comprit que tout allait bien.

Bottes orthopédiques

La baie de Vestaravágur n'était pas seulement le lieu de travail des forges, des boutiques, des entrepôts et de la boucherie Reinert. C'était aussi la grande aire de jeux des enfants de Landavegur. Les jours de vent, quand le vent du sud-est dirigeait les vagues joyeuses vers le fond du port, là où on remontait les bateaux, les enfants chantaient : *Viens, grande vague, viens par ici, tu auras du candi. Viens, grande vague, viens par ici, tu auras du candi.* Et, ces jours-là, Kári enlevait ses bottes orthopédiques. Il se sentait vraiment à son aise. Comme les autres gamins en bottes de caoutchouc, il fuyait les crêtes d'écume blanche en jubilant.

Sur la plage rocheuse en contrebas de la route de Skálatrøð se trouvaient les rochers que la mer avait soit arrachés à la terre, soit recrachés. Cette plage rejoignait à l'ouest l'ère de sable près de la vieille usine d'Østrøm, où les enfants mettaient leurs radeaux à l'eau. La plupart du temps, le radeau se composait de deux tonneaux arrimés et de quelques planches pour s'asseoir. Sur ces simples esquifs, ils naviguaient entre les bateaux à l'ancre. Et, à bord d'un tel radeau, il y avait de la place pour un garçon comme Kári, aux minces jambes mal en point.

En plus d'avoir des ligaments trop mous, Kári avait aussi les pieds plats. Pendant trois ans, il porta des bottes orthopédiques qui remontaient assez haut au-dessus des chevilles. Peu à peu, il s'habitua à ces godillots lourds et laids. Si les bottes avaient eu des oreilles, elles auraient ressemblé à des têtes de chien. Lorsqu'elles étaient rangées dans le couloir, leur languette reposait sur l'empeigne ou traînait sur le sol à côté des longs lacets. Et quand les garçons jouaient au football dans la cour de récréation des nonnes, Kári gardait parfois le but, mais seulement quand il manquait un gardien. Longtemps, il fut exempté de gymnastique, et de temps en temps il avait tant de mal à marcher qu'il était incapable d'aller à l'école.

Ces jours-là, Kári restait à la maison et passait des heures à jouer avec de la pâte à modeler. Il s'asseyait à la table de cuisine et rien ne lui était plus facile que de modeler des bateaux et des quais. Dans sa tête, la toile cirée prenait la forme de la baie du port, et là naviguaient des bateaux chargés à bloc de bidons de lait et de bétail. Mais Kári modelait aussi des anges et les accrochait avec du fil à coudre à l'abat-jour au-dessus de la table de cuisine. Tous les anges avaient le même genre de boucles que son frère Niklas ou que les anges dans la bible de Doré, qui se trouvait sur l'étagère de la table basse devant le canapé.

Les rares fois où Kári ressentait un complexe d'infériorité en raison de ses mauvaises jambes, c'était quand les sœurs d'Ingimar voulaient lui apprendre à danser. Et au fond, cela n'avait pas tellement à voir avec la danse elle-même. Ce qui avait tout autant d'importance, c'était que les sœurs aimaient tellement leur frère Ingimar. Il était vraiment leur petit frère, et surtout Ingibjørg, la sœur aînée, adorait le chouchouter. Elgerda n'était pas comme ça. Elgerda était une peste, voilà ce qu'elle était, et elle aimait tellement lui faire peur !

Le père d'Ingimar avait acheté un gramophone de voyage rose pour les sœurs. On ouvrait le couvercle, dans lequel se trouvait le haut-parleur, puis on y posait des disques vinyles avec de la musique du Luxembourg. Un pas à gauche et deux à droite, un à gauche et deux à droite. Encore et encore. « Tiens-moi bien, grondait la sœur cadette Stella. Oui, comme ça. Un à gauche et deux à droite. » Et Ingimar apprenait vite. Il ne lui fallut pas longtemps avant de tournoyer sur le linoléum du séjour, soit avec Stella, soit avec Ingibjørg. Pendant qu'ils dansaient, Kári était assis tout seul sur le divan. Au fond de lui-même, il maudissait ses pieds débiles, et Ingibjørg, qui voyait que ça le tourmentait, le consolait en lui disant que tôt ou tard, ses pieds se remettraient d'aplomb et qu'alors elle lui apprendrait à danser.

Pendant toute l'enfance d'Ingimar, son père navigua en mer comme chef mécanicien. Il s'appelait Hjørleif et on l'appelait Holli, mais quand le téléphone sonnait, il se présentait toujours avec son nom de famille, Hentze. Il naviguait pour MAERSK. C'est peut-être pour cette raison qu'il était un peu plus fier que les autres. C'est en tout cas ce que pensaient les gens de Landavegur. Quand Holli était à la maison, ils utilisaient des serviettes pour le repas du soir, et le dimanche, de belles serviettes blanches en tissu. Ce n'était pas habituel dans le voisinage, en tout cas pas les jours de semaine. Mais même si Holli avait la réputation d'être un peu fier, c'était lui justement qui invitait les enfants du voisinage à voir des films. Et c'était vraiment festif ! Il possédait une caméra et un projecteur. Une grande peinture du fort de Tórshavn, peinte par Sigmund Petersen, était décrochée du mur, et le papier peint clair servait d'écran. Tous les rideaux étaient tirés, mais quand le film commençait, Kári ne savait pas très bien si les animaux de Walt Disney sortaient du papier peint ou s'ils dévalaient sur le rayon de lumière du projecteur. Il n'avait jamais su que les animaux savaient parler anglais et trouvait ça bizarre. Parfois, Holli traduisait ou bien il se mêlait aux conversations des animaux. Donald Duck demande s'il y a quelqu'un ici qui s'appelle Kári, fit-il savoir une fois, et lorsque Kári tout étonné se leva et hocha la tête, Holli dit que Donald le saluait. Il arrivait aussi à Holli de faire demander à un autre personnage si des fois les enfants avaient envie d'un caramel, et quand tout le monde répondait *oui !*, il arrêtait l'appareil un moment et faisait tourner un bol rempli de caramels anglais.

Les enfants aimaient aussi voir les films que Holli avait lui-même tournés. Il leur montrait des vues de la statue de la Liberté, des gratte-ciel de Manhattan, et la première fois que Kári vit un Noir, ce fut sur les images d'un film dans le salon de Holli. Il y avait aussi des vues de la salle des machines qui, si Holli disait vrai, était aussi grande que l'église de Tórshavn. Oui, même avec son grand clocher, l'église entrerait facilement dans la salle des machines. Cela mettait l'imagination de Kári en branle. Il voyait l'église naviguer hors du port. Toutes les fenêtres étaient ouvertes et un joyeux chant en jaillissait. Il s'imaginait que lui-même se tenait dans le clocher et que des anges qui avaient le même genre de boucles que Niklas volaient derrière la magnifique nef de l'église. Et tout le monde était content et gentil, même sa mère et son père. Un dimanche où il était à l'église avec sa mère, il lui chuchota que Holli était prêtre dans une salle des machines et que celle-ci était habitée par cent chevaux.

Les invités autour de la table aux gâteaux

Quand il y avait un anniversaire dans la famille de Kári, il y avait toujours une belle fête de gâteaux, et alors venaient aussi les membres de la famille qui habitaient en ville. Hjalti Debess, le frère de Mme Willumsen, était célibataire et travaillait dans le bureau du Haut-Commissariat du Danemark. C'était un des rares hommes qui portaient un chapeau tous les jours et une montre dans la poche de sa veste, et quand il y avait de la gadoue sur les chemins, il utilisait canne et galoches. Ses paupières retombaient jusqu'à mi-œil et lui donnaient une expression paresseuse et distante, mais même si c'était un homme très poli – oui, selon son beau-frère Tórstein –, presque maniéré, on devinait une lueur d'ironie dans son regard. Ses écrivains préférés étaient J.H.O. Djurhuus[1] et Stefan Zweig, et quand il écrivait ses commentaires dans le *Tingakrossur*, le vieux journal de Kristin í Geil[2], il utilisait le pseudonyme Stefan Djurhuus, ou simplement S.D. La famille Debess avait été membre du Parti de l'Autonomie depuis sa fondation en 1906, et le père, qui était professeur au collège, siégeait parfois au Parlement féroïen comme suppléant de Jóannes Patursson[3]. Un jour, Hjalti dit que c'était grâce à l'amitié heureuse et sans drames entre dix familles

1. J.H.O. Djurhuus, appelé Janus Djurhuus, ou simplement le poète Janus (1881- 1948) : premier poète moderne féroïen, symboliste, ancien avocat un temps rayé du barreau, il est une figure incontournable de la culture féroïenne.

2. *Tingakrossur* (budstick ou bâton à message), journal publié de 1901 à 1990, qui, dès la création du Parti de l'Autonomie, en devint l'organe de presse. Kristin í Geil fut son premier rédacteur en chef.

3. Jóannes Patursson (1866-1946), poète et leader nationaliste féroïen.

autonomistes qu'avait été instaurée la modernité aux Îles Féroé. Une amitié qui reposait sur l'amour de la langue féroïenne, la passion pour les chansons nordiques et le respect pour ce type de luthéranisme qui sait apprécier un bon verre de genièvre et un délicieux cigare. Mais une autre chose qui liait les familles autonomistes, c'était qu'ils se fournissaient les uns les autres des pères pour leurs enfants.

Les événements de Tórshavn, ou de la petite capitale nord-atlantique, comme Hjalti aimait appeler sa ville natale, étaient en général au centre de ses pensées. Un de ses articles, qui suscita pas mal d'attention, avait comme sujet le garage et le nouveau corbillard qu'avait acheté la commune de Tórshavn. Tout près de l'abri antiaérien du photographe se trouvait la maison de retraite, et les vieux, depuis leurs fenêtres, avaient une vue directe sur la cabane de tôle et de ciment où était garé le corbillard. Que la commune offre à ses anciens une vue aussi sinistre, Hjalti trouvait cela lamentable. L'article qu'il écrivit avait pour titre : *La* rigor mortis *du conseil municipal.*

> […] *pourquoi faut-il rappeler chaque jour à nos vieux concitoyens que ce sera peut-être leur tour la prochaine fois de monter dans la voiture noire aux vitres teintées ? Tout le monde doit mourir, bien sûr. Néanmoins, le conseil municipal aurait pu avoir suffisamment de tact pour que la maison de retraite ait un voisin plus agréable que le corbillard. C'est presque comme si Les viandes Heini avaient sa boucherie dans les sous-sols de la maternité,*

ou que le cimetière se trouvait à côté de la déchetterie.

Kirstin í Geil était le parrain de Fríða Holm, la jeune sœur de Hjalti et de Hallgerð Willumsen. Mais Fríða ne se souvenait que vaguement de lui. Elle avait quatre ans quand il était décédé et elle gardait dans son séjour une photographie d'elle et de lui. Elle était assise sur ses genoux, le regard levé vers son grand visage souriant.

Sa mère avait conservé et archivé tous les *Tingakrossur*. Les journaux étaient rangés dans de grands dossiers en carton entourés de ficelle, et jusqu'en 1929, c'est-à-dire sur une période de vingt-six ans, la collection était pratiquement complète. Et Fríða avait lu les journaux. Ils étaient devenus secs et rêches avec les années, mais la verdeur des propos la ravissait. Tout comme le ton intrépide et cultivé qui imprégnait ces feuilles jaunies.

Seulement le journal avait changé, et malheureusement pas pour le mieux. Après la Première Guerre mondiale, une âpreté désagréable s'était glissée dans ses colonnes, et le journal reflétait également la lutte qui amenait le Parti de l'Autonomie à se déliter par petits bouts. En 1927, d'anciens membres du parti avaient fondé la Social-Démocratie. En 1933, le Parti de l'Entreprise avait vu le jour et, trois ans plus tard, avait été créé le Parti du Peuple. Et ce qui avait porté grand préjudice au Parti de l'Autonomie, c'est que nul autre que le grand leader autonomiste Jóannes Patursson avait contribué à la création du Parti du Peuple. L'image qu'avait Fríða aujourd'hui de son père n'était pas très différente de celle qu'elle se fit, au cours des années, des Féroïens comme un peuple susceptible et bagarreur, jamais plus à l'aise que lorsque l'air était chargé de chamailleries.

Mme Debess mère avait siégé de nombreuses années au conseil paroissial de l'île de Suðurstreymoy et, lorsqu'elle le quitta, Fríða se présenta et recueillit la plupart des voix de sa mère. C'est pourquoi, lorsque son mari Aksel commença à fréquenter les réunions des pentecôtistes, cela ressembla plus ou moins à un scandale. Aksel Holm était menuisier et sa main gauche avait été prise dans la scie à ruban lors d'un accident de travail. Il découpait en rond une plaque de contreplaqué, lorsque la lame de la scie s'était enfoncée dans le dos de sa main et au travers de quatre doigts. Cela ne dura qu'une seconde et il n'eut pas le temps de retirer sa main avant que la lame se trouve tout près du pouce. C'était comme si son cerveau commandait à sa main de suivre le trait qu'il avait dessiné et, même si le contreplaqué blanc se teintait de rouge, il continua à appuyer sur la plaque. Il ne sentit d'ailleurs rien au début. Mais lorsque cette longue seconde se termina enfin et qu'il parvint à retirer sa main, ses doigts étaient restés sur la plaque.

Cinq bons mois s'écoulèrent avant qu'il ne revienne au travail, et c'est durant cette période qu'il commença à fréquenter les pentecôtistes. Aksel était le frère du missionnaire pentecôtiste Hermund Holm, et Fríða pensa que c'était sûrement le choc de l'accident qui avait soudain rapproché les frères. Aussi en dit-elle le moins possible, même si de temps à autre elle se trouvait assez ridicule. Tout à coup le sectarisme était entré chez un membre du conseil paroissial, oui, pire encore, dans sa propre chambre à coucher. Elle partageait draps et édredon avec un des personnages grotesques décrits par William Heinesen[1]. La force morale de l'Église ne valait-elle donc pas plus que quatre doigts ? Ou bien y avait-il quelque chose qui clochait chez elle ?

À l'occasion, Aksel tentait de se consoler en se disant qu'un menuisier qui possédait encore ses dix doigts après avoir fêté ses trente-deux ans n'avait sans doute pas accompli grand-chose. Il jugeait également très étrange d'avoir mal sous des ongles qui ne se trouvaient plus sur la main. En fin de semaine après le travail, il lui arrivait de descendre dans la cave et de regarder ses doigts, conservés dans l'alcool dans un pot de verre. Ils étaient couchés sur le côté dans la même position repliée que lorsque la lame de la scie les avait fauchés. Avec le temps, ils étaient devenus plus pâles, comme le font aussi les morts. Les empreintes au bout des doigts étaient devenues plus visibles, comme si l'alcool leur racontait qui ils étaient ou plutôt qui ils avaient été il y a longtemps. Les larges ongles s'étaient un peu décollés, et dans les plaies déchiquetées se devinaient les os fragiles des doigts. Parfois, il retirait le couvercle du pot, enfonçait un bâtonnet dans le liquide et essayait de tourner les doigts. C'est dans ces moments-là qu'il réalisait pleinement à quel point les doigts étaient morts et qu'il fallait qu'il essaie d'avancer dans sa vie.

---

1. William Heinesen (1900-1991), le plus célèbre des écrivains féroïens, auteur notamment des *Musiciens perdus*, *Mère Pléiade* et *La Lumière enchantée*, écrivait en danois. Il était également poète, illustrateur et compositeur.

Un soir, il sortit la tête du soupirail de la cave et, comme autrefois quand il avait encore tous ses doigts et qu'il se sentait bien dans l'église de Tórshavn, ou en tout cas sur le banc à côté de sa femme, il demanda à celle-ci de le rejoindre dans le jardin. Sa voix était claire et vive. C'était comme si une vis invisible avait resserré ses cordes vocales.

— Maintenant, dit-il, je vais enterrer mes doigts. J'aimerais bien que tu viennes avec moi.

Juste à côté de l'étendoir à linge poussait un cytise aux longues grappes de fleurs jaunes et là, Aksel avait creusé une petite tombe. Le trou faisait environ deux pelletées de profondeur et un bon pied de large. Les doigts étaient toujours dans le pot, mais il en avait vidé l'alcool. Fríða s'accroupit à côté de lui et, au moment où il allait jeter le contenu du pot dans la tombe, elle prit sa main.

— Je pense qu'on devrait envelopper les doigts dans un tissu, dit-elle. Personne n'est enterré nu. Ça me paraît trop rude.

Elle se dépêcha d'aller dans la cuisine et revint avec un torchon propre.

— Nous sommes un peu ridicules, dit-il, lorsqu'il eut posé le torchon avec les doigts dans la tombe.

— C'est un petit morceau de toi qui est enterré ce soir.

Aksel avait posé les mottes d'herbe à côté du trou et à présent il les remit en place. Il se sentait heureux. Cela faisait longtemps que Fríða et lui n'avaient pas parlé affectueusement ensemble et s'y ajoutait maintenant le secret qu'ils avaient en commun sous le beau cytise.

Hallgerð, Hjalti et Fríða étaient tous trois membres du Parti de l'Autonomie et, pendant de nombreuses années, Fríða en fut aussi la rapporteuse. Aux réunions du parti, elle transcrivait les comptes rendus dans le protocole, et son écriture était belle et lisible. Elle était de ceux qui vidaient les cendriers et éteignaient la lumière quand les participants étaient partis et, quand ses deux fils furent assez grands pour bien connaître la ville, ils furent envoyés porter les convocations aux réunions et autres petites tâches politiques. Fríða connaissait toutes les dates et tous les noms de l'histoire du parti, et elle était contente de penser qu'elle marchait sur une voie que de solides pieds avaient frayée. Elle n'en était pas pour autant politiquement sectaire. Fríða gardait un œil lucide et éveillé sur les politiciens qu'elle jugeait être les porteurs authentiques de la tradition nationale. Le problème, c'était que ces gens-là n'appartenaient que très rarement au Parti de l'Autonomie.

Et c'est justement sur ce point que la taquinait le fantasque Tórstein. La belle époque du parti était depuis longtemps terminée, disait-il. Les rois étaient morts, et aujourd'hui, ceux qui pourrissaient dans la citadelle du parti, ou plutôt dans la vieille cabane au toit recouvert d'herbe, c'étaient des professeurs d'école bien intentionnés, quelques cultureux bedonnants avec brevet de morue rouge[1] et puis des chrétiens conventionnels

---

1. *Reyðfiskaprøvin*, brevet de navigation permettant de pêcher à quelques milles marins, que passent souvent des directeurs, médecins ou autres possédant un petit bateau. La morue rouge tire sa couleur des algues rouges.

qui accrochaient des portraits du doyen Dahl et de Jóannes Patursson sur les murs de leur séjour. Le dernier rempart du parti, disait Tórstein, était constitué de quelques dames qui en secret passaient du bon temps à lire les livres du snobinard William Heinesen.

Pabbaba lui aussi était invité d'office aux fêtes de gâteaux. Il venait habillé du costume qu'il avait acheté chez Hans Joensen l'année où son petit frère Tórstein avait obtenu son diplôme de fin d'études secondaires, et son nœud de cravate se boursouflait comme une grande rose sous son menton. Quand Tórstein s'échauffait un peu trop, le vieux avait l'habitude de rappeler à son frère que, sans le travail du Parti de l'Autonomie, Victor Danielsen, de la Communauté des Frères baptistes, n'aurait sans doute pas traduit la Bible en féroïen. Pabbaba était traité avec le respect qu'on devait aux plus anciens, et les enfants de Fríða et d'Aksel l'appelaient eux aussi Pabbaba. Et, même si les jeux de cartes étaient mal vus parmi les membres de la Communauté des Frères baptistes, il aimait bien jouer au sjavs[1]. La plupart du temps, lui et Hjalti étaient partenaires et, quand ils gagnaient une partie, Hjalti fantasmait sur les résultats qu'on obtiendrait si la Communauté des Frères baptistes d'Ebnezer et le journal autonomiste *Tingakrossur* s'unissaient.

---

1. Jeu de cartes danois (dérivant du jeu allemand *schafkopf*), très populaire sur les Îles Féroé.

Le télégraphiste qui prit la mer

Kári venait d'entrer en deuxième année quand son père fut licencié de son poste de télégraphiste chez Store Nordiske, la grande compagnie de télégraphe danoise. Tórstein avait déjà reçu quelques avertissements auparavant. Tout d'abord, il y avait eu les jours de maladie qui s'étaient multipliés. De plus, il n'était pas rare qu'il arrive éméché au travail et, un jour, le directeur lui-même l'avait prié de rentrer cuver sa cuite à la maison. Mais la faute la plus grave, celle qui lui coûta son emploi, fut la nuit où, alors qu'il était de garde, il s'endormit parce qu'il avait bu. Le licenciement n'arriva pas immédiatement. Il fallait en effet d'abord procéder à des investigations, durant lesquelles Tórstein était libéré de son travail. Il savait bien que la faute avait été grave, mais un licenciement ? Non, cela n'était pas possible. Pas pour lui. Quelqu'un avait rapporté un incident au directeur, mais on n'avait pas l'habitude de prendre des ragots comme motif de licenciement. Tórstein travaillait d'ailleurs à la station du télégraphe depuis 1946 et lorsqu'il y avait été embauché, il rapportait avec lui les meilleures recommandations de Copenhague. Il avait démarré au siège principal de Store Nordiske à Kongens Nytorv, à Copenhague, en février 1939. La guerre n'était pas commencée, et le réseau de télégraphie que possédait ou gérait Store Nordiske s'étendait sur tout le continent européen ainsi que sur la Grande-Bretagne et les îles de l'Atlantique. Dès les années 1870, Store Nordiske avait instauré des communications par télégraphe avec la capitale russe de l'époque, Saint-Pétersbourg, et cette grande avancée était soutenue par nulle autre que la princesse danoise Dagmar, future impératrice de Russie sous le nom de Maria Fiodorovna. Grâce à un gigantesque réseau de mâts, la ligne traversait toute la Russie. Des câbles reliaient également Vladivostok et le Japon et, par l'intermédiaire de Store Nordiske, la Chine aussi fut incorporée dans la nouvelle époque du télégraphe. Store Nordiske était le fleuron des entreprises danoises et avait des filiales dans de nombreux endroits en Europe et en Asie. Malgré les changements politiques dans le monde, Store Nordiske parvint à s'adapter aux temps nouveaux. En 1921, le fils du vieux fondateur Tietgen avait négocié avec Lénine lui-même. Et même si c'était par hasard, ce même fils Tietgen avait une fois serré la main de Tórstein. Il n'était pas toujours facile de savoir quand Tórstein plaisantait et quand il était sérieux. Mais il soutenait qu'à l'instant où Tietgen lui avait serré la main, il lui avait dit que, pour une société internationale, cela avait une grande importance de principe de compter quelqu'un de Tórshavn parmi ses employés. Et puis Tórstein était le seul de la station du télégraphe qui avait un diplôme de fin d'études secondaires. En plus des langues scandinaves, il parlait et écrivait l'anglais et l'allemand et se débrouillait à peu près en français. En tout cas pendant les années de guerre à Copenhague. Et si la guerre détruisit une grande partie des câbles de la société et que beaucoup de télégraphistes furent remerciés, lui-même était resté à son poste durant toutes les années de guerre dans l'imposant bâtiment de Kongens Nytorv. Tout cela devait œuvrer en sa faveur.

Avec de telles pensées, Tórstein tentait de se donner confiance, mais au bout de quatre jours sans nouvelles de la station du télégraphe, il commença à se sentir inquiet. Il n'avait rien dit non plus à Hallgerð. Ils n'avaient pas l'habitude de discuter de tels sujets, et d'ailleurs elle ignorait tout de ses journées de maladie ; il n'était certes pas resté à la maison les jours où il s'était déclaré malade. Dans l'ensemble, ils ne parlaient de rien d'autre que de la vie quotidienne. Chaque mois, elle recevait l'argent domestique et devait se débrouiller avec cette somme. Les impôts, les versements pour l'emprunt pour la maison et les factures d'électricité, Tórstein s'en occupait. Et il s'occupait aussi personnellement des couronnes économisées sur son salaire mensuel.

Pourtant, Hallgerð avait l'impression qu'il se passait quelque chose de particulier, et le quatrième soir, lorsqu'ils furent au lit et qu'elle eut éteint la lampe de chevet, elle demanda à Tórstein ce qui n'allait pas.

— J'avais un peu trop bu lorsque je me suis présenté au travail samedi soir, répondit-il.

— Est-ce que tu étais très soûl ? demanda-t-elle.

— Je l'ai été davantage.

— Tu tenais sur tes jambes ?

— Bien sûr !

— As-tu dit quelque chose qu'il ne fallait pas ? Tu as l'habitude de servir des vérités quand tu as bu quelques verres.

— Je n'ai vexé personne, répondit Tórstein.

— Mais t'es-tu endormi ?

— Je crois que j'ai été absent un instant.

— Tu ne peux pas me parler correctement ? demanda Hallgerð.

— C'était un accident.

— Que tu sois soûl ? Tórstein, regarde-moi.

Le matelas gémit lorsqu'elle se tourna vers lui.

— Tu as éteint la lampe, répondit-il.

— Pourquoi crois-tu que j'ai éteint ? Nous sommes incapables de nous parler comme mari et femme. Mais si c'est un accident que tu aies été absent un instant, je vais te dire que ces dernières années ont été une longue série d'accidents mineurs et majeurs. Est-ce que c'est ça que tu essaies de me dire ?

— Ils sont en train de me peser, dit Tórstein. C'est de ça qu'il s'agit. S'ils me trouvent trop léger, oui, alors mon temps chez Store Nordiske est fini. J'en suis désolé, mais telle est la situation.

Ils restèrent un bon moment silencieux. Un faible vent se faisait entendre dans les arbres à l'extérieur, un klaxon résonna quelque part dans le voisinage. Puis Mme Willumsen dit :

— Imagine. Nous avons pour la première fois depuis longtemps une petite conversation ensemble. Et qu'est-ce que j'apprends ? Que le temps de mon mari chez Store Nordiske est peut-être fini.

Tórstein ne savait pas quoi répondre. Il n'osait pas non plus prendre sa femme par la main ou lui dire quelque chose de gentil. Le silence dans la chambre était si oppressant qu'il entendit sa femme avaler sa salive plusieurs fois. C'était sans doute des larmes qu'elle ravalait. Et il avait peur de Hallgerð quand elle pleurait, parce qu'alors il lui arrivait de le frapper. Or Tórstein pouvait difficilement s'imaginer quelque chose de plus déshonorant pour un homme que de se faire frapper par sa femme.

La lettre de licenciement de la station du télégraphe arriva le vendredi matin. À ce moment précis, le chalutier *Brandur Sigmundarson* se ravitaillait en combustible au quai de Bacalao et, par hasard, il leur manquait justement un télégraphiste. Pour un vieux rat de Store Nordiske, c'était clairement une rétrogradation d'embarquer sur un bateau de pêche. Mais Tórstein ne pensa pas tellement à la honte, lorsqu'il tint la lettre de licenciement dans sa main. Il avait pitié de lui-même. C'était ainsi. Il se sentait comme un homme qui avait été roulé dans le sable et la cendre, poignardé dans le dos par ses propres collègues. Il était rempli d'un profond et intense dégoût pour tout ce qui avait à voir avec la station du télégraphe, et ce sentiment, il ne s'en débarrassa pas avant l'accident du 21 avril 1964.

*

Pour Hallgerð, ce fut un drôle de sentiment de devoir être seule avec les enfants. Sans le comprendre tout à fait, elle se sentait contente. Le visage qu'elle rencontrait dans le miroir avait légèrement changé. Ses sourcils dessinaient à présent un joli petit arc et, pour la première fois, oui, elle ignorait depuis combien de temps, elle découvrit à quel point, au fond, ses yeux étaient ravissants. Il lui arrivait de se regarder en souriant et, lorsqu'elle soulevait ses cheveux et flirtait avec son image dans le miroir, elle se souvenait du temps où elle gagnait son propre argent dans la cuisine de la maison de repos et du temps où Tórstein avait l'habitude de venir s'incliner pour l'inviter à danser à Tórshøll. Et dire qu'elle avait développé cette étrange croyance que l'automne était sa saison ! Peut-être l'était-ce aussi. Mais maintenant que le mois de mai avait commencé et que les bourgeons des arbres se développaient en feuilles vertes et rouge foncé, c'était comme si les étourneaux aussi fêtaient, oui, rien de moins, fêtaient l'absence de Tórstein parti sur la grande mer, où vivaient les fulmars et les fous de Bassan.

Ce qui en premier lieu lui procurait une paix de l'esprit, c'était que c'en était terminé des soirs où elle restait allongée dans son lit à attendre son mari. Il lui arrivait de s'absenter durant deux à trois jours, et elle trouvait à la fois humiliant et insupportable de ne pas savoir, elle qui était malgré tout sa femme, où il était. Ces jours-là, elle n'aimait pas du tout mettre le nez dehors. Elle se sentait horriblement coupable de ne pas avoir la chaleur ni les aptitudes nécessaires pour rendre heureux un télégraphiste employé à Store Nordiske. Elle se souvenait que son père avait l'habitude de dire qu'on ne devait jamais se regarder avec les yeux des autres. Cela revenait à essayer d'être agréable aux autres et c'était une mauvaise maladie à traîner. Mais c'était exactement ce qu'elle et beaucoup d'autres femmes d'ivrognes faisaient. Elles se regardaient avec les yeux des autres. Le prix à payer pour leur mariage était une estime de soi toujours en chute libre. Mais le plus dégradant de tout était la violence qui régnait entre eux. Ou plutôt, sa violence à elle. Car Tórstein ne frappait pas. Et c'était justement ce qui excitait encore plus Mme Willumsen. Elle ne supportait pas qu'un homme qui offrait à sa famille des conditions de vie aussi lamentables se montre quand même chevaleresque. Lorsque, hors d'elle, elle cognait ses poings contre sa poitrine, l'égratignait ou le griffait, il prenait ses poignets et la repoussait. Mais surtout pour se défendre. À de tels moments, il arrivait à Hallgerð de voir Tórstein pleurer. Il maudissait leur vie commune et regrettait d'être un jour revenu aux Îles Féroé.

Lorsque Tórstein faisait ses virées, Hallgerð s'allongeait souvent sur son lit avec les rideaux tirés. Les enfants avaient peur d'elle. Un mot déplacé et ses yeux flamboyaient, et elle n'hésitait pas à frapper. La plupart du temps, c'était Elgerda qui prenait une dérouillée. D'abord avec le plat de la main, mais il arrivait aussi que la mère utilise un cintre ou la brosse de vaisselle. Elgerda essayait de se protéger, mais si Niklas était présent, il n'hésitait pas à s'interposer. Il saisissait les poignets de sa mère et s'y agrippait, et d'ordinaire la mère lui cédait. Elle ne pouvait faire autrement. Ses yeux tendres et sérieux émoussaient sa colère. Alors, en général, elle éclatait en sanglots et, tout en berçant Elgerda, lui demandait pardon pour son agressivité.

Mais après que Tórstein eut pris la mer, son sommeil devint plus confiant, et Elgerda surtout sentait que sa mère était aussi plus heureuse. Même si elle n'osait pas le dire, elle savait que les virées de son père n'avaient pas à voir seulement avec l'alcool. En tout cas, il y avait une autre femme et elle habitait sur les hauteurs de Varðagøta. Elgerda savait où était sa maison et elle savait qui elle était. Et si Niklas n'avait pas été d'une honnêteté aussi irritante, Elgerda lui aurait raconté ce qu'elle savait.

En 1966, Ingimar entra au collège et, en quatrième et troisième, il fréquenta surtout ceux qui allaient former le groupement communiste Oyggjaframi plus tard. Ces jeunes gens lisaient des livres et avaient des opinions radicales et fermes sur la religion comme sur les conditions sociales. Les livres qu'ils lisaient avaient souvent des reliures sombres et dignes, et la seule vue de leur épaisseur suscitait chez Kári à la fois crainte et envie.

Quand Ingimar entra en troisième, Kári était déjà pêcheur depuis deux ans, et le peu qu'il lisait se limitait à des bandes dessinées et au journal *Tingakrossur*, auquel sa mère était abonnée. Il lisait aussi les listes de prix sur le catalogue du magasin Daells Varehus ou, plus exactement, les pages où les femmes présentaient les dernières tendances en matière de chemises de nuit, de sous-vêtements et de maillots de bain.

Un jour, Ingimar lui demanda de venir avec lui au café *Kondittaríið*, et Kári comprit tout de suite qu'il se passait quelque chose de spécial. Il le vit dans les yeux d'Ingimar et demanda si quelqu'un était mort.

— Dieu est mort, dit Ingimar en souriant.

— Réponds-moi correctement, dit Kári.

— Il y a un athée anglais au *Kondittaríið*.

— Un libre-penseur ? demanda Kári.

Ingimar hocha affirmativement la tête, mais, tandis qu'ils marchaient le long du cimetière, Kári pensa deviner à l'expression de son ami qu'un libre-penseur n'était pas tout à fait aussi bien qu'un athée. Juste à côté du magasin Brugsen se trouvait la maison de l'Association des joueurs d'échecs. Maison est peut-être un grand mot. C'était une cabane basse où travaillait autrefois un cordonnier. À côté, un groseillier essayait de se maintenir en vie, et personne n'aurait pu accuser les joueurs d'échecs de dilapider de la peinture. Durant les six mois d'obscurité, Ingimar et certains de ses amis allaient y jouer aux échecs. Ingimar envoya à la cabane un baiser du bout des doigts et demanda à Kári s'il savait pourquoi les Russes étaient bons aux échecs. Kári ne le savait pas et Ingimar ne s'attendait pas non plus à une réponse, en tout cas pas de sa part à lui, et la fournit lui-même :

— Les Russes sont des génies des échecs pour la simple raison qu'intellectuellement ce sont d'authentiques athées et des antimétaphysiciens.

— Aha, répondit Kári.

Dans la vitrine de l'épicerie fine de Tórgrímur, il y avait quelques paquets de biscuits anglais à la crème. Personne n'aurait su dire depuis combien de temps ces paquets y trônaient. Pas même Tórgrímur lui-même. L'homme était retombé en enfance et avait oublié jusqu'à son propre nom. Toutefois, il avait la réputation d'être l'homme le plus riche de la ville, et lui et sa femme s'affairaient encore un peu dans la boutique. C'était sûrement celle-ci qui maintenait en vie ces deux créatures pitoyables. Ils habitaient au dernier étage de la grande maison et, lorsque Ingimar et Kári passèrent, le vieux était comme d'habitude assis derrière son comptoir avec ses grands yeux peureux et un épais manteau sur les épaules.

— Salut, les gars, dit Ossi Hjelm en les croisant.

Si vous amassez trop d'argent, vous finirez comme Tórgrímur.

Il siffla son caniche et poursuivit vers sa boutique de barbier.

L'athée anglais était assis à la table du fond du Kondittaríið. Trois des camarades de classe d'Ingimar étaient attablés avec lui, et Kári salua Staffan, qui avait été en classe avec eux. Le cinquième homme était le célèbre provo Jens úr Leynum. Dans un article très discuté du journal *14.september*, il avait écrit que Dieu n'était que la poubelle dans laquelle l'homme jetait sa mauvaise conscience, ses énigmes et ses questions sans réponse. Dieu était la paresse de l'homme, écrivait-il, et aux Îles Féroé, ce moindre effort intellectuel se portait extrêmement bien.

Ingimar approcha une chaise de la table voisine pour s'y asseoir, et Kári fit de même de façon un peu moins bruyante. Il essayait de se faire remarquer le moins possible, et quand la serveuse vint demander ce que désiraient les nouveaux clients, Kári commanda un soda Hawaii Dream. C'était ce qu'ils avaient l'habitude de boire. Mais ce jour-là, Ingimar changea de style. Il commanda du café, cette même boisson noir d'encre que buvaient le provo et l'athée.

Kári osait à peine allumer une cigarette, mais aussitôt qu'il sortit son paquet, l'un des camarades de classe d'Ingimar lui en demanda une. Kári approuva de la tête et, par pure timidité, n'osa pas reprendre son paquet. Le paquet resta près du cendrier, et son geste dut être interprété comme de la générosité, car dès qu'une cigarette avait été fumée une autre était allumée. Lorsqu'ils repartirent, le paquet de Kári était presque vide.

L'exception était toutefois l'athée. Il ne fumait pas. Il devait avoir tout au plus vingt-deux ou vingt-trois ans et avait à tous points de vue l'air d'un homme très, très normal. Peut-être trop normal. Ce fut en tout cas la conclusion d'Ingimar. Et il ajouta qu'on ne devait pas non plus s'attendre à trop de la part du citoyen d'un ancien empire. Le Britannique ne parla d'ailleurs pas beaucoup, il était poli et disait *Pardon me* quand il y avait quelque chose qu'il ne comprenait pas. Kári ne saisit pas bien ce qu'il faisait aux Îles Féroé. Il comprit cependant que son père avait été soldat sur les Îles Féroé pendant la guerre et que l'athée avait une demi-sœur à Toftir, sur l'île d'Eysturoy.

Celui qui parla, en revanche, ce fut le grand provocateur. Tout chez cet homme était grand. Ses yeux intelligents derrière les lunettes rondes scrutaient la salle dans toutes les directions et, quand il riait, on voyait des plombages en argent luire dans sa mâchoire supérieure. Sa barbe effilée aussi pointait dans tous les sens, et sa pomme d'Adam montait et descendait comme le piston d'un moteur. Il portait un tricot marin sous son manteau ouvert et, de ses mains fines, il évoquait des images et des ambiances. Kári comprenait mieux le langage de ses mains que son anglais ; il comprit quand même que l'homme parlait de la guerre bactériologique menée par les Américains au Viêtnam. Deux noms revenaient tout le temps, c'était Lord Russell et le père jésuite Copleston. Kári ne savait pas que cet archivieux lord était parmi les opposants les plus fervents à la guerre et, pour de bonnes raisons, il ignorait aussi que le lord et Copleston avaient discuté ensemble à la BBC de l'existence de Dieu et qu'on pouvait lire cette discussion dans un des livres de Russell.

Même s'il tentait de le cacher, Kári fut passablement mal à l'aise tout le long. Et si soudain l'un d'entre eux lui demandait son avis et lui adressait la question en anglais ? Heureusement, cela n'arriva pas. L'intérêt pour sa personne était égal à zéro. Staffan prit la parole une ou deux fois. Ingimar aussi. Et au fond de lui-même, Kári était fier de son ami, à la fois parce qu'il n'était pas intimidé et parce qu'il était capable de dire ce qu'il avait sur le cœur en anglais.

*

En 1968 et en 1969, dans le monde d'idées d'Ingimar, il n'existait en gros que deux sortes de personnes. D'un côté, les esprits libres, athées, et de l'autre, les têtes de nœud. Et il y avait peu de doute sur le camp dans lequel il classait son vieil ami. Par rapport à Kári, Ingimar était tellement bien informé et avait la langue si bien pendue qu'il pouvait le mener là où il le voulait et faire de lui le porte-parole de points de vue dont il ignorait tout et sur lesquels il n'avait même pas pris position.

— Le monde s'agrandit, dit Ingimar un jour où ils parlaient de Dieu. Et quand une chose se développe et devient de plus en plus grande, alors cela signifie qu'elle a un jour été toute petite. Ce n'est pas vrai ?

— Mais qui a créé cette toute petite chose ? demanda Kári. Tu crois vraiment que le monde est arrivé dans un colis du magasin Daells Varehus ?

Un colis du magasin Daells Varehus, pensa Kári, ça, c'était bien trouvé.

— Attends. Répondons à une question à la fois. Tu es d'accord avec moi sur ce point ?

— Oui, répondit Kári, un peu hésitant. Ce qui grandit a une fois été tout petit. Ça semble juste. Mais ce que je te demande c'est : qui a créé cette petite chose ?

— Ça, je ne le sais pas, répondit Ingimar. Et comment le saurais-je ? Je n'ai existé que pendant seize ans, et le premier homme dont nous savons quelque chose, c'est-à-dire l'homme de Cro-Magnon, vivait il y a à peu près trente mille années. Seulement, la Terre est bien plus vieille. Elle a plusieurs centaines de millions d'années. Alors toi, évidemment, tu demandes qui a créé la Terre il y a plusieurs centaines de millions d'années. Et je connais ta réponse. Tu dis que c'est Dieu.

Kári confirma d'un hochement de tête.

— OK, dit Ingimar. Si tu acceptes l'idée que le monde s'est développé, alors tu acceptes la théorie de l'évolution.

Kári se gratta la nuque.

— Tu es darwiniste, se moqua Ingimar en lui tendant la main et en lui souhaitant bienvenue au club. Et la théorie de l'évolution ne dit pas seulement que nous descendons des singes. Elle dit aussi que la vie sur la terre ferme est venue un jour de la mer. Que nos ancêtres étaient des microbes nageurs.

— Mais si Dieu n'existe pas, dit Kári, mal à l'aise, alors on peut se conduire comme on veut.

— Ça, c'est ce que sœur Bertha nous a raconté, dit Ingimar.

— Je le sais bien. Mais si Dieu n'existe pas, on a le droit de tout faire.

— De voler des fleurs à Mlle Hammer ? C'est ça que

tu veux dire ? Ou est-ce que tu veux dire qu'on a le droit de tuer, s'il n'y a pas de Dieu ?

— Dieu dit que tu ne dois pas tuer.

— Ne raconte pas de telles bêtises, répondit Ingimar. Ceux qui vocifèrent le plus fort sur Dieu sont souvent ceux qui tuent le plus. Regarde donc ce que font les Américains au Viêtnam. Et ces diables ont Dieu avec eux. Les athées aussi ont une morale. Souviens-toi de ça.

Empêtré dans ces difficultés, Kári joua son dernier joker.

— Pourquoi toi et tes amis incroyablement intelligents n'allez-vous pas en mer ? Pourquoi ne travailles-tu pas pour la patrie ?

— Ah ! lâcha Ingimar. Pour ça, on a les singes !

Et confronté à des mots aussi condescendants et blessants, Kári était impuissant. Malgré tout, il sentait, oui, il était même assez sûr, que ce n'était en fin de compte qu'un subterfuge. De la vapeur lâchée à travers les soupapes joyeuses du cerveau. Car Ingimar était un de ces gars de Tórshavn qui avaient la nostalgie de la mer. Cela devenait surtout flagrant quand Kári, dans un moment d'inspiration, lui parlait du Groenland, cette énorme île de roche et de glace. Alors Ingimar écoutait chaque mot. Kári parlait des icebergs qui étaient plus grands que l'école Saint-François et le fort de Tórshavn, et lorsque parfois ces montagnes flottantes s'échouaient et restaient immobiles pendant plusieurs jours, de nombreux poissons se rassemblaient en dessous. Il arrivait alors que les pêcheurs jettent leurs lignes près d'un tel iceberg, sachant très bien qu'il menaçait de vêler. Mais cela s'entendait à l'avance. Des craquements colossaux résonnaient dans la masse de glace, et alors il n'y avait rien d'autre à faire que de rentrer les lignes en vitesse et de filer aussi rapidement que le moteur en était capable.

Kári lui parla aussi du Port des Féroïens[1], au sud du Groenland, qui, au printemps, en été et au début de l'automne, bourdonnait d'activité. Femmes et hommes y travaillaient et ils dormaient dans des baraques montées sur de hauts pilotis. Il y venait des pêcheurs de la plupart des pays côtiers pour se ravitailler et, même si les Français et les Espagnols n'avaient pas grand-chose à offrir, ils avaient cependant quelque chose qui manquait aux Féroïens – l'alcool. On pouvait troquer un bon pull ou de longs sous-vêtements en laine contre du cognac et du brandy, et alors c'était la fête à bord. Mais pendant les mois d'hiver, le Port des Féroïens était enserré dans les glaces. Il n'y avait aucune activité et toutes les maisons étaient vides. Un vieil homme de Tvøroyri et sa femme étaient chargés de la surveillance et, pour défendre l'endroit contre d'éventuels voleurs ou des ours blancs, l'homme avait un téléphone et une carabine Sako 75 avec lunettes de visée. Kári parla aussi de la première fois où il avait été à Nuuk et des femmes qui se précipitaient à bord du bateau. Et bien sûr, il en rajoutait. Pourtant, c'était bien vrai quand il raconta à son ami que la première fille avec qui il avait été s'appelait Bolette et était de Nuuk.

---

1. Aujourd'hui Kangerluarsoruseq (Groenland). Les Îles Féroé ne disposant pas de bonnes zones de pêche, ils obtinrent du Danemark en 1927 le droit de pêcher dans les eaux groenlandaises et d'établir un port au Groenland.

À de tels moments, c'était Kári l'homme du monde et l'aventurier. Et Ingimar n'était que ce qu'il était, un garçon de Tórshavn qui allait au collège en troisième.

*

Mais grâce à son vaniteux persécuteur, Kári commença à lire des livres. Et pour cette raison, jamais il n'oublia Ingimar. Quand bien même c'eût été le seul souvenir de son ami d'enfance, c'était un bon et important souvenir à conserver. Le tout premier livre que Kári lut d'un bout à l'autre parlait du racisme dans les États du Sud américain au début des années 1960. Il ne lui en fallut pas plus pour que l'envie de lire soit éveillée. Pourtant, ce furent surtout les romans qui accrochèrent Kári, et Ingimar lui raconta que l'on voyait souvent se promener dans les rues de Tórshavn un des très grands romanciers connus du monde entier, et que cet homme, c'était William Heinesen, qui vivait sur les hauteurs de Varðagøta.

Kári savait bien qui était William Heinesen, il lui avait même parlé. Mais l'événement qui les avait amenés à se rencontrer était si extraordinaire, pour ne pas dire honteux, qu'il ne voulait l'avouer à personne, et surtout pas à Ingimar. L'événement était lié à une de ces fois où son père s'était absenté pendant quelques jours et où sa mère, comme d'habitude, s'était enfermée dans la chambre à l'étage. Alors Elgerda avait chuchoté à l'oreille de Kári qu'ils devaient tous deux monter à Varðagøta.

— Pourquoi ? avait demandé Kári.

— Pour nous venger, répondit Elgerda.

— Pourquoi ? répéta Kári.

— Parce que papa rend visite à une fichue putain et laisse maman seule dans le lit à pleurer.

— Je ne sais pas ce qu'est une putain, dit Kári, tout en pensant combien c'était triste pour sa mère.

— Ce sont des femmes qui volent des hommes.

Cela prit bien vingt minutes de monter Dalavegur et, quand ils eurent dépassé les maisons de Dunga et que les lampadaires s'espacèrent de plus en plus, Kári ne se sentit plus aussi audacieux et Elgerda le prit par la main. Enfin, ils arrivèrent à Varðagøta et Elgerda pointa du doigt une maison située un peu plus haut que la route.

— C'est là qu'habite la putain, dit Elgerda.

Il y avait de la lumière à deux des fenêtres, et la lampe au-dessus de l'entrée était également allumée. Elgerda prit quelques cailloux dans la main et les lança joyeusement vers la maison. C'était une fille forte, et chaque fois que l'un d'eux frappait le revêtement de zinc, ça chantait. Kári jeta aussi des cailloux, mais même s'il touchait la maison, le bruit était bien plus faible. Elgerda avait pour la troisième fois pris un caillou dans la main, quand soudain une voix d'homme plus haut sur la route cria *Hé Oh !* et elle vit tout de suite que l'homme-Hé-Oh était l'écrivain William Heinesen. Elle prit ses jambes à son cou, tellement effrayée qu'elle laissa Kári en plan.

— Dis-moi, c'est devenu un nouveau sport parmi les enfants de Tórshavn de jeter des cailloux sur les maisons ? demanda Heinesen avec colère.

— Mon père est là-dedans.

— Et c'est une raison pour jeter des cailloux ?

— Il est chez une femme.

— Est-ce que c'est illégal ?

— Mon papa est marié avec ma maman. Mais ma sœur, Elgerda, dit que là-dedans vit une putain qui s'appelle marie-couche-toi-là. C'est pour ça qu'on lance des cailloux sur la maison.

— Aha ! Heinesen regarda pensivement devant lui. Alors, je comprends mieux. Oui, oui, mon ami. Peut-être aurais-je fait la même chose si j'étais toi.

— Ton père aussi allait avec d'autres femmes ?

William Heinesen tourna la tête et siffla.

— Comment savoir, mon petit ami. Mais maintenant, rentre chez toi.

Un peu plus tard, Elgerda revint.

— C'était le libre-penseur de Varðagøta, dit-elle, essoufflée. Qu'est-ce qu'il a dit ?

Kári arrondit la bouche et l'imita.

— Il a dit *Aha* et il a sifflé.

— Rien d'autre ? demanda Elgerda.

— Si j'avais été toi, moi aussi j'aurais lancé des cailloux sur la maison, dit Kári en riant.

— Il a une araignée au plafond. Elgerda secoua la tête. Viens, on rentre. Ici, c'est un endroit pourri. Il faudrait le bombarder.

Cela n'aurait pas servi à grand-chose de raconter un tel événement au très intelligent Ingimar. Mais dès le mois de juillet 1969, alors qu'il venait de jeter son cartable, Ingimar fila en mer. Il était comme ces taurillons dans l'étable qui sentent le printemps et veulent sortir, monter dans les montagnes où on touche presque le soleil et où pousse l'herbe grasse. Un oncle maternel d'Ingimar, timonier sur le chalutier *Sundaberg*, le prit à bord. On pourrait dire qu'Ingimar tomba sur un bon maître. Mais on pourrait aussi inverser la proposition et dire que c'est le maître qui tomba sur un bon apprenti. Quoi qu'il en soit, Ingimar s'adapta très bien et, dès la marée suivante, il était de ceux qui fendaient et nettoyaient prestement le poisson. Il était doué aussi pour épisser les cordages et se portait toujours volontaire quand le chalut devait être ramendé. En plus de bien gagner sa vie, il était entré dans un monde où on avait vraiment besoin de lui. Et pas question de dire de lui qu'il dormait pendant son quart. Au contraire. Il ne laissa pas passer une marée depuis le jour où il monta à bord en 1969 jusqu'au jour où le *Sundaberg* sombra en mai 1972, alors qu'ils revenaient la cale pleine de poisson salé. Un chalutier allemand sauva l'équipage. Mais dès cet été-là, il repartit. Ingimar ne resta à terre que quelques mois à l'automne 1973, lorsqu'il rencontra une fille de Eiði.

Peu d'années en tout, mais il n'en fallut pas plus à Ingimar pour devenir un vrai marin pêcheur. Il se renseignait sur le nom des endroits où ils pêchaient, il apprit à utiliser l'équipement technique sur le pont et, même si le *Sundaberg* avait un pilote automatique et que le cap était donné en degrés, il apprit quand même les anciennes dénominations sur le compas. Il était si avide de rattraper les années qu'il avait l'impression d'avoir perdues au collège que ses attitudes intellectuelles disparurent plus ou moins. Il voulait montrer qu'il était un vrai homme et il ne remarqua pas que, à bien des égards, il avait commencé à ressembler à ceux qu'à son époque athée il appelait avec mépris des singes.

*

Ingimar fit sa première marée à bord du *Sundaberg* lorsque son père se trouvait dans le golfe du Mexique sur un bateau de A.P. Møller, mais par chance, quand le *Sundaberg* rentra les cales pleines à Tórshavn au mois d'octobre, son père se trouvait à la maison. Et il se rendit vite compte que le jeune collégien aimait la vie en mer. Holli se réjouit du rapport favorable fait par l'oncle sur Ingimar et il pensait, comme il le dit aussi à son fils, qu'une année en mer était un bon bagage pour entrer au lycée de Hoydalar. Car il voulait que son garçon suive la voie des études. Le fils d'un des mécaniciens avec qui Holli naviguait faisait des études d'ingénieur, le fils aîné du capitaine était pasteur à Vejle et, quand les pères se retrouvaient dans le golfe du Mexique, ils n'étaient pas peu fiers des lumières que l'éducation des fils jetait sur leurs ascendants. Son propre Ingimar aussi était doué et ses notes parlaient d'elles-mêmes. Holli disait aussi que c'est avec joie qu'il paierait pour son éducation et rappelait à Ingimar que leur maison n'était pas un hospice de pauvres. Cependant, il n'allait pas en être ainsi. Ingimar se sentait plus qu'heureux en mer et, après avoir navigué pendant trois bonnes années, il commença à parler d'entrer à l'École de navigation.

Or les discussions entre père et fils pouvaient être à la fois gaies et virulentes, et Holli était un homme qui appréciait la controverse. Parfois, lorsqu'ils se disputaient, Kári était présent et écoutait l'échange avec une certaine mélancolie.

— Honnêtement, papa, un papier muni d'un sceau, qu'est-ce que c'est que ça ?

— Une clef.

— Une clef pour quoi ?

— Pour les temps modernes, fiston !

— Si je comprends bien, tu me dis que tu es moderne ?

— Un peu, oui.

— Que la définition d'une personne moderne, c'est d'avoir un diplôme de chef mécanicien ?

Holli savait que s'en suivrait un seau d'eau froide, mais il hocha quand même la tête.

— OK, dit Ingimar. Mille chefs mécaniciens arrivent aux portes du ciel et veulent entrer. Saint Pierre leur demande ce qu'ils ont accompli dans leur vie et, tout fiers, ils répondent d'une seule voix qu'ils ont navigué dans le monde sur des bateaux d'A.P. Møller.

« Alors vous n'avez rien à faire ici, dit saint Pierre. Les hommes qui naviguent ont une femme dans chaque port et, ici, ce n'est pas un endroit pour les maquereaux.

— Oui, mais nous avons tous un diplôme de chef mécanicien, nous sommes modernes », répondirent les chefs mécaniciens.

Mais cela n'influença pas saint Pierre. Il ferma la lourde porte et les chefs mécaniciens déçus entendirent la clef tourner dans la serrure.

Puis un joyeux Ingimar arrive à la porte, il frappe et saint Pierre, un peu en colère, lui demande s'il a fait des études de chef mécanicien.

« Non, répond Ingimar, je n'ai pas besoin d'apprendre quelque chose, je *suis* quelque chose ! »

Un sourire se dessine alors dans les yeux de saint Pierre et il souhaite la bienvenue dans les halles éternelles au non moderne Ingimar.

Il arrivait aussi à Holli d'inviter les jeunes garçons à prendre une bière le samedi soir, et ils ne disaient pas non. Peu à peu, il alla jusqu'à mettre aussi la bouteille de schnaps sur la table et il leur en servait deux fois, une pour chaque jambe. C'était ce genre de bonhomme, Holli. Il adorait son fils et n'oubliait pas non plus d'être attentionné envers Kári.

Espèce de triple idiot !

Le seul stigmate de violence que portait Kári était une fausse dent dans la mâchoire supérieure, et cette dent était en relation directe avec la faiblesse de ses chevilles et les bottes orthopédiques qu'il avait portées durant ses années de croissance. C'est ce qu'il expliqua à Ingibjørg après la célébration en mémoire des noyés du 1er novembre 1975, l'année où Ingimar fut inscrit sur la liste. Ils sortaient ensemble de l'église et Ingibjørg tenait Kári par le bras. Kári lui rappela les cours de danse qu'elle et Stella donnaient à Ingimar et comment ils valsaient sur le plancher, tandis que Cliff Richard et Elvis Presley chantaient dans le haut-parleur de leur gramophone de voyage rose.

Kári n'était pourtant pas le seul à ne pas savoir danser la valse et autres danses en couple. Toute une génération de garçons était dans la même situation. Les soirs où il y avait danse à la Loge ou au Club, et surtout quand jouaient de bons orchestres de rock, les jeunes ne différaient pas beaucoup des hommes de Cro-Magnon lors d'une éclipse du Soleil obscurcissant soudain la Terre, quand les arbres, les pierres et les rochers disparaissaient et que, pris de terreur, ils essayaient d'apaiser le Soleil disparu avec toutes sortes de contorsions corporelles. Ils gémissaient, s'inclinaient, tapaient du pied et balançaient leurs bras et leurs longs cheveux, comme s'ils s'attendaient à ce qu'arrive de là-haut quelque chose d'encore plus terrible qui détruirait le monde. La nouvelle musique rock sourdait des nerfs de la jeunesse ouvrière et des étudiants des grandes villes anglaises de Londres et de Liverpool, elle était colorée par la fumée de charbon qui s'élevait autour des grands échafaudages de construction. Cette musique portait aussi la trace d'assiettes cliquetants dans les restaurants, d'électrodes soudant les coques de bateau sur les chantiers navals et de bureaux où de jeunes filles soufflaient de grosses bulles de chewing-gum en tapant sur leurs machines à écrire. Et ces jeunes gens adoraient leurs villes avec la même force que la musique, et les villes étaient aussi, comme eux-mêmes, désinvoltes, brutales et heureuses. Jamais auparavant dans l'histoire de la musique des vagues aussi puissantes n'avaient déferlé sur le monde occidental, et dans un article de 1971 de la revue *Framin*, le provo Jens úr Leynum écrivit que la nouvelle musique était proprement dionysiaque. Jim Morrison, Mick Jagger et David Gilmour étaient les grands prêtres de ce qu'il appelait une église rock dionysiaque et internationale. *Les Doors, les Stones et les Pink Floyd maîtrisent cet art fantastique de faire rêver en couleurs une génération noir et blanc de prolétaires et d'étudiants un peu moroses*, écrivait-il.

Tórshavn, cependant, ne vibrait pas seulement au rock anglais. Venu de Suède et de Norvège, le doux accordéon empruntait au ciel son éther et le rediffusait en notes joyeuses qui faisaient fleurir les pistes de danse. Et il se passe quelque chose dans un couple quand il danse. Une communauté de mouvements s'instaure. Le couple sent la chaleur, le souffle de l'autre, tout comme son odeur corporelle. Les danseurs font attention l'un à l'autre, afin qu'ils ne s'écroulent pas sous le tourbillon de notes et de lumières changeantes. La danse est la chose la plus innocente au monde. Jamais on n'a lu ni entendu dire qu'une personne aurait étranglé son partenaire sur la piste. Au contraire. C'est dans la danse que naît l'amour. Et même s'il est peut-être difficile de le documenter, tout indique que de nombreuses amours de cette époque-là ont débuté justement sur les pistes de danse.

Pendant quelques mois, Kári avait été attiré par une fille qui travaillait dans la parfumerie Sýran. Elle habitait sur Tinghúsvegur, elle s'appelait Hervør et, quand il allait au port, où il travailla un temps, ou en revenait, il essayait toujours de l'apercevoir. On devinait juste un petit intervalle entre sa frange et ses sourcils. Elle avait de longs cheveux noirs et une légère ombre sombre sur la lèvre supérieure. Or, même si Hervør était une fille qui flirtait à droite et à gauche, il était incapable d'entrer en relation avec elle. On entendait des rumeurs selon lesquelles elle flirtait aussi avec des filles, et cela la rendait encore plus intéressante.

Autour de 1970, les garçons des villages avaient l'habitude de venir à Tórshavn dans leurs belles voitures. Et c'étaient vraiment des voitures tape-à-l'œil.

Souvent, un arbre magique Wunderbaum était suspendu au rétroviseur. Plusieurs d'entre elles avaient des sièges équipés de peaux de mouton, et le radiocassette jouait Pat Boone, Creedence Clearwater Revival et le groupe norvégien Doodle Bugs. La voiture était un prolongement du joli séjour de leurs mères, mais si on regardait dans la boîte à gants celle-ci était pleine de revues porno et de capotes. Les garçons des villages, qui arrivaient en ville tout beaux et bien habillés, repartaient souvent défoncés comme un terrain de manœuvre. C'était tout particulièrement le cas de certains gars de Vestmanna et de Kvívík, ces grands consommateurs de déodorant et de brillantine.

Un de ces soirs de danse, Hervør eut une aventure avec un gars de Vestmanna. Kári l'avait observée toute la soirée, et lorsque l'orchestre commença à jouer un morceau lent, qui demandait plus de doigté que de travail de pieds, Kári se força à se lever et à lui demander si elle voulait danser avec lui. Hervør fit non de la tête, et lorsqu'il insista et bafouilla un début de conversation, elle ne fit ni une ni deux, lui souffla une bulle de chewing-gum au visage et lui tourna le dos.

C'est alors que ce gars ivre de danse de Vestmanna se présenta, et Kári vit Hervør et lui s'élancer sur la piste. Les cheveux noirs de Hervør virevoltaient sur ses épaules, et quand il voyait son visage, il devinait ses dents blanches. À moitié soûl et jaloux, Kári suivit le couple quand la danse se termina et, même s'il sentait combien il se comportait bêtement, il n'arriva pas à dompter sa colère. Près de la voiture du gars, ils en vinrent aux mains. Et l'idée de s'en mêler ne vint pas du tout à l'esprit de Hervør. Plantée là, en minijupe et une cigarette à la main, elle se contenta de regarder. De temps à autre, elle inhalait et soufflait un mince filet de fumée entre ses lèvres. Ils se battirent un bon moment, puis le gars attrapa brusquement les cheveux de Kári et lui balança son genou dans le visage, heurtant sa lèvre supérieure et son nez. Et la dent partit. Et Hervør aussi.

— Espèce de triple idiot, dit-elle en claquant la portière de la voiture.

Un soir à Siglufjörður

Après qu'Ingimar eut arrêté ses études, il pouvait s'écouler des mois sans que lui et Kári se rencontrent. Une des fois où cela arriva fut un soir de juillet 1973, à Siglufjörður. Ingimar naviguait alors sur la galiote *Vestfart*, qui était restée plusieurs années à ronger son frein le long du quai sous l'Entrepôt bancal. Kári était sur le sloop *Løgarfossur*, et quatre à cinq autres bateaux féroïens pêchaient aussi dans le nord de l'Islande. Cet été-là, la marée fut mauvaise. Pour tous les bateaux. Sur toute la mer autour de l'Islande, la pêche estivale fut lamentable. Il n'y avait que peu d'oiseaux et on ne voyait pas non plus de baleines venir souffler à la surface durant les longues journées de temps calme. La mer était jaunâtre et vide, et les quelques cabillauds qu'ils attrapaient étaient maigres et n'avaient presque rien dans le ventre. Le meilleur jour pour le *Løgarfossur* rapporta une tonne et demie de poisson salé. Sinon, la pêche se limitait à quelque six cents kilogrammes par jour, et certains jours ils revenaient quasiment bredouilles. Alors le capitaine allait tout simplement piquer un roupillon ; couché sur le banc de la timonerie, il dormait avec sa grande barbe et ses cheveux longs en guise d'oreiller. Heure après heure, ils dérivaient. Parfois, le fond disparaissait, et quand ils rejoignaient des eaux moins profondes, ils parvenaient à attraper quelques maigres cabillauds sur la déclivité.

En 1973, Kári n'avait plus grand-chose d'un homme de Cro-Magnon. Non qu'il ait appris à danser et commencé à utiliser du déodorant, mais il était devenu plus habile à mettre des mots sur ce qui remuait en lui. Le brouillard existentiel qui avait été suspendu autour de son âme sensible s'était un peu dissipé. Cependant, s'il avait acquis une meilleure compréhension de lui-même, il n'en était pas pour autant un homme accompli. Au contraire. Son sentiment de solitude ne faisait que croître à mesure qu'il devenait capable de l'exprimer. C'était un gars de Tórshavn taiseux, aux longs cheveux retenus par une queue-de-cheval.

Le soir, quand les hommes remontaient les lignes et commençaient à nettoyer ces maudits petits cabillauds du Nordland, comme disait le capitaine, Kári travaillait dans la cale. Et il était compétent dans son travail. Pourtant, il arrivait régulièrement que le capitaine descende sur le pont inférieur et, pour autant que Kári puisse en juger, il ne descendait que pour se moquer de lui. Kári ne pouvait ni ne voulait répondre à ses vexations idiotes. Cela mettait le capitaine en colère. Pour lui, taquiner les gens était un sport, et que le gars de Tórshavn à la queue-de-cheval ne relève pas le gant, il l'interprétait comme un manque de virilité. Un homme ne pouvait pas se permettre d'être aussi susceptible, et surtout pas dans une cale de poissons.

Le dimanche était jour de repos, et la plupart du temps ils rentraient à Siglufjörður pour la pause dominicale. Là, le bateau était amarré au quai, et seul s'entendait à bord le calme cognement du moteur de dynamo. Le dimanche, ils lavaient également leurs vêtements et reprisaient leurs chaussettes, et les plus romantiques d'entre eux écrivaient des lettres à leur femme ou fiancée. Souvent il y avait aussi deux ou trois autres bateaux à quai, et une partie du dimanche passait à se rendre visite les uns les autres. Et si faire la fête suscitait quelque intérêt, rien n'empêchait d'envoyer le fournisseur de vivres chez Ríkið à Akureyri chercher quelques bouteilles d'alcool qui seraient prêtes pour les hommes quand le bateau regagnait le port.

Le *Løgarfossur* avait pêché autour de Grímsey toute la semaine, et après avoir rentré les lignes le samedi soir, ils avaient tout de suite commencé à nettoyer. Durant leur entrée dans le fjord, le capitaine restait affalé, les coudes sur la vitre de la passerelle. Comme ils en avaient l'habitude le samedi, les hommes se découpaient des joues pour eux-mêmes, et une fois les poissons rangés, ils retournaient à la cambuse pour les faire cuire. Et ils prenaient tout leur temps. Ils buvaient du café, fumaient et parlaient. Pendant ce temps, l'eau dans la grande marmite chauffait.

Le *Løgarfossur* avait le vent en poupe, et chaque fois que le bateau se couchait sur le côté, l'eau se déversait par les dalots du bordage. Et c'est là que se tenaient ceux qui avaient l'intention de prendre une bonne cuite le lendemain, nus comme des vers et heureux, en train de se laver. L'eau de mer atteignait leurs cuisses et, quand l'écume glacée leur mordait parfois les couilles, ils haletaient. Chacun avait son baquet d'eau chaude et ça allait vite. Un petit miroir était accroché sur le bordage devant lequel ils se postaient à tour de rôle pour se raser. Puis ils s'arrosaient de l'eau du baquet et filaient dans leur couchette.

Quand, vers midi, Kári sortit la tête du capot du poste d'équipage, il vit le vieux missionnaire debout sur le bord du quai en train de chanter. Ses cheveux blancs tenaient droit en l'air, et par-dessus sa chemise il portait une longue veste qui avait été jaune autrefois. L'homme était si vieux qu'il était déjà missionnaire du temps où Siglufjörður était le grand port de harengs de l'Atlantique Nord. Les bateaux islandais et étrangers étaient plat-bord contre plat-bord jusque loin sur le fjord, et d'aussi loin, la fumée des grandes cheminées d'usines sentait l'argent.

Kári se faufila du capot vers le hauban de bâbord pour pisser. Il réussit aussi à redescendre dans le poste d'équipage sans être vu. Il n'avait pas envie de parler au missionnaire, d'ailleurs il comprenait mal son flot de paroles islando-norvégiennes. De plus, le vieux était peut-être retombé en enfance, et son discours menaçant de Jugement dernier était un aliment décidément trop corsé pour un homme à peine accompli.

Après le bon repas dominical, ils s'installèrent dans le poste d'équipage, chacun avec sa chopine d'alcool islandais, la Mort Noire, comme on l'appelait. Kári avait vu que le *Vestfart* était à quai un peu plus loin et se réjouissait de saluer son vieil ami. Ou peut-être Ingimar viendrait-il leur rendre visite. L'ivresse gagnait et les hommes étaient joyeux, et quand le capitaine descendit l'échelle, on lui remplit aussi son gobelet. Il avait déjà pris une légère avance et s'assit à présent, tout content, avec de petits tiraillements dans les épaules.

Il leur parla du *Sankta Maria*, qui était en cale sèche avec un problème de machines. La Compagnie royale du commerce groenlandais avait été propriétaire du bateau, et il avait navigué pendant plusieurs années avec du fret entre les villages groenlandais. Toutefois, en tant que bateau de pêche, il ne valait pas un clou, sans compter qu'il était plein d'hommes de l'île de Sandoy et de quelques clampins de l'île de Skúvoy.

— Et tout le monde le sait, dit le capitaine, s'il y a plus de deux hommes de Sandoy à bord d'un bateau, alors le diable se déchaîne.

Le dénigrement des natifs de Sandoy n'était qu'une sorte de mise en bouche. Le prochain sur la liste allait être le matelot de cale à bord du *Løgarfossur*.

L'ivresse avait rendu Kári moins buté et il essaya de s'en sortir par le rire. Mais le capitaine continua. Dia de Fuglafjørður demanda au capitaine de se modérer. Ils étaient en train de boire, il n'y avait aucune raison d'embêter quiconque.

— Je n'ai rien contre les queues-de-cheval, dit le capitaine. Absolument rien. Mais la queue doit être accrochée soit à la nuque d'une nénette, soit au cul d'un cheval.

Peu à peu Kári s'énerva et demanda au capitaine de parler correctement, nom de nom ! Mais c'était exactement la réaction que l'autre cherchait.

— La raison pour laquelle nous avons une pêche aussi lamentable, dit-il, elle est toute simple. Un pisse-froid de Tórshavn est responsable de cale, et il pisse sans doute aussi dans le sel.

— Alors, c'est qu'il y a beaucoup de pisse-froid ici au Nordland. Pas un seul bateau ne pêche quoi que ce soit, répondit Kári.

Le capitaine ne fit que rire, un rire qui n'était ni mauvais ni narquois, seulement infiniment bête.

— Les natifs de Tórshavn ont toujours été de pauvres types qui vivent de viennoiseries et de Hawaii Dream. Mais jamais jusqu'à ce jour je n'ai rencontré une chiffe molle comme toi, dit-il à Kári.

— Pourquoi est-ce que tu me cherches ? Je ne t'ai rien fait, répondit Kári.

— Tu sens la femmelette, dit le capitaine.

Alors Kári se mit en colère. Il demanda au capitaine de reprendre ses mots. Il s'était levé et sans doute sa menace parut-elle ridicule aux oreilles du capitaine, car il éclata de rire. Kári se précipita sur lui, et ni une ni deux, ils roulèrent au sol. Un moment, le capitaine sembla avoir le dessus, mais l'instant d'après Kári fut sur lui. Les autres hommes s'interposèrent et, pendant qu'ils maintenaient Kári, le capitaine s'appuya sur la cloison. Il riait tellement que tout son corps tremblait.

— De quoi ris-tu, espèce de fou furieux ?

La voix de Kári se cassa et il ne réussit pas à en dire plus.

— De la figure la plus comique de la flotte féroïenne, fit le capitaine.

Kári remarqua que les autres hommes aussi souriaient un peu, mais lui-même ne savait pas s'il devait rire ou pleurer. Il ressentait le besoin de cacher son visage dans ses mains, mais en même temps il voyait bien combien la situation était ridicule. Le capitaine continua à rire en montant l'échelle, puis disparut sur le pont arrière.

*

Ce dimanche-là, Kári monta plusieurs fois à bord du *Vestfart*. Finalement, il abandonna. Il soupçonnait Ingimar de se cacher et de n'avoir pas envie de le rencontrer. Kári se rendit en ville et commanda une tasse de café dans le restaurant Norðljós. À ce moment-là, il avait renoncé à chercher Ingimar et était plus ou moins persuadé que l'amitié entre eux était terminée. Deux ou trois fois, il versa en cachette quelques gouttes de Mort Noire dans son café, puis referma sa veste sur la bouteille. Alors il lui sembla reconnaître quelqu'un qui passait devant la vitrine et, lorsque la porte s'ouvrit, Ingimar entra avec un de ses camarades de bateau. Kári vit immédiatement qu'Ingimar était très alcoolisé. Il vint à la table de Kári et demanda d'un ton moqueur ce que faisait un homme de Cro-Magnon à Siglufjörður.

— À peu près la même chose qu'un collégien, répondit Kári.

— On dirait que quelqu'un joue avec les mots, dit Ingimar.

— Rien que des mots anciens, répondit Kári en souriant. Ils ont seulement changé de propriétaire.

Ingimar était accompagné d'un géant vêtu d'un gros manteau. Ils échangèrent quelques mots. Le géant haussa les épaules, gagna la porte en titubant et sortit. Ingimar s'assit à la table de Kári, et pendant un moment, ils parlèrent de la pluie et du beau temps. Mais il n'y avait aucune chaleur dans l'échange. Puis, soudain, Ingimar demanda si Kári n'avait pas l'intention de se couper les cheveux.

— Qu'est-ce qui cloche avec mes cheveux ? demanda Kári étonné.

— La même chose que ce qui cloche avec ta famille, répondit Ingimar.

— Je ne savais pas qu'il y avait quelque chose qui clochait avec ma famille, dit Kári.

— La famille la plus ridicule de Landavegur.

— Je parle à un ami ? demanda Kári après s'être un peu ressaisi. Ou je parle à un étranger ?

— Tu parles à quelqu'un qui déteste les pleurnicheurs, répondit Ingimar. Et c'est ce que tu as toujours été, un putain de pleurnicheur qui pendant toutes les années d'enfance me suivait avec ses bottes orthopédiques. Toi et cette bique d'Elgerda. Vous n'avez jamais été que des pleurnicheurs.

Kári ne savait pas s'il devait partir ou répondre. Toute la journée était fichue. Et que répliquer ? Il n'avait pas envie de se disputer, ni avec Ingimar ni avec le capitaine ni avec personne d'autre. Et il n'avait rien de mal à dire de la famille d'Ingimar. Au contraire.

— C'est ta mère qui a chassé ton père du pays, dit Ingimar. Et c'est elle qui a envoyé Niklas sur le port. Voilà ce que c'est, ta famille.

Kári se leva et fila une claque à Ingimar.

Pour la deuxième fois de la journée, il portait la main sur quelqu'un. Il frappa du plat de la main, frappa une seconde fois. D'abord de la paume, puis, quand il sentit la tête d'Ingimar vaciller, il lui envoya son poing sur la joue et le nez. Et Kári partit. Les larmes coulaient sur ses joues. Tout en lui était en révolte. Il entendit bien Ingimar l'appeler, entendit que sa voix était interrogative et étonnée, mais il ne lui serait pas venu à l'idée de s'arrêter à cause de ça. À ce moment précis, Ingimar avait cessé de signifier quoi que ce soit pour lui. Les mots d'Ingimar avaient appuyé sur un interrupteur, et à présent la lumière crue de l'ampoule éclairait les débris de la famille de Kári. Il se dépêcha autant qu'il le put, et par bonheur, il n'y avait personne dans le poste d'équipage quand il monta à bord. Il se déchaussa et se jeta sur sa couchette.

Ce qui était arrivé dans sa famille en 1964, c'était que Niklas s'était noyé. À cette époque, le père naviguait comme télégraphiste sur le *Brandur Sigmundarson.* Ils étaient allés à Esbjerg vendre la pêche, et le soir, le père avait téléphoné à la maison pour dire qu'ils étaient arrivés sur les bancs des Féroé, qu'il y avait une tempête et que la famille n'avait pas besoin d'être sur le quai lorsqu'ils reviendraient vers quatre ou cinq heures du matin. Ils furent de retour vers six heures. Or, au lieu de rentrer à la maison, le père alla prendre un verre avec un des hommes de l'équipage.

Hallgerð et les enfants avaient terminé leur petit déjeuner, il était environ sept heures et demie, mais il n'y avait toujours pas de père à la maison. Niklas fut le premier à partir ce matin-là. Ce que personne ne savait, ni la mère, ni Elgerda, ni Kári, c'est que Niklas, de sa propre initiative, était descendu chercher son père sur le *Brandur*.

Une femme qui habitait près de Rættará avait vu Niklas passer devant le dépôt de charbon de Valdemar Lützen. Cela n'avait rien d'extraordinaire. Au contraire. Pour rejoindre rapidement le quai ouest, il était tout à fait habituel de passer devant le dépôt de charbon, puis devant l'Entrepôt bancal et l'Entrepôt Müller, d'où l'on rejoignait d'un bond le débarcadère près du Vieil Hôpital. Mais, ce matin-là, le malheur guettait Niklas. Sans doute avait-il trébuché au moment où il avait sauté. Il avait un gros hématome sur la nuque. Ce sont des hommes du chantier naval qui trouvèrent son corps.

Kári était revenu en courant vers midi. Elgerda n'était pas encore arrivée. Mamie Haraldsen, en revanche, se trouvait dans la cuisine, et il sentit immédiatement que quelque chose n'allait pas.

— Viens t'asseoir auprès de moi, dit-elle très doucement.

Kári fit comme elle disait. Il rejoignit le banc près de la table de cuisine et s'assit à côté de mamie Haraldsen. Mais les mots qu'elle avait pensé dire ne voulaient pas sortir.

— Niklas n'était pas à l'école aujourd'hui, dit Kári.

— Non, chuchota mamie Haraldsen.

— On a l'habitude de rentrer ensemble de l'école, dit Kári. Est-ce que tu sais où est Niklas ?

Kári ne reçut pas de réponse. Mamie Haraldsen regarda vers le plafond. Il y avait des larmes dans ses yeux.

— Il est arrivé quelque chose à Niklas ? demanda Kári.

— Niklas est mort, dit mamie Haraldsen. L'adorable garçon est mort.

*

Le cortège à l'enterrement était grand. La mère et Elgerda, le père et Kári marchaient devant. Pabbaba avait passé la main sous le bras de Hjalti et derrière suivaient Fríða et sa famille. Plusieurs des sœurs de l'école Saint-François étaient là aussi, et sœur Bertha, en général si sévère, pleurait comme une petite enfant. Holli n'était pas au pays, mais sa femme, ses filles et Ingimar étaient dans le cortège. Mlle Hammer aussi suivait et elle avait cueilli un beau bouquet dans son jardin et l'avait posé sur le couvercle du cercueil. Le matin, le photographe était venu chez Mme Willumsen et lui avait donné une photo qu'il avait prise de Niklas. Sur la photographie, Niklas portait un ballot de poissons à la main et souriait droit dans l'appareil. Kári avait mis la photographie dans un beau cadre de bois avec du verre. Mamie Haraldsen et son fils Dávur étaient là aussi. Le cercueil n'était pas des plus grands et il n'y avait que quatre porteurs, Hjalti et Aksel, Dávur et un jeune professeur de l'école Saint-François.

La veillée funèbre eut lieu à la maison, et tout l'après-midi, Hallgerð resta assise dans le fauteuil près du téléphone, comme si elle attendait que quelqu'un l'appelle. Les gens lui serraient la main, certains l'embrassaient sur le front et lui disaient des paroles consolatrices. Parfois aussi elle pleurait un peu et, en ce jour de malheur, elle n'essaya pas de cacher ses larmes. Tórstein était pâle et silencieux, il allait et venait. Finalement il monta dans la chambre de Niklas et de Kári, et y demeura. Lorsque Kári alla se coucher, il devait être autour de minuit. Il dormait dans la chambre d'Elgerda. Leur père entra pour leur dire bonsoir et c'est la dernière fois qu'il leur dit bonsoir sur Landavegur. Il déménagea chez son frère et peu après partit pour le Danemark. Mais cela, ni Elgerda ni Kári ne le savaient ce soir-là. Tórstein s'agenouilla près du lit, caressa les cheveux des deux enfants et dit qu'il s'occuperait toujours d'eux.

STAFFAN

Cela irritait Kári d'être assis à la même table que Staffan Danielsen. Et durant le printemps et l'été 1976, ce fut le cas presque chaque jour à la cantine de General Motors. Kári avait du mal à supporter tous les bruits de déglutition qui sortaient du gosier et des différents crochets que Staffan avait dans la bouche, et cela le révulsait de voir sa langue garnie de nourriture sortir au milieu de sa barbe pour aller récupérer une goutte de ketchup. La langue, on devrait la garder à l'intérieur, en tout cas quand on mange avec d'autres personnes. Non que Staffan mastiquât vraiment bruyamment, mais c'était comme si ce bruit transperçait tout. Ce qu'il mettait dans sa bouche était mâché et remâché, encore et encore. Et puis Staffan avait tellement de dents dans la bouche. Elles étaient longues et bizarrement étroites. Il y avait au moins trente-cinq dents entassées dans sa mâchoire. Sans la moindre pudeur, il montrait ses gencives et sa langue. C'était comme s'il invitait les gens à une exposition sur les détails de son système digestif. L'exposition commençait au moment où il découpait un morceau de saucisse Steff-Houlberg. Car c'était de ça qu'il vivait :

de saucisses Steff-Houlberg. Mélangé à la salive, le morceau de saucisse glissait dans son gosier et, comme un cormoran, Staffan allongeait la tête et le cou pendant qu'il l'avalait lentement. Les morceaux de saucisse descendaient le long de l'œsophage et, une fois arrivés dans l'estomac, ils étaient mélangés à l'acide du suc gastrique et dissous. Et de l'acide gastrique, justement, Staffan n'en manquait pas. Que ce soit pour éructer ou pour tourner et retourner les mots dans l'acide. Puis, la nourriture digérée, le duodénum la poussait dans l'intestin grêle. Les muscles de l'intestin se contractaient, et chaque fois qu'ils se relâchaient, à l'aide de gaz humides, un peu de nourriture était amenée plus loin. Dans le gros intestin se déroulait le dernier acte. Le corps avait alors ingéré les protéines nécessaires, et la saucisse n'était plus qu'une lanière de rebuts. Staffan suivait avec attention le processus. Il était une sorte de Big Brother des intestins, et de son œil intérieur, il observait la cargaison de Steff-Houlberg jusqu'à ce que celle-ci se retrouve dans le rectum sous forme de bronze.

En avril 1976, Kári trouva un emploi chez General Motors, à Copenhague. Après les vacances d'été, il devait reprendre des études au Cours Tanner et, dans les premiers temps, il logea chez son père, dans son appartement de Peder Skramsgade. Mais entrer dans une entreprise aussi grande et impressionnante que l'usine d'assemblage de General Motors, c'était comme entrer dans un nouveau monde. La seule vue des carrosseries défilant au plafond sur les rails de transport était en soi une découverte. Surtout pour un gars de Tórshavn qui ne connaissait que la pêche et le déchargement, et un petit peu le travail dans le bassin de radoub du chantier naval de Tórshavn.

Kári était embauché dans le *secteur coiffure*, comme on appelait le secteur qui mettait la dernière main aux voitures une fois l'assemblage terminé. Si le contrôle de qualité trouvait un défaut, par exemple une vitre coulissant difficilement ou un pare-brise non étanche, Kári aidait les *coiffeurs* à réparer le défaut. Il arrivait aussi que le ciel de toit plisse un peu, et alors les plis étaient lissés à l'aide d'un outil aussi simple qu'un sèche-cheveux. En plus d'aider les coiffeurs, Kári conduisait aussi les voitures terminées vers le site de stockage. Il s'agissait de toutes les marques Opel : Kadett, Rekord, Kapitän et la grande limousine Admiral.

Kári s'étonnait souvent des raisons qui poussaient la direction d'Opel à donner systématiquement à leurs voitures des noms militaires. Pourquoi ne leur donnait-elle pas des noms plus actuels ? Peut-être Opel Fonctionnaire, Opel Directeur, par exemple. Opel Prolétaire ou Opel Serveuse seraient sans doute hors de question. S'en tenir à des appellations militaires semblait non seulement vieux jeu, mais aussi un peu suspect. Pourtant, Staffan ne faisait que rire, quand Kári lui parlait des noms d'Opel.

— Je m'en fous comme de l'an quarante, disait-il. Et quand bien même ils appelleraient leurs voitures Opel Trou du cul ou Opel Hitlersen, lui, en tout cas, ne toucherait pas à leurs tas de tôle.

Staffan travaillait à l'usine depuis quelques mois, quand Kári y débuta. Mais le jour où Staffan vit son ancien camarade d'école assis avec quelques Yougoslaves à une table de la cantine, il tourna silencieusement les talons et regagna le hall d'entrée de l'usine. Le lendemain non plus Staffan ne s'aventura pas dans la cantine et, quand il faisait ses habituelles petites courses dans le hall, il était toujours aux aguets afin de ne pas tomber sur Kári. Un de ses camarades de travail sentit que Staffan n'était pas comme à son habitude et, quand il lui demanda ce qui se passait, Staffan répondit, ce qui était vrai, qu'il avait un peu mal à son passé. Le troisième jour, à la pause de midi, il se ressaisit pourtant. Kári était toujours assis à la même table que les Yougoslaves, et lorsque Staffan s'approcha et demanda s'il y avait de la place pour un travailleur immigré de plus, tout en montrant ses longues dents étroites, Kári le reconnut immédiatement.

Staffan était manœuvre dans l'équipe qui montait les sièges, les portes, les capots, les hayons, ainsi que la petite trappe d'accès au réservoir d'essence. Néanmoins, personne ne l'appelait Staffan. Ses camarades d'équipe l'appelaient Turbo. Pas parce qu'il était spécialement lent, mais tout simplement parce qu'il n'arrêtait pas de péter. Il était aussi habile de la parole que sans gêne pour donner de la voix par le bas. Il prétendait savoir chanter *Tú alfagra land mítt*, l'hymne national féroïen, avec le trou du cul. Comme les Danois ne connaissaient pas l'hymne en usage dans la petite colonie de l'Atlantique Nord et qu'il n'avait rien de particulier à dire aux hommes, il se limitait à péter *oui* et *non* quand ils lui demandaient quelque chose. Et on n'avait pas besoin d'un vocabulaire beaucoup plus étendu dans une usine d'assemblage. Les hommes qui, chaque jour, année après année, mettaient un point d'honneur à être les esclaves d'une chaîne d'assemblage étaient aux yeux de Staffan la lie d'une civilisation non verbale de pourriture, dont le terminus était une maison de retraite sociale-démocrate propre et jolie, où ils pourraient crever en silence. Il lui était égal que les représentants de cette pourriture non verbale l'appellent Turbo. Les mots ne sont que de l'air, disait Staffan, et qu'ils sortent de la bouche ou du trou du cul, peu lui importait.

Même si Kári reconnaissait son style, Staffan n'avait pas l'habitude d'être sombre à ce point. Certes, ils étaient tous deux de vieux Cro-Magnon de Tórshavn et avaient cultivé l'ivresse et le beau désespoir que Jim Morrison chantait de façon si poignante. Mais Staffan avait aussi été un homme en quête ou, comme il avait l'habitude de l'exprimer lui-même, un de ceux qui cherchaient un sens à l'existence avec une lanterne éteinte. Seulement à présent, c'était comme s'il avait trébuché sur son propre escalier psychique. Il se trouvait au fond de l'existence et, au lieu de parler de la chute et de la douleur, il semblait s'être fait à l'obscurité d'en bas.

Durant la période où ils travaillèrent ensemble chez General Motors, Kári essaya quelquefois de parler de ce qui s'était passé au lycée en 1974. Staffan était en effet de ceux qui voulaient parler féroïen lors de l'épreuve finale en sciences sociales, oui, il avait même été un des défenseurs de ce projet et avait utilisé de grands mots incandescents sur l'oppression linguistique. Or, au dernier moment, il s'était désisté. Et il ne s'était pas seulement désisté. Staffan était parti à Copenhague et n'était jamais revenu au pays depuis.

Un vendredi après-midi, dans un bar, il fut quand même possible d'en parler. Ou plutôt, Kári en parla.

Le week-end venait de commencer et ils avaient bu quelques bières, lorsque Kári dit que, selon lui, la lutte linguistique était avant tout un problème administratif que des nationalistes assoiffés avaient chargé de politique. Ces mots ne venaient pas de lui. C'était sa tante maternelle Fríða qui s'était exprimée ainsi alors que le conflit était à son apogée. Maintenant que Kári était assis face à Staffan, il ajouta que n'importe quel démagogue de village aurait pu réussir ce coup-là.

— Les étudiants savaient parfaitement que la plupart des Féroïens les soutenaient. Si ce n'était pour autre chose, au moins pour une question de principe. Quand on crie assez fort et assez souvent que le ministère de l'Éducation danois pratique l'oppression linguistique, ça crée un forum politique confortable. Au fond, l'affaire ne concernait qu'une seule matière, la toute nouvelle matière des sciences sociales ; ce qui a été joyeusement oublié dans tout ce bavardage pathétique sur les principes. Et c'est mon postulat : pas un seul des étudiants n'y engageait quoi que ce soit de personnel. Pourtant, vous vous présentiez comme des victimes. Vous donniez à des Féroïens susceptibles une occasion bienvenue de s'apitoyer sur leur sort. Le conflit linguistique, et je te le dis droit dans les yeux, ne fit qu'une seule victime, et cette victime s'appelle Staffan Danielsen.

Un instant, Staffan fixa le vide devant lui. Puis il se ressaisit. Ses dents étroites devinrent visibles dans sa barbe. Il se souleva un peu de sa chaise et fit comme il faisait toujours : il péta. D'autres remarques sur le conflit linguistique, il n'en avait pas.

*

La dernière fois qu'ils se rencontrèrent, ou plutôt la dernière fois que Kári vit Staffan, ce fut au service médico-légal du Rigshospital de Copenhague. C'était en mai 1981. On avait prié Kári de venir identifier un cadavre. Et la raison pour laquelle on le lui avait demandé, c'est que ses nom et adresse étaient cousus sur la poche intérieure de la veste du défunt. C'était une veste qui avait disparu du couloir d'entrée de l'appartement de Kári. Elle avait disparu depuis au moins six mois, et Kári savait parfaitement que c'était Staffan qui la lui avait volée.

Après que Kári eut identifié le cadavre, le policier posa quelques questions. Ils se trouvaient dans le couloir devant la salle d'autopsie. En vain, Kári essaya d'apercevoir une chaise pour ses genoux flageolants. Il avait déjà vu un cadavre, celui de son frère Niklas, mais jamais un cadavre mutilé. Staffan avait plusieurs doigts brisés. Les articulations avaient été disloquées et l'un des doigts était cassé tout près de sa base ; ses doigts pointaient dans toutes les directions. Il avait plusieurs côtes enfoncées dans la poitrine et cela se voyait à l'œil nu que sa jambe droite aussi était cassée. Même si rien n'indiquait qu'il avait eu une mort rapide, Kári espérait malgré tout que son ami d'enfance s'était évanoui, qu'il avait pour ainsi dire vécu les violences et la mort comme un mauvais rêve. Pour finir, on lui avait tranché la gorge. Cinq points de suture la maintenaient en place. Kári ressentit de la colère contre le médecin. Il aurait très bien pu couper les fils plus près de la peau. Car les bouts de fil noir ressemblaient vraiment à des pattes de mouche en train d'entrer dans sa gorge. Et évidemment, Staffan avait la bouche à moitié ouverte. Comme s'il attendait une saucisse Steff-Houlberg.

Le policier regarda le permis de conduire de Kári.

— L'homme n'avait aucun papier d'identité. Mais puisque c'est vous qui vous appelez Kári Willumsen, comment se fait-il qu'il porte votre veste ?

— On se connaissait, répondit Kári. Nous sommes tous deux féroïens, et nous avons été en classe ensemble enfants.

— Mais pourquoi portait-il votre veste ?

— Ça fait six mois que la veste a disparu. Et depuis ce temps je n'ai plus revu ni la veste ni Staffan. Pas jusqu'à aujourd'hui.

— Vous étiez amis d'enfance ?

Le policier rendit à Kári son permis de conduire.

— Oui, dit Kári.

— Peut-on dire que votre vieil ami d'enfance vous a rendu visite et qu'il vous a emprunté la veste en partant ?

— Oui.

— Vous dites qu'il s'appelle Staffan ?

Kári expliqua au policier qui était Staffan et qui étaient ses parents, et il lui donna l'adresse de ces derniers.

— Que s'est-il passé ? demanda Kári.

— L'homme a été assassiné, répondit le policier.

— Ça, je le vois bien, répondit Kári.

— Je n'en sais malheureusement pas plus. À en juger par ses cheveux, ses mauvaises dents et ses vêtements, ce devait être un individu assez misérable. Deux instituteurs qui faisaient un tour avec des enfants à Christiana ont découvert le cadavre. Mais il est clair qu'il a été torturé à mort. Je ne crois pas qu'il s'agissait d'une bagarre ordinaire. Puisqu'il vous a volé la veste, il n'est pas impensable qu'il ait aussi volé d'autres personnes. Peut-être devait-il de l'argent à un dealer ? Ce genre de choses peut coûter la vie à un homme. Il a sans doute été tué vendredi soir et est resté sous les arbres jusqu'à ce que les enfants le trouvent le lundi matin. C'est une supposition, mais je pense que ce n'est pas tout à fait faux.

Le policier serra la main de Kári et, arrivé un peu plus loin dans le couloir, il s'arrêta et se retourna vers lui, mais ensuite, il haussa les épaules et s'en alla.

Fête d'anniversaire

Chaque 3 septembre, de leur deuxième à leur cinquième année d'école, Staffan avait invité les garçons de sa classe chez lui pour son anniversaire. Il donnait à chacun d'entre eux une invitation écrite. Ce qui n'était pas courant au début des années 1960. « Typiquement danois », disait le père de Kári à propos de l'invitation. Tórstein Willumsen et Halldór Danielsen avaient été dans la même classe de lycée à la fin des années 1930, mais ils ne se fréquentaient pas pour autant. Sur la carte était écrit que les garçons étaient invités à une tasse de chocolat chaud entre quinze et dix-huit heures. Le nom de l'invité était écrit à la main, mais l'invitation elle-même était imprimée sur du papier blanc rigide et dans un coin, il y avait le nom de l'imprimerie, en caractères six points.

La famille Danielsen vivait dans une élégante maison d'architecte, située près de la rivière Rættará, à l'ouest de la ville. Le mur nord de la maison faisait penser à une coque de bateau. Les fenêtres rondes étaient un peu plus grandes que des hublots, et les soirs mouillés d'automne, quand la tempête venait de l'ouest, c'était comme si la maison descendait la rivière écumante, avec cap sur la mer. Les côtés est et ouest étaient également spartiates, avec de hautes fenêtres étroites, et dans un enfoncement sur la face nord se trouvaient les portes menant respectivement à l'entrée et à la cave. Mais la façade était en verre. Devant l'élégant séjour, il y avait un large balcon, d'où un escalier en béton menait au jardin. Plusieurs rochers recouverts de mousse étaient disséminés depuis la rive jusque sur un bon bout du terrain. Un jour, Staffan prétendit que ces rochers attendaient leur maison depuis bien avant l'ère glaciaire.

Le 3 septembre, les garçons ne jouaient pas dehors. Mais ils voyaient le jardin et la rivière, et, si le soleil de l'après-midi perçait, il remplissait la grande pièce de lumière. Dans le beau séjour se trouvait le piano et sur les murs peints en blanc étaient accrochés des tableaux des peintres Hans Hansen, Mikines et Ingálvur av Reyni. Et chose rare, il y avait une petite peinture à l'huile de Gustaf Munch-Petersen. La mère de Staffan était la nièce de Gustaf Munch, et à côté du tableau était accrochée une photographie de l'artiste. La photo avait été prise le jour où Gustaf Munch était parti en Espagne comme soldat pour soutenir la république.

Il y avait trois hauts placards à livres dans le séjour, et ces placards avaient des vitrines en verre qu'on pouvait fermer à clef. Kári s'étonnait que les Danielsen rangent leurs livres dans des placards. Ils n'avaient pas ça chez lui. Si, les livres de recettes de sa mère étaient dans le placard de la cuisine. Les autres livres de la maison étaient l'*Encyclopédie* de Raunkjær, *Ritsavn* de Hans Andrias Djurhuus et les romans *Don Quichotte* et *Feðgar a ferð*[1]. Et puis une bible avec les illustrations de Gustave Doré.

Mais les placards à livres fascinaient Kári. Que l'on construise des maisons pour les étourneaux, ça se comprenait, tout comme une cabane pour le bateau et peut-être aussi pour la voiture. Mais une maison pour les livres ? Si encore les placards à livres avaient été dehors et peut-être équipés d'un petit radiateur sur l'étagère inférieure, cela aurait pu se comprendre. Les placards lui évoquaient aussi le cercueil de verre dans lequel était couchée Blanche-Neige et les bons moments à l'époque où Djalli était le prince de leur monde d'images. Et évidemment, Djalli était parmi les invités de l'anniversaire, oui, il était même quasiment l'invité d'honneur le 3 septembre. Mme Vivian l'appelait *mon petit Andy Warhol*, et la comparaison n'était pas tout à fait inappropriée. Il avait ces mêmes yeux à la fois étonnés et curieux, et puis ses cheveux tenaient droit en l'air. Son cou n'était pas grand-chose de plus qu'une tige, et Mme Vivian aimait beaucoup l'entendre parler.

---

1. *Feðgar a ferð* (Père et fils en route – titre de la traduction danoise : *L'Honneur du pauvre*) de Heðin Brú, pseudonyme du grand écrivain et traducteur féroïen Hans Jacob Jacobsen (1901-1987). *Ritsavn*, œuvre majeure de Hans Andrias Djurhuus (1883-1950), poète féroïen et jeune frère de J.H.O. Djurhuus.

Djalli lui raconta un jour que les catholiques avaient autrefois eu un château dans le village de Hvítanes et que dans un coffret du château se trouvait la tête du mouton qui était dans l'étable à Bethléem quand Jésus était né.

— Chaque matin de Noël, la tête brayait pour rappeler à papa et à grand-maman et à tous les autres à Hvítanes que Jésus était né.

— Et la tête se trouve-t-elle toujours à Hvítanes ? demanda Mme Vivian.

— Non, répondit Djalli. Le pasteur Bojesen l'a mangée.

— Je ne connais pas cet homme, dit Mme Vivian.

— C'est un bonheur pour toi, répondit Djalli. Pasteur Bojesen est un Danois qui enfonce des diables dans les oreilles des petites filles.

Djalli parla aussi à Mme Vivian du jour de tempête où le roi danois était en visite sur les Îles Féroé et, pendant qu'il racontait, ses doigts et ses paupières étaient en mouvement constant. En ce temps-là, l'Opel Kapitän de son père était toute neuve, et on l'avait prié de conduire le roi et la reine de leur bateau le *Dannebrog* au siège du Haut-Commissariat du Danemark.

— Est-ce qu'il pleut toujours sur les Îles Féroé ? avait demandé le roi depuis le siège arrière.

— Oui, heureusement, Votre Majesté, avait répondu le père.

— Heureusement ? répéta le roi étonné.

— Aucun Féroïen ne s'est encore jamais noyé dans la pluie. Et plus il pleut, plus il y a de travail pour un chauffeur de taxi.

Le roi rit fort.

— Vous êtes un homme très pratique, dit-il en tapant sur l'épaule du père.

Le 3 septembre, l'année où Djalli était mort, Mme Vivian avait eu l'idée de mettre un couvert pour lui aussi. Devant une chaise vide, il y avait une tasse avec sa sous-tasse et une assiette à côté. Mais alors qu'il y avait des serviettes blanches sur les assiettes des autres garçons, sur celle de Djalli, il y avait une rose rouge. Mme Vivian faisait le tour de la table avec le pot de chocolat chaud et lorsqu'elle arriva à sa place, elle prononça ces belles paroles, que Djalli avait été un garçon extrêmement gentil aux yeux intelligents.

Mme Vivian était une des plus belles femmes qui soient. Et les jeunes garçons étaient attentifs à ce genre de choses. Elle n'était pas seulement la mère de Staffan. Elle avait également un émetteur qui diffusait sur la fréquence femme, et les récepteurs nouvellement éveillés des garçons recevaient les ondes venant d'une mèche de cheveux retombée sur le front ou de talons qui claquaient sur le plancher quand elle marchait, faisant trembler légèrement ses mollets, son postérieur et sa poitrine. En cinquième année, Ingimar dit que la mère de Staffan était fichtrement belle et qu'il aimerait bien la voir nager à Sandagerði ou lui prendre la température quand elle avait la grippe.

En quatrième année, Staffan fréquentait beaucoup André Dinesen, qui avait un an de plus et allait dans une classe au-dessus. André avait des parents danois, et son père était fonctionnaire au Haut-Commissariat du Danemark. Il comprenait bien le féroïen et le parlait aussi. Mais essayer de parler féroïen quand certains enfants lui disaient qu'il ne parlait que la langue des nonnes et s'amusaient à l'imiter, ça ne lui plaisait pas. Lui et Staffan étaient souvent ensemble pendant les récréations et rentraient ensemble de l'école. Olaf Lydersen avait aussi l'habitude de se joindre à eux, et le samedi, ils allaient souvent à bicyclette à Havnardal. Cette vallée était un but d'excursion prisé pour les enfants de Tórshavn. Ils y allumaient des feux, faisaient rôtir des saucisses et nageaient la journée entière dans la délicieuse rivière. À certains endroits, la rivière était si large qu'elle était divisée en deux par de vrais îlots et, là où elle était le plus étroite, ils avaient l'habitude de construire des barrages de pierres, qu'ils rendaient étanches avec de grosses mottes d'herbe. Parfois aussi, ils y campaient la nuit sous des tentes, et Mme Vivian était si attentionnée que de temps en temps, le dimanche matin, quand ils avaient dormi sous la tente, elle, son mari et leur fille Hildur venaient en voiture à Havnardal apporter du thé aux garçons.

Après la mort de Djalli, Dagmar et Staffan se relayèrent pour avoir les meilleures notes de la classe. Staffan ne négligeait jamais ses devoirs et il commença assez tôt aussi à lire autre chose que les lectures obligatoires. Il avait lu Stevenson, Jules Verne et plusieurs des œuvres de Victor Hugo avant de quitter l'école des nonnes. Et personne dans sa classe n'avait aussi bonne mémoire que lui. Pour une raison étrange, il connaissait quasiment tout le *Livre des oiseaux* de Mikkjal á Ryggi par cœur. Mais il se souvenait également des mots blessants et, pour un garçon qui avait aussi honte de son physique que Staffan, cela avait pour conséquence qu'il était souvent sur ses gardes. Avec ses longues dents étroites, il ressemblait à un poisson prédateur, et quand il souriait, il mettait souvent la main devant sa bouche.

Il arrivait à Ingimar de le taquiner, mais même si ça faisait mal d'être appelé *la gueule de truite de Rættará*, Staffan essayait de faire mine de rien. Mais parfois, il éclatait en sanglots, des sanglots si déchirants que les enfants prenaient peur. Alors, toutes ses dents se découvraient, ses yeux s'écarquillaient et les veines bleues aux tempes devenaient apparentes. Et quand il inspirait et expirait, c'était le même bruit que si l'air était distillé à travers de grands fanons.

Parfois, Staffan demandait à sa mère pourquoi il était aussi laid et alors Mme Vivian avait l'habitude de le prendre contre elle et de lui caresser les cheveux et les joues.

— Je ne trouve pas que tu es laid, disait-elle. Que tu aies plus de dents que les autres veut peut-être dire que tu as une mission particulière dans la vie.

— Quelle mission ?

— On ne le sait pas d'avance, répondait sa mère. Gustaf Munch ne savait pas qu'il deviendrait le plus grand poète du Danemark. Et encore moins qu'il allait devenir peintre et mourir en héros en Espagne. On ne sait rien d'avance. Mais soudain, un jour, tu es appelé. Et alors tout devient différent et incroyablement passionnant.

Et puis elle ajouta :

— Tu trouves que ton père est laid ?

— Non, répondit Staffan un peu étonné. (Il sourit soudain.) Papa a la même démarche majestueuse que certaines mouettes. Ah, si seulement je savais voler !

— En fait, tu ressembles à ton père. Et crois-moi,

vous savez tous les deux voler. Alors ne pleure plus, mon chéri, dit Mme Vivian.

Pendant trois hivers, Staffan suivit des cours de piano chez Rigmor Restorff. À cette occasion aussi sa mémoire lui servit. Après avoir appris à lire les notes, il lui suffisait de parcourir la partition quelques fois pour que la mélodie se grave en lui. En tout cas quand il s'agissait d'études d'accès assez facile. Il ne jouait pas seulement pendant l'heure où il était dans le salon de Rigmor. Il s'exerçait aussi à la maison, mais, alors que sa mère était fière quand quelques mouvements de la *Sonate au clair de lune* voguaient à travers le salon, Rigmor, elle, considérait ses progrès avec une certaine réserve. Elle disait que cette sonate ne devait pas être jouée au rythme sur lequel le taureau du paysan de Horn couvrait la vache de Jens de Gusta. De telles remarques faisaient éclater de rire Staffan et il riait de si bon cœur qu'il en oubliait complètement de mettre la main devant sa bouche. Rigmor aimait bien ce garçon. Elle voyait bien sa timidité et aussi combien il était intelligent et sensible. Il ne serait jamais un virtuose, mais elle espérait que les leçons de piano lui apporteraient un bon bagage culturel.

Une chose que les garçons adoraient quand ils étaient à l'anniversaire, le 3 septembre, c'était de jouer avec le train électrique de Staffan. Le seul fait de sentir dans la main le poids d'un train Märklin et de voir la belle mécanique qui faisait tourner les petites roues en métal, c'était du pur plaisir pour les garçons. Staffan avait deux boîtes de rails, et quand ils étaient raccordés, ils s'étendaient sur une grande partie du plancher de sa chambre. Il avait aussi quelques rails courbes pour les ponts et des signaux lumineux indiquant quand les trains pouvaient rouler et quand ils devaient s'arrêter. Les garçons posaient des caramels dans les wagons de marchandises, puis la locomotive tirait le chargement sucré vers les différentes gares.

Parfois, Halldór Danielsen passait la tête dans la chambre et demandait comment ça allait. Il posait ses mains poilues sur le chambranle de la porte et souriait gentiment. Comme son fils, il avait la bouche pleine de longues dents étroites. Ses longs sourcils formaient comme un parterre velu au travers de son front, ses cheveux étaient épais, et les sillons calleux de son visage évoquaient des troncs d'arbres poussant de la mâchoire jusque sous les cheveux. Les garçons hochaient poliment du chef quand ils voyaient cette grande tête charmante, et Olaf Lydersen, qui voulait toujours être le meilleur, chuchota une fois que le père de Staffan ressemblait à une forêt de dents. Halldór Danielsen siégeait au Parlement féroïen pour le Parti de l'Union et dirigeait aussi un cabinet d'avocats en ville.

La chambre de Hervør

Je ne suis pas devenu tout
ce que vous attendiez
– je suis devenu tout ce que
vous craigniez.

Par ces lignes funestes, Gustaf Munch-Petersen commence son célèbre poème à ses parents. La première fois que Kári entendit le poème, qui était également la première fois qu'il entendait le nom du poète, ce fut à la fin de l'automne 1973. Staffan récita le poème et raconta aussi l'histoire de ce parent mémorable qui avait été tué en Espagne en 1938. En plus de Staffan, Hervør et Kári, il y avait plusieurs jeunes dans la pièce et, comme ils en avaient l'habitude, ils buvaient *Celui au taureau*. Tous les jeunes buvaient *Celui au taureau*. Ce vin arrivait aux Îles Féroé dans des bouteilles de deux litres. Il était plus fort que la bière et moins cher que l'alcool, et son goût était carrément infect. Les Espagnols exportaient ce vin au Danemark, parce que personne sur la péninsule Ibérique n'aurait imaginé y apposer la langue. Mais les Danois non plus ne l'aimaient pas. C'est pourquoi on le renvoyait aux Îles Féroé. Les jeunes de Tórshavn l'ingurgitaient et, quand ils dansaient sous les lumières clignotantes des projecteurs du Club, ils ressemblaient à des vampires qui auraient vidé quelques artères bien juteuses.

Hervør vivait dans la pièce du sous-sol de la maison de sa grand-mère. Kári ne savait pas qui était sa grand-mère. Parfois, ils entendaient craquer le parquet, mais marchait-elle là-haut ou bien était-ce le vent qui secouait la maison, il ne le savait pas. Il y avait quelques réverbères le long de Tinghúsvegur, mais, contre l'obscurité automnale, les ampoules sous les lanternes blanches étaient assez inefficaces. Le soir, la rue était vraiment silencieuse. Bien trop silencieuse. C'était comme si elle n'existait pas vraiment ou que la ville avait oublié ce ruban qui sinuait entre de hauts murs de ciment. La nuit, quand les rideaux étaient tirés, on ne voyait qu'un faible reflet de lumière entre les cimes des arbres. Kári ne connaissait d'ailleurs personne habitant Tinghúsvegur, enfin si, il connaissait Olaf Lydersen, ça oui. Mais durant les années où ils fréquentèrent ensemble l'école Saint-François, il était rare qu'Olaf Lydersen invite qui que ce soit chez lui. Et pour autant que Kári s'en souvienne, Olaf préférait jouer avec les filles.

Même si Staffan et Hervør formaient un couple à l'automne 1973, Kári était toujours amoureux d'elle, et peut-être que Staffan l'avait perçu, parce qu'un soir, alors qu'ils buvaient du vin chez elle, il dit que tous les hommes de Tórshavn étaient amoureux des vendeuses de Sýran.

— C'est vrai ? demanda Hervør en souriant à Kári.

— Bien sûr que c'est vrai, répondit Staffan. Et la raison en est chimique. C'est l'odeur du parfum qui électrise les hommes. Une odeur envoûtante flotte autour de Sýran, et qu'est-ce qu'ils voient quand ils regardent par la vitrine ? En réalité, ils ne voient rien du tout. Mais ils sentent tout un ciel de femmes. Crois-moi. La moitié des hommes de Tórshavn pensent aux femmes de Sýran quand ils se masturbent.

La porte de la chambre de Hervør se trouvait juste derrière la porte d'entrée. On y voyait le dos d'un ange dont les grandes ailes bruissantes s'étendaient sur le chambranle. Quand on entrait dans la chambre et qu'on fermait la porte, on voyait l'ange de face. L'ange était masculin. Ce n'était pas un de ces beaux corps classiques comme on en voit sur les images. L'ange ressemblait à un homme ordinaire. Un peu gras, mal rasé et avec des poils sur la poitrine et autour du sexe.

La première fois que Kári participa à une

triangulaire, ce fut le soir où Staffan récita le poème *À mes parents*. Les autres garçons présents étaient partis danser quelque part, et au fond Kári aurait dû y aller avec eux. Mais c'est Hervør elle-même qui incita Staffan et Kári à la déshabiller. Et il ne fut pas nécessaire de persuader Kári. Les boutons de son chemisier ressemblaient à des pierres précieuses ou à des silex, et dans la lumière tamisée, sa peau aussi était sombre. Même si Hervør travaillait avec les nymphes du parfum chez Sýran, elle n'avait pas pris l'habitude de se raser sous les bras et sur les jambes. Le duvet sous ses bras formait deux nids odorants, et quand Kári lui retira sa petite culotte, le sexe sous la touffe sombre était une rose rosée. Elle était grande ouverte sous leurs yeux et leurs doigts curieux, et elle voulait qu'ils la sentent, devant et derrière. Elle appelait Staffan son *animal des égouts*, et de son nez et de ses lèvres avides, il reniflait entre ses miches bien modelées.

Cela ne dura pas longtemps non plus avant que celui-ci se débarrasse de ses vêtements, et quand Hervør commença à se saisir des vêtements de Kári, elle n'eut pas besoin de solliciter l'aide de Staffan. La main légère avec laquelle son ami lui retira son slip prit Kári un peu de court. Comme l'ange sur la porte, Kári était allongé nu devant eux, et c'est tout juste s'il n'éjacula pas quand Staffan prit son pénis entre ses lèvres, comme si c'était un fruit précieux et délicieux. Hervør voulait aussi qu'il touche Staffan. Mais Kári essaya de se dérober. Il aurait peut-être pu toucher, voire embrasser, un autre homme, mais pas Staffan. Toutes ses dents étroites le révulsaient, et puis la barbe de Staffan puait *Celui au taureau*.

Staffan fut le premier à coucher avec Hervør, et Kári vit le blanc de ses yeux à moitié fermés quand elle arqua son corps. Elle miaula comme un chat qu'elle voulait aussi voir deux hommes le faire ensemble et, lorsque Kári un peu plus tard coucha avec elle, il sentit Staffan lui caresser le dos et les cuisses, et même aller avec sa langue là où personne n'avait été. Chaque fibre de son corps était tendue à l'extrême, et Kári ne put se retenir que quelques minutes, puis arriva ce dont il avait rêvé pendant des mois, il éjacula dans le giron chaud et doux de Hervør.

Pourtant, il ne s'attendait pas à ce qu'elle lui montre une boîte de pommade. Hervør lui dit de ne pas avoir peur, que ça ne faisait mal qu'au début, qu'après, c'était le septième ciel. Kári demanda si elle l'avait déjà essayé.

— Mais oui, répondit-elle. Dans la chatte, dans le cul et dans la bouche. Et si l'orifice des oreilles était plus grand, j'aimerais aussi avoir une pine là. Les hommes sont faits pour être enculés, chuchota-t-elle. Il n'y a rien de meilleur. Alors seulement ce sont vraiment de gentils anges.

Kári était allongé sur le ventre et sentit le pénis de Staffan entre ses fesses. Hervør lui demanda de courber davantage le dos, et il le fit. Il essaya aussi de remuer les hanches, mais ça ne marchait quand même pas.

— Regarde-moi, dit Hervør.

Elle se mit à genoux, et il vit la fente mouillée vers son pays enchanté.

— Tu dois te mettre comme ça, dit-elle.

Et Kári fit comme elle le lui dit. Il se mit à genoux et,

pendant que Hervør était devant lui, ouverte et affriolante, Staffan réussit à faire pénétrer son pénis. Mais cela fit mal à Kári. La douleur était plus forte que le plaisir, et cela ne dura qu'un instant, puis il n'en put plus.

— Je n'y peux rien, s'excusa Kári.

— *No hard feelings*, répondit Staffan.

Hervør versa *Celui au taureau* dans les verres.

— Trinquons à nous trois ! À la nôtre !

Le fumoir

Lorsque les époux Danielsen avaient construit la maison, l'intention était que Halldór y ait son bureau, ou une combinaison de bureau et de fumoir. La pièce fut bien installée, mais ni tapissée ni peinte. Durant un certain temps, ils permirent au futur musée d'art de l'utiliser comme pièce de stockage pour les œuvres acquises avant son ouverture, et parfois aussi les invités y dormaient. Mais ce ne fut que lors d'un voyage de Halldór aux États-Unis avec la direction de Føroya Fiskasøla que Mme Vivian s'autorisa à terminer la pièce.

Elle acheta une bibliothèque en bois foncé et installa sur les étagères les livres qui étaient restés empaquetés depuis qu'ils avaient quitté Copenhague et leur appartement de Frederiksberg en 1959. Dans une des caisses, elle trouva l'histoire mondiale de Grimberg. C'était une édition suédoise, reliée en cuir blond, et Mme Vivian se sentit contente quand elle vit les seize tomes orner l'étagère. Dans la même caisse se trouvaient les volumes des *Grands courants littéraires du XIXᵉ siècle* de Georg Brandes, et cela lui fit un peu mal quand elle tint les livres dans sa main. C'était en 1951 qu'elle avait acheté ses œuvres complètes en cadeau de Noël pour Halldór et, dès le soir de Noël chez ses parents à elle, il en avait commencé la lecture. Pendant toutes les fêtes de cette année-là, Halldór avait été totalement absorbé par l'histoire de la littérature européenne et, un soir, alors qu'ils avaient une petite conversation amoureuse, il lui dit qu'il était fier d'être marié à une femme qui était la compatriote de Brandes.

— Et de Gustaf Munch, alors ? demanda Mme Vivian sur un ton ironique.

— Un brillant Européen, lui aussi. Autant en poésie que dans la résistance. Seulement c'est dommage qu'on ne lui ait pas appris qu'on avait inventé les majuscules.

— Il maîtrisait l'art de la littérature à voix basse, répondit Mme Vivian. Viens, embrasse-moi. Délicatement.

Ils burent du vin et chuchotèrent et, même si Mme Vivian en tant que femme était assez pudique, il eut le droit ce soir-là de lui retirer tous ses vêtements, et ils firent l'amour sur le plancher. C'est aussi ce Noël-là que Staffan fut conçu.

En même temps que la bibliothèque, elle acheta une table basse et un divan en cuir, puis accrocha sur un des murs un grand tableau de Thomas Arge. Et, chose tout à fait exceptionnelle, elle avait déniché le bureau que le poète J.H.O. Djurhuus avait utilisé les dernières années où il avait exercé comme avocat à Tórshavn. Un menuisier avait restauré le plan de travail, l'avait nettoyé et laqué, et cette merveille se trouvait maintenant au milieu de la pièce. Le fumoir avait beaucoup d'allure et, par les grandes fenêtres allant du sol au plafond, on voyait la rivière Rættará courir paresseusement entre les prairies.

Dans une autre caisse, elle trouva les romans *Tropique du Cancer* et *Tropique du Capricorne* de Henry Miller. Ces livres avaient joué un rôle particulier, ou plutôt ils constituaient une sorte de jalon dans leur mariage. Les traductions danoises avaient été publiées respectivement en 1954 et en 1955, et c'est autour de cette époque-là que Mme Vivian réalisa clairement que Halldór voyait d'autres femmes. Elle s'étonnait parfois que des semaines entières passent sans qu'ils fassent l'amour, ce qui ne lui ressemblait pas. Il lui arrivait aussi de dormir sur le canapé du séjour. Il disait qu'il avait tellement besoin de sommeil, et qu'à peine Staffan geignait un peu, il se réveillait tout à fait et ne parvenait plus à s'endormir. D'ailleurs, c'était vrai. Petit, Staffan leur avait procuré bien des nuits éveillées. Mais ce n'était pas la raison pour laquelle Halldór dormait sur le canapé. Il avait des morsures et des griffures sur le corps qu'il essayait de cacher à sa femme.

À cette époque-là, alors qu'ils vivaient encore à Copenhague, Halldór avait quitté son poste au ministère de l'Éducation danois et avait commencé à travailler dans le cabinet d'avocats des frères Lange. Halldór travaillait beaucoup, ça, il l'avait toujours fait. Il gagnait bien sa vie et s'il avait pu obtenir un appartement dans le quartier résidentiel de Frederiksberg, c'était grâce à une de ses relations. Pour faire plaisir à sa femme, il rapportait parfois du travail à la maison.

Alors, il s'asseyait à la grande table en chêne de la salle à manger, lisait et prenait des notes. Mme Vivian se moquait de lui. À Frederiksberg aussi ils avaient un bureau vide, mais Halldór préférait quand même être assis à la table de chêne de la salle à manger.

Certains matins d'été, il lui arrivait d'aller chez le boulanger acheter des viennoiseries, et toute la famille prenait le petit déjeuner dans le grand lit matrimonial. Leur fille Hildur aussi, qui tétait encore. Il achetait de fines plaques de chocolat pour garnir le petit pain de Staffan et, lors de telles matinées, il leur arrivait de parler des Îles Féroé. En août 1957, ils passèrent deux semaines à Tórshavn tous les quatre. Halldór voulait examiner les possibilités de s'installer comme avocat en ville, et c'est à ce moment-là aussi qu'il acheta le terrain près de la Rættará.

Pour Staffan, l'expérience la plus marquante fut lorsqu'il vit une bande de cétacés mourir près du quai de Kongabrúgv. Un jour, son père lui avait dit que sur les Îles Féroé, il suffisait de tendre la main par la fenêtre pour attraper un oiseau pour le dîner, tout comme, sur la plage, les enfants attrapaient des poissons. Le globicéphale aussi était une sorte de poisson, Staffan le vit bien, un long poisson noir que la grue hissait à terre. Il vit plus de cent de ces poissons alignés sur le quai et, au milieu de tout le tumulte, il pointa le doigt en l'air et dit : « Regarde, papa, tous les oiseaux du monde sont venus à Tórshavn. » Il avait presque raison. Des mouettes de toutes espèces, suspendues au-dessus de l'eau, guettaient les gourmandises. Un homme tentait d'agripper le plat-bord d'un bateau, quille en l'air, dont un bout avait été brisé par un coup de nageoire caudale. Les toits des maisons aussi étaient couverts d'oiseaux. Et, grâce au massacre, la paix régnait entre les petits oiseaux et les chats, tout comme entre les chats et les chiens. Chacun avait sa part de la pêche. Ciel, terre et mer se fondaient et, tandis que des vagues de cris tournoyaient entre les maisons et la baie, Staffan serrait fort la main de son père.

Le soupçon d'infidélité fut renforcé un jour où Mme Vivian brossait des pellicules sur une des vestes de Halldór. Elle trouva sur une épaule des cheveux qui n'étaient pas de couleur claire comme les siens, mais de longs cheveux noirs. Et elle retrouva ces mêmes cheveux sur une autre veste de Halldór. Parfois, il lui semblait aussi sentir une odeur de parfum sur ses vêtements et, plusieurs fois, elle vit des traces de rouge à lèvres sur sa chemise.

Pendant que Staffan faisait la sieste ou jouait dans le bureau vide, Mme Vivian prit l'habitude de lire les livres de Henry Miller. En tant que romans, elle ne trouvait ni *Tropique du Cancer* ni *Tropique du Capricorne* très intéressants. Mais ce n'était pas pour des raisons littéraires qu'elle s'était mise à les lire. Elle examinait plutôt ces œuvres comme une sorte d'inventaire mental. Elle espérait trouver chez les artistes de vie de la Villa Borghèse quelques-uns des penchants de Halldór. Au début, elle soulignait les passages particulièrement intéressants et écrivait ses remarques dans la marge. Mais elle cessa de le faire. Si Halldór ouvrait les livres et qu'elle était dévoilée comme espionne sexuelle, sa fierté en serait blessée. Elle effaça ses remarques, mais continua à feuilleter et à lire, et il arrivait que les mots la prennent en traître. C'est en tout cas ce qu'elle ressentait. C'était comme s'ils allaient chercher sa porte de derrière intellectuelle, surprenaient ses préjugés et, avant même de s'en rendre compte elle-même, elle se retrouvait au beau milieu des belles et terrifiantes visions que Miller faisait surgir. Là où la culture prenait fin, Miller découvrait les plus délicats des sentiments religieux. Cet homme était en réalité un mystique moderne, rien de moins. Le dualisme entre corps et esprit était quasiment effacé. Le siège de l'âme était le corps, et l'œuvre entière était construite autour de cette conception. Et cela précisément plut à Mme Vivian, ou du moins lui fit comprendre à quel point *Tropique du Cancer* en particulier était authentique et entier. À mesure que le temps passait, la Villa Borghèse devint un des lieux les plus significatifs de son monde littéraire. Mais de cela, jamais elle ne dit mot à Halldór.

Malgré tout, les descriptions sexuelles lui étaient un peu douloureuses, car elle ne doutait pas que c'étaient justement ces scènes sauvages et affriolantes qui excitaient Halldór. Ce qu'il ne trouvait pas chez sa femme, il le cherchait en partie chez Miller. Alors que Mme Vivian préférait avoir son propre lit et faire l'amour sous un éclairage tamisé, Halldór était prêt à le faire partout. Dedans comme dehors, et indifféremment au grand jour ou dans la nuit noire. Comme un animal, il reniflait ses orifices et lui racontait que, quand Napoléon Bonaparte avait livré une bataille, il envoyait un message urgent à sa femme Joséphine pour lui demander de ne pas se laver, car il adorait son excitante odeur corporelle. Cela torturait Mme Vivian de comparer sa propre vie sexuelle sage et respectable aux descriptions de Miller. Les livres lui racontaient la force du désir de Halldór, elle était tourmentée par un sentiment d'infériorité et malheureuse de ne pouvoir donner à Halldór ce qu'il désirait. Un jour d'ivresse, il lui avait dit que c'était trop dommage que la plus belle femme du royaume n'utilise sa chatte que pour pisser.

Mais le fumoir avec la belle vue sur la Rættará ne fut jamais utilisé comme Mme Vivian l'avait espéré. En fin de compte, Halldór s'en servit pour lire des romans policiers. La pièce devint son refuge. Souvent, il s'assoupissait sur ses livres et restait dormir la nuit sur le divan. Staffan disait de son père qu'il avait bâti la maison la plus chère de la ville pour y lire des romans policiers. Au début de sa passion policière, Halldór rangea les livres qu'il avait lus dans la bibliothèque, mais très vite, elle fut pleine. À différents endroits de son bureau-fumoir, il y avait des polars, une flore de papier multicolore toute particulière. Il lisait aussi des bandes dessinées, des journaux et des revues pornographiques sur le divan. Eux aussi étaient entassés près des polars. Et l'aide-ménagère était priée de ne pas toucher aux livres. Elle zigzaguait avec le tuyau quand elle passait l'aspirateur entre les piles toujours croissantes de livres et de revues.

La conversation dans le fumoir

— Je suis content que tu choisisses les classiques plutôt que leurs épigones, dit le père.

Même s'il y avait trente-deux ans entre le père et le fils, ils se ressemblaient. Tous deux avaient la tête un peu de travers sur les épaules et entre leurs lèvres se voyaient leurs étroites dents avides. Ils étaient assis autour de l'ancien bureau de J.H.O. Djurhuus.

— Je ne sais pas ce que tu veux dire, dit Staffan.

— Je parle des œuvres de Dostoïevski dans le placard à livres. Comme ce n'est pas Hildur qui les lit ni ta mère non plus, alors il ne reste qu'une seule personne dans la maison.

— La plupart des élèves de ma classe connaissent Rodion Raskolnikov, dit Staffan.

— Il fait partie de votre programme ? demanda le père.

— Non. Mais les jeunes d'aujourd'hui s'intéressent à Raskolnikov.

— Il ne s'agit donc pas d'une nouvelle mode quand vous transgressez les cadres.

L'allusion au conflit linguistique était claire, mais cela plaisait à Staffan que son père essaie de démarrer une conversation par une remarque ironique.

— À la fin des années 1930, quand j'allais au lycée de Kongagøta, nous nous en tenions au programme. Pontoppidan, H.C. Andersen et puis cet Oehlenschläger affreusement ennuyeux. Ou peut-être n'était-il pas si ennuyeux que ça. *Apprends-moi, ô forêt, à faner dans la joie*, c'est Oehlenschläger qui a écrit ce vers. Mais il s'est passé de nombreuses années avant que je lise Dostoïevski et son classique policier sur Rodion Raskolnikov. Imagine. Ce livre a été écrit quinze à vingt ans avant que Nietzsche ne développe plus systématiquement ses idées sur *Der Übermensch*.

Et pourtant, c'est le surhomme qui est le noyau du roman. Tu me donneras raison là-dessus.

— Pas seulement en ce qui concerne Raskolnikov, répondit Staffan. Nikolaï Stavroguine est la version russe de Zarathoustra. Savais-tu que Nietzsche débinait Dostoïevski ? Soit ses surhommes devenaient fous, soit ils finissaient leurs jours avec la Bible sous l'oreiller.

— Exactement. Mais Raskolnikov se sentait tout à fait autorisé à tuer Aliona Ivanovna, dit le père. À ses yeux, elle était une scélérate qui n'avait pas le droit de vivre. En plus, elle était juive et usurière. Et en ça, Dostoïevski est un enfant de son temps, ou un chrétien typique. Son antipathie pour les juifs était habituelle parmi les chrétiens, et c'était également un temps qui condamnait les usuriers, donc, même du point de vue de l'histoire de l'Église, on peut dire sans crainte de se tromper que Dostoïevski était un chrétien typique. Le monde, ou Saint-Pétersbourg, aurait été un meilleur endroit si Aliona Ivanovna n'existait pas ! Et pour un nihiliste russe des années 1860, il n'y a pas de grand saut entre la pensée et l'action. Au contraire. Un nihiliste qui n'agit pas ne mérite pas d'être appelé nihiliste. Mais ce qui ne faisait pas partie du plan, c'est que sa sœur Lizaveta aussi tombe sous la hache. Alors que le premier meurtre était un calcul froid, intellectuel, le deuxième est dû à un malentendu. Raskolnikov n'avait même pas réfléchi au fait que Lizaveta était un témoin susceptible de le couler lors d'un éventuel procès. Ce meurtre était un meurtre passionnel.

Le père se leva de la table.

— Ce que j'essaie de dire, c'est que Raskolnikov a pris le pouvoir entre ses propres mains, et alors on ne sait jamais quelles seront les suites. Écoute, une bière, ça te dirait ?

— Oui, merci, répondit Staffan.

Un peu étonné, il regarda son père qui s'était mis debout à côté d'une pile de polars. Staffan était convaincu que c'était sa mère qui avait pris l'initiative de leur rencontre actuelle. Depuis plusieurs semaines, elle s'indignait que certains lycéens définissent l'ordre du jour de la politique scolaire dans le pays, et cela la tourmentait que son propre fils soit un de ces coquelets nationalistes braillards, comme elle l'exprimait. Ce qui la tourmentait aussi, c'était que Staffan refuse d'étudier le droit. Il devait prendre la suite de son père, et rien n'aurait pu faire davantage plaisir à Mme Vivian que de voir cela arriver.

— Tu veux dire que je dois vivre la même vie que toi et papa, pour ainsi dire rendre votre splendeur éternelle ? avait dit Staffan à sa mère d'un ton taquin.

— Je ne parle pas d'éternité. Je pense à ton avenir, avait répondu sa mère.

— Si, tu parles d'éternité, avait dit Staffan.

— Ah bon ?

— Mais vois-tu, le droit et l'éternité n'ont rien à voir l'un avec l'autre. Si Gustaf Munch avait été avocat, crois-tu alors que quelqu'un l'aurait connu aujourd'hui ?

Sa mère avait levé son index.

— Ne le mêle pas à ça.

— D'accord, maman. Mais crois-moi quand je te dis que j'ai un cauchemar récurrent. Il s'agit de la chose la plus horrible parmi les choses horribles, et ce serait de finir dans l'annuaire de téléphone comme juriste.

Qu'un roman de Dostoïevski soit à présent le mince fil qui relie père et fils, ce n'était pas seulement inattendu, non, Staffan trouvait que c'était presque suspect. Ils n'avaient pas l'habitude de parler ensemble, et pas du tout de littérature ou de politique. Sans doute son père pensait-il que le conflit linguistique était une sorte de nihilisme féroïen. Et peut-être aussi avait-il raison sur ce point. Mais son projet à présent était-il par hasard de lui mettre la pression ? Mettre la pression. Son père ne lui avait jamais mis la pression. Et avec quoi pourrait-il éventuellement le faire ? Le style de son père était sans doute d'émousser la colère de son opposant par la gentillesse.

— Tu bois au goulot ou tu veux un verre ?

La voix était aimable.

Seulement Staffan n'aimait pas qu'il utilise l'expression *boire au goulot*. On parlait comme ça à un plombier ou à un électricien, quelqu'un avec qui on passait dix minutes, puis l'entrevue était terminée.

— Les Féroïens sont un peuple faible, dit le père en tendant la bière à Staffan. Pourquoi les Féroïens ne connaissent-ils pas l'art de penser plus rationnellement, de façon plus moderne, je l'ignore. C'est justement une caractéristique des gens faibles de tomber dans les excès. Notre société est pleine d'extrémistes religieux et nationalistes, et je parierais qu'un homme sur trois dans ce pays est soit alcoolique, soit quelque chose de similaire à ce diagnostic. Nous sommes un peuple faible et alcoolique, et crois-moi, des gens clairvoyants comme Fríðrikur Petersen, Rasmus Effersøe et Andrass Samuelsen[1] le savaient. Ils ne détestaient pas la liberté, mais ils connaissaient leur peuple. Ils savaient que nous n'avons pas les moyens de diriger notre propre pays. Pas encore.

— C'est une des allégations de Dostoïevski, dit Staffan. Il met à peu près les mêmes mots dans la bouche du Grand Inquisiteur lorsque celui-ci parle avec Jésus dans *Les Frères Karamazov*. Tu dépoussières une vieille discussion sur le libre arbitre et tu l'utilises contre moi.

— Tout à fait juste, répondit Halldór. D'après moi, les lycéens sont un exemple de gens immatures et irrationnels, et demain tu te retrouveras quasiment dans la même situation que Raskolnikov.

— Mon Dieu, papa. Je dois passer l'examen de sciences sociales demain. Je ne dois pas tuer une quelconque Aliona Ivanovna.

— Tu as l'intention demain de prendre la loi en mains propres et c'est une façon de tuer Aliona Ivanovna. C'est un fait. Tu as l'intention de briser la coutume conciliante qui a lentement renforcé le système scolaire féroïen et a fait de nous un petit peuple de culture dans l'Atlantique Nord.

Staffan posa la bouteille de bière et sentit que ses mains tremblaient un peu.

— Je ne suis pas d'accord avec toi, dit-il à voix

1. Fríðrikur Petersen (1853-1917), parlementaire unioniste. Rasmus Effersøe (1857-1916), homme politique, agronome et poète. Andrass Samuelsen (1873-1954), unioniste, premier Premier ministre des Îles Féroé après la loi sur l'autonomie de 1948 (*Heimastyrislógin*).

basse. C'est le directorat danois qui rompt avec la loi sur l'autonomie en nous interdisant de parler féroïen.

— Je connais aussi la loi sur l'autonomie. Je connais toutes les lois. C'est ma vie, et certains pensent peut-être que c'est ma malédiction. En tout cas, c'est ma limite. Je suis un paragraphe sur pieds.

— Je ne veux pas te faire la leçon, répondit Staffan.

— Je t'en remercie.

— Et tu n'as pas besoin d'être ironique. Mais dis-moi, vois-tu quelque mal à parler le féroïen dans une école féroïenne ?

— Je ne suis pas ironique, Staffan, dit le père. Et je suis content. Je suis content que nous parlions d'égal à égal.

— Ce qui nous a tous blessés dans la classe, c'est que Richard Frederiksen, du directorat, a dit qu'il avait conclu un accord avec nous sur le fait que nous parlerions danois en sciences sociales. Il n'y a pas eu de tel accord. J'étais moi-même à la réunion. Cet homme ment. Il dresse des barrières inutiles entre les Féroïens et les Danois.

— Je ne me souviens d'aucun Richard Frederiksen de mon temps au ministère danois de l'Éducation, dit le père. Mais je connais beaucoup de fonctionnaires, féroïens et danois. Et, crois-moi, cette affaire ne signifie pas grand-chose pour eux. Moi-même je ne comprends pas que la politique soit entrée dans une telle bagatelle. Que Frederiksen se soit peut-être senti sous pression et que par nécessité il ait menti, cela ne doit pas détruire l'équilibre qui a malgré tout existé entre Féroïens et Danois, oui, depuis que le conflit linguistique a en principe été résolu en 1937. Et encore une chose, Staffan. Comment cette affaire-là est-elle devenue précisément aujourd'hui le grand sujet ? Pourquoi pas en 1966, ou 1969, ou l'année dernière ? Pourquoi est-ce soudain devenu un problème alors que ce n'en était pas un durant toutes ces années ?

— Mais tu ne suis pas, papa ! Les sciences sociales sont une nouvelle matière. Cette matière n'existait ni en 1966, ni en 1969, ni l'année dernière. Nous sommes la première classe de lycée féroïen qui passe un examen en sciences sociales.

— *All right*, ça je l'avais oublié. Mais pourrait-on imaginer que vous autres, élèves, vous êtes les marionnettes des républicains ?

— Ou bien que ce soit toi qui es une marionnette du rédacteur de *Dimmalætting*, répliqua Staffan immédiatement.

Le père sourit et prit une gorgée de sa bouteille de bière.

— Cette réplique était bonne. Tu te débrouillerais certainement très bien dans une salle d'audience. Mais si tu crois vraiment que tous les gens du Parti de l'Union sont des dilettantes comme le rédacteur en chef de *Dimmalætting*, tu te trompes.

— Je ne crois rien du tout, répondit Staffan. Mais tout ce dont on dispose pour évaluer la qualité d'autres personnes, c'est leurs actions. Si toi et les autres hommes du Parti de l'Union pensez que le rédacteur de *Dimmalætting* est un dilettante, alors quoi ? À quoi ça rime ? Tant que vous n'avez pas le courage de vous avancer et de dire : « Écoutez, monsieur le rédacteur, ceci ne va pas », oui, tant que c'est comme ça, vous êtes ses marionnettes. Depuis longtemps, cet homme ridiculise et méprise ton fils, ou en tout cas, ce que représente ton fils. Mais je ne t'ai pas vu me défendre.

Le père hocha pensivement la tête.

— Tu aimerais que je le fasse ?

— Il faut bien que tu penses à tes électeurs, répondit Staffan.

— Tu crois que mes électeurs signifient davantage pour moi que mon affection pour toi ?

— La politique a ses propres lois et règles, répondit Staffan. Je veux croire que celui qui a des ambitions politiques ne peut pas se permettre de faire des exceptions pour sa famille.

— Le Parlement féroïen n'est pas un monde jésuite fermé, dit le père. Le Parlement se trouve au centre de Tórshavn, et Tórshavn se trouve au centre des Îles Féroé.

— Tu en es sûr ? demanda Staffan.

— Qu'est-ce que tu veux dire ? Qu'est-ce que tu essaies de dire ?

— Je ne sais pas si je peux me permettre de le dire.

— Tu as des dons dramatiques certains.

Le père découvrit ses longues dents étroites et esquissa un sourire.

Mon Dieu, pensa Staffan. Je suis aussi laid que ça. Mais, en même temps, il se consola en se disant que ce qui enlaidissait vraiment son père à ce moment-là, c'était cet étrange et rebutant masque de sourire qu'il se collait sur le visage. Staffan ressentit soudain de la pitié pour sa mère, il eut envie d'aller l'étreindre et de lui demander pardon pour sa conduite souvent méprisante et irraisonnée.

— Tu n'as pas besoin de me couvrir sans cesse

d'éloges, dit Staffan. Ce que je me demande, oui, le cœur sur la main, c'est si tu nourris le moindre intérêt sérieux pour ce que je fais et donc, finalement, pour ce que je suis. J'en doute. Et je doute aussi que le politicien Halldór Danielsen ait la moindre sympathie pour ses électeurs.

Halldór se tut un instant, et par la porte ouverte se fit entendre le ruissellement des eaux de la Rættará.

— Est-ce que tu essaies de dire que je suis un homme haineux ? demanda-t-il prudemment.

— Papa ! Tu ne comprends absolument pas de quoi je parle !

— Cher Staffan, cesse donc de crier.

— À mes yeux, tu n'es même pas haineux, et c'est justement une partie du problème. Tu n'es ni chaud ni froid, et si je ne me trompe pas, tu voudrais que je sois pareil. Nom de nom, on peut être engagé sans être une marionnette des républicains. Mais ça non plus, tu ne sembles pas le comprendre.

— Est-ce que tu n'exagères pas un peu ?

— Papa, dit Staffan à voix basse. Je crois que tu souffres d'une maladie qui se nomme l'indifférence cultivée.

— Je ne sais pas quoi dire, Staffan, mais tes mots me navrent, ils me font mal.

Halldór ouvrit le placard du bureau, sortit une bouteille de whisky et en avala une gorgée.

— Mais je n'apprécie toujours pas la politique de Raskolnikov.

Il but de nouveau, s'essuya les lèvres du dos de la main et remit la bouteille dans le placard.

— Tu m'aimes moi, mais pas ma politique ?

— Oui.

— Alors je te remercie pour la bière.

— Ne pars pas maintenant, Staffan. Ne sois pas aussi puéril.

— Je tiens aussi à te remercier pour tes bons conseils et les sérieuses recommandations que tu m'as faites en tant que spécialiste de toutes les lois.

— Assieds-toi. Ne me laisse pas maintenant. Pas maintenant. Peut-être suis-je un peu brutal. Mais il ne s'agit que d'une seule matière. Les sciences sociales. Dans toutes les autres matières, vous parlez féroïen. Ce qui veut dire qu'il existe au préalable un accord qui légitime l'usage de la langue natale. Dans deux ou trois ans, tout sera comme il faut que ce soit.

— Mais tu ne comprends donc rien du tout ? dit Staffan avec des sanglots dans la voix. Aux yeux de mes camarades de classe, je suis un des porte-parole de l'emploi du féroïen. À chacune des réunions, oui, pendant plusieurs mois, j'ai essayé de convaincre ceux qui doutaient. Si je me désiste maintenant, je ne supporterai pas le raz-de-marée de mépris qui se déversera sur moi. Tu dis dans deux ou trois ans. Mais ça ne me sert à rien. L'affaire a été montée en épingle, et jusqu'ici il n'a pas convenu au parlementaire et avocat Halldór Danielsen d'écrire un article dans les journaux ou au moins de parler avec son fils du conflit linguistique. Et si maman n'avait pas pris l'initiative de cette conversation, on n'aurait jamais été assis ici. Ces minutes ensemble n'auraient jamais eu lieu ! Je ne suis pas une personne forte. Je ne suis que Staffan. Mais j'aime maman, même si elle dit des bêtises sur le fait que je vous ferai honte à elle et à toi demain. Mais qu'as-tu fait pour m'aider ? En tant que spécialiste de toutes les lois, tu n'as fait qu'une chose, et c'est une tentative de me saboter. Et maintenant je pleure comme un idiot. Et ne me dis pas que je suis une personne libre qui choisit selon sa propre conviction. Ce soir, je ne suis ni libre ni encore moins une personne. Je suis un sac de merde !

La vision

Le lendemain matin vers neuf heures, quand Staffan marchait sous les larges cimes des érables plantés devant la cantine du lycée, il vit un homme debout à l'entrée principale de l'école. Staffan s'arrêta, certain qu'il s'agissait d'un journaliste de la radio. Qu'est-ce qui ne tourne pas rond à la maison de la radio aujourd'hui ? pensa-t-il. Certes, ces dernières semaines, il avait répondu à des questions à la fois des journaux et de la radio. Et c'était naturel. Il avait accepté de prendre la parole contre le fait de parler danois dans une école féroïenne et un propos aussi violent avait l'intérêt du public. Bien sûr. Mais pas ce matin ! Il devait passer l'examen et voulait la paix, en tout cas de la part des journalistes. Staffan sentit un nerf tirer dans une de ses paupières, et pendant qu'il avançait rapidement vers la porte, il s'énerva. Que diable avait à foutre ici un rat de journaliste ? On ne devait pas imposer cela à un candidat à l'examen dont les nerfs étaient plus ou moins détruits. Comme s'il n'avait pas suffisamment de choses en tête ! Il sentit ses mains trembler et soudain sa colère se dirigea vers son père. Ce n'était pas un couteau mais une fourchette rouillée que le vieil adultère lui avait plantée dans le dos. Arrivé à l'entrée, il regarda le journaliste avec colère.

— Je ne réponds pas aux questions ce matin, dit-il en ouvrant violemment la porte.

— D'accord, répondit l'autre.

Staffan reconnut la voix. Ce n'était pas la voix d'un journaliste. Il s'arrêta et, à travers la vitre de la porte, il vit l'un de ses camarades de classe. Nom d'un chien, pensa-t-il. Et son camarade de classe sourit et souhaita bon courage à Staffan.

Un peu troublé par cette bévue, il monta à la hâte au deuxième étage et prit le couloir vers le local de classe où se déroulait l'examen. Le soleil se déversait à travers la grande fenêtre au bout du couloir. Les montants de chêne étaient comme de fins bâtonnets velus tremblant dans la lumière qui les irradiait. Chaque grain de poussière vibrait, et les manteaux pendus aux patères semblaient presque en feu sous la forte lumière. Deux filles assises dans le couloir étaient en train de réviser leurs devoirs. L'une était Birna. Les coudes appuyés sur les genoux, elle feuilletait des photocopies. Mais dans la vision de Staffan, elle était nue. Birna était toujours nue quand il la voyait, il était complètement envoûté par son corps. À une fête de classe, Staffan l'avait vue quasiment nue. Elle était tombée d'ivresse et était allongée sans rien d'autre que sa petite culotte. Et il était allé sentir les taches jaunes visibles dans son entrejambe. Il avait aussi senti sous un de ses bras et sous ses pieds. Il n'avait pas osé en faire davantage. Mais cette image et aussi son odeur corporelle s'étaient gravées dans sa mémoire. Et même quand Birna avait des bottes, un manteau et un foulard noué autour de la tête, elle était quand même totalement nue quand il la voyait. Quand elle courait dans le couloir et que sa poitrine se balançait à chaque pas, le couloir se transformait en une forêt et elle était la femme louve qui courait nue entre les arbres verts. Quand elle marchait devant lui dans l'escalier, il pouvait compter chaque bourrelet de son derrière et sentir aussi l'odeur de sueur entre ses fesses. Il était à moitié fou de Birna et, quand parfois elle prenait la parole en classe, il avait surtout envie d'enfoncer son pénis dans sa bouche. Sans doute Birna s'était-elle rendu compte qu'il la dévorait des yeux. Il devait en tout cas y avoir une raison à sa réticence à lui sourire. Mais les rares fois où elle s'était quand même apitoyée sur son sort en lui adressant ce qui pouvait ressembler à un sourire, il avait couru aux toilettes pour se masturber. Au moins cent fois pendant ses trois années de lycée, il s'était masturbé dans les toilettes. Il l'avait aussi fait dans le local à outils près de la salle de gymnastique, lui et un gars de Klaksvík qui s'appelait Anskar. Ils s'étaient aussi soulagés l'un l'autre, et une fois Staffan l'avait enculé près du plinth.

Staffan était encore contrarié. Et pas seulement à cause de sa bévue. Toute la nuit, il s'était tourné et retourné. Il n'avait pas dormi plus d'une heure et demie. Il ne se souvenait pas non plus de ce qu'il avait rêvé, n'entrevoyait que quelques bribes qui flottaient dans sa conscience chaque fois qu'il s'éveillait. Quand le réveille-matin avait sonné, le son était si sinistre qu'il en avait été glacé de peur. Dès qu'il était sorti du bureau de son père la veille au soir, il avait senti que quelque chose n'allait pas. Un signal d'alerte psychique avait commencé à clignoter. Et son père avait certainement eu la même intuition. En se levant de la table du petit déjeuner, il avait souhaité bonne chance à Staffan, mais son vœu n'était pas porté par une voix de père attentionné. Sa voix était apeurée. Staffan avait pris son couteau par le manche et l'avait levé, et ce n'est qu'en voyant les yeux angoissés de son père et en entendant sa mère crier qu'il s'était rendu compte qu'il tenait une arme meurtrière dans la main. Il avait lâché le couteau et s'était enfui en courant.

Maintenant, il était près de la fenêtre et plissait les yeux vers la lumière. Ce qui aurait dû être Boðanes, le fjord et Nólsoy n'était qu'un fin rai de lumière vibrante qui brillait, vert, rouge et jaune entre ses paupières. Il n'entendit pas que la porte du local de classe s'ouvrait, mais se reprit quand le professeur cria son nom. En route vers la porte, il arriva cette chose rare que Birna lui sourit, et elle fut assez gentille pour lui souhaiter aussi bonne chance. Staffan s'arrêta et, dans le court instant où leurs yeux se rencontrèrent, Birna vit qu'il avait des larmes aux yeux.

— Merci, dit Staffan, et il entra dans le local.

Le numéro onze

Le professeur avait écrit une vingtaine de numéros sur le tableau, et Staffan choisit le numéro onze.

L'épreuve qui se cachait derrière le onze était de faire un exposé sur l'histoire du socialisme. Il avait le droit, s'il le voulait, de se préparer pendant vingt minutes, ce que choisit Staffan. Le professeur le fit entrer dans une petite pièce. Sur la table étaient posés papier et crayon, et, pendant un moment, il resta assis les mains sur les genoux et réfléchit.

Des noms comme Robert Owen et Karl Marx se présentèrent. Et aussi le nom de la femme de Marx, Jenny von Westphalen. Mais qu'avait son nom de jeune fille à voir avec la guerre de Trente Ans ? Pourquoi donc pensait-il à ça ? Bien sûr. Les négociations de paix de Westphalie en 1648, après quoi, exactement deux cents ans plus tard, le *Manifeste du parti communiste* avait été publié. La loi d'Otto von Bismarck contre les socialistes. Le boucher de Tórshavn aussi s'appelait Otto et Staffan pensa au sang qui coulait sous la large porte de la boucherie sur Vágsbotnur. Une vache contenait dix, peut-être vingt litres de sang. Quinze vaches, deux cent cinquante litres, peut-être trois cents. Soit mille bouteilles de bière de sang. Une palette entière. De la laiterie en haut de Tórsgøta, le surplus de lait se déversait dans la baie. La baie prenait la couleur du lait et du sang, une merveilleuse soupe nationale, rouge, blanc et bleu. Hans Andrias Djurhuus était-il un patriote local ? Était-il possible d'aimer un pays entier ? Staffan adorait toujours tout ce que Hervør avait d'effronté, et elle avait aussi une fossette sur chaque fesse. Mais était-il possible d'aimer tout un pays ?

Ses pensées étaient en train de battre la campagne. Staffan avait un peu mal à la tête. Mais il était inutile de noter quoi que ce soit. Pourvu qu'il soit autorisé à parler et parler encore. Une joyeuse kalachnikov, mille mots à la minute. Il se leva et entra dans la classe.

Le professeur savait que Staffan était l'un de ceux qui avaient décidé de parler féroïen en sciences sociales. C'est pourquoi il eut un instant de surprise quand Staffan, en bon danois, dit que le nom Bobby était le surnom affectueux anglais de Robert. Quoique incapable de documenter son affirmation par des sources, il était cependant certain que les habitants de l'expérimentation socialiste de New Lanark disaient Bobby quand ils s'adressaient à Robert Owen.

À l'usine, qui se trouvait à l'extérieur de Glasgow, travaillaient deux mille ouvriers. L'entreprise avait son propre jardin d'enfants. Les travailleurs recevaient leur salaire même quand ils étaient malades et, chose tout à fait exceptionnelle, New Lanark avait un système de retraite. Le travail des enfants, courant en ce temps-là, était significativement réduit à New Lanark. Et, résultat de la prospérité, il y avait également moins d'alcoolisme et de criminalité. Le célèbre livre d'Owen, *Nouveau regard sur la société*, qui contenait également une proposition de système de scolarisation pour la classe ouvrière, fut examiné avec grand intérêt par des gens informés partout en Europe et beaucoup vinrent aussi à New Lanark pour voir l'expérience de leurs propres yeux. Tout alla bien tant qu'Owen se maintint à l'intérieur des limites de New Lanark. Mais lorsque, dans les années de crise après les guerres napoléoniennes, il commença à parler de changements sociaux déterminants dans toute l'Angleterre, l'ambiance se modifia du tout au tout. Pas dans la croissante classe ouvrière, pas du tout. Mais parmi les bourgeois plus libéraux.

D'Owen, Staffan passa aux socialistes français, et sa joyeuse kalachnikov crachait des citations. Il rapporta les mots célèbres de Proudhon : la propriété, c'est le vol. Des associations lui venaient de tous côtés. « Qui a construit Thèbes, la ville aux sept portes ? » demanda-t-il, et il répondit lui-même : « Dans les livres, on trouve le nom des rois. Mais les rois ont-ils porté les pierres ? »

Ce que Owen, les Français ou les utopistes socialistes avaient en commun, c'était une indignation authentique contre le rude capitalisme, dit Staffan. Mais ils ne comprenaient pas les forces qui font avancer la société. Il n'était pas vraiment clair pour eux que ce ne serait qu'une question de temps avant que la société industrielle détruise les anciennes traditions artisanales et mécanise toute l'agriculture. Et ce processus, personne ne pouvait l'arrêter. Le socialisme des utopistes était un sympathique socialisme de village chaussé de sabots et la pipe à la bouche.

Un sourire aux lèvres, le censeur l'interrompit et lui demanda d'où lui venait l'image du socialisme de village.

— *If you don't bring good news, don't bring any*, répondit Staffan en citant une chanson de Bob Dylan.

Il était évident que le censeur ne fut pas satisfait de la réponse, mais il incita Staffan à continuer d'un signe de main.

Et Staffan poursuivit. En février 1848, dit-il, vint la grande révolution. À Paris, la bourgeoisie et le prolétariat envoyèrent le roi bourgeois en exil. À Vienne, le peuple se révolta, et l'homme le plus fort d'Europe, Metternich, tomba. En Italie et à Berlin aussi, il y avait des révolutions. Avant que ne se soient écoulés trois mois, l'Europe était transformée. Et c'est aussi en 1848 que Marx et Engels publièrent leur *Manifeste du parti communiste*. L'idée de la révolution mondiale, dit Staffan, était en relation directe avec les troubles de cette année-là. Grâce au manifeste, le mouvement socialiste gagna une forme plus solide, ou en tout cas une base théorique. Toute l'histoire jusque-là, écrivaient Marx et Engels, était l'histoire de la lutte des classes. Les patriciens contre les prolétaires. L'aristocratie contre la paysannerie. Le prolétariat industriel contre la bourgeoisie.

Staffan s'était échauffé en parlant et dit que sur les Îles Féroé, on pouvait parler de marins contre armateurs. Mais les Féroé étant une société avec des différences de classe limitées, du moins par rapport à la France et à la vieille Russie, la révolution n'atteindrait vraisemblablement pas l'archipel.

Il s'arrêta. Ses longues dents étroites se découvrirent et sur son visage se dessina une expression d'aigreur.

— Les Féroïens sont un peuple dénué d'imagination qui ne fait qu'importer des produits finis. Tout, depuis les boulettes de poisson jusqu'au mouvement des hautes écoles et la Mission Intérieure. Même politiquement, les Féroïens importent des produits finis. La social-démocratie féroïenne est un produit danois. La révolution exige une morale qui n'existe pas aux Féroé.

Le censeur voulut savoir ce que la révolution avait à voir avec la morale.

— Prenez-moi en exemple, répondit Staffan. Je

suis dans une école féroïenne et je parle danois. Si ma morale avait été plus élevée, j'aurais parlé féroïen. Mais je ne le fais pas. Je reflète la basse morale d'un peuple sans imagination.

— Nous parlons de socialisme, pas de nationalisme, dit le censeur.

— Nous parlons de révolte, répondit Staffan. Vous m'avez demandé ce que la révolution a à voir avec la morale. Je ne crois pas qu'on puisse dire qu'il y ait une morale nationale particulière, ou une morale socialiste particulière, ni même capitaliste ou chrétienne. La morale naît de l'indignation. Et les gens qui ne contiennent pas d'indignation ne peuvent pas non plus être porteurs d'une morale élevée.

Le censeur hocha la tête et lui demanda de continuer. Staffan passa à la Commune de Paris et, après avoir parlé des décisions politiques qu'avait prises la Commune et de combien la Commune était isolée du reste de la France, il dit, en s'excusant à demi, que sa connaissance de la Commune émanait principalement de la pièce *La Défaite* de Nordahl Grieg, mais qu'il partait du principe qu'un auteur d'une aussi haute portée que Grieg avait examiné les sources historiques nécessaires. Malgré cela, la Commune finit par devenir le symbole du jeune mouvement socialiste. Le fantôme, dont Marx et Engels avaient parlé dans le *Manifeste*, prit chair et sang en 1871.

Staffan ressentit un vertige. Il avait également pâli et, bien que le censeur lui ait demandé de s'asseoir, il ne trouva pas le courage de tendre une main pour attraper une chaise. Le censeur alla chercher la chaise et Staffan le remercia et s'assit.

Le discours perdit un peu de son allant, mais demeura quand même clair. Il expliqua la grande scission qui était née dans le mouvement socialiste autour du début de la Première Guerre mondiale. La scission avait créé d'un côté l'aile communiste et de l'autre, le parlementarisme qui, avec une social-démocratie apprivoisée, dépista une nouvelle époque.

Puis Staffan se tut et resta un moment silencieux, à rigoler doucement pour lui-même. Le censeur lui demanda ce qui était si drôle et, quand Staffan leva les yeux, il vit qu'il pleurait.

— Encore une chose, dit Staffan. Les sociaux-démocrates bâtissaient bien davantage sur la vision coopérative d'Owen que sur la théorie révolutionnaire de Marx. Les suites d'une telle politique sont souvent l'adaptation. La social-démocratie génère des pragmatiques intelligents. Mais aussi des hommes lâches. Et la lâcheté, c'est le pire péché au monde.

Quand Staffan fut sorti du local, le censeur et l'examinateur discutèrent de la note à donner et s'accordèrent sur le fait que la présentation méritait un onze[1]. Le professeur ouvrit la porte et appela Staffan. Mais Birna l'informa que Staffan était parti. Il était sorti du local et s'était dirigé tout droit dehors.

Staffan n'était pas non plus présent le jour où on remit le diplôme aux élèves. On le lui envoya par la poste, mais il n'ouvrit pas l'enveloppe. Un jour, il dit à sa mère qu'il voulait faire un tour au Danemark. Elle lui prépara une valise. Mais que ce serait la dernière

1. La note la plus élevée dans la notation danoise est 13.

fois qu'elle préparait une valise pour son fils, comment aurait-elle pu s'en douter ?

Les débris d'une famille ridicule

Le soir de Noël 1977, Kári le passa à Copenhague chez son père dans l'appartement de Peder Skramsgade. La compagnie maritime pour laquelle avait travaillé son père depuis qu'il avait quitté la maison possédait un immeuble dans cette rue et, dès 1967, Tórstein s'était procuré un appartement de lèche-bottes. C'était un vieux bâtiment avec des plafonds en stuc ayant visiblement connu des jours meilleurs. Et la même chose pouvait être dite de certains de ses habitants. Kári rencontrait parfois un vieux commis aux vivres qui était retombé en enfance. Son père prétendait en tout cas qu'il avait été commis aux vivres. Sa paume gauche officiait comme support d'une poche à urine, et le drain faisait une grande boucle sous son manteau. La poche elle-même ressemblait à une pierre précieuse jaune en plastique, et de l'autre main, il tenait une canne. Dans l'immeuble vivaient aussi de vieux capitaines. Ces hommes qui, dans leur esprit, n'avaient jamais débarqué et naviguaient encore parmi les icebergs de l'Atlantique Nord ou accostaient près du bureau de douane de Manhattan traînaient maintenant leurs jambes fanées dans l'escalier. « Aide-moi, jeune homme », avait l'habitude de demander un capitaine à Kári lorsqu'ils se rencontraient dans l'escalier, et Kári portait ses sacs de courses jusqu'à la porte tout en soutenant l'homme. Il y avait aussi dans l'immeuble la veuve d'un mécanicien en chef, et par ailleurs des employés de bureau de la compagnie maritime et quelques familles que le père ne connaissait pas.

Tórstein ne cachait pas qu'il avait manœuvré pour avoir l'appartement, mais avec le sourire d'un vieux renard, il évitait de parler trop de la façon dont il avait fayoté pour l'obtenir. Il se sentait bien dans cet environnement, autour de l'ancien chenal d'entrée de la ville du roi. Les jours de tempête, l'odeur de sel d'Øresund remontait loin dans Peder Skramsgade et, même si Copenhague n'était plus le grand port de la Scandinavie, il y avait encore beaucoup de trafic de ferries et de bateaux marchands. L'hiver, il arrivait souvent que le canal gèle; alors il était courant de voir Tórstein parmi les amis des oiseaux nourrissant les mouettes qui se morfondaient sur les plaques de glace ou cherchaient de la nourriture dans le sillage des brise-glaces. Et Tórstein connaissait ceux qui habitaient dans le voisinage. Parfois, il parlait aux vieilles prostituées qui se tenaient autour de l'entrée du canal, et alors il pensait aux mots qu'avait l'habitude de dire son ancien voisin, Holli: «Si seulement Tórshavn avait eu un petit bordel, la ville aurait été parfaite.» Il arrivait aussi que Tórstein monte à bord d'un cargo pour avoir des nouvelles du pays et parler sa vieille langue natale, et parfois il rapportait un délicieux morceau de globicéphale. Tórstein avait plus ou moins cessé de boire, mais il y avait quand même deux bistrots du coin qu'il fréquentait régulièrement. Dans l'un, il avait l'habitude de jouer au whist ou au poker, et dans l'autre travaillait sa bonne amie Dagmar Holstrup. Elle et deux autres connaissances passèrent aussi le soir de Noël 1977 chez lui dans son appartement de Peder Skramsgade.

Père et fils parlaient rarement de Niklas et jamais de ce qui était arrivé en avril 1964. Tórstein Willumsen n'était pas un homme qui aimait aborder ses anciens écarts et il savait très bien les expédier par-delà les plus hautes montagnes.

Mais tard ce soir de Noël, une fois que les invités étaient partis et que Dagmar avait dit bonsoir, les deux hommes se mirent à parler de l'époque de Landavegur. La bouteille de cognac était sur la table, et le père voulut savoir de quoi était mort Ingimar. Kári lui expliqua qu'Ingimar avait été admis à l'École de navigation et devait y commencer ses études après les vacances d'été de 1975. Mais en mai, il fut enrôlé à bord d'un chalutier de pêche à la crevette et, quand l'occasion se présentait de mettre quelque dix mille couronnes de plus sur le compte, on ne disait pas non.

— Un soir où ils ont filé le chalut par sale temps, Ingimar a été happé par le chalut. Et tu sais à quelle allure ça va. Il était accroché au train de pêche et a été entraîné dans l'eau avec les lourds poids de fer. La seule chose qu'on a retrouvée de lui, c'est une de ses bottes de marin qui était accrochée au filet.

— C'est dur de perdre un ami, dit le père.

— Oui, oui, répondit Kári. L'amitié entre Ingimar et moi n'avait rien de glorieux. Je crois pouvoir dire que nous n'étions plus du tout amis quand il est mort.

— On peut demander pourquoi ?

— Ça s'est passé peu à peu. Surtout après qu'il

a commencé à travailler en mer. Quand nous nous sommes rencontrés à Siglufjörður en 1973, il nous a traités de la famille la plus ridicule de Landavegur.

— Pourquoi ?

Tórstein regarda son fils d'un air farouche.

— Il a dit que c'était maman qui t'avait chassé du pays en 1964.

— Putain, qu'est-ce qu'il s'imagine, ce chiot ?

— S'imaginait, corrigea Kári.

Tórstein s'excita.

— De quoi cette famille peut-elle se vanter ? Holli a navigué pendant toutes ses meilleures années. Il rêvait d'un bordel à Tórshavn, parce qu'il n'avait pas envie d'être à la maison chez sa femme malade des nerfs. Elle était comme ça, leur famille. Et quand enfin il s'est retiré, tu crois que cet homme a démissionné ? Non, il a reçu un coup de pied.

— Oui. Mais n'y a-t-il pas rien qu'un tout petit peu de vérité dans ce qu'a dit Ingimar ?

— Je ne sais pas à quoi tu fais allusion, dit le père.

— Le cœur sur la main. N'étions-nous pas la famille la plus ridicule de Landavegur ?

Kári regarda son père droit dans les yeux.

— Nous étions une famille ordinaire !

— Qui votait pour le Parti de l'Autonomie. Oui, oui. Tout était si propre et correct. Des rideaux blancs, mais derrière lesquels maman régissait comme une folle avec ses maudites pâtisseries, et toi, il fallait que tu t'occupes de tes maîtresses. Et est-ce que tu n'as pas toi aussi reçu un coup de pied de Store Nordiske ?

— C'est le soir de Noël, Kári !

— Et Jésus est né et le pape célèbre une grande

messe à Rome. Tout ça, je le sais parfaitement. Mais est-ce que Niklas n'est pas mort parce qu'il est allé sur le *Brandur Sigmundarson* chercher son père ivre ?

Kári se leva et décrocha la photographie de Niklas du mur.

— Ce garçon serait aujourd'hui un homme de vingt-neuf ans. Il s'est noyé sous l'Entrepôt Müller parce qu'il allait chercher son père soûl.

— Je n'ai pas tué d'enfant. Tu ne dois pas dire quelque chose comme ça.

— Nous n'étions pas seulement la famille la plus ridicule, nous étions aussi la famille la plus hypocrite de Landavegur. Mais on ne parle pas de ce genre de choses dans l'appartement lèche-bottes de Peder Skramsgade. Tórstein Willumsen met ses bavures dans une enveloppe et les expédie par-delà toutes les montagnes.

— Je vous aime, toi et Elgerda, et j'aimais aussi Niklas.

— Et maman et Pabbaba et toutes tes maîtresses.

— Ne parle pas comme ça, supplia le père.

— Et maintenant, nous sommes face à face autour de la table et entre nous coule une rivière de pleurs. Et ça, le soir de Noël. Elgerda est à Reykjavík avec Nonni et leurs enfants. Maman est seule à Landavegur, ou peut-être tante Fríða l'a-t-elle invitée chez elle. Et ce pauvre Niklas fête Noël au cimetière.

— N'en dis pas plus.

— J'ai une question innocente à poser. Puis-je avoir un peu plus à boire ?

Son père lui demanda de se servir et indiqua aussi son propre verre.

— Crois-tu qu'il y ait une possibilité que maman et toi vous vous retrouviez ?

— Il ne faut pas plaisanter avec ça.

— Je ne plaisante pas. Nous en avons parlé, Elgerda et moi. Et avec maman aussi.

— Qu'a dit ta mère ?

— Elle s'est contentée de rire.

— Ça me faisait toujours peur quand ta mère riait.

La fête de Noël au Cannibale

Et qui entra au Cannibale en ce soir de fête ? Staffan Danielsen ! L'homme qui avait mal à son passé et qui faisait toujours un grand détour pour éviter les Féroïens surgit autour de minuit au Cannibale, le bistrot où se rassemblaient les natifs des Îles Féroé.

— Heu, heu, glousse-t-il lorsqu'il vit Kári.

Il écarta les bras et on aurait cru voir une mouette quand il s'approcha du bar.

Depuis le temps de General Motors, ils s'étaient rencontrés une ou deux fois. Ils s'étaient retrouvés une fois dans un train de banlieue. Deux ou trois fois Kári l'avait vu debout devant un kiosque à saucisses Steff-Houlberg en ville et une unique fois Staffan était venu lui rendre visite. Chaque fois qu'ils s'étaient rencontrés, il avait offert la même vision pitoyable.

Mais pas en ce soir de lendemain de Noël. Il s'était coupé les cheveux et s'était rasé – il ne restait qu'une jolie moustache. Il portait une écharpe de laine autour du cou, un manteau d'hiver mi-long et de belles nouvelles bottes en cuir. Kári fut très étonné de le voir ainsi. Ce n'était pas l'homme qui, depuis quelques années, vivait à Copenhague sous le fanion du clochard. Staffan lui tapa sur l'épaule et demanda au serveur du bar deux bières Elephant.

— Écoute, dit Staffan.

Je chante un œuf de Noël
qui cuit toute la journée ;
je chante une blessure de chagrin
qui saigne saigne saigne ;
je chante un ciel
oh hé oh hé oh hé ;
je chante un soulier
qui marche et marche et marche et marche
et marche et marche et marche et marche et marche.

Staffan inspira profondément tout en laissant glisser son index et son majeur sur le comptoir.

— Voilà où en sont les choses, dit-il, maman est en ville. Elle est venue à Copenhague pour essayer de redresser son fils.

— Ma foi, je crois que ça a déjà aidé, dit Kári, un peu ironiquement.

— Mon diagnostic est : semi-schizophrène, psychose paranoïde, dit Staffan.

— Tu vas chez un psychologue ?

Staffan fit oui de la tête.

— Semi-schizophrène ? C'est pas un peu inquiétant ? demanda Kári.

— C'est justement ça, le problème. Tout ce qui

commence par *semi* ou *demi* m'a toujours inquiété. C'est suspect d'être seulement un demi-Féroïen, et surtout après avoir abandonné le rôle de nationaliste assoiffé. Ce n'est pas ce que tu disais ? C'est pire aussi d'être semi-bête que d'être seulement bête. Celui qui est bête, on le raie comme un cas désespéré, mais autour de celui qui ne l'est qu'à moitié plane quelque chose d'un peu démoniaque. Ou prenons une personne mi-chaude mi-froide. C'est elle qui est en errance sur la planète, c'est elle qui est l'ancêtre du lâche. L'hirondelle aussi est démonisée par les Féroïens, ou comme Mikkjalbaby l'exprimait dans le *Livre des oiseaux*, l'hirondelle est dite annonciatrice de malheur. Et pourquoi donc ? Parce que c'est l'oiseau le plus élégant et le plus rapide du pays, et une véritable championne pour construire un nid. Aucun autre oiseau des Féroé, en tout cas parmi les oiseaux sédentaires, ne peut se mesurer à elle. C'est pour ça que l'hirondelle est décriée. Peut-être annonce-t-elle vraiment le malheur, je ne vais pas me prononcer là-dessus. On a dit la même chose de la mère de Djalli, tu ne t'en souviens pas ? Mais au lieu de faire l'éloge de son talent, on la démonise. Si au moins le psychologue m'avait dit : Danielsen, vous souffrez de psychose paranoïde. Ou peut-être encore mieux, s'il m'avait dit que mon être était divisé et qu'il y avait un oiseau schizophrène qui pleurait dans la blessure, alors je me serais senti plus tranquille.

— Alors tu t'allonges sur un divan et tu parles ?

— Divan signifie aussi recueil de poésie. Non. Je ne suis pas allongé sur des poèmes. Je suis assis de l'autre côté d'un bureau spartiate. Mon vécu est inséré dans une opération de calcul psychomathématique, et la tâche du psychologue est de trouver l'inconnue X. Et si tout va bien, je devrais peu à peu apercevoir *the bridge over troubled water*.

— Et alors, est-ce que tu as aperçu le pont ?

— Si je n'avais pas été aussi paranoïde, je l'aurais peut-être fait. Et le psychologue est clairvoyant. Mes crâneries semi-cultivées ne lui font aucun effet. Mais quand je lui ai raconté que j'avais été dans une école franciscaine, il a tout de suite commencé à parler de toutes les contradictions que les catholiques latins abritent en eux-mêmes sans pour autant devenir dingues ! Tu comprends ? Le psychologue a dit que la plus grosse bourde qu'ait faite Luther est d'avoir supprimé le confessionnal. Avec la Réforme, le péché est définitivement entré dans notre vie, et depuis, les Européens du Nord marchent le dos rond de pur sentiment de culpabilité. La seule soupape de sécurité depuis que nous avons perdu le petit confessionnal aux rideaux, ça a été le travail, le travail, le travail. Nous avons glorifié le travail et lui avons donné un statut complètement déraisonnable. Je suis dégoûté par tout ce discours sur la culture du travail et l'État des travailleurs. Ça me rappelle beaucoup trop la culture d'Église et l'État clérical. Auparavant, il suffisait d'être une bonne personne, maintenant il faut être une bonne personne travailleuse. Le psychologue m'a demandé d'envisager de commencer l'université après les vacances d'été.

— Aha ! gloussa Kári. Mais même s'il y avait un confessionnal à chaque coin de rue de Copenhague, Staffan Danielsen passerait devant en sifflotant. Tu es ainsi fait que rares sont ceux qui peuvent te conter quoi que ce soit, et encore moins un psychologue.

— Heu, heu, rit Staffan. Tu ne le croiras peut-être pas, mais je vais maintenant à la messe chez les catholiques de Stenosgade, et là, je suis bien. À l'entrée brille nuit et jour une petite lampe rouge. Et ce n'est pas seulement une lumière symbolique. On est toujours le bienvenu chez eux. Il n'y a aucun commissaire du Seigneur qui examine si je transpire des pieds, et personne non plus qui contrôle mes vêtements. Je suis le même pitoyable enfant de Dieu que tous les autres dans l'église. Mais, quand je suis là, je redeviens aussi un gosse de nonne. Et vous y êtes tous. Mon vieil ami André Dinesen, toi et Djalli et la gentille Dagmar. Je crois pourtant que je sais ce que tu veux dire. J'ai été chez monsieur le psychologue diplômé Scharndorf quelques fois et je dois avouer que je le fais surtout pour ma mère.

— Et maintenant, tu vas étudier le droit, dit Kári.

Tous deux éclatèrent de rire et Staffan continua à rire. Au début en tout cas, ça ressemblait à un rire, mais quand Kári le regarda, il se rendit compte que Staffan pleurait. Ses joues luisaient dans la lumière du bar et il ne faisait rien pour cacher ses larmes : il restait debout à se balancer devant le comptoir pendant que les larmes roulaient sur ses joues. Une femme soûle assise sur le siège de bar à côté de lui vit aussi qu'il pleurait. Et peut-être essaya-t-elle d'être drôle quand elle lui demanda si c'était du lard ou du cochon. Staffan ne lui répondit pas.

— Je t'ai blessé ? demanda Kári étonné.

— Non, pas du tout, dit Staffan. Je suis bien content de t'avoir rencontré ce soir. Pour dire la vérité, je reviens justement de ta porte fermée à clef de Mecklenborggade.

Il raconta à Kári que sa mère avait loué un appartement à Frederiksberg et qu'ils y avaient fêté Noël ensemble. L'idée était que son père aussi vienne passer les fêtes avec eux, mais le matin de la veille de Noël, au moment de prendre l'avion aux Îles Féroé, il avait téléphoné pour se décommander. Kári demanda aussi des nouvelles de Hildur et apprit qu'elle étudiait l'anglais à Londres et qu'elle s'était récemment mariée à un Anglais. Alors Staffan et sa mère étaient seuls. L'appartement se trouvait à trois rues de leur ancien logement, et Staffan se souvenait à peu près du quartier de ce temps-là. Sa mère et lui reconnurent même quelques personnes âgées dans le coin.

— Dites-moi, vous êtes pédés ? demanda la femme soûle.

Un instant, Kári eut peur que Staffan lui colle une claque ou la renverse de son haut tabouret. Au lieu de cela, il trouva un morceau de papier et un stylo dans sa poche, écrivit quelque chose sur le papier et le lui tendit. Elle mit un certain temps à déchiffrer les gribouillis.

— J'en étais sûre, dit-elle. T'es un putain de pisseux.

Elle chiffonna le message, le jeta et s'en alla.

Ils avaient discuté pendant une bonne demi-heure, mais ce n'est qu'à ce moment-là que Kári remarqua la mauvaise ambiance qui régnait à présent dans le bistrot le Cannibale. Kári appela le barman et lui commanda deux autres bières Elephant. Il voulut alors demander à Staffan si lui aussi sentait les vagues de folie qui faisaient presque vibrer l'air. Mais il ravala ses mots quand il vit l'expression de Staffan. Sa lèvre supérieure était un peu retroussée et on voyait une rangée de dents étroites sous la moustache. Il vit un homme au diagnostic imprévisible regarder une foule tout aussi imprévisible.

Soudain une chaise fut projetée à travers le local. Elle vola entre les plafonniers en décrivant une courbe et son dossier rond ressemblait à de petites ailes de pingouin. Elle finit sa course avec fracas entre les pieds de micro sur la scène.

— Je sens que quelqu'un me veut du mal, chuchota Staffan.

— Qu'est-ce que tu as écrit sur la feuille ? demanda Kári.

— Qu'elle était sûrement une de ces pétasses qui pètent plus haut que leur cul.

— Oh mon Dieu, ce que t'es charmant ! Kári se tourna vers le barman. Je ne pourrais pas avoir ces deux bières ?

— C'est marqué *idiot* sur mon front ? aboya le barman en arrachant presque les capsules des bouteilles.

— Pardon, dit Kári en payant.

— Le diable est de sortie ce soir, répondit le barman sur un ton d'excuse.

Et Kári dut lui donner raison. L'ambiance sympathique qui régnait pendant le repas avait été balayée, et les gens qui tentaient de calmer les fauteurs de troubles qui se manifestaient à plusieurs endroits du local se faisaient traiter de tous les noms. Un paisible retraité, qui était venu en ce soir de fête passer du bon temps avec des compatriotes et manger de la viande de mouton fermentée, essaya de faire chanter un chant de Noël à ceux qui étaient assis à sa table. Mais une femme lui demanda de fermer sa gueule sinon elle lui enfilerait sa chatte sur les oreilles.

— Il y a quelque chose qui ne va pas, dit Kári.

— Ce sont ces communistes sectaires, dit une femme qui avait mis son manteau et était en route vers la sortie.

À cette époque-là, il y avait deux organisations féroïennes de gauche à Copenhague, et même la fête du Travail, ils étaient incapables de la célébrer ensemble. Kári vit que quelques jeunes membres des Communistes à l'étranger avaient acculé le provo Jens úr Leynum et sa femme dans un coin. Jens, qui avait plus de trente ans à présent, était toujours à la rédaction de *Framin*. Mais sa plume avait perdu sa verve d'antan. Dans le numéro de Noël de la revue, il avait écrit un long discours de défense de la tentative de l'Union soviétique d'exporter la révolution sur le continent africain. Ses yeux étaient jaunes de colère. Il ne supportait pas d'entendre ces chiots acnéiques de Communistes à l'étranger lui dire que c'était contre tous les principes socialistes d'exporter des révolutions.

— Que diable croyez-vous que les Chinois font au Tibet ? grogna-t-il.

— Qu'ils vendent des cages à oiseaux et des yo-yo ? grinça sa femme.

— Exactement, dit Jens. Ils vendent des cages à oiseaux et des yo-yo. Et pendant ce temps, leurs racailles s'acharnent à détruire notre fête de Noël au Cannibale.

— Je chante une blessure de chagrin qui saigne saigne saigne, murmura Staffan.

Un jeune étudiant en médecine aux petites lunettes rondes dit qu'il chiait sur qui avait inventé la bombe atomique. Qu'au plus profond, nous étions tous des singes. Et il pouvait documenter son affirmation ici et maintenant.

— Regardez, couina-t-il.

Il se tint sur une jambe avec les bras écartés et laissa pendouiller ses mains. Tous des singes de l'espèce *Orang Outan Faeronensis*.

Un joyeux type du village de Hov, qui chantait dans la chorale du Théâtre Royal, avait retiré sa veste et retroussé ses manches. Ses beaux bras étaient un véritable joyau pour son hameau natal. Il avait acheté une bouteille d'aquavit, et chaque fois qu'il gagnait sur un adversaire au bras de fer ou le tirait à travers la table avec le seul majeur, il s'acquittait du combat avec un verre plein.

Il défiait un timonier arrivé trop tard pour l'avion de Noël qui l'aurait ramené au pays. Le timonier était ivre, et parfois il pleurait parce que sa femme et leur petit enfant lui manquaient. Kári savait bien qui était ce timonier. Leur vieux camarade de classe Fríðrikur et lui étaient amis, mais Kári n'arrivait pas à se souvenir de son nom.

— Essuie tes larmes, ami. Viens te mesurer à moi, criait le type de Hov.

Enfin, le timonier se leva. Il arrangea sa cravate et sa veste, repoussa les cheveux de son front et s'assit face à l'autre. Une fois les coudes solidement posés, le timonier hocha la tête et ils commencèrent. Pendant un temps, ils furent à peu près de forces égales, et leurs veines se gonflaient comme de gros nœuds sur le dos de leurs mains. Malgré tout, il semblait que le type de Hov fût le plus fort. En tout cas, c'était lui l'attaquant.

Pourtant, chaque fois qu'il attaquait et pressait le bras de l'adversaire contre la table, l'autre le relevait quand même. Un groupe de spectateurs se réunit autour de la table, car enfin le type de Hov avait un adversaire digne de lui. Mais ce que personne d'autre que lui ne percevait, c'était qu'en réalité le timonier se jouait de lui. Le jeu dura trois ou quatre minutes. Puis un sourire se devina soudain dans les yeux du timonier, et d'une prise écrasante, la main du type de Hov fut plaquée sur la table.

— À la tienne, compatriote. (La voix du type de Hov tremblait.) C'est un honneur d'être vaincu par un géant du village du paysan Gilja[1].

Après s'être disputé avec les chiots communistes acnéiques, Jens úr Leynum était entré en lice avec l'écrivain Magnus Dam Jacobsen. Magnus était venu à la fête joyeux, bien habillé et sobre. Sa chemise en soie pourpre était ouverte sur la poitrine, ses manches de chemise voltigeaient autour de ses poignets, et dans un collier de cuir autour du cou, il portait le sceau de son ex-libris. Les poils de sa barbe et de sa lèvre supérieure étaient soignés, et toute la soirée il avait raconté des histoires et des racontars, complimenté les filles et offert des tournées à ses connaissances. Après avoir publié son roman *Skitsur* en septembre, il avait eu une de ses dangereuses virées de boisson, mais ce soir il était content et ne comprenait pas pourquoi Jens úr Leynum continuait à l'attaquer.

— Ah, cet idiot suffisant, dit Staffan.

---

1. Gilja, paysan très riche de Hvalba, sur l'île de Suðuroy, qui figure dans des contes et légendes féroïens.

— Lequel des deux ? demanda Kári.

— Lui, ce connard de Leynar.

Jens traita Magnus de social-pornographe autosatisfait. Son seul exploit littéraire avait été, en tant qu'imprimeur, de composer les livres d'autres écrivains. Magnus essayait de calmer l'homme de Leynar, mais celui-ci était comme vacciné contre toute conversation raisonnable. Jens prétendait que Magnus n'avait écrit ses articles et ses livres coléreux que pour compenser le fait d'avoir le plus petit pénis de Tórshavn. Il n'était qu'un amas électrifié de complexes en chemise pourpre.

— Je ne supporte pas ça !

Staffan prit une bouteille de bière, se dirigea résolument vers Jens úr Leynum et la lui cogna sur la tête. L'homme de Leynar tituba un peu et un filet de sang coula sur son front.

— Mais qu'est-ce que tu fais, bon Dieu ? cria un Magnus secoué.

— Je résous ton problème, répondit Staffan, et il fila à Jens un coup de pied à l'entrejambe.

Jens se courba en avant et le poing qu'il reçut sous le menton l'envoya à terre.

— Il ne faut pas montrer de pitié avec de tels types, dit Staffan. Soit une matraque sur la tête, soit une injection de poison à rats dans la veine. Que sait cet abruti de la taille de ta pine ? Je suis persuadé que ta pine est semblable au magnifique beaupré d'un trois-mâts. Mais même si t'avais eu la plus petite de Tórshavn, en quoi cela regarde ce laquais du KGB ? Tu es le poète le plus honnête des Îles Féroé et, même si ce n'est pas nécessairement un gage de qualité littéraire, je prédis quand même qu'un jour, dans l'avenir, tu deviendras notre plus grand poète.

Staffan serra la main du poète troublé et, comme si de rien n'était, il revint auprès de Kári. Entre-temps quelqu'un avait hissé l'homme de Leynar sur une chaise. Sa femme examina la blessure de sa tête, mais le coup avait été plus dur que le mal. Elle lui enfila son propre béret rose sur la tête, l'embrassa sur la joue et une main attentionnée tendit un verre de bière à Jens.

Près de la scène, un petit groupe avait formé un cercle et avait commencé à danser. Au début, ils n'étaient qu'une vingtaine, mais ils continuèrent, et peu à peu la chaîne grandit. Et il y avait tant de beauté dans la chanson *Harra Pætur og Elinborg*[1] que les paroles parvinrent à calmer les esprits. Kári demanda à Staffan d'entrer avec lui dans la chaîne, mais Staffan lui tapa sur l'épaule.

— Ça, c'est réservé aux gens harmonieux, dit-il.

L'orchestre de la maison avait relevé les pieds de micro et commencé à accorder les guitares, et quand *Harra Pætur og Elinborg* puis *Føroyingar sum her nú koma saman* prirent fin, l'orchestre attaqua *Happy Christmas (War is Over)* de John Lennon. Peut-être n'est-il pas exact de dire que la paix était revenue dans l'esprit des gens, mais le mauvais sang, au moins, s'était calmé. Les couples s'unirent sur la piste de danse et, autour du bar, l'humeur s'améliora.

---

1. *Harra Pætur og Elinborg* (l'histoire de deux jeunes amoureux) est une des ballades populaires très connues sur lesquelles on danse en chaîne. Tout comme la chanson patriotique *Føroyingar sum her nú koma saman* (Les Féroïens qui sont rassemblés ici).

Il était trois heures du matin quand Kári aperçut de nouveau Staffan. À ce moment-là, la femme qui les avait traités de pédés dormait appuyée contre son épaule. Staffan se tenait tranquille, il avait l'air d'être content que quelqu'un apprécie son épaule comme soutien. Kári ne croyait pas vraiment qu'un psychologue quelconque lui avait posé le diagnostic de semi-schizophrène. Que Staffan soit assez paranoïaque et qu'il ait aussi quelques traits schizoïdes, Kári le savait déjà quand ils travaillaient chez General Motors. Mais aucun psychologue n'utilisait l'expression semi-schizophrène, en tout cas pas quand il fallait poser un diagnostic. Kári était sur le chemin du retour, et comme d'habitude il marchait seul.

Dernière visite

L'appartement de Mecklenborggade était de ceux que l'on pouvait retrouver à l'odeur. Il était situé à côté de la grande usine de peintures et vernis de Sadolin & Holmblad et, de la fenêtre de l'escalier arrière, on voyait l'usine, avec ses hautes cheminées en brique. Par beau temps, surtout, la peinture sentait très mauvais. Dans les buissons de l'arrière-cour, le battement de cœur des guêpes et des mouches était suspicieusement faible, et même les oiseaux toussaient, comme disait un des voisins de Kári. Les bâtiments de l'usine étaient plusieurs fois plus grands que le terrain autour de l'école Saint-François et entourés d'un haut grillage de fer. Le soir et les fins de semaine, quand ne brillaient que quelques lumières dans les halles, on entendait les chiens-loups aboyer au moment où les gardiens ouvraient et fermaient les grandes portes.

Un soir où Kári rentrait, Staffan l'attendait, assis dans l'escalier. C'était un soir de novembre froid et mouillé. Staffan avait les mains dans les manches de son chandail, et sa tête barbue était à moitié enfouie dans son col. Seuls se voyaient ses yeux luisants, et ses cheveux pendaient en mèches sur ses épaules. Il n'y avait plus beaucoup de *heu, heu* chez l'homme. Il avait l'air d'un homme de soixante ans, alors qu'il n'en avait que vingt-huit. Une corde était nouée autour de son pantalon à la taille, et la semelle d'une de ses bottes en cuir s'était décollée. Un coup de vent secoua la porte d'entrée, et le courant d'air enfila l'escalier quatre à quatre.

— Ne dis pas que je dois partir, supplia Staffan.

Kári entendit la chaîne de sécurité de la porte de sa voisine et aperçut les bouts de ses doigts et un verre de lunette par l'entrebâillement.

— Ici, on est à Amager, dit-elle. Je n'apprécie pas que tes amis soûls encombrent l'escalier.

Un court instant, Kári pensa demander à Staffan de partir. Depuis la fête de Noël au Cannibale, il avait frappé quelquefois à sa porte. Kári l'avait vu à travers le judas et la voisine certainement aussi. Ils avaient tous deux observé cet homme et vu sa déchéance, et aucun d'eux n'avait ouvert. Alors qu'elle l'apercevait de dos, Kári voyait à la fois ses cheveux et sa barbe se tendre vers le verre bombé dans la porte. Cette fois, il ne put toutefois se résoudre à demander à Staffan de partir. Kári sortit la clef et ouvrit, et Staffan se dépêcha d'entrer dans le séjour. Il se mit devant le poêle et resta debout là à se chauffer, pendant que Kári faisait du café dans un thermos et beurrait quelques tartines.

— J'ai vu mon père il y a une semaine, dit Staffan.

— Tu le cherches ?

— Il ne m'a pas reconnu.

— Tu as un peu changé aussi. Où l'as-tu vu ?

— À mon travail.

— Je n'ai pas envie de jouer aux devinettes, dit Kári.

— Ce n'est pas une devinette. Et je ne suis pas non plus sûr que c'était lui. Mais j'ai eu l'impression que c'était lui. Et depuis, je suis constamment dégoûté. Je me suis brossé les dents plusieurs fois par jour. Je me suis aussi désinfecté la bouche. Et j'ai frotté mes gencives avec du curry indien épicé. Regarde.

Il montra à Kári toutes ses longues dents laides et ses gencives jaune curry. Il referma la bouche et se tut un instant.

— Je ne t'ai pas raconté que j'ai trouvé un travail dans la branche du porno.

Kári hocha la tête. Ceux qui connaissaient Staffan le savaient. À ses débuts, il était le roi de trèfle dans un jeu de cartes. Il était représenté avec une couronne sur la tête et bandant magistralement. Mais ça, c'était au début de son époque porno. Et c'était aussi la partie la plus innocente. Quelque personne malintentionnée, qui avait reconnu Staffan, avait envoyé le jeu de cartes à ses parents. Staffan avait aussi été figurant dans quelques films porno hardcore, mais c'était plus tard, et il s'agissait vraiment de fonds de tiroir mentaux. Il avait entre autres couché avec des animaux et aussi laissé des animaux le lui faire, dans la bouche comme dans le cul.

— Je ne peux plus tourner dans les films. Mon dernier job dans la branche était chez Pikind. Je ne sais pas si tu sais ce qu'est Pikind ? Ça rappelle un confessionnal ou un photomaton. Tu tires le rideau, appuies sur un bouton, et quand le flash vient, tu as l'air d'un enfant effrayé. Pikind est aussi une cabine. Tu tires le rideau. Mais il n'y a pas de caméra. Par contre, il y a un trou dans le mur et derrière le mur est assis le papi-suceur. Tu entres ton pénis, et pour ça, tu paies deux cents couronnes. Nous, on reçoit soixante-quinze couronnes pour chaque fellation, alors ça peut faire un salaire journalier correct. Surtout pendant la saison d'été, quand Istedgade est remplie de Japonais et de gros bourges aux portefeuilles bien remplis. Tu n'as rien de plus fort que le café ?

Kári alla dans la cuisine et versa de l'aquavit dans un verre d'eau.

— Il y a une semaine est arrivé un pénis mi-gras et blanc dans le trou. Cinquante-cinq ans, peut-être soixante. Un peu tourné vers la gauche avec une petite marque sur le prépuce. Et je fais tout comme il faut et peu après il commence à gémir. C'est dans les normes. Mais alors il me semble soudain entendre une note féroïenne dans le gémissement. Ce son qui sort de la bouche quand on a peur, peut-être d'être frappé ou de mourir, et qu'on dit *ah, Dieu, ah, Jésus*. Ce n'était pas le sourd bruit arabe du désert ni le haut pépiement insolent d'un Jap. Non, il y avait un Féroïen de l'autre côté. J'ai tout de suite vu les églises de village du pays, mais au lieu d'une hostie, les communiants recevaient la pine de Jésus dans la bouche. *Ah, mon Dieu*, haletait-il. *Ah, Jésus*, l'entendis-je dire. Qui cela peut-il être ? pensai-je. En même temps je sentais que ça venait. Ça cognait et tirait dans le pénis, puis ça m'est rentré dans la bouche. Et, à ce moment précis, pendant un quart de seconde, j'ai été persuadé que c'était mon père. C'est mon père et personne d'autre, pensai-je. Je reconnaissais sa voix. Je n'étais pas capable de pousser le pénis contre mon palais ni de le vider selon les règles que ce connard de Satan de Jørgensen m'avait dit de suivre. C'est mon père, pensai-je. C'est Halldór Danielsen. Le pénis était toujours à moitié raide dans le trou. C'était comme si l'animal sentait sur lui que quelque chose manquait. Une goutte de sperme pendait à l'orifice et le gland me fixait désespérément dans les yeux comme un mongolien trahi. Je ne sais pas ce qui m'a pris. Mais soudain, toute prudence avait disparu. Le contrat entre suceur et client était rompu.

« Va-t'en au diable, Halldór Danielsen ! » cria le suceur, et de chaque lettre sourdait une colère bouillonnante. Et oups, le pénis disparut. En une demi-seconde, il avait disparu et j'ai entendu l'homme courir dans le couloir.

Jørgensen est arrivé tout de suite. Il a vu que j'étais en train de vomir. Pour de bonnes raisons, j'étais incapable de répondre. Il m'a pris par le col du chandail et m'a tiré dans le local arrière. J'essayais de me protéger le visage, il m'a marché dessus et m'a donné des coups de pied. J'ai pleuré aussi. Pas pour demander pitié, ni parce que je ressentais particulièrement la douleur. Pas du tout. Je pleurais parce que j'avais perdu le dernier petit morceau que je possédais du monde. Le fétu qui me reliait à la civilisation était coupé. J'étais dans le désert, j'étais le bouc émissaire que Moïse et compagnie ont chassé de la ville, et tu vois toi-même le traitement que j'ai déjà subi de la part des vers et des vautours. C'est pour ça que je pleurais. Je crois qu'il m'a cassé deux côtes. Ça fait encore mal chaque fois que je vomis. Jørgensen m'a traîné dans l'escalier et m'a jeté dehors sur la place de Halmtorvet.

Depuis, je suis dégoûté. J'ai désinfecté ma bouche plusieurs fois. Je me suis aussi brossé les dents et j'ai fait saigner ce sale sang hors de mes gencives. Mais le goût ne me quitte pas. Pas vraiment le goût de pénis et de sperme, et je n'arrive pas non plus à définir le sentiment. Car il doit s'agir du goût d'un sentiment. Une journée qui est chiffonnée et qui rampe devant la porte de la culture. C'était un Féroïen, ça, c'est sûr. Et je crois que c'était mon père.

Staffan but un peu d'aquavit. Il se rinça les gencives avec le schnaps, se gargarisa avec le liquide puis l'avala.

— Pourquoi me racontes-tu ça ? demanda Kári.

— Je ne sais pas. Peut-être parce que tu es un homme correct. Tu es le seul qui a été gentil avec moi à Copenhague. Je crois que c'est pour ça.

— As-tu téléphoné chez toi ?

— Pourquoi j'aurais fait ça ?

Kári s'énerva.

— Pourquoi tu aurais fait ça ? Mais nom de nom, mec, il faut quand même que tu vérifies si ton père était à Copenhague ce jour-là !

— Ça fait à peu près deux mois que je n'ai pas téléphoné chez moi. Maman pleurait tout le temps jusqu'à ce que je n'aie plus de pièces.

Kári s'excusa et sortit en vitesse sur l'escalier de derrière, où il partageait les toilettes avec sa voisine. Il resta longtemps agenouillé devant la cuvette. Non pas parce qu'il vomissait beaucoup, mais parce qu'il n'arrivait pas à se débarrasser du dégoût qui s'était fourré dans sa gorge. Et ce n'était pas seulement ce qui s'était passé chez Pikind qui le dévastait. La puanteur que la chaleur faisait émaner des bottes et des vêtements de Staffan aussi était intolérable. Il ne supportait pas la déchéance humaine que Staffan avait fait entrer chez lui. Kári revoyait ses dents jaune curry et, de nouveau, son ventre se contractait en un nœud douloureux.

Après s'être lavé les mains et le visage, il revint dans la pièce. Staffan n'y était plus. Kári entra tout de suite dans la chambre et regarda sous le lit et dans le placard. Puis il se dépêcha de sortir dans l'entrée et ouvrit la porte vers l'escalier. Mais Staffan était parti. La porte de la rue fit un peu de bruit. Ç'aurait aussi bien pu être le vent. Il ferma la porte à clef et, l'esprit un peu plus léger, entra dans le séjour. Il ouvrit la fenêtre en grand et inspira longuement l'air frais. Le vent de novembre remplit la pièce, mais même si l'odeur du triste visiteur disparaissait peu à peu, il continua à penser aux dents jaune curry. Un bus empli de lumière jaune passa ; il n'y avait personne dedans.

Staffan n'avait rien mangé de la nourriture, pourtant Kári jeta tout dans la poubelle, même la tasse de café et le verre. Avant de se coucher ce soir-là, il alla vérifier que la porte d'entrée était fermée à clef, et c'est là qu'il s'aperçut que sa veste en cuir avait disparu.

FRÍÐRIKUR DE L'ORPHELINAT

Fríðrikur s'appuya sur le poteau pour ouvrir la fermeture Éclair de son blouson. Son pouls cognait dans ses artères, et des gouttes de sueur aussi salées que la mer coulaient de sa lèvre supérieure sur les commissures. Soit il se dépêchait de fermer le portillon et de se cacher dans la petite plantation, soit il fallait continuer à remonter Hoydalsvegur en courant. Seulement, le problème était qu'il n'en pouvait plus de courir. Il ressentait un point de côté et n'osait pas du tout s'imaginer ce qui arriverait si les frères Gigga le rattrapaient. Il savait aussi que cela ne servirait à rien de remonter Hoydalsvegur, car il ne connaissait personne plus haut qui le laisserait entrer au milieu de la nuit. Et il était si loin de l'est de la ville, où il habitait, qu'il était inutile de s'illusionner sur ses chances d'y arriver.

Le couvent ! Soudain il pensa au couvent et, au même instant, les frères Gigga surgirent. Il se précipita derrière le portillon, réussit à se défaire de son blouson et à le jeter entre les arbres. Puis il descendit en courant à toutes jambes vers le pont. Son souffle sec sifflait dans sa poitrine, et le gravier crissait sous ses semelles. Il passa le pont de bois en trois enjambées, et chaque fois que ses pieds frappaient les planches, ça chantait dans ses oreilles. Il se demanda s'il devait couper en ligne droite sous les arbres jusqu'au presbytère. Mais il n'y gagnerait que peu de temps. Le sous-bois n'était pas favorable à la course et, si les frères Gigga dressaient l'oreille, ils le repéreraient sûrement. Fríðrikur continua à gravir à toute vitesse la côte, et ce n'est qu'alors qu'il se rendit compte à quel point la nuit était noire dans le bois. Les branches pendaient au-dessus du sentier, elles sentaient l'humidité, et à certains endroits la rosée captait une lueur de lune, ou peut-être était-ce au contraire la lumière de la lune qui captait une goutte de rosée.

Une fois arrivé au premier tournant après la côte, il se laissa glisser sur le côté du sentier et, à cet instant précis, il entendit les pieds des frères Gigga marteler le pont. Il se dépêcha de se faufiler entre les arbres en se protégeant la tête contre les branches mouillées qui lui balayaient le visage. Ici, il était impossible de courir. Le sol était bien trop irrégulier. C'était un peu comme si les arbres, en poussant, avaient entraîné plusieurs tonnes de terre et les avaient rejetées en tas aux relents de feuilles pourries. Il se consolait en se disant que l'obscurité qui le retardait retardait aussi les frères Gigga. Il posait les pieds aussi délicatement que possible, et chaque fois que ça craquait un peu sous ses semelles, il serrait les dents. Partout, il y avait des fossés recouverts de mousse. Une fois, Fríðrikur trébucha et sa jambe s'enfonça à moitié dans la boue.

Des oiseaux décollèrent entre les arbres et Fríðrikur s'arrêta net. Un des frères Gigga entendit les bruissements d'ailes.

— Il a filé entre les arbres, cria-t-il.
— Non, dit un autre. Pas là. Courons aux étangs.
— Il est allé chez les nonnes.
— En pleine nuit ? T'es dingue.

Fríðrikur se tenait toujours immobile, mais, lorsqu'il entendit les pas sur le gravier en direction des étangs, il se dépêcha de continuer. Son pantalon mouillé et sale pendouillait sur ses cuisses et, à chaque pas qu'il faisait, ça clapotait dans ses chaussures. Mais même trempé jusqu'aux os, il n'avait pas froid.

Le jour commençait à filtrer entre les arbres. La ville se dévoilait à lui en petites rainures. Les lumières se reflétaient sur les troncs trempés de rosée et, alors seulement, il sentit l'odeur fraîche des aiguilles de pin. Il savait qu'il devait se dépêcher, mais la paix qu'apportait la première lumière matinale le fit quand même hésiter. La ville était encore profondément endormie. C'était un dimanche matin, il était quatre heures, et maintenant qu'il apercevait le muret de pierres qui entourait la plantation, il voyait également le vallon où se trouvaient l'école et le couvent. La lune était sortie près de Glyvursnes et la montagne de Kirkjubøreyn était comme un long corps de pierre bleu foncé dormant sous la lune.

Sur la droite, Fríðrikur vit le presbytère où il avait passé tant de temps quand il était enfant de chœur pour le prêtre Heggen. Il apprenait le latin et le français auprès de celui-ci, parce qu'il voulait étudier la théologie, et Heggen évoquait souvent l'Institut d'études théologiques de Bruxelles. Cette école se trouvait dans une banlieue de Bruxelles et il y venait des étudiants en théologie de partout dans le monde. Pendant un certain temps, au cours des années 1950, Heggen lui-même y avait enseigné l'histoire de l'Église et le latin. Fríðrikur ressentit une pointe de douleur. Il avait aimé Heggen comme un père, et le prêtre connaissait également sa situation personnelle. C'est pour cette raison même qu'il trouvait important d'éduquer Fríðrikur et, tout particulièrement, d'améliorer sa mauvaise prononciation.

— Tu ne prononces pas les mots correctement. Comme dans le conte, tu tailles un talon et coupes un doigt. Et cela ne va pas pour un enfant de chœur et pas du tout pour quelqu'un qui veut être prêtre. Les mots sont comme des fleurs, ils doivent s'épanouir dans tout leur éclat. Mais je sais bien pourquoi tu parles comme tu le fais. Il y avait trop peu d'adultes présents dans ton enfance. Tes modèles à l'orphelinat avaient aussi ce langage tronqué, rogné, coupé. Mais nous allons y remédier. Tu dois apprendre à ar-ti-cu-ler. Faire résonner une belle langue claire !

En 1977, Heggen était soudain tombé malade. Sa peau était devenue jaune, et le médecin qui l'ausculta crut d'abord qu'il s'agissait d'une inflammation du foie. Afin d'exclure d'autres maladies, des prises de sang furent réalisées, mais elles ne montrèrent rien au foie. Il était dès lors nécessaire d'opérer pour en savoir plus. Le 14 octobre, Heggen quitta le pays et fut admis à l'hôpital catholique Gasthuiszusters Saint-Camillus d'Anvers. Lorsque les médecins l'ouvrirent, il se révéla que Heggen était dévoré par le cancer. Ils le recousirent et il mourut moins de trois semaines plus tard.

Le couvent et la petite communauté pleurèrent le père Heggen. Mais celui qui fut le plus durement frappé par ce décès, ce fut Fríðrikur. Jusqu'à ce que le nouveau prêtre arrive, Fríðrikur se chargea de la lecture dominicale. Mais l'église n'était plus la même sans Heggen. Rien n'était pareil sans lui. Quand il était parti à Anvers, c'était comme s'il avait emporté avec lui la ferveur et l'âme de la paroisse. Plutôt par habitude, Fríðrikur enfilait les habits de messe et allumait les cierges de l'autel, et quand la messe était terminée, il restait assis dans la sacristie. Toutes les décorations de Pâques et de Noël s'y trouvaient. Et aussi quelques caisses avec du vin de messe, des hosties, l'encensoir et l'écrin qui contenait un fragment de la croix de Jésus. Le manuscrit du dernier sermon de Heggen s'y trouvait également. Il était écrit à la main et, dans la marge, il y avait des dessins de drôles de petites figures à ailes et à cornes. Peut-être Heggen pressentait-il sa mort le jour où, pâle et jaune, il avait contemplé ses paroissiens pour la dernière fois. Il avait parlé de l'homme qui avait voué sa vie à démontrer que Dieu existait et qui, sur son lit de mort, avait *presque* atteint son but. Mais cette dimension indéfinie justement, ce *presque*, réduisait à néant toute l'œuvre de sa vie. Car sans la foi, disait Heggen, les preuves de l'existence de Dieu n'étaient qu'une série de mots de quête. Et les prétendues preuves étaient aussi des expressions d'orgueil. Le savoir de l'homme était limité, et exiger que le Tout-Puissant révèle sa splendeur à travers notre minuscule lucarne cosmique, cette pensée était à la limite du blasphème. Et puis Heggen avait utilisé une image qui alla droit au cœur de Fríðrikur : « La foi, avait-il dit, est comme une main d'enfant qui se tend vers le haut pour attraper la lune et jouer avec elle. »

Ce furent ces moments de solitude dominicale dans la sacristie qui révélèrent à Fríðrikur que ses projets d'étudier la théologie étaient un malentendu. Il n'avait pas du tout réalisé que Heggen occupait tant de place dans sa vie. Ce fut clairement un choc pour lui de se dire que c'était son admiration pour une autre personne, et non sa propre foi, qui avait réveillé en lui l'envie d'étudier la théologie et de devenir le berger spirituel d'autres personnes. Fríðrikur se posa une question qu'il ne s'était jamais posée auparavant et il commença à se voir tel que Heggen parfois avait dû le voir. Et tout en étant pleinement conscient que l'image était colorée par le vide existentiel dans lequel il se trouvait à présent, il n'aima pas le jeune homme qui se présenta à son regard intérieur. Il vit quelqu'un de solitaire qui singeait son modèle. Quelqu'un qui avait essayé d'entrer dans les bonnes grâces du gentil et intelligent prêtre Heggen. Et plus il se regardait à travers les yeux de Heggen, plus il se dégoûtait lui-même. Avait-il jamais été autre chose que le fils adoptif des nonnes, un enfant pauvre sur lequel elles s'étaient apitoyées ? Et pourquoi s'étaient-elles apitoyées sur lui ? Était-ce peut-être parce qu'il avait quelque chose de particulier ou qu'il excellait en un quelconque domaine ? Non. Sa personne n'avait aucune signification déterminante dans ce contexte. C'était par sentiment de culpabilité que les sœurs s'étaient apitoyées sur lui. C'était ça, leur motivation profonde. Un dimanche après la messe, la nouvelle directrice, sœur Birgitta, entra dans la sacristie pour parler avec Fríðrikur.

— Tu restes si souvent seul ici. À quoi penses-tu ? demanda-t-elle.

— À quelque chose à quoi on ne doit pas penser, répondit Fríðrikur.

Il lui tendit le manuscrit du dernier sermon de Heggen.

— Tu pleures un père décédé, dit sœur Birgitta, en regardant les figures dessinées dans la marge. As-tu pensé à voyager ? Heggen est enterré à Anvers. Peut-être serait-ce une idée d'aller visiter sa tombe.

— Je pense aussi à ma mère. Les sœurs auraient dû l'aider quand il était encore temps.

— Tu sais bien qu'une école catholique a ses règles. Ce qu'ont fait les sœurs, c'était la seule chose qu'elles pouvaient faire.

— Je ne suis pas d'accord, dit Fríðrikur. Maman était une fille venue d'un petit village. Vous étiez une grande institution. Les sœurs ont fait la seule chose qu'elles ne devaient pas faire : se cacher derrière des règles.

Sœur Birgitta martela l'étagère de ses doigts minces.

— Il ne te reste plus qu'à dire que les sœurs ont tué ta mère.

— Maman s'est tuée elle-même. Mais personne ne l'a empêchée de franchir ce pas terrible.

— Je n'étais pas aux Féroé en ce temps-là, je ne connais pas l'affaire, et c'est pourquoi je ne peux pas en parler. Mais même si j'y avais été, je n'aurais pas pu en parler. Tu le sais bien, Fríðrikur. Le catholicisme, c'est pour les adultes. En tout cas dans une société comme la société féroïenne, où la plupart des anciennes traditions catholiques ont disparu. C'est si facile de naviguer entre les différentes versions protestantes. Oh là là ! Un jour tu es baptiste, puis quand tu t'évanouis et tu parles en langue et quand tu ouvres les yeux, tu es un pentecôtiste nouvellement éveillé. Mais ce n'est pas comme ça chez nous, les catholiques. Et surtout pas pour ceux et celles qui veulent entrer au couvent. C'est une décision que l'on prend. On doit se demander : suis-je mûr pour le catholicisme ?

— Est-ce ta façon de me déconseiller d'entrer au séminaire de Bruxelles ?

— Je ne pensais pas à ça, répondit sœur Birgitta, mal à l'aise.

— Mais ce n'est pas une pensée qui t'est étrangère ?

Sœur Birgitta leva l'index.

— Tu ne dois pas me mettre des mots dans la bouche, cette tâche, je l'assume moi-même. Mais tu as toujours eu une place dans notre cœur. Tu le sais. Et aujourd'hui aussi, après le décès de Heggen.

*

À présent, Fríðrikur regardait le presbytère. Il ne connaissait pas le nouveau prêtre. Depuis un an et demi, il n'avait eu pratiquement aucune relation avec l'église. Il grimpa par-dessus le muret et descendit rapidement le sentier vers le couvent. Lorsqu'il passa devant la grotte où se trouvait la statue de la Vierge Marie, il fit par vieille habitude le signe de la croix.

— Maintenant je le vois.

La voix venait de là-haut entre les arbres, et quand Fríðrikur se retourna, il vit deux ou trois des frères Gigga enjamber le muret. Fríðrikur courut à toutes jambes vers le couvent. Les sœurs dormaient encore, toutes les fenêtres étaient obscures, et il ne faisait pas encore assez jour pour que l'on voie la couleur rouge du bâtiment. Il courut vers la porte de la vieille cave à charbon ; elle était fermée à clef. Il glissa la main autour du chambranle et derrière la boiserie, où la clef avait l'habitude d'être suspendue, mais il n'y avait pas de clef. Il tira une fois sur la poignée et courut ensuite vers la porte ouest, qui donnait dans la cuisine. Celle-ci aussi était fermée à clef. Sans résultat, il cogna des poings contre la porte. Il y avait une troisième porte. Elle menait à la sacristie et à l'église. Là, il ne voulait pas aller. Cette porte était sûrement aussi fermée à clef et la simple pensée d'y entrer au milieu de la nuit lui paraissait un sacrilège.

Fríðrikur s'était laissé acculer dans un coin, voilà ce qu'il avait fait. Depuis presque une heure, les frères Gigga le poursuivaient et, maintenant, il était piégé juste devant son ancienne église. Un soudain et surprenant éclat de rire jaillit de ses lèvres. Il réalisa qu'il n'avait pas peur. Il ne craignait plus les frères Gigga. Il retira ses mains de la porte. Il se tenait droit, le visage dénué de peur. Il remplit ses poumons, et lorsque lentement il les vida, il se sentit tout à fait prêt. Ce ne pouvait pas être un hasard si, parmi tous les endroits de la ville, il avait abouti dans la cour arrière du couvent. Je suis encore catholique, pensa-t-il, et il sentit dans son cœur une vive satisfaction.

Le premier qui tourna le coin fut Rógvi, suivi de Hans Dávid, habituellement surnommé le Rat. Puis venaient Adrian et les jumeaux. Adrian était l'aîné des frères et, tout comme les plus jeunes, il était petit de taille et mince de silhouette. Même s'il était plus vieux, c'était Rógvi, âgé de vingt-six ans, qui était le meneur du groupe. Et le Rat était leur bon ami.

Les frères Gigga comptaient parmi les plus fervents patriotes de Tórshavn, mais de ces patriotes qui détestent les gens des villages. Ils étaient d'avis que les villageois s'octroyaient bien trop de droits dans la ville. Les gens des villages avaient mis la main sur les places d'amarrage fixes près des pontons. Ceux de Tórshavn étaient également défavorisés par rapport aux terrains de construction ; ils devaient poliment attendre que les *étrangers* aient piqué les meilleurs. Les villageois avaient même une majorité dans les directions du Syndicat des artisans de Tórshavn et de celui des ouvriers de Tórshavn. À la fin des années 1970, l'Association Jazz avait son siège à La Perle, ou *Le Rade nègre*, comme l'appelait Rógvi, et ceux qui dansaient et festoyaient dans le vieux bâtiment étaient souvent des lycéens des villages, quelques Danois et puis ces maudits communistes. Il n'était pas rare que les frères Gigga descendent à La Perle rien que pour se battre. Pendant de nombreuses années, ils avaient été membres du Club d'aviron, mais leur appartenance au club prit fin brutalement après la Saint-Jean 1976. Rógvi et un type de Skopun, qui était barreur sur le *Bateau Tórshavn*, en étaient venus aux poings. Le barreur finit à l'hôpital de Tvøroyri, et l'affaire fut jugée assez sérieuse pour être abordée par la direction du Club d'aviron. Il y fut décidé d'exclure Rógvi. Et comme l'avait également prévu la direction, les frères et le Rat le suivirent. Mais les frères Gigga ne firent ni plus ni moins que se procurer eux-mêmes un bateau, une yolette bleu clair à quatre rameurs, qu'ils nommèrent le *Bateau Gigga*. Avec le Rat comme barreur, ils gagnèrent de nombreuses victoires et partout où ils allaient, il y avait toujours de la fête et des bagarres. En 1977, le bateau bleu clair fut le vainqueur des championnats des Îles Féroé, et tandis que leur mère, les larmes aux yeux, tenait la coupe au-dessus de sa tête, ses fils la portèrent en chaise dorée le long du quai.

— Qu'est-ce qu'on fait à quelqu'un qui sort avec la fille d'un autre ? demanda le Rat.

Le Rat se trouvait devant Fríðrikur. Il avait les deux mains dans les poches de son blouson de cuir. Il était grand, mince, et avait le dos un peu voûté. Il était le seul du groupe à être marié. Lui et sa femme avaient deux enfants, mais il vivait toujours sa vie comme s'il était un jeune homme de dix-huit ou dix-neuf ans. Ils se connaissaient, Fríðrikur et le Rat, ils se connaissaient bien, même. Ils avaient tous les deux grandi à l'orphelinat et dormi dans la même grande salle pendant toutes leurs années d'enfance. Le Rat parlait directement dans le visage de Fríðrikur et son haleine sentait le ketchup.

— Je t'ai posé une question, continua-t-il.

— Cher ami, pousse-toi, répondit Fríðrikur. Tu as vraiment mauvaise haleine.

Il n'eut pas le temps d'en dire plus. Le Rat tendit les muscles de la nuque et, comme une masse, son front vint heurter la lèvre supérieure et le bout du nez de Fríðrikur. Le jet de sang resta suspendu dans l'air quand Fríðrikur bascula en arrière.

— T'as des problèmes pour répondre.

Le Rat avait remis les mains dans ses poches et titillait Fríðrikur du pied droit.

— Allez. T'as pourtant l'habitude de savoir parler. Qu'est-ce qu'on fait à quelqu'un qui sort avec la fille d'un autre ?

Fríðrikur essaya d'être courageux.

— Tu ferais mieux de rentrer chez toi et de veiller sur ta femme. Souviens-toi qu'il y a pas mal de rats mâles affamés dans la ville.

— Maudit snobinard, avec ton nom de roi[1], répondit le Rat.

— C'est maman Simonsen qui m'a donné ce nom. Je n'y peux rien si elle était fascinée par le roi.

Le Rat donna un coup de pied directement dans le flanc de Fríðrikur, mais celui-ci lui attrapa la jambe et s'agrippa.

— Allons, allons, dit Rógvi.

Il avait rejoint Fríðrikur, avec les jumeaux sur ses talons. Les jumeaux savaient parfaitement ce qu'ils avaient à faire. Ils prirent Fríðrikur chacun par un bras, l'arrachèrent à Hans Dávid et le mirent debout.

— On ne chaparde pas les copines des autres, dit Rógvi. Ça, il me semble qu'on peut se mettre d'accord là-dessus. Un homme doit pouvoir se créer son propre bonheur. Ou bien il y a quelque chose que j'ai mal compris ?

— Je ne savais pas que toi et Leyvoy étiez ensemble, dit Fríðrikur.

— Ah ah, tu ne savais pas ? Et pourtant nous sommes ensemble depuis deux ans. Nous voulons nous marier. Ou nous voulions.

Il se tourna vers les autres.

— Vous ne trouvez pas agaçant de voir du sang ?

Ils hochèrent la tête, et tandis que Rógvi ouvrait sa

1. Fríðrikur est l'équivalent féroïen du danois Frederik (Frédéric IX est alors roi du Danemark).

braguette, les jumeaux forcèrent Fríðrikur à se mettre à genoux. À un pied environ de distance, Rógvi se mit à lui pisser dessus. Le jet était projeté droit sur son visage et pendant que Fríðrikur cherchait son souffle, un peu de sang fut rincé.

— Voilà. Maintenant tu peux sans problème aller à un festin de roi.

Les jumeaux traînèrent Fríðrikur sur le sol, mais à peine fut-il remis debout que Rógvi lui envoya un coup de pied dans l'aine. Son corps bascula en avant, mais fut vite redressé par une série de rapides coups de poing.

— Il était toujours meilleur que les autres à l'orphelinat. Et puis il allait toujours au camp d'été catholique à l'étranger.

Le Rat cherchait son canif dans sa poche.

— Non, dit Adrian. Pas de couteau.

Mais le Rat avait déjà ouvert le canif et se dirigeait vers Fríðrikur. Adrian lui courut après et le prit par le bras, mais le Rat se dégagea. Les jumeaux étaient un peu hésitants, mais tenaient toujours les bras de Fríðrikur.

— Chaque fois que dans l'avenir il se regardera dans le miroir, il se souviendra de la fois où il a sali ton amour.

La voix du Rat tremblait de colère, et lorsqu'il regarda droit dans les yeux de Rógvi, il y avait une réelle folie dans son regard.

— Que veux-tu faire ? demanda Rógvi d'une voix un peu incertaine.

Ils avaient été dans de nombreuses bagarres au cours des jours et des années, mais c'était la première fois qu'il y avait un couteau en jeu.

— Un bout de l'oreille.

Soudain, le site fut baigné de lumière. Elle pénétrait chaque coin de la cour et ils ne réalisèrent pas tout de suite d'où elle venait. Des lumières s'allumèrent à l'entresol. Toutes d'un coup. Puis au deuxième et ensuite aussi au troisième étage. Plusieurs des fenêtres s'ouvrirent et des nonnes en longs voiles blancs passèrent la tête. Même Fríðrikur fut revigoré par cet événement irréel, mais il était si faible sur ses jambes qu'il tomba par terre quand les jumeaux effrayés le lâchèrent. La porte sur laquelle il avait frappé peu avant s'ouvrit en grand et la directrice, sœur Birgitta, en sortit, suivie de trois autres sœurs. Les frères Gigga furent si surpris qu'ils n'eurent même pas l'idée de s'enfuir en courant, mais reculèrent lentement.

— Je ne sais pas ce qui se passe, dit sœur Birgitta de sa voix perçante et autoritaire. Et en ce moment, je n'ai pas envie de le savoir. Mais quand cinq hommes s'attaquent à un seul, et en plus à côté d'une église, alors la question est de savoir si ces cinq-là sont des hommes corrects ou des espèces de créatures diaboliques venues faire des ravages sur un terrain consacré. Une église, jeunes gens, c'est la maison de Dieu, et nous autres sœurs franciscaines en sommes les servantes. Nous ne pouvons pas rester là à regarder un homme se faire mutiler ou peut-être tuer par des personnes telles que vous.

Sœur Birgitta s'avança rapidement vers le portail, l'ouvrit, et elle n'eut pas besoin de leur demander de partir. Une fois que les frères Gigga se retrouvèrent sur Varðagøta, elle referma le portail, leur tourna le dos et rentra dans le couvent.

Les sœurs remirent Fríðrikur sur ses pieds et le soutinrent dans l'escalier vers la cuisine. Il était cinq heures passées, et dans une petite demi-heure, elles devaient aller aux laudes. Les lumières du couvent furent de nouveau éteintes, sœur Bertha demanda à une jeune sœur de remplir une cuvette d'eau chaude et elle commença à laver le visage de Fríðrikur.

— Tu souris, dit-elle avec étonnement.

— Je pleure et je ris à la fois, répondit Fríðrikur. Et moi qui croyais que l'église était morte ! Je n'ai jamais de ma vie vécu un matin aussi heureux.

Il jeta un regard autour de lui, vingt sœurs se tenaient dans la cuisine. Lorsqu'elles virent que le visage tuméfié tentait de sourire, certaines se détournèrent en souriant tandis que d'autres mirent les mains devant leur bouche afin que seuls leurs yeux dévoilent un sentiment naissant de joie. Fríðrikur gémit un peu quand sœur Bertha le lava autour du nez et d'un œil. Égale à elle-même, elle lui demanda de se taire et de se souvenir de combien Jésus avait souffert sur la croix.

— Pourquoi ces fous étaient-ils après toi ? demanda-t-elle.

— J'ai parlé à la fille de l'un d'entre eux, répondit Fríðrikur.

C'était en partie vrai, ce qu'il disait. Cela avait commencé par une conversation entre lui et Leyvoy pendant la fête de la Saint-Olaf et, depuis, ils s'étaient revus quelquefois.

— Arh, dit sœur Bertha. La fille se trouvait sur un balcon, et toi, en bas, sur un cheval blanc.

Elle tapa Fríðrikur sur les doigts et secoua sa vieille tête. Elle avait plus de soixante-dix ans maintenant ; était-ce l'âge qui lui permettait de parler avec autant d'audace ou bien commençait-elle à retomber en enfance, ce n'était pas facile à deviner. Mais le sentiment d'avoir un petit secret ensemble et d'avoir fait une bonne action si tôt le matin allumait une chaude ambiance de joie dans la cuisine.

Pendant ce temps, l'infirmière, sœur Verona, avait trouvé des vêtements d'homme. Elle apportait aussi deux cachets contre la migraine et un verre d'eau. Une fois que Fríðrikur eut avalé les cachets, sœur Verona examina son visage. Rien n'était cassé, il n'y avait pas non plus de plaie ouverte, et elle en arriva à la conclusion que ce dont Fríðrikur avait besoin, c'était de se laver, de mettre une poche de glace sur son visage et de dormir.

Il était cinq heures et demie quand la directrice entra dans la cuisine, emmenant avec elle sœur Amalia. Elle lui avait demandé de s'occuper de Fríðrikur pendant que les autres sœurs étaient à la messe. La vieille sœur Amalia connaissait Fríðrikur et elle avait aussi connu sa mère, Marin. Sœur Amalia alla vers la table de cuisine, retira l'assiette posée sur la cruche d'eau et remplit le verre de nouveau.

— L'eau, c'est ce qu'il y a de mieux contre la migraine, dit-elle de sa voix frêle.

Et pendant que Fríðrikur buvait, elle resta debout devant lui, le visage grave et un peu inquiet. Puis elle prit les vêtements propres sous le bras et lui demanda de la suivre vers les douches qui se trouvaient sous l'église. On entendait le chant matinal à travers le plancher en bois et, après que Fríðrikur se fut lavé et eut mis des sous-vêtements propres, sœur Amalia le conduisit dans une chambre. Elle alluma la lampe près du chevet et retira l'édredon.

— Je vais chercher quelque chose de froid à te mettre sur le visage.

Quand elle revint, Fríðrikur s'était presque endormi. Il se réveilla quand elle posa la compresse froide sur son front et ses joues. Elle avait aussi des glaçons dans un gant de toilette, et pendant qu'elle le passait sur ses lèvres et son menton, elle commença à parler d'une petite sœur qu'elle avait eue. Ce n'est que plusieurs minutes après que Fríðrikur comprit que la petite sœur dont elle parlait n'était nulle autre que sa mère à lui.

— Bien sûr que tu allais revenir, chuchota sœur Amalia. Avant même de naître, tu appartenais à notre maison. Mais j'avais aussi souhaité que Petite sœur revienne. Je m'occupais d'elle. Les poules n'avaient pas peur d'elle. Peut-être voyaient-elles quelque chose que je ne voyais pas. Ormar était taxi et il vint chercher Petite sœur et l'emmena à l'hôpital Landssjúkrahúsið tard le soir. Oui, c'était ta mère. Petite sœur était une mère. Mais elle n'avait pas le courage de se laver le jour où elle dut aller à l'hôpital. Je l'ai lavée avec de l'eau froide et du savon. Les poules n'avaient jamais vu une petite sœur sans vêtements. Son ventre était si rond et si joli, et les poules se tenaient là, penchant la tête. D'abord d'un côté, puis de l'autre, pendant qu'elles l'observaient. Tu as le visage de ta mère. J'étais toujours si contente quand tu lisais à l'église, alors je savais que Petite sœur était là aussi. Pendant trois semaines, elle a vécu dans mon poulailler. Elle dormait sur des couvertures, et moi aussi. J'avais retiré mon matelas du lit et dormais sur le sommier. Je ne voulais pas que Petite sœur soit seule avec son tourment. Seules sœur Bertha et moi savions qu'elle vivait dans le poulailler. Et pendant la journée, Petite sœur tricotait pour toi. Oui. Son père était tellement coléreux et bizarre, alors à la fin, elle n'avait que moi et le poulailler.

Un jour, je suis venue chercher des œufs. Un ange s'est dressé devant moi dans le poulailler. Ce n'était pas un chérubin, c'était un ange mineur, je crois que c'était un de ces anges qui vivent sur terre. Et l'ange avait vécu longtemps sur la terre, car il avait l'air un peu triste et froid, et sa robe aurait eu besoin d'être lavée. Je crois aussi que l'ange était un peu perturbé dans la tête, parce qu'il m'a dit que les poules étaient des anges qui ne savaient pas voler. Je n'ai pas osé demander s'il pensait peut-être aux anges déchus, ou s'il faisait allusion à Petite sœur, ou peut-être même à moi. Je me suis mise à genoux, j'ai fermé les yeux et, lorsque je les ai rouverts, il avait disparu.

Fríðrikur écoutait, allongé complètement immobile sous la compresse froide et sombre. Ses paupières gonflées semblaient lourdes, mais en même temps il sentait que le froid repoussait lentement la douleur. Il ne disait rien, ne voulait pas déranger sœur Amalia. Sa voix était si faible et grêle qu'il aurait suffi d'un infime souffle de vent sous les mots pour qu'ils s'envolent.

— Petite sœur s'est noyée cinq jours après ta naissance. Elle a été déposée par la mer sur le sable à Sandagerði. Ormar pleurait dans le poulailler. Il m'a raconté que le sable était blanc de lait. Le cercueil avec Petite sœur a été envoyé à Sørvágur. Et toi, pauvre petit, tu as été envoyé à l'orphelinat de Vestmanna.

Elle l'appelait le diable de Sørvágur

Fríðrikur avait parlé avec sa grand-mère maternelle quelques fois. La première fois, c'était lorsqu'il était en troisième année. Pendant longtemps, sa grand-mère avait été hospitalisée à l'hôpital Landssjúkrahúsið, à Tórshavn, mais ce n'est que lorsqu'elle fut envoyée en maison de repos qu'elle fit appeler son petit-fils. Elle avait vraiment l'air terriblement vieille, alors qu'elle n'avait que cinquante-neuf ans et aurait dû être dans la force de l'âge d'une femme. Sa longue tête au double menton dépassait du col évasé de sa chemise. On devinait deux grandes clavicules et, quand elle tournait son maigre cou, c'était d'un mouvement lent et difficile. Ses bas en nylon pendouillaient autour de ses jambes maigres. Elle ressemblait à une femme-oiseau à qui on aurait enfilé une robe. Et puis la femme-oiseau avait une canne pour s'appuyer. Seuls ses yeux n'avaient pas vieilli. Mais Fríðrikur ne savait pas si c'étaient des yeux intelligents, ou bien deux cailloux psy qui s'enfonçaient jusqu'au fond de son âme. Et pendant qu'elle parlait, elle pleurait. Surtout lorsqu'elle raconta à son petit-fils de onze ans que son père et son grand-père maternel étaient le même homme. Horrifié, Fríðrikur répondit que ce n'était pas possible.

— Si, dit la grand-mère. C'est possible. Pour le diable de Sørvágur, rien n'est impossible. Il a abusé de sa propre fille, voilà ce qu'il a fait, et pour protéger la petite, je l'ai envoyée à Tórshavn habiter dans le pensionnat des nonnes et aller au collège.

Après cela, Fríðrikur rendit visite à sa grand-mère plusieurs fois. Ils firent aussi de petits tours dans la plantation près de la maison de repos, mais même si elle racontait pas mal de choses à son petit-fils, Fríðrikur ne saisissait pas tout à fait l'envergure de son triste passé. Il ne pleura pas non plus quand sa grand-mère lui donna une photographie de sa mère. Qu'en réalité son absence de pleurs dévoilait à quel point il était émotionnellement atrophié, cela ne lui apparut clairement que bien des années plus tard. La fille sur la photo souriait. Son visage était encadré de deux tresses nouées avec des rubans. Elle était en robe de confirmante et semblait ne pas savoir quoi faire de ses maigres bras de petite fille. Fríðrikur calcula qu'il s'était écoulé à peu près deux ans entre la date où avait été prise la photo et la mort de sa mère. Le seul qui vit la photo de sa mère fut son ami Djalli. Et le commentaire de l'insondable Djalli fut que sa mère aurait sans aucun doute pu devenir une bonne nageuse. Fríðrikur fut tellement stupéfait par cette affirmation étrange qu'il se contenta de hocher la tête, comme s'il était entièrement d'accord avec cette appréciation.

— Ta grand-mère a été dévastée quand la petite est tombée enceinte. Oui, moi aussi, j'avais honte. Aller voir les autorités comme je l'avais fait en 1940, je n'en avais pas le courage. À cette époque, la Luftwaffe bombardait Sørvágur, et je suis allée chez le chef de police du district et ai dénoncé le pilote qui avait tué quelques-unes de mes poules et fait un trou dans ma jolie robe du dimanche que j'avais étendue à sécher. Seulement, cette fois-là, je ne pouvais pas dire au chef de police que l'homme avec qui j'étais mariée était le diable en personne. C'était impensable. Alors j'ai été punie par de nombreuses maladies et j'ai cessé de fréquenter les gens. Et que Dieu m'en soit témoin, cela me tourmentait énormément que mon seul petit-enfant vive à l'orphelinat de Vestmanna.

Pendant les années suivantes, Fríðrikur reçut parfois des lettres de sa grand-mère. Mais elles étaient tellement embrouillées, tellement bizarres, et ne parlaient que de maladies. Elle faisait vraiment des efforts pour être la Féroïenne la plus misérable du siècle. Même des gênes intimes telles que des champignons dans l'urètre pouvaient constituer le sujet de ses lettres. C'était comme si toutes les bactéries du pays s'étaient alliées pour mener contre elle une guerre sacrée. De surcroît, sa grand-mère utilisait de drôles d'expressions. *Le Roi Fractures* et *la Reine Insomnie* étaient à l'affût et, lorsqu'elle était dehors, elle avait toujours un pan de son châle devant la bouche et le nez pour ne pas être touchée par les rayons de quelqu'un qu'elle appelait *Sa Majesté Jonkapuu*.

Une chose plus que tout étonnait Fríðrikur, c'était qu'elle lui déconseillait de lui répondre. S'il avait quand même envie d'écrire, il devait envoyer la lettre à sa sœur à Sørvágur et, par son intermédiaire, elle en apprendrait quelques mots. Et c'est ce que fit Fríðrikur. Il écrivit plusieurs lettres à une femme qui s'appelait Lisabeth Thomasen, à Sørvágur. Seulement le problème était que Lisabeth était incapable de lui répondre. Elle était morte et reposait depuis huit ans sous une croix de bois dans le cimetière du village natal.

La visite à Sørvágur

À l'été 1976, Fríðrikur décida d'aller découvrir qui était sa famille de Sørvágur et, un samedi matin, il prit le car pour Vestmanna. Le car passa devant le vieil orphelinat, ou ce qu'il en restait. Un incendie avait détruit le bâtiment. Seuls les murs en ciment étaient demeurés en place, et des planches avaient été clouées devant les fenêtres. Mais ce n'était pas à l'orphelinat que pensait Fríðrikur. Il ne se souvenait pas non plus de quoi que ce soit de son temps à Vestmanna. Ce qui continuait à tourner dans sa tête, c'était la conversation téléphonique qu'il avait eue avec un homme qui s'appelait Helgi et qui était le fils de Lisabeth. Au cours de la conversation téléphonique, Fríðrikur avait dit qui il était et que sa mère était Marin Mikkelsen de Sørvágur. Helgi ne connaissait aucune Marin Mikkelsen de Sørvágur.

— Elle est morte, dit Fríðrikur. Elle était la fille de ta tante Fríða et de Vinjard Mikkelsen.

— Oh, oh, entendit-il à l'autre bout.

— Je suis désolé de déranger. Je voulais juste saluer mes parents de Sørvágur, dit Fríðrikur.

Un moment, le silence régna. Puis l'homme oh-oh dit :

— Je pense que tu dois laisser Vinjard en paix. Ma

tante l'a presque tué, et maintenant toi, tu veux, oui, je ne sais pas ce que tu veux. Mais écoute mon conseil. Laisse Vinjard en paix. Accorde-lui quelques bonnes années, maintenant que ma tante a enfin été placée là où elle appartient, parmi les dingues de Tórshavn.

Fríðrikur fut si affecté par ces mots qu'il ne sut absolument pas quoi répondre. Et il n'eut pas non plus besoin de répondre, car l'homme oh-oh avait raccroché.

Et maintenant, Fríðrikur était installé dans un car en route pour Sørvágur. Le chauffeur connaissait visiblement les deux femmes assises sur les sièges derrière lui, car ils parlèrent sans interruption de tout et de rien. Une partie de la conversation portait sur un fou qui, peu auparavant, s'était laissé crucifier au beau milieu de Tórshavn. Le chauffeur hochait la tête pendant que les femmes parlaient, et elles semblaient connaître beaucoup de détails précis sur ce qui s'était passé.

— Et pense donc, dit une des femmes. Pendant que ce monstre était accroché sur la croix, il haranguait Dieu pour la dépénalisation du hash pour les Féroïens.

L'autre femme se pencha vers le chauffeur.

— Et il était nu. Imagine. Crucifié et nu.

— Et puis ? Il était bien équipé ? voulut savoir le chauffeur.

Alors que la première femme éclatait de rire, l'autre tapa sur la tête du chauffeur avec son sac.

— Tu as toujours eu l'esprit mal tourné, dit-elle avec des rires dans la voix.

Les femmes descendirent à Miðvágur et, quand le chauffeur enclencha la vitesse, il demanda à Fríðrikur si par hasard il connaissait le crucifié. Fríðrikur répondit qu'il savait qui c'était, mais qu'il ne le connaissait pas.

Le sujet de la discussion ne l'avait pas non plus spécialement intéressé. Il était dans ses propres pensées et maintenant qu'ils traversaient Miðvágur, il regrettait à moitié d'être parti. Il ne connaissait personne ici sur l'île de Vágar et, selon l'homme oh-oh, sa grand-mère était donc à l'asile de Tórshavn. Lorsqu'ils longèrent le lac de Sørvágsvatn, l'eau était étale et des nuages blancs se reflétaient à la surface. Lentement, les nuages se dispersèrent et de larges rayons de soleil vinrent cribler l'eau. À ce moment-là, le chauffeur dit que le crucifié était peut-être catholique. Fríðrikur sursauta.

— Pourquoi ça ? demanda-t-il.

— C'est assez courant dans les pays catholiques. Les jours de fête, les catholiques portent des croix à travers les villes. Ils portent aussi des statues de la Vierge Marie et toutes les églises sont ouvertes. Et les gens sont heureux pendant ces jours de fête. Ils chantent des messes, et le soir ils mangent de la bonne nourriture et boivent du bon vin.

La voix du chauffeur était perçante et le son venait du fin fond de sa poitrine. La cigarette coincée entre deux dents de sa mâchoire inférieure montait et descendait pendant qu'il parlait. Fríðrikur oublia un instant son inquiétude, content de rencontrer un homme qui connaissait un peu l'Église catholique. Ils s'approchaient du village de Vatnsoyar et le chauffeur demanda si par hasard Fríðrikur allait descendre près du camp-école de la Communauté des Frères de Zarepta. Fríðrikur rit.

— Est-ce que j'ai l'air d'un baptiste ?

— Oui, dit l'homme. Tu es si bien habillé.

Fríðrikur dit qu'il allait à Sørvágur et, quand le chauffeur demanda où dans le village il devait le déposer,

Fríðrikur répondit qu'il ne le savait pas bien, mais qu'il cherchait à savoir où se trouvait la maison de Fríða et Vinjard Mikkelsen.

— Vinjard ? répéta le chauffeur.

— Oui, dit Fríðrikur. Et je voudrais aussi savoir où se trouve le cimetière.

Le chauffeur farfouilla à la recherche d'un briquet. Il le sortit de la poche de sa chemise et l'alluma.

— Peut-on demander ce qui t'amène ici ?

— Je veux trouver une tombe, dit Fríðrikur.

— C'est bien ce que je pensais, dit le chauffeur. Tu es le fils de Marin.

— Oui, dit Fríðrikur, étonné. C'était ma mère.

— Marin était ma cousine.

Fríðrikur regarda plus attentivement l'homme.

— Alors tu connais peut-être un homme qui s'appelle Helgi Thomasen ?

— Helgi est le plus jeune d'entre nous.

— J'ai parlé avec lui au téléphone.

— Et il a sûrement été gentil ?

Le chauffeur rit un peu nerveusement.

— J'ai parlé à des gens plus aimables que ça. C'est toi qui t'appelles Elias ?

— Oui, Elias, c'est moi.

La conversation qui n'eut pas lieu

Quelques heures plus tard, en cet étrange samedi après-midi, Fríðrikur et Elias discutaient dans le séjour d'Elias et de sa femme Svanhild. À travers la fenêtre, on apercevait la large plage de sable. Un assez grand bateau ponté était entré dans les eaux peu profondes, et à présent, à marée basse, il s'était couché sur le côté, et deux hommes s'affairaient à goudronner les planches du bordé. Le bras ouest du village reposait dans une ombre verdâtre tandis que le paysage du côté du village de Bøur et la baie elle-même étaient baignés dans une forte lumière jaunâtre. Le soleil brillait si fort que les toits des maisons se fondaient en une masse de surfaces bleues, vertes et rouges. Les mouches bourdonnaient autour des plantes en pots et une brise fraîche se glissait par la fenêtre, fermée à l'espagnolette. Sur le mur étaient accrochées plusieurs photographies d'enfants sous cadre. Mais Fríðrikur ne connaissait aucun des visages. Elias et Svanhild avaient deux fils qui tous deux travaillaient à bord de bateaux de pêche, dit Elias, et leur fille s'était récemment mariée à Miðvágur.

Fríðrikur demanda s'ils n'avaient pas une photo de sa mère.

— Si on a des photos, ça devrait être ici.

Elias feuilleta un album rangé sur l'étagère sous la table basse et le tendit à Fríðrikur.

— La lessive du samedi, dit-il en montrant une photo.

Sur la photographie, une fille était assise sur une bassine devant une cuisinière à charbon. Elle fixait droit l'appareil et même si elle s'efforçait de sourire, c'était comme si cela la contrariait d'être photographiée. Elle devait avoir onze ou douze ans. En tout cas, on devinait le changement d'enfant à adulte, et elle tenait les bras croisés devant sa poitrine étroite.

Fríðrikur demanda qui était le photographe et, immédiatement, il sentit qu'Elias fut sur ses gardes. Il haussa les épaules, dit qu'il ne savait pas très bien qui c'était et attrapa son paquet de cigarettes.

De temps en temps, sa femme entrait dans le séjour et remplissait les tasses de café. Elle n'était pas aussi bavarde que son mari, mais il lui arrivait de poser les mains sur les épaules de Fríðrikur ou de lui caresser la joue. Elle avait un mouchoir dans sa manche. Elle séchait ses yeux et demandait à Jésus de bénir la maison. Alors qu'elle était une belle et robuste femme dans la quarantaine, les traits d'Elias étaient marqués par les années et, comme chez beaucoup d'hommes mûrissants, des poils avaient poussé dans ses oreilles et ses narines. Ses sourcils aussi étaient grands et ébouriffés, et quand il allumait une cigarette, il les relevait haut sur le front.

Fríðrikur pressentait au fond de lui-même qu'Elias n'était pas la bonne personne auprès de qui obtenir des informations. Cependant il demanda quel âge pouvait avoir Vinjard Mikkelsen. Fríðrikur était incapable d'appeler cet homme *grand-père* et encore moins *père*. Et l'appeler *le diable de Sørvágur*, comme le faisait sa grand-mère, ce n'était pas dans ses cordes.

— Vinnurin aura soixante-neuf ans le jour de la Saint-Michel.

— Vinnurin ? répéta Fríðrikur.

— C'est comme ça qu'on l'appelle, dit Elias.

Elias se leva, alla vers la fenêtre et pointa du doigt une maison avec ferme à entrait et pignon.

— Tu vois la maison là-bas ? dit-il. Le terrain est blanc comme l'écume, le bardage, noir comme le rocher, et le toit vert a la couleur de l'herbe. Vinnurin a toujours aimé les choses anciennes et c'est aussi un travailleur, en ce moment, il est sûrement sur sa terre.

Elias se rassit et demanda si c'était vrai que Fríðrikur était prêtre catholique.

— Non, dit Fríðrikur. Je suis ce qu'on appelle un enfant de chœur.

Et puis il expliqua à son parent quelles étaient les tâches d'un enfant de chœur.

— Alors tu connais tous les recoins de l'église, dit Elias.

— L'église et le couvent ont été ma seconde maison, répondit Fríðrikur.

Elias lui demanda s'il était déjà entré dans les chambres des nonnes et s'enquit à voix basse si par hasard les jeunes nonnes n'en avaient pas parfois envie. Il jeta un regard prudent à Fríðrikur, tout en prenant l'air de s'inquiéter du sort des sœurs. Fríðrikur n'avait pas envie de répondre.

— Entrer au couvent est la plus grande décision personnelle qu'un être humain puisse prendre, dit-il.

— Eh oui, chacun son lot, soupira Elias.

La discussion avait commencé à lasser Fríðrikur. Il avait appris où habitait Vinjard Mikkelsen et il avait vu une photo de sa mère. Mais il ne savait toujours rien sur sa grand-mère. Les lettres qu'il lui avait envoyées n'avaient jamais été retournées à Tórshavn. Donc la famille avait sans doute lu ces lettres et savait qu'il y avait eu des contacts entre lui et sa grand-mère. C'est pourquoi il demanda à Elias ce qui n'allait pas chez sa grand-mère.

— Elle a de tout temps été une peste, affirma sèchement Elias.

— Même avant que maman meure ?

— Oh oui. La folie est une faiblesse de notre famille. Mon frère Helgi et ma tante se ressemblent sur ce chapitre-là.

— J'ai écrit quelques lettres à grand-mère. Elle m'a demandé de les adresser à ta mère. Pourtant, si j'ai bien compris, ta mère est morte depuis des années.

— Tu vois bien. Ma tante t'a fait écrire des lettres à quelqu'un qui était mort !

— Oui, oui, dit Fríðrikur. Mais dans le monde de pilules de grand-mère, la sensation du temps n'existe pas, en tout cas pas tel que nous le percevons. Les jours viennent et reviennent, ils se ressemblent tellement qu'ils se fondent. Pour certains, la mort est un seuil élevé qu'ils n'ont pas la force de franchir, tandis que pour d'autres, ce seuil n'existe pratiquement pas. De mon côté, je dirais aussi que certains personnages historiques me paraissent plus vivants que beaucoup de personnes qu'on fréquente au quotidien. Alors, que quelqu'un soit mort et que d'autres vivent, ce n'est pas ce qui importe. Ce qui, en revanche, a du sens, c'est qu'un jour, il y a eu une personne qui t'a aimé et qui te voulait du bien. Et avec cette personne, qu'elle soit vivante ou morte, tu peux mener tes propres conversations désespérées. Peut-être s'aimaient-elles, grand-mère et ta mère ?

Visiblement fasciné par ce petit sermon, Elias dit que les deux sœurs avaient été très proches l'une de l'autre. Elles avaient l'habitude de faire de grandes promenades le soir du côté de Bøur. Mais c'était avant que sa tante ne s'effondre.

— Quand est-il arrivé quelque chose à grand-mère ? demanda Fríðrikur.

— Ça devait être au début des années 1960.

— Je l'ai connue en 1963, dit Fríðrikur. Mais est-ce qu'on peut dire que sa folie est liée au fait que son mari ne laissait pas sa fille en paix, et qu'ensuite, celle-ci s'est noyée à Sandagerði à Tórshavn ? Est-ce que cela peut avoir été l'origine de la folie de grand-mère ?

— La main sur le cœur. Je ne sais pas bien ce qui se passait dans leur maison.

Soudain, la porte s'ouvrit, et Svanhild entra dans la pièce. Il était clair qu'elle avait pleuré. Ses yeux étaient rouges et gonflés.

— Ton grand-père…

Mais elle n'eut pas le temps d'en dire plus. Elias bondit de son fauteuil, attrapa le bras de sa femme, l'entraîna dans la cuisine et claqua la porte durement.

— Tu as toujours défendu ce diable, criait sa femme. Même la fois où il a essayé de tuer Fríða.

Fríðrikur entendit le son d'un coup, mais Svanhild n'était pas femme à se taire.

— C'est à cause de sa terre, espèce de bon à rien. C'est à cause de sa terre, dit-elle.

Quand Fríðrikur entra dans la cuisine, Svanhild était couchée sur l'évier.

— Cher enfant, dit-elle à Fríðrikur en levant le regard sur lui. Il faut que tu partes d'ici. Personne dans le village ne te veut du bien.

— Qu'est-ce qui ne va pas avec moi ? chuchota Fríðrikur.

Ses yeux étaient luisants et il regarda la femme et ensuite Elias.

— Il n'y a rien de mal chez toi, dit la femme.

Elle se leva, et le sang de son nez passa près des commissures de ses lèvres et descendit sur son menton.

— Tu es le fils de ton grand-père. C'est ça qui ne va pas. Rien d'autre.

Elle prit le torchon et s'essuya prudemment devant le miroir.

— Cher Elias, dit-elle à son mari. Maintenant, tu vas aller trouver Vinjard. Dis-lui que son fils est dans le village. Alors il pourra décider lui-même s'il accepte une visite ou s'il se défile.

Marin Mikkelsen
03/07/1936 – 06/10/1952

Fríðrikur était assis sur le rebord de ciment qui entourait la tombe. Un jour lointain, ce rebord avait été peint en blanc, et la variété des plantes indiquait que cela avait été une des belles tombes du cimetière. Un petit sentier reliait la tombe et l'église, et maintenant que le soleil réchauffait le bardage de bois, les planches sentaient le goudron chaud. Il y avait deux vases recouverts de mousse près de la pierre tombale. Fríðrikur frotta l'inscription sur la pierre et dit le nom de sa mère plusieurs fois. Les mauvaises herbes pointaient leurs tiges raides à travers la terre, et les feuilles rougeâtres bougeaient légèrement au vent. Il enfonça les doigts dans la terre. Elle était sèche et tiède, mais il ne put se décider à nettoyer la tombe. Même si sa mère était sûrement déjà devenue terre, c'était une belle pensée d'imaginer que certaines des radicules qu'il tenait entre ses doigts touchaient peut-être quelque chose d'elle qui demeurait.

Les grains du chapelet passaient lentement entre son index et son pouce. Parfois, Fríðrikur posait aussi les grains contre ses lèvres et se signait avec ceux-ci. Tout ce qu'il avait pensé dire ne voulait pas sortir, et les mots qu'il sentait quand même dans sa gorge avaient un goût trop amer. Et puis il avait cette impression ridicule qu'en ce moment, Vinjard Mikkelsen l'observait avec des jumelles. Dans sa prière du soir, Fríðrikur rendait toujours grâce pour la journée passée, et d'habitude il remerciait aussi Dieu pour la vie. Il lui demandait de sarcler les fleurs noires qui poussaient sur la folie de sa grand-mère, et depuis des années déjà il priait également pour sa mère. Mais, à cet instant près de la tombe, il se sentait oublié, et les larmes qui coulaient le long de ses joues n'étaient que d'amères larmes d'impuissance.

La maison natale

Ils prirent le chemin du bas, Fríðrikur et Svanhild. Quelques yeux curieux les suivaient derrière les fenêtres, et les deux hommes qui avaient goudronné le bordé du bateau étaient à présent dans une barque et se reposaient en attendant que l'eau monte et que le bateau ponté se redresse. L'un des hommes s'était allongé sur les planches du fond, on voyait les semelles de ses bottes sur le plat-bord, tandis que l'autre, assis à la proue, fumait. Un chiot joueur fit lever quelques canards. Ils cancanèrent, volèrent au-dessus de l'estuaire de la rivière, puis s'installèrent du côté est. Svanhild se sentait heureuse. Ce jour-là avait été différent des autres. Un oiseau rare de Tórshavn était arrivé au village et tout était un peu changé. Elle le ressentait clairement. Fríðrikur semblait perdu dans ses pensées, mais cela lui allait bien, et elle avait calculé qu'il devait avoir autour de vingt-quatre ans.

Quand ils arrivèrent devant l'escalier de Vinjard, la clef était sur la porte extérieure. Elle la fit tourner, ouvrit la porte et dit à voix basse qu'il n'y avait personne à la maison. Fríðrikur lui demanda si c'était absolument sûr ; elle dit que oui. Dans la situation actuelle, il n'aurait pas eu la force de regarder Vinjard dans les yeux et il aurait encore moins supporté d'être seul dans la maison.

Dans l'entrée, à part la porte extérieure, il y avait trois autres portes et une trappe d'accès à la cave. Une des portes donnait sur la salle de bains, l'autre sur le beau séjour et la troisième était entrouverte sur la cuisine. Deux pardessus et un manteau étaient suspendus sur des cintres, des souliers du dimanche et une paire de bottes en caoutchouc bien rangés contre le mur. L'entrée était sombre, et une odeur âcre émanait des murs en bois. Fríðrikur entra dans la cuisine, et la première chose qu'il remarqua fut la cuisinière à charbon qu'il avait vue sur la photographie chez Elias et Svanhild. Il y avait aussi une cuisinière électrique, et le plan de travail était recouvert du même linoléum à carreaux bruns que le sol. Sur une planche à découper était posé un demi-pain noir, et à côté, sur un plat, une cuisse de bélier séchée au vent. Une tranche en avait été découpée, ce qui signifiait : *servez-vous*. Pour la première fois, Fríðrikur entendit rire Svanhild. Surpris, il se tourna vers son visage souriant et lui demanda ce qu'il y avait de si drôle.

— La cuisse est pour toi, dit-elle gentiment en caressant la joue de Fríðrikur. Vinnurin ne laisserait pas une cuisse sortie pour lui-même.

— Tu ne veux pas fermer la porte d'entrée à clef quand même ?

— Je peux le faire. Mais Vinnirun est monté à la bergerie et il y restera tant que tu seras à Sørvágur.

Pendant qu'elle fermait à clef la porte d'entrée, Fríðrikur entra dans la salle à manger. Il marchait avec précaution, comme s'il se trouvait dans une église étrangère ou dans un endroit où le plus grand respect était recommandé aux gens. Il toucha le buffet et la nappe brodée qui le recouvrait. Il ouvrit une porte de placard et vit un service à thé et quelques verres à pied larges et noirs. Mais il n'était pas vraiment présent. C'était comme si une membrane recouvrait ses yeux et que tout ce qu'il voyait était teinté d'une lueur sombre.

Dès qu'il vit la photographie de Vinjard Mikkelsen, il reconnut l'homme. Deux ou peut-être trois fois, il avait vu cette même personne à Tórshavn. Il s'en souvenait très nettement. La première fois, c'était lors d'une récréation de nombreuses années auparavant. L'homme se trouvait à l'extérieur de la cour de l'école des nonnes, il lui avait fait signe de venir près de la clôture et lui avait demandé s'il était Fríðrikur Mikkelsen. Fríðrikur ne se souvenait pas s'il avait répondu oui ou simplement hoché la tête, mais il était sûr que l'homme sur la photo était le même que l'homme qui se trouvait devant la cour d'école. Une autre fois, il avait vu cet homme sur le quai. Il se tenait près du kiosque et chaque fois que Fríðrikur était passé avec le chariot élévateur, ils avaient eu un contact des yeux.

Quand Svanhild vit que Fríðrikur regardait la photographie, elle dit immédiatement qu'ils se ressemblaient. Il y avait aussi un portrait de famille de sa mère, sa grand-mère et Vinjard sur le mur, et dans un coin du cadre était glissée une photo découpée dans un journal montrant Fríðrikur faisant sa confirmation en 1966 dans l'église de Tórshavn.

Dans le séjour, une motocyclette BSA trônait sur le plancher. Elle datait de l'époque de la guerre, et Vinjard l'avait désossée, en avait nettoyé chaque pièce et l'avait remontée. Elle brillait de partout. Il y avait une peinture de l'îlot de Tindhólmur sur le mur au-dessus du canapé et, sur une étagère, l'histoire de la navigation féroïenne en plusieurs volumes et quelques romans de Richard B. Thomsen et de Martin Joensen.

Svanhild fit du thé et coupa quelques tranches de pain. Mais Fríðrikur n'avait aucun appétit. Il mordit dans une demi-tranche de pain et mangea un peu de viande. Lui était installé sur la caisse de tourbe et elle, assise le dos contre la fenêtre de la cuisine. Heureusement, Svanhild avait tout son temps et, lorsque le crépuscule commença à tomber, ils parlèrent à voix basse. Elle lui dit que son mari et son beau-frère, Helgi, avaient pendant quelques années aidé Vinnirun à abattre les moutons et, même si c'était laid de sa part de le dire, les deux frères avaient tous deux une vue sur ses terres. Fríðrikur dit qu'il n'avait aucun projet de déménager à Sørvágur et que s'il arrivait un jour qu'il hérite de Vinjard, ils pourraient certainement s'entendre sur les terres.

De la cuisine, un escalier montait à l'étage du grenier et Svanhild dit que c'était là que sa grand-mère était tombée et s'était fait mal. Ils jetèrent un coup d'œil dans la chambre à coucher. Il y avait une table de chevet entre les deux lits et une pile de journaux près du lit de Vinjard. Fríðrikur ne remarqua pas la rougeur sur le cou de Svanhild, ni que de temps à autre elle se tenait si près de lui qu'il aurait pu entendre battre son cœur s'il y avait été attentif.

Sur une étagère dans la chambre de sa mère se trouvaient deux poupées. Fríðrikur en descendit une et la regarda longuement. Puis il demanda à la poupée comment elle s'appelait, mais la poupée ne répondit pas. Il regardait ses yeux de verre grands ouverts et caressa ses petites joues rondes. La poupée portait une robe tricotée, une culotte et une veste, et les chaussettes avaient des rubans bleu fané autour des chevilles. Lorsqu'il la tourna sur le côté, elle ferma les yeux. Il la déposa avec précaution, et les paupières en se rouvrant émirent un faible bruit de grésillement.

— Cette poupée, je vais la rapporter à Tórshavn, dit Fríðrikur.

Le matelas de la mère était toujours sur le lit, et à l'endroit à peu près où avaient reposé ses fesses, il y avait une série de taches d'urine étoilées. Fríðrikur posa la joue contre les taches et pensa que c'était en réalité là qu'il touchait au plus près sa mère. Il n'essaya pas de retenir ses larmes, mais fut content quand Svanhild sortit de la chambre et qu'il entendit grincer les marches de l'escalier vers la cuisine. Fríðrikur éclata en sanglots inconsolables. Il appuya ses mains sur les deux côtés du lit, étreignit le matelas et enfonça son visage dans les taches d'urine depuis longtemps desséchées. Il chuchota *Maman*, mais quand il serra les dents, il fut rempli d'un tel désir de vengeance qu'il se sentit sur le point d'éclater.

Debout dans la salle de bains, Svanhild regardait le miroir. Elle aussi avait pleuré et, pour la première fois depuis de nombreuses années, les choses horribles liées à cette maison lui étaient apparues sans fard et dans toute leur brutalité. Elle connaissait parfaitement l'expression *diable de Sørvágur* et, même si Vinjard ne lui avait rien fait, elle soupçonnait son beau-frère Helgi d'avoir eu quelque affaire avec lui. Une de ses amies avait une fois prétendu qu'un jour où Helgi avait rendu visite à Vinjard, il avait été obligé d'enfiler les vêtements de sa tante, puis que Vinjard l'avait sodomisé sur la table du séjour, comme l'exprimait son amie. Il devait en tout cas y avoir une origine à la folie de Helgi.

Mais tout en étant pleine de compassion, Svanhild devait en même temps s'avouer qu'il y avait quelque chose chez ce jeune de Tórshavn qui la rendait à la fois douce et complaisante. Elle aurait presque pu être sa mère, certes. Mais ce n'était pas seulement un sentiment maternel qu'il éveillait en elle. Sa façon de parler et d'être était très fascinante et, quand il la regardait, c'était avec une belle gravité qui la désarçonnait presque. Elle regarda ses pupilles agrandies dans le miroir et eut un peu honte de la bonne femme excitée qu'elle vit. Quelques petites gouttes de sueur perlaient sur sa lèvre supérieure et ses tétons se pressaient presque trop visiblement contre le soutien-gorge et le tissu de sa robe. Elle s'assura que la porte des toilettes était fermée à clef et descendit les épaules de sa robe. Elle faillit se laver sous les bras, mais n'osa pas. Peut-être Fríðrikur sentirait-il le savon et se demanderait pourquoi à ce moment-là justement, alors qu'ils étaient seuls dans la maison, elle s'était lavée. Elle ne voulait pas apparaître comme une femme légère à ses yeux. Malgré tout, elle retira son soutien-gorge et pressa ses beaux seins lourds. Elle se mit en colère contre ses prothèses dentaires. Elle les avait brossées le matin même, mais maintenant, elle aurait donné cher pour avoir ses dents d'origine, en tout cas celles de la mâchoire supérieure. Elle retira les prothèses et les lava soigneusement sous le robinet.

Ce qui l'avait principalement excitée, c'était quand Fríðrikur lui avait demandé de fermer la porte extérieure à clef. Elle aurait dû comprendre que ce n'était que de l'anxiété. Pourtant, durant le bref moment qu'il lui avait fallu pour sortir dans l'entrée, tourner la clef et revenir lentement dans le séjour, elle avait pensé que lui aussi avait autre chose en tête. L'homme était presque moine et, à la seule pensée de voir un peu de sa peau nue et peut-être de sentir son odeur, ses genoux faiblissaient. Mais lorsqu'elle l'avait vu regarder les photographies, elle avait été obligée de sourire d'elle-même et avait fait de son mieux pour gommer son désir pour lui.

Elle s'aspergea le visage d'eau froide, boutonna sa robe et remonta auprès de Fríðrikur. Quand elle entra dans la chambre, il s'était endormi. Prudemment, elle le réveilla et, lorsqu'il ouvrit les yeux, elle y vit briller l'effroi.

— Ce n'est que moi, dit-elle.

Fríðrikur tendit la main vers elle, l'attrapa par la taille et la serra avec angoisse contre lui. Sa tête reposait sur son ventre. Elle lui caressa les cheveux et dit qu'il ne devait pas avoir peur. Puis elle chercha édredon et draps. Elle étendit le drap sur le matelas et dit qu'elle resterait auprès de lui jusqu'à ce qu'il dorme. Fríðrikur retira ses vêtements et ne pensa pas qu'une femme observait son corps nu et souple. Elle resta pendant environ un quart d'heure sur le bord du lit et lui caressa la joue. Elle crut qu'il s'était endormi. De petits tiraillements de sommeil passaient dans son corps, mais lorsqu'elle tenta prudemment de se libérer de lui, il attrapa sa robe et la supplia de ne pas partir. Doucement elle se coucha à côté de lui et il ne se passa pas longtemps avant que sa tête ne trouve sa poitrine.

— Ne pars pas, dit Fríðrikur plus endormi qu'éveillé.

— Mais j'ai tellement chaud, je meurs de chaud dans mes vêtements.

Qu'est-ce qui se passe ? se demanda-t-elle, pendant qu'elle retirait sa robe. Mais elle n'avait pas envie de répondre à sa propre question, retira son soutien-gorge et sa petite culotte, et se glissa sous l'édredon. Il s'allongea dans le lit, se pressa contre elle comme un petit enfant et elle essaya de se coucher de sorte que ses lèvres trouvent ses tétons. Elle n'osait rien dire et restait tout à fait immobile. Parfois, il bougeait ses mains paresseuses et endormies, et les sons qu'il émettait étaient ceux d'un enfant faisant un rêve de mère sécurisante.

Elle sentit son membre se raidir contre son ventre.

Malgré cela, elle n'osa pas le toucher, sentant seulement son cœur battre jusque dans sa gorge. Mais peu à peu, elle ne put plus se retenir. Elle n'avait pas non plus demandé à se trouver dans cette situation et, autant qu'elle puisse en juger, Fríðrikur dormait. Dès qu'elle laissa le bout de ses doigts passer sur son prépuce, son membre devint dur. Toute tendue, elle le fit pénétrer en elle et lorsqu'un de ses tétons glissa dans sa bouche et qu'il commença à sucer, elle dut mordre le coussin. Elle sentit venir la libération, mordit l'oreiller de ses prothèses jusqu'à ce que les plus fortes contractions passent. Mais elle continua à rester immobile, et les seuls gestes étaient ceux que faisait Fríðrikur. Pendant une vingtaine de minutes, ce drôle de jeu se poursuivit et, lorsque enfin il vint, il ne bougea pratiquement pas. En une longue décharge dans son sommeil, il se vida vigoureusement et lui remplit les reins. Et s'il ne dormait pas auparavant, là, il s'endormit vraiment.

Svanhild sortit silencieusement du lit, enfila ses vêtements et, tandis qu'elle rentrait dans la douce soirée d'été, elle se sentait comme une belle femme pécheresse de Sørvágur.

Le quai d'Eystara Bryggja

Avant d'être embauché à Eystara Bryggja en juillet 1966, Fríðrikur avait pensé travailler dans le poisson salé à l'usine Bacalao. Il était allé se renseigner auprès de Torkil, de l'orphelinat. Pendant toutes leurs années d'enfance, Torkil avait été comme un grand frère et, même s'il aimait bien raconter des bêtises, il y avait souvent un noyau de bon sens dans ce qu'il disait.

— Pour l'amour de Dieu, ne va pas à Bacalao, l'avertit Torkil.

— Pourquoi pas ? demanda Fríðrikur.

— Argploucs. Argploucs. Trop de villageois d'Argir y travaillent.

— Ils sont dangereux ? s'étonna Fríðrikur.

— Il y a différentes sortes d'hommes d'Argir, répondit Torkil. Il y a ceux qui croient que Bacalao signifie *I love you* en espagnol. Il y a ceux qui matent la voisine quand elle accroche du linge à sécher, tout en engraissant le pot de la main droite. Il y en a qui croient que c'est Pâques chaque fois que la poule pond des œufs. Certains soutiennent l'équipe HB le matin et l'équipe B36 l'après-midi, ce qui mérite un seau de merde tiède. D'autres se coiffent comme Elvis. J'en suis arrivé à quel numéro ?

— Je ne sais pas, dit Fríðrikur. Mais tu ne peux pas me parler correctement ?

— Ah, j'ai oublié ceux qui mettent du ketchup sur le poisson salé. OK, ce que j'essaie de te dire, Fríðrikur, c'est qu'un gars de Tórshavn digne de ce nom travaille à Eystara Bryggja.

Fríðrikur suivit son conseil. Vêtu d'une salopette passablement grande que lui avait donnée Torkil, il se présenta à la porte de l'entrepôt de la compagnie maritime Skipafelagið Føroyar un lundi matin à huit heures. Ceux qui se trouvaient là étaient en majorité des pères de famille, et c'étaient d'ailleurs eux qui étaient sélectionnés en premier pour le déchargement, beaucoup d'entre eux ayant de vieilles racines en ville. Ils étaient en général affublés de surnoms.

Il y avait les Corbeaux, les Rejetons Roll, ceux du Millionnaire[1] et quelques fils et petits-fils de Palli-le-Graveleux. Meinhard Lydersen était surnommé Montana. Vilmund, fils de Tori í Selatrad, le Sac de merde. Certains pensaient que ce nom lui avait été attribué après le déplacement de son rectum sur le côté par les médecins. Mais il était également très mal embouché. Parmi les débardeurs, beaucoup étaient des marins expérimentés, un peuple tranquille qui se plaisait dans l'odeur des cordages et quand le sol remuait sous leurs pieds. Frits í Lon était employé permanent sur le treuil et, quand il était soûl, il tirait la langue et la montrait du doigt. « Cette langue est célèbre dans tout le Japon », disait-il.

Certains des dockers âgés avaient aussi un bateau et, en plus de la paie journalière reçue en déchargeant, ils gagnaient quelques couronnes sur les poissons qu'ils vendaient en ballots près du quai de Kongabrúgv. Il y

---

1. *Les Corbeaux*, surnom de ceux qui bâtirent sur les terrains autour de la Pierre aux corbeaux : jusqu'en 1850, les hommes entre quinze et cinquante ans avaient le devoir de délivrer aux autorités deux becs de corbeaux ou de corneilles, ou un bec de labbe parasite. En effet, ces oiseaux tuaient les agneaux au printemps. Une fois par an, le 29 juillet, les becs étaient brûlés sur une grande pierre plate appelée la Pierre aux corbeaux. *Roll*, surnom de Rollan, femme célèbre pour sa cuisine lors des fêtes et sa langue verte (entre autres, elle en avait assez d'entendre parler les hommes de l'importance d'avoir un grand pénis), et qui donna naissance à de nombreux fils. *Le Millionaire* fut surnommé ainsi pour avoir gagné un mouton à la loterie.

avait aussi ceux qui avaient hérité d'un bout de terre, et les jours où il n'y avait pas de déchargements, ils avaient leur champ de patates à bêcher sous Krákugjáarfjall ou près du lac de Hoyvík.

Le premier travail de Fríðrikur fut à la retenue de mât de charge d'un caboteur. Debout entre le bastingage et le panneau à bâbord, il ramenait le mât vide sur le bateau, tandis que Montana, à terre, tirait le mât avec la marchandise vers le quai. Un des gars qui travaillaient dans la cale cria *Hello!* à Fríðrikur et lui envoya une orange par le panneau. Même si Fríðrikur était trop timide pour crier merci, il interpréta ce cadeau volant, qu'il saisit de la main gauche, comme une sorte de *Bienvenue à Eystara Bryggja !*

En 1966, Eystara Bryggja était de loin le plus gros employeur de la ville. Le quai était toute la journée une marmite effervescente. C'est là que se trouvaient les bateaux et hangars de la navigation côtière et, en plus de toutes les marchandises qui devaient être convoyées vers les villages, on entendait les meuglements inquiets des vaches qui venaient rendre visite au boucher de Tórshavn, comme disait Montana. Les compagnies maritimes de Skipafelagið, DFDS et Traderline y avaient leurs entrepôts et y réceptionnaient les gros cargos du Danemark et de Suède en plus des bateaux venus d'Écosse. Skipafelagið y avait aussi un dépôt de bière et d'alcool et, chaque vendredi après-midi, des hommes assoiffés du sud de l'île de Streymoy venaient sur le quai chercher des bouteilles.

Au centre du site se trouvaient quelques bâtisses réservées à la vente en gros, et les hommes qui y travaillaient sentaient toujours bon le café, les fruits, le cordage et le chocolat. Mais, selon Montana, ils sentaient aussi la merde.

— Ce sont les lèche-culs du quai, raconta-t-il à Fríðrikur.

— Je ne sais pas très bien ce qu'est un lèche-cul, répondit Fríðrikur. Je sais ce qu'est un derrière et je sais aussi ce que ça veut dire de lécher. Mais ils ne font pas ça, hein ?

— Mais bon Dieu, fiston, les nonnes ne vous apprennent donc rien du tout ? s'exclama Montana avec colère.

Près du fort, il y avait deux entreprises de bois et, quand les bateaux chargés arrivaient de Halmstad, ils avaient toujours besoin d'un surplus de main-d'œuvre. Il fallait presque trois jours entiers pour décharger la cargaison de madriers, de poutres et de planches, puis la ranger dans les hangars. Durant la seconde moitié des années 1960, le déchargement se faisait encore à l'ancienne, et les journées de travail étaient longues. Le bois était chargé dans des chariots, et les chariots, tirés jusqu'au hangar, où le chargement était rangé à la main. Mais un tel labeur pesait lourd dans l'enveloppe de la paie.

Un autre rude labeur qui gonflait bien l'enveloppe, c'étaient les contrats de ciment. Et rien de plus légitime, puisqu'il n'existait pas de travail plus éprouvant et plus sale. À la force des bras, les sacs de cinquante kilogrammes, difficilement maniables, étaient jetés sur des palettes l'un après l'autre. Il y avait deux hommes par sac et Montana, qui aimait bien le gamin de l'orphelinat, voulait toujours avoir Fríðrikur comme partenaire. La palette était amenée sur un chariot élévateur à l'entrepôt de ciment, où elle était également déchargée à main d'homme. Montana avait calculé que si l'on mettait à la queue leu leu les sacs d'un contrat de quatre mille sacs, ils atteindraient Kirkjubøur : un étroit sentier poussiéreux de sacs de ciment traversant la montagne jusqu'à la cour de l'ancien évêché du pape.

Fríðrikur avait passé une bonne année sur le quai quand il déménagea de l'orphelinat. Il loua une chambre sur Jóannes Paturssonargøta, où il demeura pendant trois ans. Son ancien camarade de classe Kári Willumsen était parmi ses voisins les plus proches. Kári était la plupart du temps en mer, et ils ne se rencontraient pas très souvent. Il arrivait, en revanche, que Mme Willumsen, ou Hallgerð Debess, comme elle s'appelait depuis son divorce, invite Fríðrikur à prendre une tasse de thé, et tout comme les fois où il lui rendit visite de lui-même, elle se montrait hospitalière. Ingimar aussi était son voisin. De sa fenêtre, Fríðrikur voyait le jardin et la maison où vivaient Ingimar et sa famille. Mais il n'entretenait aucune relation avec lui. Durant ses années de collège, Ingimar fréquentait surtout ses camarades de classe athées, et ils n'avaient pas trop envie d'avoir un minicatholique à la traîne.

Au début de l'année 1970, la maison de Jóannes Paturssonargøta fut vendue. Montana proposa alors à Fríðrikur de lui louer une chambre. Lui et sa femme Vígdis vivaient seuls dans une maison de lotissement à l'est de la ville et, si Fríðrikur le désirait, il pouvait disposer d'une grande chambre en sous-sol, où ne manquaient que le papier peint et un radiateur. Fríðrikur fit affaire. Montana était en réalité l'oncle paternel de son ancien camarade de classe Olaf Lydersen. Fríðrikur l'ignorait. Sigmar, le père d'Olaf, était l'aîné de trois frères, Montana étant le deuxième, et Ingvald Meyer, le plus jeune. Ingvald Meyer travaillait aussi à Eystara Bryggja et, parmi les hommes du quai, il était connu sous le surnom de Good Morning.

Une des grandes préoccupations d'Ingvald Meyer était en effet les très jeunes gens qui, soit par négligence, soit par insouciance, devenaient pères. Non qu'il ait lui-même eu un enfant hors mariage ou qu'il se soit d'une autre façon senti appelé à défendre les bonnes mœurs chrétiennes. Non, c'était un homme discret, calme, qui se présentait chaque lundi matin au travail vêtu d'une salopette propre et qui, sans être particulièrement nationaliste, portait toujours un bonnet féroïen. Aussi les hommes furent-ils quelque peu surpris que lui soit confiée l'exclusivité de la marque de préservatifs Good Morning. Les jeunes gens prirent l'habitude de venir se ravitailler chez lui, notamment le vendredi après-midi. Ils auraient évidemment pu aller à la pharmacie acheter des préservatifs, mais la plupart étaient bien trop timides pour ça. Ingvald Meyer était un des leurs, et ses capotes n'étaient d'ailleurs pas plus chères que celles de la pharmacie. Des hommes mariés aussi venaient le voir. Et s'ils n'avaient pas les sous, ou si Ingvald Meyer ne pouvait pas rendre la monnaie, ils étaient inscrits en débit sur le petit carnet noir qu'il portait toujours dans sa poche de chemise.

C'est son frère Montana qui racontait que le nouveau vélomoteur DSB que s'était acheté Ingvald Meyer avait été financé par l'argent des préservatifs. Montana pouvait aussi raconter que son frère testait la résistance des capotes. Ainsi, un samedi après-midi, il avait enfilé un Good Morning sur le robinet de cuisine et l'eau coulait déjà depuis un certain temps quand soudain on frappa à la porte. Ingvald bondit dans le couloir, voulant fermer la porte à clef, mais un Danois, qui vendait des persiennes, surgit sur le seuil et se présenta comme Gregersen. Et Gregersen commença sur-le-champ à parler de la révolution que signifiaient les persiennes en aluminium. Dans les foyers, mais aussi dans les magasins et les immeubles de bureaux. New York, dit-il, était la plus grande ville de persiennes, suivie immédiatement par Tokyo et Londres. Ingvald Meyer tenta en vain de prendre la parole, tout en tenant à l'œil le malheureux préservatif qui déjà remplissait l'évier et avait commencé à flotter sur le plan de travail. Tout comme les toilettes avaient vaincu les tinettes, les persiennes vaincraient les rideaux. Les persiennes, c'était une question de style de vie. Il s'agissait de dire *good morning* aux temps nouveaux... Et précisément à ce moment-là, un claquement résonna dans la cuisine et une centaine de litres d'eau se déversèrent sur le sol.

Ingvald Meyer ne faisait que rire des racontars de son frère. S'il avait fallu s'occuper de toutes les taquineries de Montana, la guerre aurait éclaté depuis longtemps. Ingvald Meyer se préoccupait sincèrement des jeunes gens, et ce n'était pas un rêve de millionnaire qui l'avait incité à ce commerce. Il connaissait beaucoup trop de jeunes hommes qui, ayant engrossé une fille, soit laissaient la fille et l'enfant se débrouiller seuls, soit se mariaient par amer devoir. Avant même le début de leur âge adulte, leur vie tirait une mauvaise bordée, ce n'était pas dans l'ordre des choses. Et prier ces jeunes gens de dompter leur membre jusqu'au mariage, il savait que c'était mission impossible. Ils se réveillaient le sexe brandi, rêvaient de femmes toute la journée et, lorsqu'ils se couchaient le soir, ils avaient peine à tirer l'édredon tant ils bandaient.

Le cadeau de Noël

Fríðrikur prenait son repas du soir dans le restaurant de Mme Houmann. Plusieurs jeunes villageois, qui allaient à l'École de navigation, y dînaient aussi, et Fríðrikur y rencontra un gars de Hvalba nommé Erland. Erland avait un an et demi de plus que Fríðrikur, et les premiers temps de son installation à Tórshavn, il était aussi timide qu'il était grand et large. Mme Houmann dit un jour que de voir ces deux-là ensemble, c'était comme voir un fin cytise à côté d'un solide chêne.

En ce temps-là, pendant la saison d'hiver, il y avait danse de navigateurs à *Sjónleikarhúsið* le lundi soir et Erland demandait parfois à Fríðrikur de l'accompagner. D'autres jeunes de Hvalba, qui travaillaient chez Pihl & Fils, y allaient aussi, et de retrouver ceux de chez lui dans la danse en chaîne semblait dissiper la timidité d'Erland. Le plancher ployait quand huit à neuf tonnes de danseurs le frappaient des talons, et Erland connaissait le texte des ballades et avait une voix forte et sonore. Fríðrikur savait rarement plus que le refrain, mais quand parfois on chantait *Ormurin*

Langi et *Sigmundarkvæði*[1], il arrivait à suivre. Et puis, dans l'ensemble, ces lundis soir étaient sobres. C'était le pur plaisir qui menait la danse en chaîne, et il n'y avait pas non plus de bagarres après. Ce qui soûlait les gens, c'étaient les pas immuables et le chant. Une autre chose aussi avait de l'importance pour les hommes timides comme Erland et Fríðrikur – c'est que, dans la danse féroïenne, on n'avait pas à s'incliner devant une dame. Celui qui voulait participer prenait simplement un bras, la ronde s'ouvrait d'elle-même, et la personne devenait un maillon de la longue chaîne dansante.

Un soir où Fríðrikur et Erland faisaient une promenade le long du quai, ils rencontrèrent Torkil de l'orphelinat. Torkil portait des souliers pointus et un jean serré, et ses cheveux noirs luisaient de brillantine. Il parlait aussi vite que ses dents mâchaient le chewinggum. Il demanda à Fríðrikur s'il arrivait à bien gérer son argent, si l'empoisonneuse Mme Houmann lui faisait de bons repas, puis il glissa le pouce entre son index et son majeur.

— Et comment dire, tu trouves un peu de *sniff puff* ?

— Tu sais bien que je suis catholique, riposta Fríðrikur du tac au tac.

— Ça viendra sûrement, rit Torkil. *Take it easy.*

Torkil déplaçait sans cesse tout le poids de son corps de la jambe gauche à la jambe droite. Il avait

1. *Ormurin Langi* (Le long serpent), ballade féroïenne populaire écrite vers 1830 par J. C. Djurhuus. Le titre renvoie au nom du bateau du roi norvégien Olaf Tryggvason. *Sigmundarkvæði,* autre ballade féroïenne, sur laquelle on danse également la danse en chaîne (voir note 1, p. 62).

presque l'air d'un danseur, ou alors de quelqu'un qui s'échauffe avant de monter sur le ring. Qu'en réalité, c'était à cette dernière chose qu'il pensait, ce fut soudain évident lorsqu'il passa un pied derrière le genou d'Erland et le renversa. Comme si ça ne suffisait pas, il s'assit sur sa tête et péta. C'était allé si vite que l'on n'entendit ni un mot ni un juron. Et Torkil s'était déjà relevé et avait fait quelques pas lorsqu'il se retourna vers le géant vaincu et surpris.

— *Got you*, dit Torkil avec un grand sourire joyeux.

Fríðrikur fit aussi la connaissance des parents et des frères et sœurs d'Erland. Le père avait des terres en métayage, et la première fois que Fríðrikur leur rendit visite à Hvalba, ce fut pour la Saint-Michel 1971. Ils partirent vers le sud à bord du *Smyril* le vendredi soir et, dès le samedi au petit matin, ils montèrent s'occuper des moutons.

C'était un matin froid au ciel dégagé. Sur les hauteurs, le sommet des montagnes rougeoyait et, à mesure que le soleil surgissait, la lumière coulissait prudemment sur le versant et les hauts rochers. Parfois, elle semblait hésiter un peu, s'accrochait à un banc de brume, puis reprenait de la vitesse et poursuivait vers le bas. Un fin brouillard de givre se dégageait de la mousse des pierres. Les pointes des bâtons de marche étincelaient, et chaque petit ruisseau avait son propre bruit délicat. Même si la plupart des oiseaux des pâturages s'étaient déjà envolés vers le sud et les pays chauds, on entendait l'appel solitaire d'une bécassine des marais et, au-dessus des hautes falaises, criaient les pétrels fulmars. Parfois, ils s'élançaient, et lorsqu'ils rejaillissaient de l'obscurité, leurs ailes luisaient dans la lumière rouge du soleil. Le bruit d'un camion, dont la lumière des phares se dirigeait vers le tunnel de Tvøroyri, s'entendit jusque là-haut. Ou peut-être étaient-ce des ouvriers du charbon en route vers leur travail à Rókhagi. On voyait aussi loin que portait le regard. Sur la mer à l'ouest clignotait le phare de Mykines. Fríðrikur aperçut aussi le fanal d'un bateau de pêche et, au nord dans le bleu profond, les étoiles étaient encore visibles. Les souffles des hommes et des moutons se condensaient en vapeur blanche, et Erland suivait tout le temps des yeux son ami tandis qu'ils couraient tout au bord de la falaise, puis quand ils atteignirent l'enclos des moutons. Rien ne devait arriver à Fríðrikur, personne ne devait l'importuner non plus. Il se chargeait de le protéger. Si quelqu'un essayait de se moquer de Fríðrikur, il lui arrangerait personnellement le portrait.

Le dimanche, avant leur retour à Tórshavn, Fríðrikur se trouva dans une situation difficile, ou plutôt inattendue. Ils prenaient le repas dans le séjour. Une nappe blanche recouvrait la table, la viande rôtie était celle d'un agneau récemment abattu. Le père était en bout de table en chemise blanche et, assez naturellement, la conversation tournait autour de moutons et d'abattage. La mère venait de proposer à Fríðrikur une nouvelle portion, lorsqu'elle lui dit qu'il était chaleureusement invité à passer Noël chez eux. L'invitation fut une telle surprise pour Fríðrikur qu'il s'adossa à sa chaise et, sans même s'en rendre compte, déposa fourchette et couteau. Il ne s'était pas attendu à une telle invitation. Jamais de la vie. Mais dire non merci, il ne le pouvait pas non plus. L'incertitude qui brilla soudain dans son visage étroit poussa la mère à lui demander s'il y avait quelque chose qui n'allait pas. Elle aimait bien ce garçon de Tórshavn et était contente que son fils ait trouvé un ami qui n'était pas une éponge d'alcool.

— Ce qu'il y a, parvint à dire Fríðrikur, c'est que je ne peux pas prendre une telle décision seul. Je dois d'abord en parler au prêtre Heggen, parce que juste après Pâques, c'est Noël la plus grande fête religieuse chez nous.

Fríðrikur mentait. Il n'avait pas besoin de négocier une affaire de cet ordre avec Heggen et il sentit nettement ses joues rougir.

— Nous ? demanda le père.

Il avait compris que Fríðrikur était catholique, mais se sentait quand même curieux.

— Je suis ce qu'on appelle un enfant de chœur, dit Fríðrikur. J'aide le prêtre pendant la messe.

— Ah bon, alors c'est peut-être un futur prêtre que nous avons à notre table ? demanda le vieux gentiment.

— J'apprends le français et le latin auprès du prêtre Heggen. Je ne sais pas ce que ça donnera, mais j'envisage d'étudier la théologie.

Le fils cadet qui, après l'abattage, avait un peu bu et fait la fête toute la nuit fut prompt à demander comment on disait *merde* en français, puis comment on disait *trou*. Après les réponses de Fríðrikur, il sourit. Lors de l'achèvement du tunnel pour Sandvik en 1969, il avait suivi Pihl & Fils à Tórshavn, où il conduisait une chargeuse-pelleteuse depuis deux ans. Hvalba était devenu un endroit où il ne revenait que pour les fêtes ou une fin de semaine ici et là.

— Ça veut dire que le trou de merde Hvalba s'appellerait *Mertrou* en français ?

Pendant que les autres riaient, Fríðrikur regretta d'avoir mêlé Heggen à ça. Il n'avait pas à le faire. Bien sûr que Heggen ne s'opposerait pas à ce qu'il passe Noël à Hvalba. Cela lui ferait même plaisir que Fríðrikur se soit fait de nouveaux amis. Ce que Fríðrikur connaissait de Noël, c'était le Noël de l'orphelinat. Et certes, il y avait eu de bons moments. Mais à l'âge de sept ans, lorsqu'il était entré à l'école des nonnes, ou peut-être un peu plus tard, cette fête s'était empreinte d'un petit air de trahison. La plupart des enfants avaient eu l'occasion d'être avec leur famille pendant les festivités, ou en tout cas de recevoir des cadeaux de parents. Bien sûr, les nonnes offraient chaque année un cadeau à Fríðrikur, et il recevait aussi un petit quelque chose de l'orphelinat. Comme tous les autres enfants. Mais jamais personne n'était venu lui rendre visite, et il avait encore moins été invité à fêter Noël quelque part. Il était un de ceux qui restaient toujours sur place. Lui et Hans Dávid, ou le Rat, comme on l'appelait aussi. L'invitation à fêter Noël à Hvalba touchait de façon imprévisible une corde sensible dans son cœur. L'idée d'être avec une vraie famille, mère et père, frères et sœurs, et peut-être même leurs petits-enfants, inquiétait Fríðrikur.

— Je comprends parfaitement que tu doives en parler au prêtre, dit la mère. Mais sache-le, l'invitation tient bon, et tu es le bienvenu ici chez nous.

Le frère demanda si ce n'était pas une vie bizarre d'avoir grandi à l'orphelinat et de ne pas avoir de parents. Erland se fâcha et demanda à son frère de la fermer. Mais Fríðrikur n'avait rien contre cette question. Au contraire. Il avait passé beaucoup de temps à se préparer à y répondre et, lorsqu'il regarda le frère, il se persuada qu'il n'y avait rien de malintentionné derrière sa curiosité.

— Je suis d'avis, dit Fríðrikur solennellement, que ce ne sont pas les parents qui choisissent l'enfant. La tâche des parents, c'est de fabriquer l'enfant. Les parents sont des porteurs d'eau ou des animaux de trait qui apportent la vie dans la maison. Et que la maison soit une grotte, une cabane ou un château étincelant, ce n'est pas ça qui signifie quelque chose. Ni qu'elle soit un appartement au quatrième étage dans une grande ville. C'est l'âme qui fait de l'enfant un être humain. Et l'âme, c'est la chaleur du feu, mais pas la flamme elle-même. L'âme, c'est le rayonnement du soleil, mais pas le soleil lui-même. L'âme ne peut être ni pesée ni mesurée, mais sans elle toute l'existence n'est que chair.

Tous avaient cessé de manger et écoutaient avec étonnement ces mots inhabituels.

— Ma mère est tombée enceinte après un viol, poursuivit Fríðrikur. Elle ne le souhaitait pas. Elle n'était qu'une fille de quinze ans. Aujourd'hui, j'ai trois ans de plus que ma mère quand elle est morte. Mais l'âme n'était pas dans le liquide séminal et l'âme n'était pas non plus présente quand je recevais de la nourriture par le cordon ombilical. Ce n'est qu'une fois qu'il a été coupé et que j'ai commencé à respirer que l'âme est venue. Et je ne dis pas ça pour que vous ayez pitié de moi. Pas du tout. Mais ce genre de pensées occupe beaucoup l'esprit des enfants de l'orphelinat.

Le vieux paysan passa le dos de sa main sur sa bouche.

— Oui, mais d'où vient alors l'âme ?

— L'âme vient du grand lieu étincelant, elle ne nous est que prêtée, dit Fríðrikur. Le jour où nous mourons, elle revient dans le grand lieu étincelant. Peut-être ce lieu étincelant est-il une étoile. J'ai rêvé ça une fois. Dans mon rêve, l'étoile était recouverte d'un nombre infini de tout petits miroirs, chacun d'entre eux pas plus grand qu'un ongle. Mais tous brillaient, chacun à sa manière particulière, tandis que l'étoile tournait autour du plus beau soleil de l'univers. Alors, d'une certaine façon, on peut dire qu'aucun de nous n'a de parents. Nous sommes des invités. Tous. Et Dieu est à la fois notre père et notre mère.

— Vindieu de vindieu, dit le frère cadet.

Fríðrikur passa Noël 1971 à Hvalba et, pour la première fois de sa vie, on lui servit du thé et de la génoise sur le lit le matin. Il passa plusieurs Noëls chez eux, même après qu'Erland eut commencé à naviguer au loin comme timonier. Et il lui était indifférent que certains dans le village l'appellent ironiquement *le cadeau de Noël*. Hvalba lui semblait à tous points de vue un village aimable, où il se sentait toujours le bienvenu.

Le feu dans la grotte

Fríðrikur savait bien que le pape interdisait aux catholiques d'utiliser des capotes et autres moyens de contraception. Mais il savait aussi que toutes les coutumes, et cela valait aussi pour les coutumes catholiques, s'adaptaient au temps et étaient assez différentes d'un pays à l'autre. Avant la Réforme, les prêtres islandais étaient souvent des hommes mariés, tandis que leurs frères dans les pays latins vivaient l'abstinence entre les murs des couvents. Cela, Fríðrikur l'avait lu dans un roman sur le dernier évêque catholique de Hólar, Jón Árason.

Si Fríðrikur avait quand même le projet d'acheter des préservatifs, c'est qu'il avait rencontré une fille islandaise. Enfin, rencontré est un bien grand mot. Il savait seulement qu'elle était islandaise et qu'elle travaillait dans le poisson salé à Bacalao. Ou plutôt c'est ce qu'il croyait. En tout cas, Hans Dávid avait dit qu'une vingtaine de femmes islandaises vivaient dans les baraques derrière Bacalao.

Cela avait commencé un samedi matin sur le quai de Kongabrúgv. De façon tout à fait inattendue, il avait été interpellé par une fille qui lui avait demandé s'il ne pouvait pas lui indiquer où se trouvait la bibliothèque. Fríðrikur lui expliqua quel chemin prendre, mais comme elle ne comprenait pas très bien le féroïen, il décida de l'y accompagner.

— *Do you speak English ?* demanda-t-elle lorsqu'ils eurent marché un peu.

Et soudain Fríðrikur réalisa que c'était la première fois dans sa vie longue de vingt et un ans qu'il marchait avec une fille sur Áarvegur !

— Un peu, répondit-il. Mais c'est plus facile de s'exprimer en français[1].

La fille secoua la tête, et le sourire qui s'étendit sur

1. En français dans le texte.

son visage devint un tournesol rayonnant. Telle est l'image précise qui vint à Fríðrikur. Un tournesol. Près d'un couvent franciscain danois du Jutland, il avait vu un champ entier de tournesols, et lorsqu'il s'était rendu avec le prêtre Heggen à Assise, il avait remarqué cette haute fleur jaune dont la corolle suivait, énamourée, la marche du soleil. Pendant qu'ils remontaient Áarvegur, Fríðrikur essaya de trouver quelques mots anglais. Cela réussit, et lentement ils entamèrent une conversation. À cet instant, il aurait souhaité que la bibliothèque se trouve à l'autre bout de la ville, ou encore à Vestmanna, pour qu'il puisse continuer à parler avec elle. Il aurait fallu aussi qu'il soit impossible de se rendre en voiture à Vestmanna, et c'est avec joie qu'il aurait traversé les montagnes à pied et, si elle avait du mal à marcher, eh bien mon Dieu, il l'aurait aidée, ils auraient peut-être même marché main dans la main. Il pensa à lui demander comment elle s'appelait, mais n'osa pas, peut-être était-ce impoli de demander à une femme étrangère son nom. Elle marchait juste à côté de lui, oui, si près qu'il sentait l'odeur de son parfum. Ou peut-être était-ce le parfum de Sýran qu'il sentait ; ils passaient devant la boutique, et dans la vitrine se trouvaient des savons chers et des bouteilles de verre teinté avec de belles étiquettes. Elle était un peu plus petite que Fríðrikur, et quand il osait jeter un coup d'œil sur elle, ses genoux faiblissaient à cause du joli sourire posé sur ses lèvres. Et pas seulement à cause du sourire ; elle avait de magnifiques lèvres de baiser. Alors viendrait une puissante averse, continua-t-il à fantasmer, et pendant que nous chercherions abri dans une grotte… Non, ce serait une giboulée de neige. Oui, exactement. Et elle commencerait à trembler de froid, il lui donnerait son pull chaud et essaierait d'allumer un feu. Car bien sûr, dans les grottes, il y avait des branchages qui attendaient les couples amoureux et même une grande peau douillette et peut-être quelques couvertures.

Ah, Fríðrikur, Fríðrikur, soupira-t-il en lui-même. Ils étaient arrivés à la bibliothèque et, lorsqu'ils se quittèrent, elle posa la main sur son bras et dit *bless*.

Deux semaines s'écoulèrent avant qu'ils ne se rencontrent de nouveau, mais cet événement inattendu sur Kongabrúgv avait fait rêver Fríðrikur. Elle n'avait rien dit d'autre que *bókasafn*, *do you speak English*, *nice city*, *beautiful weather* et *bless*, mais cela lui suffisait. Si, une chose encore. Sa poitrine. Elle portait un anorak et il devinait clairement ses seins. Malgré cela, il n'était pas sûr que ses rêves soient ceux d'un homme amoureux. En bon catholique, il distinguait l'amour charnel du spirituel, même s'il ne situait pas clairement la frontière. Quand il pensait à la fille islandaise, c'était comme si un désordre se créait dans ses concepts. Cela, précisément, était une surprise inquiétante. Une petite promenade de cinq minutes avait dérangé son équilibre mental. Et puis elle avait souri, et il ressentait encore dans son esprit la douceur de son sourire.

Les jours où il n'y avait pas de déchargements, il faisait plusieurs tours du côté du quai de Vestara Bryggja et, sans vouloir paraître trop curieux quand il passait, regardait par la grande porte de l'usine de poisson. Il vit beaucoup de femmes emballer du poisson salé sur les tables d'emballage, dont des femmes étrangères, mais il n'aperçut pas l'Islandaise. Il pensa aussi y aller un soir, mais il n'osa pas. Le soir, les seules lumières à Vestara Bryggja étaient celles des réverbères et, si soudain elle l'apercevait là, elle pourrait se faire une mauvaise idée de lui.

Mais un après-midi, alors qu'il passait devant la porte de l'usine de poisson, il y avait quelques femmes dehors qui fumaient et parlaient. Elles portaient des bottes en caoutchouc, des tabliers et des foulards sur la tête, et l'une d'entre elles était l'Islandaise. Fríðrikur sentit son cœur cogner dans sa poitrine et, lorsqu'il la regarda, il se passa une chose incroyable : elle sourit. Il n'y avait aucun doute, c'était à lui qu'elle souriait. Une courte seconde, il pensa aller vers elle et dire bonjour – ça, au moins, c'était un mot qu'on ne pouvait pas mal interpréter, mais il n'osa pas. Il leva juste la main en un salut discret et lui retourna son sourire.

À cette époque-là, Hans Dávid travaillait dans le Magasin de fournitures maritimes d'Eystara Bryggja et, si Fríðrikur pensa à lui dans ce moment délicieux où il flottait plutôt que marchait vers l'est de la ville, c'est parce qu'il avait eu l'idée de lui demander de lui acheter un paquet de préservatifs. Fríðrikur avait alors déjà décidé d'aller à la danse du samedi et si l'incroyable devait se produire, s'il était autorisé à raccompagner l'Islandaise chez elle ou encore s'ils se rendaient ensemble chez lui, alors un paquet de Good Morning, avec ou sans la bénédiction du pape, serait bon à avoir.

Même si Fríðrikur avait travaillé plus longtemps sur les quais que Hans Dávid et connaissait pas mal de gens, il n'avait pas du tout son flair pour tout ce qui se passait de nouveau. Si on avait volé de l'alcool dans l'entrepôt de la compagnie maritime, il était immédiatement au courant et savait aussi qui était le voleur. Un soir, la lumière s'éteignit dans tout Tórshavn, et l'extinction dura trois heures. Hans Dávid put alors rapporter que la police pendant ce temps avait barricadé Eystara Bryggja. Les seules voitures autorisées à passer les barrières étaient les camions des militaires de Mjørkadalur. Un cargo étranger était amarré près de la jetée. Il ne savait pas quelles marchandises avaient été déchargées. Mais il n'y avait sûrement pas des raisins secs californiens dans les longues caisses en bois de six à sept mètres qui, à l'abri de l'obscurité, furent apportées à la base de l'OTAN de Mjørkadalur.

Hans Dávid était aussi parfaitement au courant de ce qui se passait en ville. Il racontait en riant la dispute entre le vieux Haraldsen, qui s'occupait de la toilette municipale au centre de la ville, et un homme du village de Lorvík. L'homme de Lorvík remontait l'escalier, quand Haraldsen toussota.

— Pardon, mais vous avez oublié de payer.

— Ça ne coûte rien de pisser, dit l'homme.

— C'est vrai, dit Haraldsen. Mais je crois que vous en avez fait plus.

— J'étais devant l'urinoir et je pissais.

— Je crois que vous avez chié, dit Haraldsen gentiment mais fermement.

— Non, j'ai vidé ma vessie. Et c'est gratuit.

— Je vous ai entendu chier.

— Alors je vous dis bravo pour vos oreilles ! Mais là, vous avez mal entendu.

— Tu as chié, mon vieux.

Haraldsen avait élevé la voix.

— Non, j'ai pissé.

— Mon cher, alors résous cette énigme pour moi. Pourquoi est-ce que ça sent la merde dans la toilette municipale de Tórshavn ?

— Peut-être avez-vous vous-même mangé des pois pour le dîner ? fut la réponse impatiente.

— Je touche la pension d'invalidité de Tórshavn. Puis-je demander un peu de respect ?

— Et moi, je suis un homme de Lorvík qui a eu besoin de pisser et que vous traitez de menteur.

— Alors d'où vient l'odeur ?

— Vous n'êtes pas bien de parler comme ça. J'ai pissé. Un point c'est tout.

— Vous avez chié.

— J'ai pissé, dit l'homme en continuant à monter l'escalier.

— Tu es un cul-terreux, cria Haraldsen dans l'escalier désert.

Parfois, Fríðrikur avait envie de parler de ces étranges et joyeuses heures de leur enfance, quand Hans Dávid, Randi et lui avaient l'habitude de fabuler sur la cave basse sous l'orphelinat. Un long escalier y descendait. Mais il était rare que quelqu'un l'emprunte, et tout en bas se trouvait la petite porte fermée à clef qui menait à la cave. Randi pensait qu'il y avait longtemps, du temps où les enfants pouvaient rejoindre l'île de Nólsoy en marchant sur le fond de la mer sur de drôles de piquets, comme elle disait, et où la rivière de la plantation était si large qu'il fallait la traverser sur un radeau, oui, du temps où même le clocher de l'église et la boutique de *fish and chips* n'existaient pas encore, les gens avaient l'habitude de s'abriter dans la cave des grands oiseaux dangereux. Elle ne savait pas d'où venaient les oiseaux, mais ils étaient si vieux que de l'herbe et des plantes poussaient sur leurs plumes. En ce temps-là, il arrivait que les oiseaux se fraient un passage jusque dans la cave, et si l'homme de la cave n'avait pas été là pour veiller, tous ces gens auraient été tués.

— La terre nourrice. Tu ne t'en souviens pas ? demandait Fríðrikur.

Hans Dávid haussait les épaules. Il n'aimait pas se rappeler quoi que ce soit de l'enfance. Il avait rejeté ces années-là comme on se défait d'une mue inutilisable. Il avait oublié qu'à cette époque, ils étaient tous les trois persuadés que les enfants de l'orphelinat naissaient dans des caisses entreposées dans la cave. Les caisses avaient la même taille que de petits lits, et dans le terreau réchauffé par des tuyaux de fer chauds, les enfants poussaient comme des pommes de terre et des betteraves. Parfois, l'hiver, on entendait des enfants pleurer. Pas fort, mais pitoyablement, et selon Hans Dávid, c'était parce que des rats affamés – seulement Hans Dávid ne voulait pas dire « rats », il disait « souris » –, c'était parce que des souris affamées creusaient le terreau et les mordaient. Alors l'homme de la cave venait en aide aux enfants. Si l'homme de la cave disait le mot *pierre*, alors il devenait pierre lui-même. S'il disait *air*, il devenait soit air, soit vent. S'il disait *poing*, il était transformé en un poing puissant qui écrasait les souris. Puis, quand les bras et les jambes avaient poussé sur les enfants, quand leurs oreilles étaient sorties des joues, les enfants se débarrassaient du terreau en se secouant et rampaient à quatre pattes jusqu'à la porte basse, où maman Simonsen les accueillait.

Hans Dávid était indulgent envers Fríðrikur. À ses yeux, il était à la fois original et enfantin. Certes, Fríðrikur se rasait comme les autres hommes, mais il n'avait sûrement jamais mis les doigts dans la culotte d'une fille. Hans Dávid avait l'habitude de lui montrer *Weekend-Sex*, qu'il conservait sous quelques papiers derrière le comptoir, et il lui disait qu'il pouvait l'emprunter pour aller aux toilettes, mais cela ne disait rien à Fríðrikur. Il n'aurait pas aimé que l'on découvre qu'il était allé dans les toilettes du magasin pour se masturber. Pourtant, il écoutait intensément les histoires de Hans Dávid. Hans Dávid racontait entre autres qu'il avait couché avec Hervør de Tinghúsvegur et qu'il n'existait pas de fille plus chaude et plus appétissante qu'elle. Il se vantait, bien sûr, Fríðrikur n'en doutait pas. Par exemple, il disait que Hervør avait voulu qu'il la prenne par-derrière, mais ça, Fríðrikur n'y croyait pas.

Fríðrikur avait très envie de raconter à Hans Dávid qu'il était tombé amoureux. Mais il n'osait pas vraiment. D'une part parce qu'il n'était pas sûr que c'était un véritable amour, d'autre part parce que Hans Dávid se moquerait peut-être de lui et le ridiculiserait.

— Est-ce que tu peux me rendre un service ? demanda Fríðrikur quand même en ce jour heureux.

— Qu'est-ce que je dois faire ? demanda Hans Dávid.

— Je voudrais te demander de m'acheter un paquet de Good Morning auprès d'Ingvald Meyer.

Hans Dávid éclata de rire.

— Ah, fichu baiseur de nonne ! Y a que les péquenauds qui mangent les bananes avec la peau.

Hans Dávid n'arrivait pas à s'arrêter de rire, mais lorsque enfin il comprit que Fríðrikur était au bord des larmes, il cessa.

— Pardon, dit-il. Je ne voulais pas te blesser. Mais tu n'as pas l'habitude de parler de ce genre de choses. Et pour être tout à fait honnête, je n'ai pas envie d'aller voir Ingvald Meyer.

— Bon, d'accord, répondit Fríðrikur.

Il alla vers la porte, et lorsqu'il l'ouvrit, il se tourna vers Hans Dávid et soudain son visage rayonna.

— Je crois que je suis amoureux.

*

Vers onze heures le samedi soir, Fríðrikur entra au Club. Il acheta son billet et monta le large escalier qui menait au local de danse. Il ne se souvenait pas quand il était venu pour la dernière fois, peut-être deux ou trois ans auparavant. Mais il eut beau regarder partout, il n'aperçut pas la fille islandaise. Ce n'était d'ailleurs pas très étonnant dans ce tourbillon de jeunes déchaînés et éméchés. Il ne connaissait pas l'orchestre, qui jouait les Beatles et de la musique country. Les projecteurs noyaient le local dans des couleurs rouges, bleues et vertes. Parfois, les gens formaient des chaînes et s'élançaient à travers la piste, mais ensuite ils se retrouvaient en couples et dansaient très serrés, tandis que d'autres, debout sur place, balançaient leurs bras et leurs longs cheveux. Quelques Cro-Magnon entrèrent, parmi lesquels son ancien camarade de classe Staffan Danielsen. Il étendait les bras, disait *heu-heu* comme il le faisait toujours quand il était content et un peu soûl. Fríðrikur était aussi bien habillé que les gars des villages. Il portait des chaussures souples en daim, un jean tout propre et, sous sa veste en velours, une chemise à col haut. Seulement il ne dansait pas aussi bien que les villageois. Il s'était trouvé une place près d'un des piliers en béton et resta planté là. Elle n'est pas là, se disait-il. Et si elle est là, elle ne va sûrement pas regarder quelqu'un qui s'est posté au pied d'un pilier en béton.

Le samedi, la danse se terminait à minuit et, quand l'orchestre entama le dernier morceau, Fríðrikur se fraya un passage jusqu'à l'escalier et se laissa porter par le flot jusque dans le couloir en bas, où il parvint à se caler contre le mur au miroir. Ceux qui s'y trouvaient déjà étaient en général ceux qui ne savaient pas danser ou avec qui personne n'avait eu envie de danser la dernière danse. Fríðrikur regarda les gens qui descendaient l'escalier et il s'apprêtait à partir, quand soudain son cœur se mit à battre. Elle était là ! On aurait dit qu'elle descendait l'escalier en voguant. Deux ou trois boutons de son chemisier étaient ouverts sur sa poitrine et ses cheveux flottaient autour de ses épaules. Mais elle n'était pas seule. Un homme l'accompagnait. Il la tenait par la taille et il était clair qu'ils allaient quitter l'endroit ensemble. Tout en marchant, il penchait la tête vers sa nuque ; la mordait-il dans le cou ou lui chuchotait-il quelque chose dans l'oreille, Fríðrikur ne le savait pas. Mais il la vit ouvrir la bouche et, quand elle rejeta légèrement la tête en arrière, il fut évident qu'elle riait.

Elle ne sait pas qu'elle rit droit dans mon cœur vide, pensa Fríðrikur. Toutes les belles paroles qu'il avait prévu de dire ou de lui chuchoter dans l'oreille, oh mon Dieu, comme elles paraissaient enfantines et guindées !

Elle était gaie et chaude, et soudain Fríðrikur eut peur de ce rayonnement de féminité qui l'entourait. Même s'il la dévorait des yeux, il se sentait ridicule et était persuadé qu'un tel éclat, un tel effet émoustillant, jamais ses paroles à lui n'auraient pu les provoquer. Tandis que l'homme l'accompagnait vers le vestiaire, elle boutonna son chemisier comme pour dire : je n'ai pas mon chemisier ouvert pour tout un chacun.

Elle n'est pas une image de collection, pensa-t-il. Et justement ce mot, *image*, donna le vertige à Fríðrikur. Il eut l'impression de plonger en arrière dans le temps et, soudain, il se retrouva assis au milieu de l'aire de jeux de l'école des nonnes. Djalli, Dagmar, Olaf, ils étaient tous là, et leurs petites images aux couleurs brillantes étaient le billet d'entrée pour un merveilleux monde d'images de collection. Fríðrikur eut terriblement pitié de lui-même. C'était par compassion qu'ils l'avaient laissé participer à ces splendeurs et lorsque parfois il s'était mêlé à leur conversation, c'était d'une voix si frêle et suppliante qu'ils avaient presque pitié de lui.

L'idée que, plus tôt dans la semaine, il avait prié Hans Dávid de lui acheter un paquet de Good Morning le fit se ratatiner sur lui-même. Ah, homme pitoyable, pensa-t-il en se faufilant dehors.

Jour de joie, jour de tempête

Lorsque Fríðrikur revint du quai le 11 octobre 1982, il vit plusieurs bougies brûler à la fenêtre de sa cuisine.

Il fit demi-tour devant le portillon. Il n'avait aucune bougie, cela ne pouvait pas être son portillon à lui. Il ne pensa pas que le 11 octobre était son anniversaire. Il n'avait pas l'habitude de le fêter et encore moins que d'autres le fêtent. Il réexaminait le portillon à barreaux lorsqu'il vit Montana en chemise blanche et cravate, et entendit son rire familier envahir l'embrasure de la porte d'entrée. Fríðrikur devina plusieurs personnes derrière les bougies, et lorsqu'il s'approcha, il vit sa grand-mère et Svanhild ; sa grand-mère tenait entre les mains un petit paquet. Erland aussi était là. Erland était en costume, mais, même s'il était peigné à l'eau, ses cheveux autour de l'épi se dressaient droit sur sa tête. Ça sentait le café et la fumée de tabac, et tout le monde était en habit de fête. Fríðrikur sentit les larmes couler sur ses joues, et ses yeux s'embuèrent quand Mme Houmann l'étreignit et lui souhaita un bel anniversaire de trente ans. Olaf et sa femme, Karin, étaient là aussi, tout comme Torkil de l'orphelinat. Vígdis, la femme de Montana, embrassa Fríðrikur, lui souhaita bon anniversaire et lui demanda d'ôter sa salopette et d'aller s'habiller. Tout le monde lui souhaita bon anniversaire et la grand-mère pépia :

— Jour de fête, jour de tempête, jour de fête, jour de tempête.

Ils avaient rallongé la table de cuisine et sur la table il y avait des smørrebrød et deux thermos de café. Montana sortit une bouteille de bourbon, en versa dans un verre et le tendit à Fríðrikur.

— Au fils qui nous a été envoyé sur le tard, à Vígdis et à moi. *Cheers, my friend!*

Fríðrikur leva son verre.

— À la vôtre, dit-il, ému, et il avala la forte boisson.

Montana fit le tour avec la bouteille, et pendant ce temps, Fríðrikur reçut les cadeaux des invités. La grand-mère, qui lui avait tricoté une paire de chaussettes, trépignait pendant qu'il ouvrait le paquet.

— Jour de fête, jour de tempête, et foin sur le fjord, dit-elle.

De Svanhild, il reçut une photographie encadrée sous verre du village de Sørvágur. Svanhild portait des bottes de cuir qui remontaient un peu au-dessus des chevilles et on voyait une petite bande de fourrure sur le bord supérieur des bottes. Sa belle poitrine était sur le point de faire éclater sa robe, et autour des épaules, elle portait un foulard à grosses fleurs blanches et roses. Sous la photo de Sørvágur étaient inscrites trois lignes :

À Fríðrikur pour ses 30 ans nous souhaitons
la bénédiction et la bienveillance de Dieu
Elias et Svanhild

Olaf et Karin lui avaient acheté l'oratorio de Noël de Haendel, et Erland, un beau bateau à voiles en bouteille.

— Tu ne peux pas rester célibataire, dit Mme Houmann.

Elle lui avait acheté six tasses à café avec soucoupes et petites assiettes assorties. Et Torkil lui offrit une nouvelle salopette Kansas.

— Même modèle qu'en juillet 1966, dit-il.

Montana et Vígdis lui donnèrent une paire de bottes en cuir.

— C'est ce genre de bottes que portaient les coureurs de jupon de Billings quand ils cherchaient des femmes, dit Montana.

Erland n'était plus le géant timide qu'il avait été en arrivant à Tórshavn pour entrer à l'école. C'était un homme d'aspect aimable qui naviguait au long cours comme timonier. Il était marié aussi. Lui, sa femme et leur petite fille avaient construit une maison à Hvalba. Erland connaissait Montana pour l'avoir rencontré quand il rendait visite à Fríðrikur. En ce temps-là, l'appartement n'était pas encore aménagé. C'était juste une chambre avec toilettes au sous-sol et un escalier qui y menait. Montana faisait sa tournée avec la bouteille et lui demanda si les marins se retrouvaient toujours au Jack's Bar près de Long Beach, à Manhattan. Erland secoua la tête.

— Les très efficaces porte-conteneurs ont mis un terme aux anciens charmes de la marine marchande. On a à peine le temps d'aller au bordel maintenant, dit-il en avalant le bourbon.

— *Prosit*, dit Mme Houmann.

— Jour de fête, jour de tempête, répondit la grand-mère.

Torkil ne cracha pas non plus sur la boisson. Il était assis à côté d'Erland, qui était deux fois plus large et avait une tête de plus que lui.

— J'espère qu'il n'y a pas de rancune entre nous, dit-il.

Erland pencha la tête et regarda droit dans les yeux de Torkil d'un air inquiet.

— Est-ce que ce n'était pas toi qui avais des problèmes d'intestins ?

Souriant, Torkil lui donna une accolade. La grand-mère était assise entre Fríðrikur et Svanhild, mais au bout d'une bonne demi-heure, elle commença à se sentir fatiguée. Svanhild demanda à Montana s'il pouvait appeler un taxi, et quand la voiture arriva, Fríðrikur les accompagna dehors et embrassa sa grand-mère perturbée.

— Jour de fête, jour de tempête. Maintenant la petite est contente, dit-elle.

Fríðrikur fit aussi un petit baiser à Svanhild et revint auprès de ses hôtes.

Ce n'était pas la première fois que Svanhild rendait visite à Fríðrikur. Elle n'avait pas seulement foulé son plancher, mais aussi son lit. Et plus d'une fois. Fríðrikur était son amant, une des choses les plus heureuses qui soient arrivées dans sa vie depuis de nombreuses années. Le couple à l'étage au-dessus était bien au courant de la visite que recevait Fríðrikur de Sørvágur tous les six mois. Mais alors que Vígdis s'en offusquait parce que cette femme était mariée et aurait pu être la mère de Fríðrikur, Montana était plus pragmatique. Il était d'avis que la femme si bien faite de Sørvágur était un bon entraînement pour un jeune catholique comme Fríðrikur. Montana n'était d'ailleurs plus aussi intraitable et, même s'il n'était pas devenu un *pater familias*, lui et Vígdis avaient depuis quelques années reçu ses frères Ingvald Meyer et Sigmar avec leur famille pour le repas du jour de Noël. C'était aussi Montana qui avait téléphoné à Sørvágur et dit à Svanhild qu'ils allaient fêter les trente ans de Fríðrikur et lui avait demandé si elle et la grand-mère ne voulaient pas venir aussi.

Mme Houmann était assise avec un châle autour des épaules.

— Merveilleux ! dit-elle.

Elle avait eu un verre de porto, et à intervalles réguliers, elle allumait son cigare.

— Ce n'était pas comme ça avant. À cette époque, une femme n'avait presque pas le droit de poser ses lèvres sur un verre. Que Dieu me prenne en pitié, jamais je n'oublierai la fête de la Saint-Olaf où je suis allée avec mes deux frères en ville. J'avais vingt-trois ans. J'étais une femme adulte. Nous avons rencontré un homme que tous deux connaissaient. Et cet homme était très généreux. Après avoir offert un coup aux frères, il a demandé poliment s'il pouvait aussi offrir un schnaps à leur sœur. Mon frère Poul s'est mis en rage. Sa sœur n'était pas, nom d'un chien, une soûlarde. En avait-elle l'air peut-être ? Avait-elle des yeux champignonnés comme une épave alcoolique ? L'étranger demanda pardon. Ce n'était pas son intention de blesser quiconque. On offre de l'alcool aux putes, aboya mon frère Poul. Nous sommes arrivés à le calmer. Enfin. Mais imaginez mon humiliation. Santé, Fríðrikur, et bon anniversaire. Aujourd'hui, ta mère est heureuse dans son ciel.

— Si c'est là qu'elle est, dit Fríðrikur.

— Qu'est-ce que tu dis là ? Bien sûr qu'elle y est, répondit Mme Houmann. Où serait-elle sinon ?

Elle pointa le pouce vers le bas et secoua la tête.

— Non, mon ami, pas une aussi jeune fille.

Montana s'était levé, mais s'arrêta à la porte quand Fríðrikur prit la parole.

— Ceux qui se donnent la mort ne trouvent pas

la paix dans l'au-delà, dit Fríðrikur. Les suicidés se tiennent dans les combles du grenier du royaume des morts. Nous avons reçu la vie en cadeau et on ne jette pas les cadeaux. Est-ce que je jetterais les jolies tasses que tu m'as données ce soir ? J'ai prié pour ma petite maman chaque jour pendant de nombreuses années. Et la prière a cette faculté de traverser directement les différentes couches astrales de l'existence, et parfois Dieu l'entend. En tout cas, la prière qui vient d'un cœur qui saigne. Alors Dieu décide s'il doit accepter et pardonner, ou si le suicidé doit être torturé pendant encore dix mille ans dans les combles.

— Fichtre ! dit Mme Houmann.

— *That's my boy*, sourit Montana, et il partit chercher une autre bouteille.

— Excuse ma question, dit Olaf. Mais qui t'a envoyé un dessin du royaume des morts ? Tu parles de combles. Y a-t-il aussi une ferme à entrait ? Les pignons du royaume des morts sont-ils aussi grands que ceux du château de Christiansborg ? Et quel genre d'escaliers y a-t-il ? Ou bien ont-ils peut-être le même ascenseur que chez Bacalao ?

— Je t'ai toujours apprécié, dit Torkil en regardant Fríðrikur d'un air inquiet. Mais parfois, je me demande vraiment si je te connais. Je me souviens bien quand tu es arrivé à l'orphelinat. C'était à Vestmanna et je devais avoir environ six ans. Mais je ne crois pas que tu pleurais. D'autres gamins hurlaient toute la journée. Ah, fichtre, que c'était triste pour beaucoup d'entre eux. Un garçon de quatre ans venait de Tvøroyri. Sa mère venait de mourir. Franchement. Nous avions l'impression que le garçon suivrait la même voie tant il pleurait. Pendant plusieurs semaines, il a pleuré. Ne me demande pas d'où venaient les larmes. Il était complètement détruit. Et lorsque enfin il a arrêté, c'était encore pire. Il circulait tout le temps dans la maison, cherchait sa mère et demandait si on l'avait vue. Mais on ne l'avait pas vue, bien sûr. Ce petit être avait été victime du plus grand crime du monde. Il avait été oublié par sa mère. Il ne pouvait pas savoir qu'elle était morte et savait encore moins ce qu'était la mort. Mais toi, tu n'étais pas comme ça. Tu avais des yeux tellement intelligents, et quand on te tendait un doigt, tu l'attrapais tout de suite. Je crois que maman Simonsen avait un peu peur de toi. L'as-tu jamais appelée maman ?

— Les premières années, répondit Fríðrikur. Mais j'ai cessé de dire maman quand je suis allé à l'école des nonnes.

— Maman Simonsen t'avait donné le prénom du roi, Dieu sait si c'est pour ça qu'elle avait peur de toi. Elle croyait que tu étais un esprit mauvais, je n'en doute pas. Tu étais si intelligent qu'on en était presque dégoûté ! Moi aussi, j'avais un peu peur de toi. Tu te souviens que plus tard tu avais l'habitude de dire que la mort était un séducteur qui circulait en ville et attirait les gens à lui ? Je sais bien qu'il y a des femmes ici. Mais tu disais aussi que l'on mourrait un peu dans l'éjaculation, ou dans l'orgasme, comme tu l'exprimais.

— La petite mort[1]. J'ai toujours eu peur des femmes, alors je déguisais ma crainte sous de belles paroles.

— Honnêtement, Fríðrikur. Je crois qu'on t'a envoyé un dessin du royaume des morts. Et je crois

1. En français dans le texte.

aussi que la lettre t'était personnellement adressée. Une enveloppe noire avec nom et adresse dessus. Dis-moi que c'est vrai. As-tu reçu une telle lettre ?

Torkil était très sérieux. Il était assis les paumes ouvertes, comme s'il attendait que la réponse lui soit remise entre les mains.

— Ne parle pas comme ça, le supplia Fríðrikur. Pas ce soir. Je ne suis pas un esprit malin. Je ne suis pas non plus un Kasper Hauser. Je ne suis même pas une personne malheureuse.

Il regarda Vígdis et Montana.

— Je ne crois d'ailleurs pas que je vous ai déjà remerciés. Remerciés vraiment, décorés, pour ainsi dire, au nom de la décence, au nom de l'humanité, oui, élus comme membres d'honneur du cœur sacré. Peut-être suis-je irréfléchi. De tenir pour acquis que le fait d'être décent et sans la moindre arrière-pensée est ce qu'il y a de plus naturel pour une personne. Vous m'avez donné un foyer. Et c'est naturel pour vous de le faire, parce que le fait d'être bon est une faculté humaine innée. La lumière ne pense pas qu'elle nous donne la possibilité de voir l'œuvre de Création. C'est la nature de la lumière. Comme la banane. Elle ne sait pas à quel point elle est bonne à manger.

Montana tapota la main de Fríðrikur et remplit les verres.

Il était onze heures passées et la boisson les avait rendus joyeux. Karin aussi se réjouissait de l'instant. À ses yeux, Fríðrikur était une rare combinaison de mystique et d'intellectuel. Ils étaient du même âge, mais alors que la plupart de ceux qu'elle connaissait étaient des enfants typiques des années 1960, Fríðrikur aurait tout aussi bien pu être un enfant des années 1260, ou de la Renaissance, autant que ce qu'il était en réalité : un homme né à Tórshavn en 1952. Elle avait regardé les livres de Fríðrikur et vu qu'en ce moment, il lisait les *Essais* de Montaigne, et ce, dans la langue originale. Ce soir, leur fille dormait chez ses grands-parents près de Tinghúsvegur, donc ils avaient tout leur temps. Karin demanda en chuchotant à l'oreille d'Olaf s'il ne trouvait pas qu'ils passaient un bon moment. Il hocha la tête et était heureux qu'on lui pose une question aussi tendre. Depuis qu'Olaf avait été élu au Parlement féroïen en 1978, il avait un peu négligé ses liens avec la famille et les amis. Mais ce soir, il rendait visite à son vieil ami et avait en même temps l'occasion de saluer son oncle paternel Montana.

Puis arriva l'incroyable. Montana commença à yodler. Pas un modeste yodel de cinq ou six secondes. Non, non. Montana se leva et fit résonner les sons alpins dans la cuisine. Vígdis se tapa le front et soupira. Parmi les présents, seuls elle et Fríðrikur avaient entendu l'homme déployer ses talents de yodleur. Pendant les années où ils avaient vécu à Billings et où Montana travaillait dans la mine de charbon, une véritable passion pour le yodel sévissait parmi les ouvriers de la mine, et c'était là que Montana avait appris cet art. Il comptait alors parmi les meilleurs yodleurs, ça, elle l'avait constaté plus d'une fois lors des fêtes des ouvriers de la mine. D'abord, Torkil resta bouche bée. C'est pas vrai, pensa-t-il. Il se tint la bouche pour ne pas éclater de rire, tout en écoutant, totalement fasciné, la voix de Montana monter et descendre dans sa gorge. Montana tenait le rythme en tapant des mains et en cognant les talons contre le sol.

Au début, personne ne remarqua que la porte s'ouvrait, et personne non plus n'avait entendu les pas sur le gravier. Mais soudain, Leyvoy se trouvait parmi eux. Elle essayait de sourire, mais il y avait quelque chose qui ne collait pas dans son sourire. Seule la peau autour de sa bouche bougeait, le reste du visage n'était qu'un masque angoissé. Fríðrikur sut immédiatement ce qui se passait. Il se leva, alla vers elle, et elle éclata en sanglots.

— Mais, ma pauvre enfant, dit Vígdis.

— Ils me poursuivent, sanglota-t-elle. Je ne savais pas où aller.

— Qui te poursuit ? demanda Vígdis.

— Ce sont les frères Gigga, dit Fríðrikur.

— Ces diables de garnements.

Erland jeta rapidement veste et cravate. Torkil demanda si le Rat était avec eux. Mais Leyvoy n'eut pas le temps de répondre qu'un caillou déjà brisait la fenêtre de la cuisine et que de gros éclats de vitre tombaient sur la table.

— Ah, on en veut à mon cigare, s'écria Mme Houmann.

Erland bondit dehors avec Torkil sur ses talons.

— Je m'occupe du Rat, siffla Torkil entre ses dents.

Erland hocha la tête et, sans aucun préliminaire, ils foncèrent sur les fauteurs de troubles. L'attaque les prit totalement de court. Rógvi vit seulement un géant s'avancer vers lui, et avant qu'il ne le réalise, il vola à travers les airs. Il heurta un lampadaire, perdit son souffle et s'effondra à son pied.

Puis Erland se tourna vers les jumeaux. Il en attrapa un, le saisit par les cheveux et lui arracha la veste de sa main libre. Il déchira chemise et maillot de corps, lui mit les jambes en l'air et lui arracha le pantalon.

Erland sentit un coup dans son dos. D'un bond de karaté, l'autre jumeau essayait de l'abattre. Mais c'était comme tenter de renverser une montagne. Erland lâcha le jumeau à moitié nu et courut après l'autre. Seulement le type était rapide. Et il avait peur aussi. Il sauta par-dessus une voiture, puis dans un jardin, et disparut entre les arbres.

Pendant ce temps, Torkil et le Rat se battaient. Ce n'était pas une bagarre ordinaire. Il était clair que c'était une ancienne haine entre deux enfants de l'orphelinat qui leur brûlait les poings. Ils semblaient être de force égale. Parfois Torkil atterrissait sur l'asphalte, mais il se relevait et catapultait le Rat à terre.

Sa femme avait quitté Hans Dávid. Elle et les enfants avaient vécu un moment à Copenhague. Elle passait aussi du temps chez ses parents à Toftir et, à présent, la protection de l'enfance s'en était mêlée. Toujours est-il que les frères Gigga vivaient maintenant tous dans leur ancien appartement. Tous sauf Adrian, l'aîné des garçons. Quelque temps après cet étrange matin dans l'arrière-cour du couvent, il avait mis le bouchon sur la bouteille et voulu prendre un nouveau départ. Il allait aux réunions chez les pentecôtistes et tentait au mieux de raisonner ses frères.

À la fin, le Rat ne faisait plus que se protéger. Maintenant, il avait peur. Les poings de Torkil le frappaient sur la nuque et sur le côté.

— Maintenant tu arrêtes, dit Fríðrikur à Torkil.

Mais Torkil dit à Fríðrikur d'aller au diable. Dit que le sang du Rat devait couler. Montana essaya de s'interposer lui aussi. Rappela à Torkil que c'était un anniversaire ce soir et que la police était en route, il l'avait lui-même appelée.

Puis la police arriva. Une voisine ouvrit sa fenêtre en grand et cria que c'étaient les petits diables de la mère Gigga qui avaient commencé. Montana expliqua aux agents qu'ils fêtaient un anniversaire quand la vitre de la cuisine avait soudain été brisée. L'agent hocha la tête et dit que les fauteurs de troubles étaient connus au poste.

— C'était de la pure autodéfense, dit Montana. Nous devions nous défendre, sinon ils auraient fait crouler la maison sur nos têtes.

— Je vois bien que vous êtes en habits de fête, dit l'agent. Rentrez donc et continuez à vous amuser.

Vígdis et Mme Houmann avaient déjà tout rangé quand les hommes revinrent dans la cuisine.

— Comme dans les montagnes du Montana, quand on était encore jeunes, dit Montana joyeusement.

— C'est peut-être là-bas qu'on aurait dû être dans sa jeunesse, dit Mme Houmann en rallumant son cigare.

Vígdis essuya le sang du menton de Torkil.

— Allez, allez, mon ami, dit-elle. Faut pas faire triste mine.

Un samedi matin heureux

Fríðrikur était assis, les jambes repliées sous lui. Il était nu et Leyvoy dormait sous l'édredon. Parfois, il se penchait vers elle pour s'assurer qu'elle respirait vraiment. Seul le bout de son nez et de sa bouche dépassait de l'édredon. De silhouette, c'était un garçon manqué, elle avait des hanches étroites et de jolis petits seins, et sa voix sombre donnait l'impression qu'elle l'avait empruntée à un corps plus grand à qui elle avait oublié de la rendre.

Fríðrikur ne savait pas très bien quels étaient ses sentiments pour elle. Il était las du rôle d'épaule disponible ou, comme disait Olaf, de catholique tiens-ma-main. Par Olaf, il avait aussi appris que Leyvoy flirtouillait avec un jeune avocat qui travaillait chez Halldór Danielsen. Alors pourquoi n'allait-elle pas chez l'avocat quand ce bandit de Rógvi lui courait après ? Pourquoi était-ce toujours lui qui héritait des difficultés et de l'hostilité ? Il savait bien que la frontière entre pitié et amour pouvait être assez difficile à déterminer. Mais Leyvoy devait quand même, au moins une fois, venir à lui quand elle rayonnait d'envie de vivre et lui donner la possibilité, oui, de tomber amoureux. Fríðrikur sourit lorsqu'il pensa aux anciennes réflexions du prêtre Heggen. Heggen affirmait que tomber amoureux était en réalité un virus que la culture occidentale avait attrapé et que, surtout ces derniers cent ans, ou depuis que l'urbanisation avait vraiment pris de la vitesse, le virus s'était tellement répandu que c'était devenu une épidémie qui ravageait les villes et détruisait systématiquement hommes et femmes. Et si étrange que cela puisse paraître, c'était en partie le roi-poète Salomon qui en était responsable. Dans le Cantique des cantiques, tomber amoureux était présenté avec une grâce inhabituellement convaincante et une force qui avait à peine sa pareille dans la littérature mondiale. Ni Sappho, ni les poètes courtois du Moyen Âge, ni le controversé Heinrich Heine ne pouvaient se mesurer en tendresse et en louange du désir de la chair au roi Salomon. Le Cantique des cantiques était l'ultime chant d'amour, et Sulamithe, l'essence même de la vraie féminité. Mais alors que le Cantique des cantiques finissait en *happy end*, il n'en était pas de même du cantique quotidien, qui vivait son existence difficile dans les villes du monde occidental. Le cantique quotidien s'était transformé en grenades psychiques qui faisaient éclater les âmes, rendaient les gens malheureux et errants, et leur inspiraient le désir de la mort. Heggen était tout à fait sûr de lui quand il disait que s'il avait été présent au célèbre concile de Nicée, il aurait proposé que le Cantique des cantiques ne soit pas canonisé. Certes, le corps était le temple du Saint-Esprit, comme le disait saint Paul dans la Première lettre aux Corinthiens, mais le Cantique des cantiques était avant tout un poème d'amour érotique, et un tel poème avait plutôt sa place parmi les récits des *Mille et Une Nuits* ou dans une anthologie érotique que dans une œuvre contemplative comme la Bible.

Un soir où Fríðrikur était au cinéma, Adrian, l'aîné des frères Gigga, l'avait salué. C'était pendant l'entracte. Soudain, ils s'étaient retrouvés côte à côte. Adrian s'était approché désagréablement de sa joue et lui avait dit qu'il était désolé de ce qui s'était passé cette nuit-là près de l'église catholique. Fríðrikur ne le crut pas. Ses excuses coulaient trop aisément, comme s'il enfilait des perles et, dans le même souffle, il lui avait demandé comment allait Leyvoy.

— Eh bien, elle n'est plus battue, avait répondu Fríðrikur.

— OK, avait dit Adrian en haussant les épaules. Leyvoy est assez bizarre, faut que tu m'accordes ça. Maman dit toujours que c'est une femme entretenue[1], une de ces personnes trop pitoyables pour se débrouiller seules et qui se laissent asservir par les autres.

Fríðrikur n'avait pas tout de suite compris ce qu'il voulait dire, et il n'avait pas, de toute façon, envie de discuter de Leyvoy avec le fils aîné de la mère Gigga. L'entracte était terminé. Les gens se pressaient vers la porte et Adrian était assis dans les premiers rangs, tandis que Fríðrikur avait pris place plus loin derrière. Mais le mot *entretenue* s'était fiché dans son esprit et ne cessait de refaire surface. Adrian, le pécheur repenti, avait semé, et la terre de Fríðrikur était réceptive à la mauvaise herbe. Voilà précisément ce qui torturait Fríðrikur. Il avait commencé à se poser des questions peu convenables pour un homme amoureux. Leyvoy, se demandait-il, était-elle une de ces femmes sans substance qui se donnaient passivement aux hommes ? Et dans ce cas, avec quelle monnaie s'acquittait-elle de leur aide ? Non, il ne s'agissait pas simplement d'une transaction, la relation n'était pas aussi simple que ça. Mais comment pouvait-elle se sentir attirée par des hommes aussi différents que lui et Rógvi ? Avaient-ils donc des traits communs ? Peut-être Rógvi était-il en

1. Le terme original fait référence à une loi médiévale danoise. Une personne âgée, pauvre ou malade pouvait léguer tous ses biens à une autre personne, en contrepartie de quoi celle-ci la logeait et la nourrissait.

réalité un homme sans port d'attache ? Fríðrikur pensa soudain à son livre tant adoré, *Mon pèlerinage en Terre sainte*, du prêtre Viderø. Le prêtre demande à être pris à bord d'un bateau de pêche pour l'Écosse, quand une petite fille soudain lui demande : « T'habites où ? » La fille ignorait, écrivait le prêtre, qu'elle posait en réalité la plus grande question que l'on puisse poser à une personne, et ce, justement, au moment où il était en route vers la ville sainte de Jérusalem pour trouver une réponse à cette question-là. Fríðrikur aussi connaissait l'absence de foyer, alors peut-être que lui et Rógvi n'étaient pas si différents que ça.

— Chimères ! s'interrompit-il. Rien que des chimères. Rógvi ne possède évidemment pas cette conscience de soi qui est la condition pour vivre une absence d'attaches existentielle. Il n'a certainement pas été baptisé dans de l'eau ordinaire. Pas lui. Quelques gouttes d'un filtre d'oubli ou d'un acide diabolique ont sans doute été ajoutées dans l'eau de baptême.

*

Fríðrikur s'était endormi dans sa position assise et se réveilla quand Leyvoy l'attira à elle.

— Merci de m'avoir aidée hier soir, chuchota-t-elle en posant l'édredon sur ses épaules.

Fríðrikur était soudain tout à fait réveillé, mais il ne lui répondit pas.

— Je le pense, dit-elle. Je le pense vraiment.

— Pourquoi es-tu venue ici ? demanda Fríðrikur. Pourquoi ne vas-tu pas plutôt chez ton avocat ?

— Ne me dis pas ce genre de choses.

— Pourquoi ne viens-tu à moi que quand tu as peur ?

— Pardon, chuchota Leyvoy.

— Arrête de t'excuser, dit Fríðrikur. Ta chambre ressemble à une salle d'attente. Si seulement je savais qui tu attends. Réponds-moi honnêtement, es-tu une femme entretenue ?

Leyvoy n'était pas sûre de bien entendre. Fríðrikur n'avait pas l'habitude de parler comme ça. Il était couché contre elle et elle sentit son érection matinale contre son ventre et son souffle sur sa joue. Elle se détourna de lui et posa les pieds sur le plancher.

— La mère de Rógvi m'appelait ainsi, dit-elle.

— Oui, je sais, répondit Fríðrikur.

Elle regarda ses orteils aux ongles vernis et les leva en un joli arc.

— D'où sais-tu que cette déglinguée m'appelait ainsi ?

— Adrian, ton ex-beau-frère, me l'a dit.

— Vous vous parlez, tous les deux ?

— Il m'a parlé. Mais ça n'a pas d'importance. La question est : la Gigga a-t-elle raison ?

— Que crois-tu, toi ?

— Si tu es vraiment une femme entretenue…

— … alors toi, tu es un chapardeur, l'interrompit Leyvoy. C'est de ça que tu vis. Tu vis de piquer l'amour des autres. Et je ne pense pas seulement à moi, mais aussi à la poupée de Sørvágur aux gros tétons…

Fríðrikur s'énerva.

— C'est Rógvi qui m'a appelé comme ça quand il a pissé sur le sang de mon visage. Un chapardeur de filles.

— Vraiment dommage pour toi, répondit Leyvoy. Elle m'a collé l'étiquette de femme entretenue après que Rógvi m'avait battue avec un cintre.

— Tu es un oiseau de malheur, dit Fríðrikur.

— Et toi, un catholique qui bande, répondit Leyvoy.

Fríðrikur ne saisit pas tout de suite ce qu'elle disait, mais ensuite il éclata de rire. Une telle réplique, il n'en avait jamais entendu de la bouche de Leyvoy.

Il la prit par la taille et la tira sous l'édredon. Ils roulèrent sur le drap et les cris joyeux qui s'épanouirent dans la bouche de Leyvoy le prirent complètement de court.

— Je ne le pensais pas vraiment, que tu étais une femme entretenue.

— Mais je ne sais pas ce que je suis.

— Moi non plus, je ne sais pas ce que je suis, dit Fríðrikur. Un temps, j'ai voulu étudier la théologie. Imagine, je pensais aussi entrer au couvent.

— On peut entrer au couvent quand on bande comme ça ? chuchota Leyvoy en se pressant contre lui.

— Les femmes avec qui j'ai été peuvent se compter sur les doigts d'une main.

— Alors tu faisais quoi ? demanda Leyvoy.

— Qu'est-ce que tu veux dire ? demanda Fríðrikur.

— Tu es la personne la plus intelligente que j'aie rencontrée, mais parfois tu es terriblement bête. N'as-tu jamais, oui, j'ose à peine te le demander, mais tu ne t'es jamais masturbé ?

Fríðrikur rit.

— L'homme célibataire se préoccupe de ce qui appartient au Seigneur tandis que l'homme marié se préoccupe de ce qui appartient au monde. C'est ce qu'a dit saint Paul.

— Mon cher, ne me dis pas que le Seigneur a quelque chose contre le fait de se toucher, rien qu'un tout petit peu.

— Le Seigneur est le créateur du monde et une telle puissance ne va pas espionner ce qui se passe sous les édredons des enfants des hommes. Mais, la main sur le cœur, je n'ai pas pensé beaucoup à la chair. Jamais. Et toi ?

— Quand je suis contente et que je vais bien, j'adore être avec un homme.

— À t'entendre, on croirait que tu en as d'autres que moi et l'avocat.

— Tu ne veux pas de moi, dit Leyvoy. Pas vraiment. Tu ne me rends jamais visite. Nous ne faisons jamais rien ensemble. C'est moi qui viens te voir. Toujours.

Mais ce matin-là, ils étaient ensemble. Jamais auparavant il n'avait connu une Leyvoy aussi adorable. Elle avait soudain fleuri, son visage était souriant et elle sentait comme un beau et délicieux jardin sur le drap. Puis ils s'endormirent dans les bras l'un de l'autre et ne se réveillèrent que lorsque Montana vint les inviter à déjeuner vers midi. Montana n'avait pas de mots pour cette fête d'anniversaire exceptionnelle et il espérait que les maudits garnements, qui avaient essayé de gâcher la fête, seraient mis aux fers.

*

Personne ne se doutait que son espoir serait bientôt exaucé. Le dimanche, deux jours seulement après la fête d'anniversaire, Fríðrikur était au cinéma. Vers dix heures et demie, le film prit fin, et comme souvent, il gravissait l'escalier raide de Glaðsheyggjur pour revenir chez lui, quand soudain deux hommes sortirent d'une cabane installée là par la commune. Même s'il faisait noir, Fríðrikur reconnut tout de suite Rógvi et Hans Dávid. Ils l'avaient sûrement guetté. En tout cas, ils fondirent tout de suite sur lui et très vite le renversèrent à terre. Ils se battirent en silence, mais peut-être parce qu'ils étaient soûls, Fríðrikur parvint à se libérer. Il redescendit en courant vers l'escalier et, même s'il n'y avait que dix pas, il avait pris un tel élan qu'il ne put s'arrêter. Il vola à travers les airs, sa nuque heurta une grosse pierre au pied de l'escalier et, quand Rógvi et Hans Dávid le rattrapèrent, il était couché inconscient et saignait. Vers minuit, il fut trouvé par un vieil homme qui promenait son chien. L'homme appela l'ambulance et, une heure et demie plus tard, le 14 octobre 1982, Fríðrikur mourut sur la table d'opération de l'hôpital Landssjúkrahúsið.

Peu après le Nouvel An, l'affaire parvint devant le tribunal de justice des Féroé. Les accusés furent condamnés pour violence aggravée et pour avoir abandonné un homme qui avait besoin de soins médicaux urgents. Si Rógvi subit une condamnation plus dure, c'est qu'il avait déjà une peine assortie d'un sursis. Hans Dávid fut condamné à deux ans, tandis que Rógvi prit deux ans et quatre mois. Ils furent envoyés purger leur peine à la prison de Copenhague.

LA FAMILLE WILLUMSEN

Les fois où Tórstein Willumsen était retourné aux Îles Féroé depuis le divorce se comptaient sur les doigts d'une seule main. Son premier retour eut lieu à l'été 1966. Il arriva un mardi matin à Tórshavn sur le *Tjaldur* et se rendit directement du bateau chez le tailleur de pierres, qui n'était pas à plus de cinq minutes de marche. Il passa devant les deux magasins de bois, tourna après le fort, et avant même d'apercevoir l'entreprise de taille de pierres derrière les baraques britanniques de l'époque de la guerre, il entendit le bruit de la grande lame de scie qui découpait les morceaux de roche. Son but était de savoir combien coûtait une pierre tombale et combien le tailleur de pierre demanderait pour installer la pierre sur la tombe. Même si Hallgerð et lui avaient divorcé, il espérait qu'ils seraient capables de se parler en adultes. Le tailleur de pierres fut un peu surpris lorsque Tórstein lui exposa la raison de sa venue. Il dit, en accord avec la vérité, que l'automne précédent, Pauli Willumsen était venu avec une pierre qu'il avait trouvée dans la nature. La taille avait été réalisée, et la pierre, installée sur la tombe.

L'information choqua tant Tórstein que sa première pensée fut de quitter le pays aussi vite que possible. Il se sentait mis de côté et humilié, et il ne comprenait pas que son propre frère ait pu y contribuer. L'intention de Tórstein était en quelque sorte de mettre l'accident mortel sous cloche de verre : la pierre tombale serait le symbole que chagrin et raison s'étaient enfin réconciliés et qu'il était possible de continuer à vivre même si un accident mortel avait fait éclater la famille. Mais Hallgerð et donc aussi son frère étaient apparemment d'un autre avis.

Tórstein décida d'aller chez son frère en longeant la mer. Les mâts de charge des bateaux viraient au-dessus du quai, ils avaient commencé à décharger le *Tjaldur* et les grincements des treuils à vapeur s'entendaient à travers tout le port. Il longea le quai de Kongabrúgv et alla vers le promontoire de Tinganes[1]. C'est là que siégeait le gouvernement du pays et, depuis la guerre, les autorités avaient systématiquement racheté les vieux bâtiments qui y étaient situés. Il passa devant Stokkastovan, la maison en rondins, et devant l'aire vide où se trouvait auparavant Vektarbúðin, le bureau de pesage. Il se souvenait bien du soir de 1950 où ce bureau était parti en fumée. Un pyromane y avait mis le feu et, quelques jours plus tard, le fou avait aussi mis le feu à l'hôtel Føroyar, où une femme de chambre avait été brûlée vive. Mais pour Tórstein,

1. Promontoire qui sépare les deux baies est (Eystaravágur) et ouest (Vestaravágur) de Tórshavn. C'est là que fut créé dès 900 le premier Ting, parlement viking, du Nord. Les bâtiments, en bois avec toit de gazon, datent du XVIIe et du XVIIIe siècle.

en cet instant, vu son humeur, tout Tinganes pouvait bien brûler en enfer. Une employée de bureau aux lunettes accrochées à une chaînette lui dit bonjour, et ce fut la seule personne qu'il croisa sur le promontoire. Puis il rejoignit Vágsbotnur et Skálatrøð. En contrebas de la route, les rochers étaient complètement à sec. Il n'avait sans doute pas plu depuis plusieurs jours et ça puait les algues pourries. La raison pour laquelle Tórstein s'arrêta était qu'un radeau était accroché à un rocher. C'était l'ancien terrain de jeu des enfants de Landavegur, et il se souvint d'un soir d'automne où Hallgerð lui avait demandé d'aller chercher Niklas et Elgerda. C'était il y a quatre ou cinq ans à peine. L'obscurité était tombée et le vent soufflait du sud-est. Hallgerð était un peu inquiète, dit que les enfants étaient sûrement allés près de Skálatrøð et qu'Elgerda était toujours tellement déraisonnable. Tórstein avait enfilé ses bottes en caoutchouc et un manteau chaud, puis il était parti avec une lampe de poche. Mais il n'y avait pas d'enfants sur la plage et il ne s'attendait pas non plus à en trouver. Il y avait bien trop de vent pour y jouer. Il avait quand même fait tout le trajet de l'Entrepôt Müller à l'usine Østrøm et, de là à Skálatrøð, s'absentant pendant une petite heure. Lorsqu'il était revenu à la maison, Elgerda et Niklas étaient assis à la table de la cuisine et Hallgerð leur beurrait des tartines. L'événement n'avait quasiment aucune signification. Mais il y avait une différence déterminante entre alors et aujourd'hui. Cinq ans auparavant, ils étaient une famille. Il avait trois enfants à la maison ce soir-là et une femme vers laquelle revenir, une sauvageonne de femme qui en automne sentait si bon les gâteaux.

Tórstein poursuivit vers la petite zone de sable devant l'usine. Il aurait pu essayer de téléphoner à Hallgerð avant de quitter Copenhague, seulement il avait douté que ce soit une bonne idée. La dernière fois qu'il lui avait téléphoné, c'était à Noël. Ils étaient à quai à Marseille et la conversation avait duré tout au plus une minute. Il n'avait pas tout saisi de ce qu'elle disait, mais il avait bien compris que lui, le fils de la pute de Gamlahøvd, devait s'abstenir de lui téléphoner.

Son frère Pauli n'avait pas le téléphone. Tórstein aurait quand même pu lui envoyer une lettre et lui faire part de ses plans, ça au moins il aurait pu le faire. D'un autre côté, Tórstein devait s'avouer que son projet de pierre tombale ne datait que de quelques semaines et que, comme d'habitude, il avait tout fait à la hâte. Il poursuivit vers l'Entrepôt bancal et, une fois arrivé sur le vieux quai de pierre, il envisagea de passer devant l'Entrepôt Müller pour rejoindre le chantier naval. Il n'en eut pas le courage. Il n'avait pas non plus le contrôle de ses émotions et sentit les larmes couler sur ses joues lorsqu'il regarda du côté du rocher où Niklas s'était noyé.

Tu es ridicule, se dit-il, et, dans le même souffle, il demanda pardon à Hallgerð et à son frère pour sa colère. En quoi cela le regardait-il qu'ils aient mis une pierre sur la tombe de Niklas ? C'était lui-même qui était la cause du chagrin, et penser que quelqu'un devrait se sentir obligé de discuter d'une pierre tombale avec lui, ce n'était pas de l'orgueil, c'était une pure mentalité de vaurien. Il avait perdu l'accréditation pour se prononcer sur quoi que ce soit concernant Niklas. Faire profil bas était la seule chose qui lui restait à faire.

Tórstein était arrivé au cimetière, mais il ne se

souvenait pas auprès de quel sentier était enterré son fils. Il n'avait été sur la tombe qu'une seule fois et, même si ce 24 avril 1964 était un des chemins de croix de sa vie, il avait la sensation que ce jour-là n'avait pas existé. Il se souvenait qu'il avait embrassé Kári et Elgerda pour leur dire bonsoir, cela s'était fixé dans sa mémoire et, pour une raison ou une autre, il se souvenait aussi des nonnes et de leurs capes volant dans le vent près de la tombe. Le reste de la journée avait disparu ou bien, comme l'aurait dit Hallgerð, il l'avait chassé par-dessus les hautes montagnes. Grâce à la belle pierre recouverte de lichen, il trouva vite le nom de Niklas Willumsen. Il s'accroupit et dit à voix basse le nom de son fils. Il chuchota aussi le mot *cher*, mais sentit nettement que quelque chose n'allait pas avec sa voix. Au son de ses propres cordes vocales tristes, les mots semblaient faner. Ils entraient dans le champ de la loi de la gravitation, tombaient à terre et disparaissaient parmi les jeunes fleurs sur la tombe.

À bord du bateau, il télégraphiait parfois en morse des messages à son fils. La plupart du temps, l'antenne était éteinte et, tandis qu'il cliquetait sur le manipulateur, il entendait les traits et les points se rassembler en mots et en phrases, et cela précisément plaisait à Tórstein. Il aimait donner à son chagrin ce caractère particulier, laconique, du télégramme. Il lui arrivait aussi d'avoir envie d'allumer l'antenne, et alors il se mettait à cliqueter son chagrin dans l'espace. Le poème *Náttarfriður*[1], que le poète Janus avait traduit d'après

---

1. *Wandrers Nachtlied* (Le Chant nocturne du voyageur) de Goethe. Le poète Janus : J.H.O. Djurhuus, voir note 1, p. 79.

Goethe, lui revint, et délicatement il morsa sur la pierre tombale :

-.-- ...- .. .-. / ....- ---. .-. .--- ..- -- / — .. -. -.. ..
. .-. / .-. ---
.- ...- / -. ---. -.- .-. ..- -- / ...- .. -. -.. ..
...- .- .-.. .-.. .- / .-.. .--- --- -..
...- .. .-.. .-.. .. ... — / ..- -- / ...- ---. .-.. .-..
-... .-.. .. -.- ..- .-. .. -. / -... .-.. ..- -. -.. .- .-. /
.-.- / ... ..-
.- -.. ..
-... ..- .-. — ..- .-. / .. / -... .-.. ..- -. -.. ..
-... . .-. .- ... — / ...- .. — / ---. .-.. .-..

Au bout d'un certain temps de marche, Tórstein vit la terre de son frère apparaître. S'il avait pu faire ses études secondaires en 1938, c'était à son frère qu'il le devait. Pauli les avait financées et, lors de la remise du diplôme, il était présent, vêtu d'un tout nouveau costume. Le soir, chez eux, la table avait été dressée avec des viandes, mouton séché au vent et mouton salé à la féroïenne, et même si Pauli ne touchait quasiment pas aux boissons alcoolisées, il s'était quand même procuré une cruche de genièvre. Il désirait, pour un événement aussi solennel, que leur maison ait quelque chose à offrir. Certes, ils n'étaient pas riches, mais ils n'étaient pas vraiment pauvres non plus. Et à cela s'ajoutait que Tórstein avait obtenu la deuxième place à l'examen. Le seul problème, c'est qu'aucun invité ne s'était présenté. Les frères et la mère habitaient une petite maison à Svangi, mais le temps passait et ils n'entendaient ni pas ni paroles à l'extérieur. Autour de vingt-deux heures, la nourriture avait été retirée de la table et ils étaient allés au lit. On n'en reparla jamais plus, mais pour Pauli, cela avait été une amère humiliation que personne ne soit venu célébrer ce soir de fête. Lorsque leur mère était morte en 1942, il était parti sur sa terre. Pauli avait aménagé la partie nord de la bergerie en logement. Il avait là un châlit, une cuisinière à charbon et un évier en émail. La table de la cuisine se trouvait près de la fenêtre, et de là, il voyait la montagne de Kirkjubøreyn et le grand réservoir sous Gráisteinur.

Tórstein vit son frère debout à la porte, et de nouveau il fut sur le point de pleurer. Un ermite et un baptiste qui parlait plus facilement aux bêtes qu'aux hommes, voilà ce qu'était devenu Pauli depuis de nombreuses années. Tórstein raconta à son frère pourquoi il était venu aux Îles Féroé et le choc qu'il avait éprouvé chez le tailleur de pierres, et il lui dit que sa vie était devenue un sacré foutoir. Pauli écoutait, tout en essuyant de l'extrémité de sa manche l'intérieur d'une tasse. Il trouva le *flacon de médecine*, comme il appelait la cruche de genièvre, et en versa dans la tasse pour son frère.

— Est-ce que je suis si ridicule que tu ne peux pas t'empêcher de rire ? demanda Tórstein après s'être plaint pendant un certain temps.

— Je ne ris pas, cher frère, je souris seulement, répondit Pauli.

— Tu ne souriais pas le soir de la remise du diplôme, dit Tórstein.

— C'est vrai. Ce soir-là, j'étais triste. Pendant toutes ces années-là, je devais penser à toi, je ne souhaitais pas que tu deviennes un original comme ton grand frère.

Est-ce que ça a réussi, ça, c'est une autre question. Mais, ce soir-là, je m'étais promis de m'installer sur ma terre dès que maman mourrait et c'est ce que j'ai fait. Et imagine, aujourd'hui, j'ai quatre ans de plus que maman. Je t'en remets un peu ?

Tórstein poussa sa tasse vers son frère, puis Pauli lui parla de la pierre tombale. Un jour où il avait rendu visite à Hallgerð, elle lui avait demandé s'il ne pouvait pas trouver une pierre appropriée pour la tombe de Niklas, et ce service, Pauli ne pouvait pas le lui refuser. En tant qu'oncle paternel, il pensait qu'il était de son devoir de trouver une pierre pour le garçon, surtout maintenant que son père n'était pas là. Pendant un temps, il avait gardé l'œil ouvert et même trouvé plusieurs pierres adaptées. Celle qui était le mieux placée se trouvait près du lac le plus proche, sur la route pour Velbastaður. Il expliqua à son frère qu'il aurait pu rapporter seul la pierre, mais qu'il avait pensé que c'était une bonne idée de se faire aider par Kári.

— Kári a été si triste quand toi et Hallgerð avez rompu, et Niklas aussi lui manquait. Je ne sais pas comment le dire, c'était comme si Kári avait été oublié ici sur terre. C'est pourquoi je lui ai demandé de venir m'aider, et tout de suite il a été partant. Un samedi matin, nous sommes allés ensemble à Velbastaðhálsur et j'aurais souhaité, et je l'ai dit aussi à Kári, oui, j'aurais souhaité que tu sois avec nous ce matin-là. Il avait gelé pendant la nuit et il y avait une fine couche de glace sur le lac. La terre était passablement dure et, une fois que nous avons eu fixé la corde sur la charrette et attaché un bout autour de la pierre, nous l'avons tirée avec précaution sur deux planches. Kári tirait la corde par la taille pendant que je basculais la pierre avec la barre de fer et, quand nous avions fait une longueur de planche, nous replacions les planches devant. Enfin, la pierre est arrivée sur la route et nous l'avons chargée dans la voiture. Elle pesait dans les quatre-vingt-dix kilogrammes. Nous nous tenions chacun d'un côté des planches, moi à l'ouest et Kári à l'est. Un ou deux pouces à la fois, c'est ainsi que nous nous sommes coltiné la pierre jusqu'à ce qu'elle soit sur la charrette. J'avais beurré quelques tartines et je dois te dire que c'est un jeune homme satisfait qui a mangé son pain ce matin-là. Pendant que nous travaillions, le cheval broutait près du lac. Je l'ai attelé de nouveau, puis nous sommes allés apporter la pierre au tailleur de pierres.

Le retour à Tórshavn

À présent, Pabbaba était mort, et Tórstein et Kári étaient revenus pour l'enterrement. Ils descendaient vers Tórshavn en autocar et, même si Kári ne le dit pas à son père, il devait reconnaître que cette ville, qu'il voyait s'étendre vers les terrains autour de la rivière Sandá d'un côté et vers le village de Hoyvík de l'autre, n'était plus sa ville. Tórshavn était devenu un lieu où l'on accompagnait famille et connaissances au cimetière. Ingimar et Staffan étaient morts, tout comme Fríðrikur de l'orphelinat, même s'il ne pouvait pas dire que celui-ci était un ami intime. Kári n'avait aucune relation avec ses anciens camarades

des Jeunes Républicains. La plupart étaient mariés et avaient maison, femme et enfants. Et dans cet ordre, précisément : la maison d'abord. C'était la maison qui était le cadre du couple féroïen, c'est par ses portes, fenêtres et escaliers qu'il fallait faire entrer de force l'amour. Kári aurait bien sûr pu rendre visite à Olaf Lydersen. Seulement il n'avait pas la moindre envie d'entendre sa femme Karin lui demander comment allaient ses études. Cette façon qu'elle avait de le lui demander, avec ce soupçon de sourire, était d'emblée arrogante, comme si elle savait d'avance que tout n'allait pas spécialement bien. Tout le monde savait tout sur tout le monde sur ce monticule de roches couvert de balanes de l'Atlantique. C'était comme si chacun avait reçu en cadeau de baptême un livret de rôles où étaient inscrites les répliques principales de toute une vie. Y étaient également écrits les mots de passe et les mensonges de circonstance. Il suffisait de feuilleter dans la table des matières. Sa sœur Elgerda vivait à Reykjavík, et son père, qui était assis à côté de lui et parlait de poisson fermenté et de lard de baleine, avait son appartement sur Peder Skramsgade. Kári regretta à demi d'être revenu pour l'enterrement de Pabbaba. Il était en train de se faire étouffer par ses propres ondes négatives, comme le dit Donald Sutherland dans le film *De l'or pour les braves.* Mais si Sutherland gardait son sens de l'humour dans le tank meurtrier, Kári n'était qu'un passager maussade d'un des autocars d'une quelconque compagnie féroïenne. Sa relation avec sa mère s'était légèrement améliorée ces dernières années, ou plutôt depuis qu'il était parti à Copenhague. Sa mère n'était plus aussi insensée et elle arrivait à parler de son mari sans être absolument obligée d'entonner son refrain habituel de malédictions sur le fils de la pute de Gamlahøvd. Pour de bonnes raisons, Kári n'avait jamais connu sa grand-mère paternelle, mais il ne comprenait pas pourquoi sa mère s'acharnait à la rabaisser, elle et sa pauvre tête.

Tórstein entendit Kári soupirer. Il lui donna une tape sur le genou et dit :

— *Cheer up, my friend.*

Kári se contenta de hocher la tête. Il était clair qu'il avait commencé à ressembler à un Féroïen qui a échoué en pays étranger. Ce n'était pas de son plein gré, mais c'est ainsi que les choses s'étaient déroulées. Pendant deux ans, il avait étudié la littérature nordique à l'université de Njalsgade, à Copenhague. Ou plutôt : les premiers six mois, il avait régulièrement assisté aux cours magistraux, mais il ne s'était pas présenté aux épreuves de méthode et de littérature des sagas, ce qui fit qu'il n'obtint pas de bourse pour l'année scolaire 1982-1983. Pourtant, il ne pouvait pas affirmer que c'est le manque d'argent qui avait conduit ses études dans une impasse. Peut-être le problème était-il qu'il avait commencé trop tard à étudier. Il se souvenait bien que Staffan avait dit qu'un homme de trente ans n'avait rien à faire à l'université. L'université était un monde de verre, et les plantes rares qui y étaient cultivées ne connaissaient pas d'autre oxygène que celui qui s'était accumulé entre les livres. Si on entrait à l'université tout jeune, on avait la possibilité de s'habituer à l'air raréfié qui circulait dans les longs couloirs. Mais pas comme trentenaire. Bien sûr, il y avait des exceptions. Des personnes intelligentes, soudain devenues invalides, qui peut-être avaient commencé à étudier la théologie, la psychologie ou une autre matière pour laquelle le fait d'être handicapé n'était pas un obstacle, même plutôt un avantage, de telles personnes étaient susceptibles de s'habituer à l'air raréfié.

L'autocar entra dans le parc de stationnement devant Aksturbil, et près de l'entrée, Kári vit sa mère, sa sœur Elgerda et les deux enfants de celle-ci, Ranka et Petit Niklas.

Hallgerð avait été au chevet de son beau-frère la nuit où celui-ci était mort. Depuis un certain temps, il s'était affaibli, une couleur bleue était apparue sous ses ongles, et quand Hallgerð réchauffait ses doigts entre ses mains, ils étaient raides et froids comme des branches gelées. Les veines sur ses lèvres étaient devenues plus visibles, l'implantation des dents se devinait à travers la lèvre supérieure et le nez se profilait, pointu et blanc, au milieu du visage. Et justement le nez pointu, dit l'infirmière de la maison de retraite, montrait que la mort avait déjà prise sur l'homme. Plus d'une fois Pabbaba avait cru que Hallgerð était sa mère, et sa belle-sœur avait bien cette forme de corps réconfortante et généreuse qui pour les vieillards évoque souvent leur mère. Ses sens obscurcis faisaient aussi que pour lui, elle sentait le lait et, quand Hallgerð lui caressait le front, il fermait les yeux avec confiance. Et elle en était persuadée, si elle avait déboutonné son chemisier, dégrafé son soutien-gorge et posé son visage froid contre ses seins chauds, il serait mort de pur bonheur. Dans la nuit du 3 au 4 août, Hallgerð avait somnolé un peu dans le fauteuil, et quand elle s'était réveillée, Pabbaba était mort. Elle avait embrassé son cher beau-frère sur le front, retiré un peu de bave séchée des commissures de ses lèvres et fermé ses yeux.

Deux jours après le décès, Elgerda et les enfants étaient arrivés de Reykjavík. Dans le tiède et calme temps du mois d'août, ils étaient allés à l'hôpital Landssjúkrahúsið. Ranka allait sur ses treize ans, et Niklas, qui tenait la main de sa grand-mère, devait commencer l'école après les vacances. Hallgerð avait trouvé un brancardier et lui avait dit qu'ils souhaitaient voir le corps de Pauli Willumsen.

— Ce n'est pas pour chicaner, dit le brancardier lorsqu'il ouvrit la porte de la chambre froide. Mais essayez de le mettre en terre le plus vite possible. Vous voyez bien qu'on manque de place ici.

Il y avait cinq cercueils côte à côte près du mur, et sur les traverses reposaient les couvercles. Elgerda regarda dans les cercueils. Elle pensa aux fois où, petite fille, elle avait enterré des étourneaux morts dans le jardin ; les têtes des étourneaux avaient exactement le même air distant que les visages des défunts. À Reykjavík, ils n'avaient pas de jardin. Petit Niklas devait avoir quatre ans quand lui et sa mère avaient trouvé un étourneau mort. Niklas avait déjà vu des bateaux morts, c'est comme ça qu'on appelait les bateaux de pêche remontés à terre, quille en l'air. La pleine lune au-dessus de Bláfjøll aussi était morte : c'était le soleil qui était mort et pendait à un fil au ciel. Mais voir un oiseau qui ne sifflait ni ne chantait, et qu'on pouvait toucher du bout des bottes, c'était une sacrée énigme.

C'est après cet événement qu'Elgerda avait commencé à parler à son fils de sa toquade pour les étourneaux comme petite fille. Et cela s'était développé en de nombreuses histoires. Elle avait enterré au moins dix étourneaux et quelques moineaux dans le jardin de sa mère à Tórshavn, et sur les petites tombes, elle mettait soit un bâton, soit un caillou. Niklas aimait bien l'entendre parler des tombes. Et aussi des autres événements qui avaient à voir avec Landavegur et Tórshavn. Il adorait entendre parler des dentiers que Mme Haraldsen fabriquait pour les gens. Quand quelqu'un mourait à Tórshavn, disait Elgerda à son fils, alors on avait l'habitude d'entendre frapper chez Mme Haraldsen. Il arrivait que jusqu'à trois ou quatre squelettes se tiennent devant sa porte. Parfois, un squelette de papa et un squelette de maman avec un petit squelette d'enfant entre eux. Ce qu'ils voulaient, c'était donner leurs dents à Mme Haraldsen, parce que quand on est mort, on ne mange plus ; si, un loup de mer est capable de manger même après sa mort. Il était une fois une femme qui avait fait cuire un loup de mer et, quand elle voulut sortir le loup de mer et les pommes de terre de la casserole, les pommes de terre avaient disparu. C'est le loup de mer qui les avait mangées. Mais c'était le seul exemple que connaissait Elgerda de morts capables de manger. Mme Haraldsen était une dame décente et elle remerciait toujours poliment les squelettes pour les dents et, lorsque les morts repartaient, parfois, ils faisaient un signe à Elgerda qui se tenait à la fenêtre.

Pabbaba était dans le cercueil le plus éloigné. La dernière fois qu'Elgerda lui avait parlé, c'était l'été précédent. À ce moment-là, il ne se souvenait plus de ce qui s'était passé la veille ou l'avant-veille, mais sa mémoire du passé était indemne. C'est pourquoi cela avait secoué Elgerda quand Pabbaba, sans aucune raison apparente, lui avait dit que ce n'était pas vrai qu'il était le père de Tórstein. C'était un mensonge inventé par les gens du Conseil agricole féroïen. Ils voulaient lui retirer sa terre, voilà ce qu'ils voulaient, c'est pour ça qu'ils essayaient de le compromettre avec des ragots.

— Regarde bien Tórstein, avait dit Pabbaba. Tu ne vois pas qu'il ressemble comme deux gouttes d'eau à William Heinesen, le fils de Zakarias ? Et pas seulement de visage. Oh non. Exactement comme l'écrivain, Tórstein s'est promené en sifflotant toute sa vie. Maman travaillait dans la boutique de Heinesen, et Heinesen était un homme qui aimait les femmes. C'est comme ça que ça s'est passé.

Le visage de Pabbaba était si sérieux, son nez pointu et givré ressemblait à tel point à un bec qu'il avait vraiment l'air d'un oiseau. Le personnel de la maison de retraite lui avait mis son vieux costume, et entre ses minces doigts blancs reposait le Nouveau Testament dans la traduction de Victor Danielsen. Ils l'avaient aussi rasé, mais la barbe avait repoussé un peu, et les poils givrés évoquaient un oiseau ébouriffé. Elgerda demanda aux enfants s'ils voulaient donner un baiser d'adieu à Pabbaba. Ranka secoua la tête et lui fit un petit signe du bout des doigts. Le cercueil était trop haut pour Niklas, sa grand-mère le souleva et il jeta un regard grave sur tous les cercueils. Il demanda à sa grand-mère s'il était dangereux de mourir et demanda aussi combien de temps on mourait. À la première question, la grand-mère répondit que non, ce n'était pas dangereux de mourir. Mais combien de temps on mourait, elle ne le savait pas vraiment. Elgerda n'avait pas envie d'embrasser son oncle paternel. Il était évident que la mort avait pris possession de l'homme et avait entouré son visage de poils de barbe bien trop pointus. Elle toucha prudemment ses mains et lui chuchota au revoir.

Hallgerð vit qu'Elgerda avait du mal à se contrôler.

— Qu'est-ce qui se passe ? chuchota-t-elle.

— Ce n'est pas pour chicaner, mais on manque de place ici, dit Elgerda en imitant la voix du brancardier.

Sa mère lui pinça le bras.

— Ne va pas attraper un fou rire ici ! Ce ne serait jamais oublié.

*

Et maintenant ils étaient devant la station de taxis d'Aksturbil. Hallgerð était encore une belle femme. L'expression dure de son visage s'était un peu adoucie avec les années et, si elle avait pris quelques kilos, ils étaient répartis là où ils vont bien à une femme. Au début des années 1980, les femmes mettaient rarement des bas de nylon, pourtant elle s'en était acheté une paire et avait récupéré son vieux porte-jarretelles sur une étagère. Elle avait remonté sa robe devant le miroir de la salle de bains et regardé sa peau nue entre le haut des bas et les culottes.

La seule relation régulière qu'elle avait eue avec un homme depuis le divorce était avec un représentant danois qui venait aux Îles Féroé vendre du matériel de bureau. C'était arrivé quelques années auparavant, et elle savait bien que l'homme était marié, mais n'y accordait que peu d'importance. Elle ne cherchait pas à se lier à un homme, mais elle aurait juré, et cela, elle le dit à sa sœur Fríða, elle aurait juré que la liaison avec le Danois lui permettrait de se défaire de ses maudites bactéries psychiques, comme elle disait. Elle avait eu quelques autres petites aventures, et parfois le Dávur de Mme Haraldsen venait en visite, mais c'était juste quelque chose de rapide sur le banc de la cuisine, puis ils parlaient de la pluie et du beau temps.

Elgerda avait l'impression que quelque chose se tramait entre ses parents et elle pensait que cela avait commencé à Reykjavík, tout à fait par hasard. Un an et demi plus tôt, autour du Nouvel An 1981-1982, l'ancienne compagnie maritime du père lui avait demandé de faire un voyage en tant que remplaçant. Ils avaient été à New York et, au retour vers l'Europe, avaient accosté à Reykjavík et chargé quelques marchandises. Il ne s'agissait que de quelques heures, mais Tórstein avait profité de l'occasion pour rendre visite à sa fille. Il apportait des cigarettes dédouanées et une caisse de bières pour son gendre. Ce que Tórstein ne savait pas, c'est que Hallgerð avait passé Noël à Reykjavík. Ils ne s'étaient pas vus depuis 1971 et cette rencontre les prit tous les deux de court. Soudain, ils se retrouvaient face à face. C'étaient les beaux yeux sombres de Hallgerð, mais aussi ses yeux accusateurs, oui, presque perçants, qui prenaient le plus de place dans son souvenir. Plus que toute autre femme, Hallgerð avait vu son mauvais versant et tous les cafouillages qu'il avait envoyés par-dessus les hautes montagnes. Mais son aspect physique avait pâli dans sa mémoire. Parfois, quand il voyait une belle femme à la fin de la trentaine, il pensait que c'est à peu près à ça que ressemblait Hallgerð quand ils s'étaient séparés. Et à présent il se tenait devant elle, une femme au milieu de la cinquantaine. Il était dix heures du matin passées, mais elle était encore en kimono et en chaussettes de nuit. Tórstein dit, ce qui était vrai, que le bateau repartait vers midi et qu'il n'était venu que pour dire bonjour. Pourtant, il retira son manteau et ses bottes, et il avait été assez prévenant pour apporter deux petites boîtes de caramels pour les enfants. Il but une tasse de café, dit qu'ils venaient directement de New York et que certains de ses camarades de bord l'avaient amené dans une rue au coin de laquelle un psychopathe avait tiré sur John Lennon l'année précédente. Hallgerð lui demanda si, sur ses vieux jours, il s'était mis à la musique pop, et la question fut posée de telle manière que cela les fit tous rire, même Tórstein. Le gendre lui proposa de le ramener sur le quai, et pendant qu'il démarrait la voiture, Tórstein dit au revoir à sa famille. Il n'arrivait pas bien à contrôler ses sentiments et, même s'il avait envie de toucher l'épaule ou les cheveux de Hallgerð, il n'osa pas. Hallgerð fut cependant assez magnanime pour le prendre par la main et lui caresser la joue de deux doigts.

Anobium punctatum

La maison sur Landavegur n'avait pas beaucoup changé depuis le divorce, mais elle était malgré tout en assez bon état. En 1968, Hallgerð y avait fait installer le chauffage au fioul. Partout dans Tórshavn, les gens furent équipés de cet appareil miraculeux qui prévenait les maladies liées au rhume durant les mois d'automne et d'hiver. Ce fut aussi la fin du petit parasite *Anobium punctatum* qui adorait percer des trous dans le bois humide. Là où la vrillette avait sévi, les planches ressemblaient à d'immenses flûtes. Et cela aussi, Elgerda le raconta à Petit Niklas, à savoir qu'autrefois, quand le vent soufflait à travers les minuscules trous que le ver avait percés, les chats et les étourneaux se postaient dans le jardin pour écouter le jeu de flûte, qui était à la fois amusant et effréné. Les caisses de charbon dans les caves avaient disparu en même temps que les cuisinières à charbon, les tas de cendres et la fumée qui, les jours calmes, était suspendue au-dessus des rues de Tórshavn. Cependant, Hallgerð était de celles qui n'avaient pas jeté la cuisinière à charbon. Non qu'elle s'en servît souvent. Mais si elle devait désigner une chose dont elle avait vraiment été contente et qui avait signifié quelque chose pour elle, c'était la cuisinière à charbon. Par pur sentiment de piété, comme le disait son frère Hjalti, elle avait conservé sa cuisinière.

— Qu'est-ce qui se passe ? demanda Kári.

Avec Elgerda et les enfants, ils étaient rentrés en taxi, tandis que les vieux revenaient à pied.

— Sexe de retraités, répondit Elgerda.

— Tu en es sûre ?

— Je ne suis sûre de rien, en ce qui concerne Mlle Debess et papa. Mais tu ne trouves pas que maman est devenue plus normale ces dernières années ?

— Absolument, dit Kári.

— Et alors ? Peut-on dire la même chose de toi ? demanda Elgerda d'un ton un peu taquin.

Kári sourit.

— Je suis le fils de ma mère.

Elgerda fit un baiser à son frère.

— Je ne veux pas dire que tu es anormal. Seulement, tu ne sembles pas très heureux.

Niklas tira son oncle par la manche.

— Oncle Kári, tu as dit qu'il y avait un homme au Danemark qui demandait de mes nouvelles.

— C'est vrai, répondit Kári. Il a demandé des nouvelles de Niklas, qui vit à Reykjavík. Il m'a demandé d'apporter un paquet pour lui. Est-ce que ça pourrait être un autre Niklas ?

— Il n'y a qu'un Niklas à Reykjavík.

— OK. En tout cas, il m'a demandé d'apporter le paquet. Seulement, je ne me souviens pas de ce que j'ai fait de ma valise.

Kári avait téléphoné à Reykjavík et demandé à Elgerda s'il y avait quelque chose dont Ranka et Niklas manquaient ou qu'ils souhaitaient. Elgerda avait répondu que Niklas devait commencer l'école après les vacances, alors un cartable serait peut-être une bonne idée.

Niklas arriva en traînant la valise dans la cuisine et la posa aux pieds de son oncle. Kári s'accroupit et mit les mains sur les épaules étroites de son neveu.

— L'homme a dit aussi que grand-maman et grand-papa devaient être présents quand tu ouvrirais le paquet.

— Ils arrivent quand ? demanda Niklas, impatient.

*

Pour la première fois depuis dix-neuf ans, Tórstein et Hallgerð marchaient ensemble à travers la ville. Non, ce n'est pas tout à fait juste. Lorsque Tórstein était rentré en février de cette même année, ils s'étaient rendus ensemble au cimetière devant la tombe de Niklas. Mais en février, ils n'avaient pas osé marcher bras dessus, bras dessous. Maintenant, six mois plus tard, juste devant la station du télégraphe, Hallgerð fourra la main sous le bras de Tórstein. Soudain, sa main était là et, même s'il fut surpris, il ne le montra pas. Hallgerð ne dit rien non plus, mais il sentit ses doigts toucher son poignet dans la poche du manteau.

Tórstein osait à peine se formuler la pensée, mais dix-neuf ans auparavant, il était un homme au milieu de la quarantaine et à présent, il avait soixante-trois ans. Non qu'il se sentît beaucoup plus vieux dans son esprit, ça non. Il était d'avis que les oiseaux libres vieillissent plus joliment que les oiseaux en cage apprivoisés. Régulièrement, à travers les années, lorsqu'il naviguait encore, mais aussi à Copenhague, il avait regardé les roses des différents jardins qu'il avait visités, et pendant assez longtemps il avait séjourné dans le parterre de Dagmar Holstrup. Que certains de ces jardins portent le nom horrible de *bordel* ne préoccupait pas Tórstein. Tout bien considéré, toutes les femmes coûtaient de l'argent. Alors que ce soit un règlement comptant après une nuit ou des frais récurrents à plus long terme, c'était du pareil au même. Et tôt ou tard, on se faisait cramer. Ou on se cramait soi-même. C'étaient les conditions de l'amour.

— Quand as-tu l'intention de me faire ta déclaration ? demanda Hallgerð en caressant les fines veines de sa main.

— Tu n'es pas un peu cash, là ?

— Moralement, tu possèdes la moitié de la maison, dit Hallgerð.

— Ni moralement ni d'aucune autre façon, je ne possède quoi que ce soit dans la maison. Et ce que je possédais un jour en toi, je l'ai perdu.

— Il faut que tu me le dises franchement, Tórstein. Je n'ai pas d'énergie pour le romantisme. Le romantisme me rend nerveuse. Je ne suis pas le genre à me faire courtiser, tu le sais bien. Si tu veux te marier avec moi, alors dis-le et dis-le maintenant. Mais je ne reviens pas au Willumsen. Si tu veux de moi, alors prends-moi comme Hallgerð Debess.

Quand le couple arriva enfin à Landavegur, Elgerda avait fait du café et dressé la table. Sa mère avait roulé et ficelé deux saucissons farcis d'épices, et même si autrefois elle avait l'habitude de faire bouillir les saucissons, pour cette occasion particulière, elle les avait rôtis. Elle avait aussi préparé et salé une épaule fraîche. Elle était encore le capitaine en cuisine, et comme autrefois, quand il y avait un événement particulier, la maison sentait les gâteaux. Hallgerð s'attendait à ce que des gens viennent après l'enterrement et elle avait confectionné des caisses entières de macarons, de gâteaux aux dattes et de cornes au massepain. Elle avait aussi parlé à un missionnaire de la Communauté des Frères et lui avait demandé de dire quelques mots près de la tombe.

Pendant qu'ils étaient assis autour de la table, Niklas tira Kári par la manche.

— Maintenant, grand-maman et grand-papa sont arrivés, dit-il.

Kári ouvrit la valise et donna à Niklas un gros paquet emballé dans du beau papier. Niklas applaudit quand il vit que c'était un cartable, et dans le sac, il trouva une trousse et une grande poignée de caramels. Elgerda lui demanda de mettre le cartable sur son dos et, lorsqu'ils eurent fixé les bretelles, ce fut comme si le garçon grandissait de plusieurs centimètres. Ranka reçut aussi un paquet. Elle l'ouvrit avec précaution, et lorsqu'elle vit l'image d'un walkman sur la boîte, elle regarda poliment son oncle et son grand-père, et dit merci à sa façon calme.

*

Le samedi 7 août, Pabbaba fut porté hors de la chapelle du nouveau cimetière. Comme toujours quand c'est une personne âgée qui est enterrée, il n'y avait pas grand monde dans le cortège. Le discours sur la tombe ne fut pas non plus des plus longs, mais le missionnaire dit quand même quelques mots que Kári trouva à la fois vrais et beaux. Pauli Willumsen, dit-il, était un de ceux qui avaient toujours vécu dans la ville, et si l'on pouvait s'imaginer un musée pesant autour de soixante-cinq kilogrammes, alors son nom serait Pauli. Entre autres parce que Pauli était le dernier en ville à utiliser une voiture à cheval. En 1919, Pauli avait commencé à venir à la Communauté des Frères à Ebenezer et, la dernière fois qu'il avait été dans la salle, c'était en novembre 1982. Et pendant toutes ces années, il était venu aux réunions en sarrau et avec un bonnet féroïen bleu. En plus de son côté vieux jeu, Pauli Willumsen était un homme exceptionnellement doux. Et c'était une des raisons pour lesquelles, pour les enfants d'Ebenezer et sûrement aussi pour ceux de Landavegur, l'homme avait une image de grand-père. À présent, Pauli était arrivé à la maison, dit le missionnaire, et il emportait dans la tombe un exemplaire du Nouveau Testament dans la traduction de Victor Danielsen.

Tórstein, Kári et l'Aksel de Fríða portèrent Pabbaba avec trois hommes de la communauté. Ce qui réjouissait Tórstein, c'était qu'il y avait plusieurs personnes de Landavegur dans le cortège et qu'ils exprimaient de l'empathie. Peut-être est-ce une façon de me souhaiter la bienvenue à la maison, pensa Tórstein. En tout cas, Holli le prit par la main une fois que le cercueil avait été descendu dans la fosse et dit que c'était bon de les voir ensemble, lui et Hallgerð.

Il y avait eu bien des changements sur Landavegur, depuis qu'*Anobium punctatum* avait été chassé. C'est sûr. Mais le plus grand changement était certainement que les *Anobium punctatum* psychiques qui avaient percé des trous et des couloirs secrets dans le cerveau de Hallgerð avaient également été chassés, ou en tout cas, elle avait pris le pouvoir sur eux. Vingt ans auparavant, il aurait été impensable que Hallgerð tape sur son verre et se lève. Mais c'est ce qu'elle fit ce soir-là après l'enterrement, alors que toute la famille était assise autour de la grande table du séjour. Au café, Elgerda versa du cognac dans les verres et, comme autrefois, Hjalti était assis avec son cigare à la main et soufflait de fins filets de fumée par la bouche.

— Il y a quelque temps, commença Hallgerð, j'ai demandé à Tórstein d'aller me faire quelques commissions. Et comme vous vous en souvenez peut-être, Tórstein est un homme qui écoutait toujours ce que je disais. Il est parti et, les commissions enfin faites – Hallgerð compta jusqu'à dix-neuf sur ses doigts –, dix-neuf ans étaient passés. À présent, Tórstein revient. Et cette fois, je crois que le temps des commissions est fini. Hjalti a l'habitude de dire que l'amour est une affaire de personnes adultes. Tórstein a soixante-trois ans et moi, j'en aurai bientôt cinquante-neuf, alors si c'est vrai ce que dit mon frère, ça devrait sans doute nous réussir cette fois-ci.

« À présent, mon cher beau-frère passe sa première nuit sous terre, poursuivit-elle. Et maintenant que mes plus proches sont présents, je me permets de dire que Tórstein, moi, Elgerda et Kári, nous avons hérité d'un compte d'épargne d'environ huit cent mille couronnes. L'argent sera divisé en quatre parts égales, et ce que feront mes enfants avec cet argent, je ne m'en mêlerai pas. Mais Tórstein et moi, nous allons faire un voyage, je ne sais pas exactement où. Une chose est certaine, nous voyagerons très loin. Voilà la décision que j'ai prise ! Levons notre verre à Pabbaba et à l'amour. Santé à vous tous !

OLAF LYDERSEN

Olaf reconnut tout de suite Mlle Askildsen à sa façon de marcher et, à en juger par ses pas pressés, c'était à lui qu'elle voulait parler. Olaf savait comment marchaient la plupart des personnes de son service ; les pieds étaient comme des manipulateurs Morse qui envoyaient des signaux dans ce qu'il appelait sa *Ô si grande obscurité*. Parfois aussi, il entendait venir des personnes qui n'étaient pas réellement là. Les pieds arrivaient alors par des chemins évoquant ceux que le pauvre Djalli avait dessinés sur la carte de l'Atlantique Nord, lorsque l'île de Súrtsey avait vu le jour. Mais, tandis que le chemin de Djalli avait été construit sur une éruption volcanique imprévisible et sur la nostalgie de sa mère, les visites d'Olaf provenaient de l'obscurité d'où naissent les visions.

Ainsi, un jour où sœur Bertha lui avait rendu visite, elle avait raconté à Olaf que, dans sa famille, il n'était pas inhabituel que les gens deviennent séniles dès l'âge de soixante ans, et elle espérait que son neveu Karol ne subirait pas le même triste sort. Olaf reconnaissait sœur Bertha à ses courtes dents jaunâtres. Ses dents de devant ne faisaient pas plus d'un centimètre de haut et ses larges molaires étaient usées par les croûtes de pain, le poisson séché et toutes les prières qu'elle avait récitées au cours d'une longue et dure vie de couvent. Même en tant que squelette, elle ressemblait à un divan debout et ses côtes rondes faisaient penser aux ressorts du divan. Elle portait son voile de nonne lorsqu'elle arriva en boitillant dans la chambre, et le tissu grisâtre lui descendait presque jusqu'aux vertèbres inférieures. Elle dit que son grand souhait était de faire venir Karol aux Îles Féroé pour y prêcher, et peut-être déposerait-il des fleurs sur sa tombe. La dernière fois qu'ils s'étaient parlé, c'était en 1978 ou en 1979, il avait alors téléphoné du Vatican et lui avait dit qu'il avait été nommé pape. Et, en même temps, il lui avait dit qu'il avait appris une petite chanson féroïenne. C'est ça, justement, qui avait effrayé sœur Bertha. Car la démence, disait-elle, commençait souvent par des idées fixes, comme de chanter des chansons bizarres.

Mlle Askildsen tapota les deux oreillers d'Olaf et lui demanda s'il voulait mettre ses lunettes de soleil. Elle avait été le lien entre Olaf et le journaliste Kristinn Julius, qui se trouvait actuellement à la réception et attendait.

— Pas aujourd'hui, dit Olaf. Laissons le type vivre *Circus Horror* en première ligne.

— Humeur guerrière ? demanda Mlle Askildsen.

— Absolument pas. Seulement je ne comprends pas pourquoi des personnalités cultivées, et surtout des homos, doivent absolument se distinguer par un nom de famille aussi ridicule que Julius. Julius í Syðradali, Julius hjá Maðkur ou Julius Caesar, voilà les véritables

Julius. Julius est la porte d'entrée d'une personnalité, pas la porte de derrière.

— Je ne connais pas les deux premiers Julius cités et je ne sais pas prononcer ces noms. Mais ne crache donc pas trop de venin – pas aujourd'hui. Kristinn Julius est un journaliste sérieux et il semble aussi être un homme décent.

— Merci pour ta prévenance, *baby*, dit Olaf. Mais, crois-moi, les journalistes décents sont des journalistes répugnants. Jeppesen était un rat de cette espèce.

Kristinn Julius était un visage connu dans le milieu homosexuel de Copenhague. Au cours de l'année précédente, il avait, à intervalles réguliers, rédigé dans le journal *Politiken* des portraits de Danois connus atteints du sida. S'il avait eu le désir d'interviewer un Féroïen connu atteint du sida, c'est que Julius lui-même était à moitié féroïen. Il avait envoyé à Olaf certains de ses articles-portraits, et Mlle Askildsen les lui avait lus. En soi, ils ne pouvaient pas être qualifiés de litigieux. Lorsqu'un homme marqué par la mort prend publiquement la parole et parle de sa vie et de sa mort proche, les gens s'arrêtent toujours un instant et réfléchissent. Mais certains passages étaient si pénétrés de sentimentalité et de platitudes sur la mort qu'Olaf en avait ri à s'en tenir les côtes de douleur. Lors d'une conversation téléphonique, Kristinn Julius lui avait demandé ce qu'il pensait des portraits, et Olaf lui avait répondu ironiquement que, parfois, un violoncelle aurait été un accompagnement parfait, ainsi que peut-être un verre de sherry.

Après les salutations d'usage, Olaf interrogea Kristinn Julius sur sa famille féroïenne. Il ne voyait évidemment pas son visage, néanmoins il devinait chez l'autre une certaine réserve ou une pointe de déplaisir pendant qu'il rendait compte de ses liens familiaux.

— Mon visage te fait-il peur ? demanda Olaf.

— Par rapport aux photos, tu es un peu changé, répondit Kristinn.

— On change quand on va mourir, et aussi quand on devient aveugle. Mais dis-moi une chose.

Olaf s'arrêta un instant. Son visage n'était plus grand-chose d'autre qu'une pomme d'Adam et un nez, et une de ses clavicules dépassait un peu du col de la blouse comme la poignée d'une valise.

— Dis-moi, quel genre d'homo es-tu ?

La question prit Kristinn Julius de court.

— Je ne sais pas ce que tu veux dire, dit-il. Je suis un homo normal. Mais je suis fier de me dire homo. Peut-être puis-je te demander la même chose ?

Les yeux aveugles se dirigèrent avec impatience vers Kristinn Julius.

— Je ne trouve pas que la sexualité soit quelque chose dont il y ait lieu d'être fier. Les chevaux et les babouins aussi ont une sexualité. Et pour dire la vérité, je ne me souviens pas non plus de ce que je préférais, les femmes ou les hommes. Tout cela est terminé.

— Terminé ?

— Tu ne vois pas de quoi j'ai l'air ?

— Pardon, dit Julius. Ce n'était pas mon intention de te blesser.

— Je ne supporte pas la désinvolture de la part d'homos culturels. Tu es sûrement de gauche et maintenant tu voudrais essayer de faire dire quelques vérités à un vieux cochon bisexuel, pendant que le corbillard attend. Ce n'est pas vrai, ce que je dis ?

« Ah, mon Dieu, ce que je suis inhospitalier, s'interrompit Olaf. Mlle Askildsen t'a installé une chaise à quatre mètres de la scène. Assieds-toi et sois le bienvenu.

— Merci, dit Kristinn Julius.

Il tira sur les plis de son pantalon et s'assit. Il portait un nœud papillon bigarré et ses cheveux noirs et lisses étaient coiffés en arrière. Il essayait de faire comme si de rien n'était, mais l'accueil impoli l'avait quelque peu blessé.

— Homo culturel, répéta Kristinn Julius. Cette expression, je ne l'ai jamais entendue avant.

— Homo alimentaire, homo syndical. Le fait de gagner de l'argent sur sa sexualité.

— Tu ne parles pas de prostitution ?

— Presque, répondit Olaf. Tous ceux qui n'entraient pas dans les différents cadres familiaux, ou qui n'aimaient pas la famille, ou qui la détestaient ou encore qui n'en avaient pas du tout, ils se sont rassemblés dans les grandes villes. C'est une histoire que Fríðrikur de l'orphelinat avait l'habitude de raconter. À Damas, à Byzance et à Rome, les sans-famille survivaient comme contrebandiers, danseurs, prostitués, raconteurs ou falsificateurs d'histoires. Parfois ils formaient leur propre famille et essayaient d'oublier le passé. Mais, tout au long de l'histoire, ces personnes ont été une race à peu près homogène. Non par le lien du sang, mais par la culture. Les homos sont les princes de l'underground. Mais ça, les homos culturels et alimentaires ne l'ont pas saisi. Ils aimeraient être acceptés et accueillis au sein de la chaleur familiale. Maintenant, je ne sais pas si tu es de cette espèce-là. Mais beaucoup d'homos aimeraient avoir le droit de jouer au papa et à la maman. Et ils sont si zélés qu'ils voudraient aussi avoir la bénédiction de l'église sur leurs pauvres crânes. Mais c'est un grand malentendu. Imagine donc quand l'enfant adoptif demandera : maman, pourquoi tu as du poil au cul ? Affreux. Franchement : affreux.

— Et qu'en est-il de la double morale et de l'hypocrisie ? demanda Julius après avoir noté la tirade.

— J'ai le plus grand respect pour les hypocrites à double morale, répondit Olaf. Ils sont une part de la vie authentique.

— Appartiens-tu à cette race dont parlait le type de l'orphelinat ? demanda Julius.

— Le type de l'orphelinat ? Fríðrikur n'était pas un type, bon sang !

— OK, pardon. Mais es-tu un des princes de l'underground ?

— Non, pas du tout. J'ai toujours été du côté de la double morale.

Ils parlèrent brièvement de double morale, et Olaf essaya d'approfondir la signification précise qu'hypocrisie et double morale avaient pour la société. Sans double morale, dit-il, les purs auraient depuis longtemps fait éclater la société. Double morale et hypocrisie sont des soupapes de sécurité vitales, surtout dans une petite ville aussi remplie de ragots que Tórshavn.

Kristinn Julius demanda s'il ne pouvait pas avoir un peu d'eau à boire. Il se leva, retira ses lunettes et, à cet instant, Olaf entendit le petit cliquetis familier des branches de lunettes. Ce bruit l'effraya. Les branches heurtèrent légèrement les verres et il vit devant lui les deux minuscules vis qui fixaient les branches à la monture. Ce son était tellement clair, tellement déchirant. Lui-même avait porté des lunettes depuis l'âge de douze ans, et il posa délicatement l'index sur une de ses narines. Il sentit le petit creux que le bout de plastique avait creusé dans la peau près de la racine du nez. En 1964, sa mère et lui avaient célébré une fête des lunettes au cinéma. Seulement eux deux. Olaf venait d'être équipé de lunettes à la monture sombre et cela le chagrinait de devenir le binocleux de la classe. Dagmar, qui était dans la classe des filles, avait aussi des lunettes, mais lui serait le premier des garçons à devoir porter ce lourd appareil sur le nez. C'est un samedi qu'ils allèrent au cinéma, lui et sa mère, et le fait de voir soudain toutes les nouvelles couleurs vives sur l'écran ne fut rien de moins qu'une révélation. Cela aida Olaf à accepter son nouveau statut de porteur de lunettes. Et il se souvenait aussi du film qu'ils avaient vu, c'était *Ben Hur* avec Charlton Heston dans le rôle principal.

Pendant que Julius fermait le robinet dans les toilettes, Olaf vit Fríðrikur se tenir au pied du lit. Comme d'habitude, il portait sa longue robe de moine et souriait à son ami.

— Tu dis que le corbillard attend, dit Kristinn Julius une fois qu'il s'était rassis.

— Tes lunettes font du vacarme, répondit Olaf. D'ailleurs je pense…

— … que Carthage doit être détruite, répondit Fríðrikur.

— J'ai une visite, en fait, tu ne dois pas me déranger, dit Olaf.

— Qu'est-ce que tu dis ? demanda Kristinn Julius.

— Je dis que le pire de tout, c'est le hasard. Car j'avais le contrôle sur ma vie. Il y avait peu de soirs où je n'étais pas au lit avant minuit et chaque matin, vers six heures et demie, j'étais à nouveau debout. Ah, maintenant, Fríðrikur est parti. Et j'adorais apporter du thé le matin à Karin et à Turid. Tu comprends, j'allais vivre encore trente à quarante ans. Et puis je suis allé à la réunion annuelle du parti Venstre. Le président du Parti de l'Union m'avait demandé d'y aller à sa place, et c'est là que…

Olaf pensa soudain à quelques-uns des portraits de Kristinn Julius où il utilisait l'expression *le bouquet de la mort*, et soudain il grommela :

— C'est là qu'on m'a planté le bouquet de la mort par-derrière.

Olaf se tint la poitrine quand il se mit à rire.

— Tu as écrit dans un des portraits que la mort était la réalité irréelle qui prenait le pouls de l'existence. Mais qui a envie de lire de telles fadaises ! Ou que la mort est le gardien de l'éternité. Au secours ! Est-ce que ce n'est pas ce que les Américains appellent *bullshit* ? Mais, pour revenir à la réunion de Venstre. As-tu lu le discours que j'y ai prononcé ? Il a été publié dans *Politiken* et aussi dans *Dimmalætting*.

— Je l'ai lu, répondit Kristinn Julius.

— Et alors ?…

— Eh bien, il ressemblait à d'autres discours que j'ai lus et, pour être honnête, il n'était pas tout à fait exempt de fadaises et de *bullshit*.

— Je n'avais pas écrit le discours moi-même.

Olaf rit de nouveau.

— Le président du Parti de l'Union l'avait fait écrire par l'éternel étudiant Jens úr Leynum. Le bonhomme travaille au bureau des statistiques des Îles Féroé, non pas parce qu'il est un statisticien diplômé, ni parce qu'il a fait de quelconques études en rapport avec la statistique. Vois-tu, on n'a pas besoin de formation pour obtenir un emploi public aux Îles Féroé. Mais l'homme de Leynar connaît l'art d'écrire, ça, on ne peut pas le lui enlever, et notre président a l'habitude de lui demander d'écrire quand il y a quelque chose d'important à publier. Jens avait étudié la philosophie. Mais absorbé comme il le fut par la révolte estudiantine de la fin des années 1960, il a zappé la philosophie au profit de la cause commune. Ce qui signifie que Jens est passé à la sociologie. Pendant les années où la solidarité est restée de mise, Jens a siégé à la rédaction d'une revue nommée *Framin*, et d'après ce que j'ai entendu, il était l'un de ceux qui étaient capables d'écrire des articles tout à fait pertinents sur les conditions politico-culturelles. C'est ce que dit mon bon ami Kári. Mais ce pauvre Jens s'est lassé aussi de la sociologie et, lorsque sa femme a été embauchée comme chef de service à l'hôpital Landssjúkrahúsið à Tórshavn en 1983, l'éternel est rentré avec elle aux Îles Féroé. Il étudiait alors les sciences politiques depuis trois ans et son intention était de terminer ces études aux Îles Féroé. Mais, à ma connaissance, il n'a pas réussi non plus à passer un examen de sciences politiques. En dix-huit ans d'études à Copenhague, Jens n'aura réussi qu'un seul examen, celui qu'il a passé pour obtenir son certificat de dactylographie à Mønsted Kursus.

— Je dois dire que c'est plus intéressant et inspirant de t'entendre parler de vive voix, sourit Kristinn Julius.

— C'est seulement parce que je vais mourir, répondit Olaf. Tu vois mes grandes clavicules ? Elles attendent seulement que la mort les attrape et m'emmène. À tes yeux, j'ai l'air d'un *Circus Horror.* Si tu avais parlé avec moi le jour avant que je tienne le discours à la réunion annuelle de Venstre, ç'aurait été une conversation normale, anodine, entre un homo culturel et un homo de placard. Si je suis soudain intéressant, c'est parce que je suis une victime.

— Et après avoir fait ton discours, tu es allé à l'hôtel avec Balder Jeppesen, dit Kristinn Julius, pour éviter d'avoir à commenter *Circus Horror*.

— Balder Jeppesen ? répéta Olaf. Je n'ai pas parlé de Balder Jeppesen !

Kristinn aurait pu se mordre la langue. La chaleur lui monta aux joues.

— Tu connais Balder Jeppesen ? demanda Olaf.

— Connaissais. Balder est mort.

— Je ne l'ai pas tué. Je lui ai donné un coup de pied, mais il n'en est pas mort.

— Je le sais bien.

— Dis-moi, ça cause chez Pan ? demanda Olaf.

— Il faut que tu m'excuses.

— La bouche ne dit que ce dont le cœur est plein. Est-ce que c'est un ragot qui circule chez Pan ?

— En partie.

— Quoi de plus ? Raconte-moi les commérages.

— Je n'aime pas parler comme ça. Ne m'y force pas.

— Pourquoi pas ? Tu essaies de m'extorquer des informations. Est-ce que ça fait quelque chose si j'utilise la même méthode ? Même si je n'en ai plus pour longtemps, je suis encore curieux.

— On dit que tu es le seul Féroïen des temps nouveaux à avoir été tué par un Danois.

— Tu me fais marcher.

Kristinn haussa les épaules.

— Quelqu'un a parlé de toi comme d'un martyr. Une version homophile de Magnus Heinason, l'homme qui au début de la crise est allé au Danemark pour rafistoler les liens entre les Îles Féroé et le Danemark, et qui est revenu, oui, comme tu l'as dit, avec un bouquet mortel planté par-derrière.

— Je ne suis pas mort encore.

— Il faut que tu m'excuses. Mais les gens parlent comme ça chez Pan.

— Il se moquent aussi de moi ?

— Pas méchamment. Mais n'as-tu jamais toi-même, rien qu'un instant, vu le comique de la situation ?

— C'est comique, le fait que je vais mourir ?

— Cher ami, ne me comprends pas mal.

— Arrête de m'appeler *cher ami*. Comment les gens rient-ils ?

— Je ne sais pas ce que tu veux dire. Honnêtement, je n'ai pas envie d'en parler.

— Est-ce que les Danois rient aussi ? Ou est-ce seulement mes compatriotes ?

— Tu parles comme si les gens de Pan se délectaient de ton malheur. Ce n'est pas le cas. Plusieurs centaines d'entre nous sont morts.

— Nous ? Il n'y a rien qui s'appelle *nous*. Ça me fait mal quand on dit *nous*. La mort est toujours personnelle. La mort guette les clavicules d'une personne en particulier et puis elle les attrape. Tu ne comprends pas ça ? On dégrade celui qui est frappé par la mort quand on parle de ton maudit *nous*.

Olaf se tut et tenta un instant de contrôler sa respiration. Mais son cœur cognait trop fort et les coups oppressaient sa gorge. Il tendit en avant son menton et sa pomme d'Adam, mais même si cela libéra un peu plus d'espace, il ne parvint pas à maîtriser sa respiration.

— Pourquoi rient-ils de moi chez Pan ? Est-ce ridicule d'être couché dans l'obscurité et d'attendre la mort ?

Olaf tâtonna à la recherche du verre d'eau et, lorsqu'il le trouva, Kristinn Julius bondit de sa chaise. Mais trop tard, le verre s'était déjà brisé sur le sol. Olaf tira la couette au-dessus de sa tête et pleura, et il pleurait fort et intensément. Même après que Kristinn Julius eut appelé Mlle Askildsen, il continua à sangloter sous la couette.

Une conversation à la lueur de la lampe de chevet

Après le cabaret étudiant de la Saint-Olaf 1985, Sigmar Lydersen apprit pour la première fois que son fils était sans doute à voile et à vapeur. Une connaissance, qui croyait que Sigmar avait lui-même assisté au cabaret ou en tout cas avait entendu que son fils y avait été épinglé comme homosexuel de placard, lui avait dit qu'il ne devait pas s'occuper de cette racaille étudiante qui passait son temps à salir les gens honnêtes. Même si cela surprit Sigmar, il écouta l'homme et tenta de son mieux de faire mine de rien. Ce même soir, quand lui et Annebett furent au lit, il apprit à sa femme ce qu'il avait entendu.

— On entend ce qu'on veut entendre et on voit ce qu'on veut voir, répondit Annebett.

— Qu'est-ce que tu veux dire ? demanda Sigmar.

— As-tu oublié combien Olaf a toujours été efféminé ? Tu ne te souviens pas qu'il collectionnait des images et jouait à la marelle, et qu'il préférait jouer avec les filles plutôt qu'avec les garçons du voisinage ?

— Mon Dieu, Annebett, un garçon a quand même le droit de jouer à la marelle.

— Bien sûr. J'essaie juste de te rappeler combien le gamin a toujours été efféminé.

Annebett ne voulait pas parler à son mari des revues porno homosexuelles qu'elle avait trouvées en faisant de temps à autre du rangement dans les placards d'Olaf. Ni qu'elle savait aussi que son fils était parfois allé aux fêtes du barbier Ossi Hjelm. La seule chose qu'elle recommanda à Sigmar, c'était que, pour l'amour du ciel, il fasse comme si de rien n'était.

— Tu te souviens bien comment se comportait ton frère Montana dans sa jeunesse et combien tu étais en colère, comme si c'était ton problème à toi que lui aussi soit à voile et à vapeur. C'était vraiment dommage pour Montana, voilà la vérité, et je comprends très bien qu'il ait filé au Canada. Vígdis l'adorait, et s'il y a quelqu'un au monde qui mérite une médaille, c'est bien elle.

— Ne parle pas de ça, soupira Sigmar.

Il se souvenait avec honte de son comportement envers son frère et, s'ils se parlaient aujourd'hui, c'était uniquement grâce à leurs femmes. Mais peut-être était-ce de famille d'être un peu différent. Il n'avait jamais compris non plus pourquoi son autre frère Ingvald Meyer devait absolument vendre des préservatifs aux travailleurs du quai et volontairement s'attirer mépris et moqueries. C'était invraisemblable que ce soit son problème à lui que Tórshavn ait une jeunesse débridée qui ne pensait, oui, qu'à baiser. Sigmar se tourna vers sa femme.

— Je ne comprends pas quel plaisir deux hommes peuvent avoir à être ensemble. Je ne me souviens pas de telles choses dans ma jeunesse ; si, Montana, mais il ne m'a jamais fait d'avances. Personne ne m'a jamais fait d'avances.

— C'est peut-être parce que tu boitais, répondit Annebett.

Même après l'extinction de la lampe, Sigmar continua à sourire de la réflexion sèche de sa femme. Mais quoi que les gens disent de son fils, c'était un homme apprécié, et cela signifiait davantage pour l'honneur de la famille que les commérages sur sa sexualité. Et Olaf n'avait jamais été un fardeau pour quiconque. Au contraire. Il y avait eu un temps où ils ne se parlaient pas, mais c'était il y a de nombreuses années et c'était aussi dans l'ordre des choses. Il était naturel que les fils se dressent contre leurs pères, cela avait été ainsi de tout temps et, pour autant qu'il le sache, il n'y avait aucun changement en cours dans ce domaine. Même en dehors du temps historique, il en avait été ainsi.

L'ange Lucifer, qu'on pouvait bien appeler l'enfant adoptif de Dieu, avait été renvoyé à coups de pied du ciel, et le prophète Isaïe décrivait Lucifer comme une étoile lumineuse tombée de là-haut. Sigmar n'avait cependant pas mis Olaf dehors à coups de pied du petit royaume céleste de Tinghúsvegur, ça non. Olaf avait reçu quelques gifles ici et là, certes. Mais cela ne faisait pas de mal aux enfants. À l'école Saint-François comme à l'école communale et dans tout Tórshavn, dans les années 1950 et 1960, on battait les enfants. C'était naturel. Des fils avaient aussi tué leurs pères, peut-être pas aux Îles Féroé, en tout cas Sigmar n'en avait pas connaissance. Mais il pouvait très bien s'imaginer le regard surpris et terrorisé de Julius Caesar quand, un couteau entre les omoplates, il avait regardé droit dans les yeux son fils adoptif Brutus. Et la même chose arrivait dans le règne animal. Les oies utilisaient bec et ailes quand elles morigénaient leurs petits. Une pédagogie de la violence résidait au plus profond des gènes de toutes les créatures. Les jeunes lions mâles encore dénués de crinière élevaient parfois la voix contre les lions plus âgés, et c'était dans l'ordre des choses. Même les agneaux de Havnadalur aiguisaient leurs cornes sur les vieux béliers au large museau.

Olaf avait toujours été travailleur et il n'était pas avare de coups de main. Dans leur salon, ils avaient un placard rempli de coupes datant des années où Olaf était parmi les meilleurs joueurs de tennis de table du pays. Qu'ensuite, aux élections du Parlement féroïen de 1978, il se soit désigné lui-même comme ambassadeur du sport féroïen, cela avait peut-être été un peu audacieux. Mais, d'un autre côté, cela lui avait mis du vent dans les voiles politiques. Olaf n'était pas non plus pire que Halldór Danielsen. Pendant huit ans, cette grande gueule avait siégé au Parlement, avait en tout cas été élue pour le faire, mais l'homme ne s'était jamais présenté. Le travail politique de Halldór Danielsen se bornait à recevoir une fois par mois son salaire de parlementaire et à le transférer sur son compte. Olaf, au contraire, était toujours bien préparé quand il se rendait au Parlement. Du moins les premières années. Et puis il possédait un tiers du cabinet d'experts-comptables Lydersen & Hammer et son capital d'investissement n'était pas une avance sur l'héritage de papa. Ils étaient sur un pied d'égalité, père et fils, c'était ainsi, et les gens en ville pouvaient bien dire ce qu'ils voulaient.

Par sa femme, Sigmar savait aussi qu'Olaf était de ceux qui faisaient de bonnes actions en toute discrétion. Peu après que son bon ami Fríðrikur de l'orphelinat avait été enterré, et Rógvi et Hans Dávid jugés, les enfants furent retirés à l'ex-femme de Hans Dávid et placés à l'orphelinat. Au fond, la décision de placement à l'orphelinat n'avait pas été compliquée. La mère n'avait aucun endroit où habiter, c'est pourquoi les enfants lui furent retirés. De sa propre initiative, Olaf avait déniché un appartement en sous-sol à Argir. L'homme qui possédait la maison était une de ses relations d'affaires, et Olaf paya de sa poche les trois premiers mois. Et cela fut fait en toute discrétion. Olaf incita sa mère à prendre contact avec la femme qui avait perdu ses enfants et Annebett expliqua à celle-ci que de bonnes personnes, qui désiraient rester anonymes, lui avaient demandé de lui transmettre la proposition. La jeune femme remercia, dit qu'elle était profondément touchée qu'il existe vraiment des anges à Tórshavn. Elle accepta aussi la proposition, et quelque temps après elle et les enfants emménagèrent dans l'appartement d'Argir.

— Olaf a toujours été un bon garçon, dit Sigmar.

— Hmm, répondit Annebett à moitié endormie.

Le voyage sur le Danube

En 1987, Olaf et Karin avaient fêté leurs dix ans de mariage à bord d'un ferry qui naviguait vers l'est sur la route principale de l'Europe centrale, comme Karin appelait le Danube. Le but était en partie de fêter cet anniversaire, mais le voyage était aussi une tentative de rapiécer un mariage assez raté. Avant leur départ, Karin avait commandé deux billets pour une soirée à l'Opéra d'État de Vienne, où ils écoutèrent le testament qu'avaient laissé les sourds sur terre, comme elle appelait la *Neuvième* de Beethoven. Beethoven était sa grande star et, outre ses symphonies et concerts de piano, elle avait de nombreux enregistrements de ses œuvres, et surtout de la *Grande fugue*, qui d'après elle était son chef-d'œuvre incontesté. Dans leur salon, ils avaient un équipement stéréo avec des haut-parleurs capables de cracher cent cinquante watts. Beethoven ne touchait pas seulement ses sentiments esthétiques – sa force dramatique étreignait son corps en entier.

Certains dimanches matin, quand Olaf allait rendre visite à ses parents avec Turid, Karin avait l'habitude de fermer la maison à clef et de se laisser décaper à fond par les symphonies qui se déversaient des haut-parleurs à pleine puissance. Beethoven, Stravinsky et Lou Reed étaient parmi ses favoris. Mais ils avaient beaucoup d'autres enregistrements, environ sept cents disques vinyles et une masse de cassettes qu'elle écoutait dans son walkman. Karin enseignait l'histoire et la littérature, et les lundis matin gris et déprimants, quand elle descendait à pied de Snobhill pour aller à ses cours, elle mettait le walkman et écoutait de la belle musique apaisante.

Le voyage sur le Danube était en réalité un havre flottant qu'ils avaient emprunté et, le soir où ils étaient à l'Opéra d'État de Vienne, ils ne pensaient pas que l'emprunt allait devoir être remboursé. Olaf, en tout cas, n'y pensait pas. Il était en costume sombre et portait une cravate, et Karin était vêtue d'une robe lie-de-vin descendant presque jusqu'aux chevilles. Elle avait relevé ses cheveux en un petit chignon surmonté d'une barrette en argent. Ils virent leurs propres visages joyeux dans les miroirs aux cadres dorés du foyer et, avec un sourire effronté, Karin envoya un baiser à l'image. Elle pouvait se le permettre, car ils étaient si loin du quotidien que même leurs noms étaient sans signification.

Assise sur la couchette de leur cabine, les pieds repliés sous elle, elle tenait un verre à la main. Le hublot était ouvert, et le bruit mouillé de la route principale apportait à la respiration sa fraîcheur légère. Karin prit plaisir aussi à fumer une cigarette après l'amour et dit que l'odeur de sexe et de nicotine faisait trembler le squelette de bonheur. Avec le châle sur ses épaules nues et les bras étendus, elle faisait penser à un oiseau qui a enfin échappé à son étroite cage. À la maison, Karin était une femme stylée, plutôt froide. Elle arrivait toujours bien préparée à ses cours à l'école ; même quand Turid fêtait son anniversaire, son sens du devoir transperçait ou, comme le disait son beau-père, c'était comme si l'académicienne de la famille était payée pour préserver les apparences. Mais, au plus profond du continent européen, bien aidée par le vin local du Danube qu'ils avaient acheté dans les diverses villes où le ferry accostait, c'était comme si elle arrachait sa mue. Parfois, elle était si enivrée par ses propres paroles qu'elle parlait à moitié en langue.

Une des choses qui prit Olaf par surprise, ce fut lorsque Karin affirma que, bien avant que le concept de morale sexuelle existe, à l'époque préhistorique, une des portes rituelles qui ouvraient sur le sacré était le cul de l'être humain. Et elle utilisa le mot *cul*. Pas *séant* ou *postérieur*, comme elle l'aurait fait à la maison. Elle avait plusieurs exemples pour soutenir son hypothèse. Mais l'exemple principal était les religions sémitiques. Ce n'était pas un hasard, dit-elle, que les gens qui appartenaient à ces religions se mettaient à genoux, ou carrément sur le ventre, quand ils s'adressaient à Dieu. Et ce n'était ni Abraham, ni Zarathoustra, ni Jésus, ni Mahomet qui avaient inventé ça. Eux n'étaient que les manifestations d'une tradition naturelle qui avait derrière elle des milliers et des milliers d'années. Déjà sur les reliefs zoroastriques, on voyait des gens avec le postérieur en l'air, et ce n'était pas un signe de soumission.

Pas du tout. Tout discours sur la soumission était un malentendu, servi par des zoologistes pop à la Desmond Morris. Au contraire, il y avait une louange à la création dans cette position. L'homme montrait ce qu'il avait de plus beau quand il était sur le ventre et priait. Ce n'était pas non plus sans raison que justement la *face arrière* de l'être humain, comme elle l'exprimait, était le sujet le plus prisé de la peinture et de la sculpture. Le postérieur adorablement formé par l'évolution était la porte d'entrée rituelle la plus précieuse de l'être humain, et c'était par la pénétration dans le rectum, mais tout autant dans l'obscurité de la vulve, quand l'être humain se trouvait en situation extatique, qu'il rencontrait son démiurge. La femme n'avait pas oublié la période préhistorique, c'est pourquoi elle adorait être prise par-derrière. Et la même chose valait pour les hommes homosexuels. Cette position révélait aussi la relation humaine authentique qui intuitivement liait beaucoup de femmes et d'hommes homosexuels entre eux.

Que ses mots aient en réalité été un message d'adieu bien préparé, cela n'effleura Olaf que quelques mois plus tard.

*

Le groupe montait lentement la colline. Le soleil était éclatant et les cigales chantaient dans l'herbe sèche. L'odeur du thym chatouillait les narines, et à certains endroits autour de cette grandiose colline blanche ou autour de ce rocher de calcaire dégagé par la dernière période glaciaire s'agrippaient des rosiers et des buissons.

Mais ce n'était pas le paysage grandiose qui captait l'intérêt d'Olaf. Il pensait davantage à une guêpe qui bourdonnait autour de sa nuque en sueur. Il n'osait pas chasser la guêpe. Il avait peur des guêpes et craignait de l'exciter davantage et, en même temps, il se trouvait ridicule. Lui et Karin s'étaient disputés ce matin-là, et le bourdonnement excité de la guêpe lui rappelait la voix de Karin. L'affaire était la suivante : près de la moitié du groupe était catholique et il n'y avait rien à dire de cela. Mais parmi les catholiques, il y avait une vingtaine de nonnes. Dès le premier jour, lorsqu'ils étaient montés à bord du ferry à Vienne et qu'Olaf avait vu les nonnes joyeuses discuter près du bastingage, il s'était senti de mauvaise humeur. Et il n'arrivait pas à s'en empêcher : à intervalles réguliers pendant tout le voyage, il avait sorti des remarques vénéneuses et acides sur les sœurs.

— J'en ai assez d'entendre tes niaiseries puériles, avait dit Karin le matin, alors que le groupe était prêt à partir. Ça fait un quart de siècle que tu n'es plus à l'école Saint-François. Va voir la colline, parle à ces personnes. Fais-le au moins pour moi, pour que moi je puisse aller de mon côté aujourd'hui.

La guêpe était juste devant Olaf, et un instant il fut persuadé que la bestiole s'apprêtait à piquer. Il ne savait pas si les guêpes avaient des poumons ou quelle était la configuration intérieure qui leur permettait de respirer. Il ne savait pas non plus si elles avaient du sang et un cœur qui le pompait dans le corps. Il ne savait absolument rien sur les guêpes, sauf qu'il en avait peur et qu'elles étaient certainement comme les mouches : avec une tête tout encombrée d'yeux. Mais il ne pouvait pas se permettre de s'arrêter, et un instant, pendant qu'elle voletait autour de son oreille, il s'imagina entendre battre le cœur de la bestiole. Soudain la guêpe se laissa choir d'un demi-mètre. Olaf retint son souffle, mais pas plus de quelques secondes, puis la guêpe s'envola. « Maudit flocon de poussière », murmura-t-il.

Le groupe marchait sur un sentier découpé dans la montagne, mais même s'il y avait une rambarde le long du rocher, un homme âgé qui marchait juste derrière Olaf trébucha. L'homme s'accrocha à la rambarde du bout des doigts, mais le foulard qu'il portait sur la tête s'envola du sentier. Qu'est-ce que tu vas trimbaler ici ta vieille prostate, pensa Olaf pendant qu'il aidait l'homme à se relever. Il lui faisait penser au prêtre Heggen – les mêmes yeux bleus et le même sourire tolérant – et il remercia Olaf pour son aide.

Ils étaient en route vers un *Ô si important* cloître catholique et, bien sûr, comme en avaient l'habitude les cloîtres, il avait été bâti en haut d'une colline aussi visible que le Golgotha. Les bâtisseurs s'imaginaient-ils peut-être qu'ils s'approchaient davantage de Dieu en construisant aussi haut ? Les sœurs, qui marchaient devant, appartenaient à un couvent franciscain du Jutland du Sud, cela au moins Olaf l'avait appris durant ces semaines. Mais il s'étonnait que son animosité envers les sœurs soit encore aussi forte. Il était tout à fait conscient de son intransigeance et savait qu'il avait du mal à oublier et à pardonner. Et peut-être Karin avait-elle raison lorsqu'elle qualifiait son aversion pour les nonnes de niaiseries puériles et disait qu'il avait surtout besoin de l'aide d'un psychologue pour aérer son système nerveux.

C'était un vieux thème de conversation entre eux. Karin ne croyait pas que la volonté puisse grand-chose contre les aptitudes innées des hommes. Le discours sur la *tabula rasa* ou l'innocence de l'enfance était une pure construction intellectuelle. Ce qui ne signifiait pas pour autant que Karin se faisait le porte-parole du péché originel. Ou peut-être que si, justement, pensa Olaf en brossant un peu de calcaire de ses doigts. Mais il ne pensait pas que cela avait quoi que ce soit à voir avec la morale. Dans ce contexte, les concepts comme le bien et le mal étaient assez insignifiants. Il s'agissait de découvrir comment était formé l'être humain et quelles étaient les forces qui développaient l'individu. Karin avait une fois prétendu que même si Olaf n'était pas un nationaliste conscient, il était, plus que tout autre parlementaire, régionaliste dans son inconscient. Sans s'en rendre compte lui-même, il n'acceptait que les gens qui avaient à peu près la même odeur politique que lui.

— Penses-y, avait dit Karin. Vous, les Samuelsen, tout comme les Dam et les Dalsgaard, vous faites penser à des chiens qui de pure peur commencent à aboyer chaque fois qu'ils tombent sur une merde à l'odeur étrangère et désagréable.

Souvent, Olaf devait lui donner raison et il ne se souciait pas beaucoup du fait qu'elle le blessait en même temps. Au contraire, il aimait la flamme de son regard et ses gesticulations quand elle se lançait dans de telles tirades. La nette distinction chrétienne entre le bien et le mal aussi était une pure construction intellectuelle. Les gens n'étaient pas comme ça, et Olaf n'avait pas peur d'avouer qu'il était à l'aise avec des sentiments tels que la colère et la haine. La haine venait d'une humiliation ou d'une injustice. Parfois, il y avait des circonstances qui vous demandaient de tendre l'autre joue, bien entendu. Mais quand la colère grondait juste sous la surface, Olaf sentait souvent un juste équilibre au fond de lui-même. C'était comme s'il marchait sur une lame et que, dans cet état, il était capable de cerner le noyau d'un problème avec la vivacité d'attaque d'un cobra. Certes, il doutait de la valeur du message d'amour. Il y avait peu de lieux au monde où on avait tué autant de gens que chez les chrétiens, et il était impossible que ce besoin prédateur meurtrier soit un pur hasard. Le message d'amour était une camisole qui enserrait les sentiments humains authentiques, ou bien une planque pour toute la colère refoulée. Et tout ce qui est attaché est condamné à s'atrophier. La pourriture était entrée dans la psyché. Les chrétiens voyaient des diables partout. Parfois le diable était le juif, parfois les femmes étaient estampillées comme l'origine du péché originel et de la déchéance, ou bien les homosexuels, les Indiens ou les Noirs. La liste des diables était aussi longue que le Danube. Et puis il y avait les guerriers qui à intervalles réguliers mettaient à sac les villes et les villages et, dans les temps nouveaux, des parties entières du monde. Au cœur de l'homme chrétien encamisolé vivait un diable à l'état pur.

Et si mon aversion des nonnes était en train d'exploser en niaiseries puériles ? pensa Olaf. Pour lui, elles pouvaient bien aller au diable avec leur *Spiritus Sanctus* collant, et surtout sœur Clerenze, cette vieille nazie belge, ou en tout cas, c'était ce qu'elle était devenue dans la tête d'Olaf. Elle était la couronne suprême sur ce système inhumain d'eunuques femmes. L'odeur de la colle que fabriquaient les nonnes et que les garçons utilisaient pendant les cours de travaux manuels était encore imprégnée dans le souvenir d'Olaf et scellait son dégoût en une unité collante. Et toute cette daube bon marché de Noël et de Pâques, et le bazar de la Saint-Olaf qui faisait de l'école un magasin de brocante et des sœurs, des friponnes roublardes qui refilaient leur maudite camelote aux petits enfants.

Et puis Fríðrikur voulait entrer au couvent. Olaf n'avait pas le cœur à rire pendant qu'il gravissait la colline. Merci, cher Dieu, pensa-t-il, d'avoir parqué un de tes miséricordieux infarctus dans le cœur du prêtre Heggen. Ou bien était-ce du cancer que Heggen était mort ? Olaf ne s'en souvenait pas. En tout cas Fríðrikur s'était réveillé de son brouillard catholique grâce à cette mort miraculeuse.

Mais l'aversion d'Olaf pour sœur Clerenze n'avait en réalité rien à voir avec sœur Clerenze, il en était pleinement conscient. Cela n'avait rien à voir non plus avec la bible illustrée abîmée ou le traitement infligé à Djalli, oui, cela remontait aussi loin que 1963. Les sentiments d'Olaf envers la sœur reposaient sur le fait douloureux que c'était elle qui avait involontairement dévoilé le petit mouchard qui habitait un garçon de onze ans. Par sa méchanceté, elle avait tenu un miroir devant ses yeux, et ce qu'il avait vu, c'était le visage effrayé d'un lâche. C'était ça, le grand problème. Et justement cela avait souvent torturé Olaf. Sœur Clerenze lui avait demandé de monter au tableau et de stigmatiser Djalli, et Olaf avait obéi. Il aurait pu dire non. Dagmar avait dit non. Ces deux-là étaient exactement dans la même situation. Mais grâce à son courage, Dagmar avait arrêté le carnage de sœur Clerenze.

Le voyage sur le Danube se terminait dans la ville roumaine de Constanța au bord de la mer Noire. Ils avaient navigué pendant vingt-deux jours, et maintenant, ils avaient hâte de rentrer. Ce qu'Olaf ne savait pas, c'est que Karin avait déjà décidé de divorcer. Et ce qu'il savait encore moins, et qui le secoua vraiment, c'est que durant les six mois précédents, Karin avait eu une relation avec l'artiste peintre Geirmundur Vang. Ils s'étaient connus à la direction du musée d'Art. Karin était nommée par le gouvernement et Geirmundur y siégeait comme représentant des peintres. Il lui était arrivé de venir en visite chez eux à Snobhill, mais qu'il se soit passé quelque chose entre eux deux, Olaf n'en savait strictement rien avant le jour où il reçut une lettre de l'avocat de Karin, dans laquelle elle exigeait le divorce. Lorsque, plus tard, Olaf repensait à ce qu'il lui était arrivé de pire dans la vie, il n'hésitait pas un instant sur le fait que c'était son divorce. La nouvelle de sa contamination par le VIH était différente. Elle touchait tout son corps, tous ses projets, et pointait le doigt sur la porte où était écrit EXIT. Le divorce, en revanche, touchait le cœur et ça, Olaf ne le surmonta jamais.

Les rennes d'Eystara Bryggja

Olaf était sûr d'avoir été contaminé par le VIH le 16 janvier 1993 à Copenhague. Cette nuit-là, il était avec le journaliste Balder Jeppesen, et peu après, il eut de la fièvre, ses ganglions gonflèrent, il avait mal quand il avalait, des érythèmes apparurent sur sa peau et tous ses muscles étaient douloureux. Cela aurait pu être une mauvaise grippe, mais comme la possibilité de la contamination était également présente, Olaf décida de faire une prise de sang. Il l'avait déjà fait une fois. C'était peu après les élections du Parlement féroïen en 1990, et il n'avait pas oublié le bonheur qu'il avait ressenti au moment où il avait tenu à la main le papier qui déclarait noir sur blanc qu'il était en bonne santé.

Évidemment, il aurait pu dire non quand le président du Parti de l'Union lui avait demandé d'aller à la réunion annuelle du parti Venstre à sa place. C'était en rupture avec une vieille tradition selon laquelle le parti était toujours représenté par son président. Mais la crise qui avait éclaté le 6 octobre, le jour où la banque Sjóvinnubankin avait fait faillite, n'avait pas seulement changé les traditions d'usage ; toute la société féroïenne avait été transformée. Dès le tournant 1992-1993, les Féroïens vécurent un chômage record, et l'émigration ne cessa de s'amplifier. Dans la plupart des villages et des villes, on voyait des conteneurs de déménagement. Beaucoup partirent pour la côte ouest du Jutland, trouvèrent du travail dans des villes comme Hirtshals, Hanstholm et Esbjerg. Quelques-uns partirent aussi pour les banlieues autour de Copenhague, mais ce n'étaient pas tous les Danois qui appréciaient les nouveaux migrants. *Faites des économies d'impôts, tuez un Féroïen*, pouvait-on lire en première page d'un grand quotidien copenhaguois. Certains partirent pour la Norvège ou l'Islande, et beaucoup de menuisiers au chômage se rendirent en Allemagne et en Suisse pour construire des maisons. Cette même fin de semaine où Venstre tenait sa réunion annuelle, l'avenir de la compagnie Føroya Fiskasøla devait se décider. C'était la plus grande entreprise du pays, et de nombreux créanciers étrangers devaient être présents. Le président du Parti de l'Union faisait évidemment partie de la direction de l'entreprise, et comme il le dit à Olaf, si Fiskasøla faisait faillite, les Féroïens vivraient un véritable Armageddon, et dans ce cas il faudrait plus qu'un Jean Hyrcan pour rassembler de nouveau le pays !

L'autorité de surveillance financière danoise déclara la faillite de la banque le jour même des soixante ans de la Sjóvinnubankin. À ce moment-là, les invitations à la célébration de l'anniversaire avaient déjà été envoyées aux invités méritants, dans le pays comme à l'étranger, et les rennes qui devaient être servis au repas étaient arrivés par un avion affrété du Groenland dans de grandes caisses frigorifiques. Les intestins avaient été retirés, les abdomens et les caisses, remplis de glace. Mais dans la fièvre de la banqueroute, assez naturellement, la fête fut abandonnée. Un chariot remisa les caisses sous un auvent près de la jetée est de Tórshavn, là les caisses demeurèrent et là aussi elles furent oubliées.

Certes les rennes étaient morts, mais dans la pourriture les vers avaient commencé à bouger, et les premiers qui découvrirent le faible grouillement dans les caisses furent les chats du port. Affamés et curieux, ils se rassemblèrent sur le toit de l'auvent et, le soir, quand les dockers étaient partis et que les animaux reprenaient possession du quai, leurs miaulements résonnaient comme en temps de carême. Les chats bondissaient de la digue portuaire sur l'auvent, certains grimpaient par les poutres, et parfois ils se battaient ou jouaient comme seuls des félins affamés savent le faire. Ils aiguisaient leurs griffes, tendaient leurs longs corps maigres, et leurs petites langues roses léchaient le jus qui sortait entre les planches des caisses. L'artiste Geirmundur Vang fit une série de lithographies de chats et de rennes, et ce qui revenait sur chacune d'entre elles et les assemblait en une unité, c'était la grande lune rouge-jaune qu'on voyait au-dessus de Nólsoy.

Une nuit, trois des caisses tombèrent, et quelques têtes de rennes, dévorées par les vers, sortirent leur museau triste entre les planches cassées. Des narines et des orbites se déversaient de gros vers et, une fois que les chats se furent gavés de la merveilleuse viande pourrie, les tourne-pierres à collier et les étourneaux se jetèrent sur les vers qui avançaient en rampant, aveugles et lents, sur le quai. Un processus chimique aléatoire sur une jetée tout aussi aléatoire de l'Atlantique Nord avait créé les vers, et l'un après l'autre, ils furent avalés et finirent leur courte vie dans le bec de joyeux oiseaux.

*

Un des premiers jours après le Nouvel An, Sigmar entra dans le bureau de son fils. Le temps bruineux de la matinée avait ravivé son ancienne douleur à la hanche, et il referma la porte avec sa canne. Olaf avait demandé à son père de lire le discours qu'il devait tenir à la réunion annuelle de Venstre, et c'était ce jour-là précisément qu'on pouvait lire dans *Dimmalætting* l'article sur les caisses de rennes. Sigmar jeta le journal sur le bureau, et pendant qu'Olaf lisait l'histoire de ce coûteux repas, il allait et venait en boitillant sur le plancher.

— Voilà ce qu'a amené votre politique, dit Sigmar une fois qu'Olaf avait lu l'article. De foutus rennes bouffés par les vers ! Combien de fois t'ai-je donc demandé d'inciter le Parlement à imposer les rentes spéculatives ? Et combien de fois m'as-tu répondu que les forces du marché libre trouveraient elles-mêmes un bon équilibre ? De foutus rennes bouffés par les vers !

— Tu as raison, répondit Olaf.

— Ça, tu n'as pas besoin de me le dire. Dis-le plutôt aux gens de Venstre. Et sois un homme honnête ; ça, ta mère et moi avons en tout cas essayé de te l'apprendre ! Raconte aux Danois l'histoire des rennes d'Eystara Bryggja, fais-le. Dis-leur que les Féroïens ordinaires sont ces rennes pourris et ces pauvres vers !

Comme si souvent auparavant, Sigmar répéta l'histoire des années 1980 et souligna ses mots de puissants coups de canne sur le plancher. Il fulminait sur une activité de construction qui avait corrompu toutes les traditions d'usage. Dans tout le pays, on avait construit des routes et des tunnels. De nouvelles halles avaient poussé comme des champignons autour des quais et des zones industrielles, et jamais autant d'artisans étrangers n'avaient travaillé aux Îles Féroé. Les conséquences ? Le niveau des salaires avait dégringolé ! Depuis le milieu des années 1980, la commission consultative du gouvernement danois sonnait l'alerte sur le processus en cours. Sigmar connaissait le président de la commission et, même s'ils ne s'étaient rencontrés qu'une seule fois, ils avaient eu de nombreuses et longues conversations téléphoniques.

— Es-tu si totalement ignorant que tu ne te souviens pas du tout comment les Féroïens se sont laissé berner par ce faste lamentable ? Quelle utilité y avait-il à tous ces bateaux de la catégorie des cent millions ? Seul un sur quatre s'en est sorti ! Et pourquoi ? Parce que vous n'avez pas exigé de documents sur le capital propre ! Les bateaux ont été construits avec de l'argent fictif. Et quand un homme construit des bateaux pour de l'argent qu'il n'a pas, alors tout finit en rennes pourris ! Les Féroïens ont hérité d'une foule d'armateurs dilettantes qui ne savent pas où est la tête ni la queue d'un cabillaud, et ces mêmes types ont pris le pouvoir dans notre vieux parti. Tu sais aussi bien que moi que dans une société démocratique, il faut qu'il y ait des cloisons étanches entre le pouvoir politique et les affaires. Mais malgré ça, vous avez élu un fils à papa de Fiskasøla pour diriger le parti.

Olaf se leva et apporta une chaise à son père.

— Lydersen & Hammer sera une des entreprises qui survivront, poursuivit Sigmar un peu moins fort. Néanmoins, nous devrons licencier deux ou trois collaborateurs, mais à part ça tout sera comme avant. Et je serai l'un d'entre eux. Je n'en peux plus. Je vais bientôt avoir soixante-dix ans.

Sigmar sortit quelques feuilles de la poche de sa veste et les posa sur le bureau.

— J'ai lu le discours. Tu n'auras pas à en avoir honte, mais il n'y a rien sur les rennes. Mon cher Olaf, sers-moi un verre de quelque chose de fort. Ton père ne va pas très bien aujourd'hui.

Un soir, on frappa à la porte de Kári Willumsen. Il posa son journal, et lorsqu'il arriva dans l'entrée, on frappa pour la deuxième fois. Il avait repris l'appartement de son père sur Peder Skramsgade. Le plafond de stuc était haut et les coups sur la porte emplissaient l'entrée.

— Qui est-ce ? cria Kári quand on frappa pour la troisième fois.

— Olaf, répondit la voix à l'extérieur. Olaf Lydersen.

Kári se souvint alors du soir où Staffan Danielsen était assis sur l'escalier de Meklenborggade. Il faisait le même temps bruineux et, un instant, Kári regretta de s'être signalé. Malgré tout, il ouvrit et vit son ancien camarade de classe debout à la porte. Son manteau était boutonné jusqu'au cou, et une de ses mains tâtonnait sur la rambarde.

— Je suis le cinquième de la classe à mourir, fut la première chose que dit Olaf. Tu sais que je vais mourir ?

Il repoussa ses lunettes embuées vers le haut de son nez, et Kári remarqua la peau abîmée de sa main.

— Oui, répondit Kári, et il pria Olaf d'entrer.

— Je me suis déjà retrouvé devant ta porte, mais je n'ai jamais osé frapper. Pas avant ce soir. J'étais chez le barbier, il y a seulement trois ou quatre heures, et évidemment est arrivé ce qui ne devait pas arriver : j'ai commencé à pleurer. Soudain, les larmes ont jailli de mes yeux, mais je ne pouvais pas me lever à cause de la grande blouse blanche. J'ai essayé de sourire au miroir, mais quand j'ai ouvert la bouche on aurait dit que mon visage se fendait en deux. Je ressemblais à un cadavre, voilà à quoi je ressemblais. On voyait seulement ma bouche abîmée au-dessus du linceul blanc. Le barbier m'a demandé ce qui n'allait pas, mais je ne pouvais pas lui dire que les cheveux qu'il coupait appartenaient à un homme contaminé par le VIH et qu'une des raisons pour lesquelles je me faisais couper les cheveux, c'était que j'avais simplement besoin de quelque chose d'aussi banal que quelqu'un qui me touche. Il n'y avait là rien de sexuel. Je ne suis pas dangereux, dit-il.

— Et moi, je ne suis pas un idiot, répondit Kári.

— Ne te fâche pas, supplia Olaf.

— Je ne me fâche pas, mais tu peux parler normalement.

Olaf s'était levé.

— Est-ce que je dois partir ?

— Je ne suis pas habitué à ce que quelqu'un vienne me rendre visite pour ainsi dire avec un cercueil sur le dos. Assieds-toi. Nous avons tous deux besoin de quelque chose de fort.

En allant à la cuisine chercher deux verres, Kári tapa Olaf sur l'épaule. En août, un petit oiseau lui avait dit qu'Olaf était malade, mais que ce petit oiseau était la mère de Staffan, Mme Vivian, il n'avait pas envie de le dire. Il était en route vers les Îles Féroé quand il avait rencontré Mme Vivian à l'aéroport de Copenhague. Il avait reconnu son beau profil, et même si ses lunettes de soleil lui donnaient l'air de ne pas avoir envie d'être dérangée, Kári lui avait dit bonjour. Ils ne s'étaient pas parlé depuis 1981, quand les cendres de Staffan avaient été déposées dans le nouveau lieu de sépulture près de Mariebjerg à Lyngby. Cette fois-là, Mme Vivian lui avait carrément imposé deux mille couronnes comme indemnisation pour la veste que lui avait volée Staffan.

Quand elle avait reconnu Kári, elle avait retiré ses lunettes de soleil et un sourire avait illuminé ses yeux alcoolisés. La plupart des gens de Tórshavn avaient quelque chose à raconter sur Mme Vivian et ses conditions de vie domestique. Pendant certaines périodes, elle et Halldór vivaient ensemble, tandis qu'à d'autres moments il occupait l'appartement au-dessus de son bureau d'avocat. En été, Halldór était souvent à Londres chez leur fille Hildur, et cela avait été ainsi depuis le milieu des années 1980. Après que le monopole sur le vin avait été levé l'automne précédent, Mme Vivian avait chargé des chauffeurs de taxi de lui acheter vin et alcool, et un jour où un chauffeur lui apportait une caisse, elle l'avait invité à entrer. Et le chauffeur le jurait : jamais de sa vie il n'avait vu une telle porcherie ! Sur la table de la salle à manger, il y avait des restes d'une fête : tasses à café, assiettes à dessert, la carcasse d'une selle d'agneau, des verres de vin et des cendriers. Tout d'abord, le chauffeur ne comprit pas ce qu'étaient les taches noires sur la nappe. Il y jeta un coup d'œil en douce et vit que c'étaient des mouches. Les mouches gisaient sur la table sur le dos, les pattes repliées. Peut-être une centaine de mouches desséchées. Mme Vivian remarqua que le chauffeur les regardait, et avec un sourire, elle dit que c'étaient *my babies* qui se reposaient après le repas. Mme Vivian montra au chauffeur sa pièce de méditation, comme elle appelait la chambre de Staffan. Elle dit que son fils avait été un journaliste assez connu, mais qu'il était mort dans des circonstances étranges à Madrid en 1975, l'année de la chute du gouvernement de Franco. Le chauffeur savait bien que Staffan Danielsen était mort comme un pauvre diable à Christiana à Copenhague, tout le monde le savait en ville, mais il fit quand même comme si de rien n'était. Le tableau d'un artiste connu de la famille de Mme Vivian était accroché dans la chambre et, pour autant que puisse voir le chauffeur, cette chambre était la seule pièce normale de la maison.

Jusqu'au départ de l'avion, Kári et Mme Vivian avaient discuté et, bien entendu, ils avaient aussi parlé de la classe 1952 de l'école Saint-François. C'est à cette occasion qu'elle lui avait dit avoir appris qu'Olaf Lydersen avait le sida.

— Je n'ai jamais apprécié Olaf, avait dit Mme Vivian. Même enfant. Quand le fils de Thomas Dinesen rendait visite à Staffan, il se collait à eux. Les garçons jouaient aussi chez André, mais jamais Olaf ne les invitait chez lui. Peut-être que ses parents étaient un peu particuliers, je ne sais pas. Mais, la main sur le cœur, je n'ai pas été tellement surprise quand Olaf a, en 1978, manœuvré pour éjecter Halldór du Parti de l'Union. Plus tard, je l'ai rencontré chez Ossi Hjelm et nous avons discuté. Mais son homosexualité refoulée en faisait un personnage mielleux. C'est dommage pour sa femme.

La première vision

Ce n'était pas tout à fait vrai, ce qu'Olaf avait dit à Kári, comme quoi il avait été chez le barbier plus tôt ce jour-là. Ses cheveux venaient d'être coupés, ça oui, mais il les avait coupés lui-même. Longtemps il s'était régulièrement rasé la barbe et les cheveux sur la nuque avec la tondeuse et, durant ses années de mariage avec Karin, c'était elle qui avait l'habitude de le faire. Non, Olaf avait rendu visite à Balder Jeppesen, voilà ce qu'il avait fait, et il était si choqué par cette visite qu'il n'osait pas revenir dans son appartement de Valby, ni même raconter à Kári ce qui était arrivé.

Quand sa contamination avait été constatée fin mars 1993, Olaf avait envoyé une lettre au journal *Jyllands-Posten*, adressée à Balder Jeppesen. Mais Jeppesen n'avait jamais répondu. Peu après son déménagement à Copenhague, qu'il appelait *la capitale de la Communauté du Royaume du Danemark*, Olaf avait téléphoné à *Jyllands-Posten*, mais ils ne savaient pas où habitait Jeppesen et ne connaissaient pas non plus son numéro de téléphone. Olaf avait cherché dans les annuaires et trouvé plusieurs personnes nommées Balder Jeppesen, mais aucune d'entre elles n'était journaliste. Bien sûr, il aurait pu demander chez Pan, mais le bar appartenait à son ancienne vie underground. La dernière fois qu'Olaf avait été chez Pan, c'était à l'été 1990, et cet après-midi-là, il s'y était rendu avec Ossi Hjelm.

— Pendant toutes ces années, chaque fois que les gens de Tórshavn me voyaient, avait dit Ossi en prenant une petite gorgée de son verre, ils croyaient voir une pine ambulante avec narines. Tu ris, mais bon Dieu, c'est vrai. Et la seule chose qu'avait dans la tête cette pine, c'était de flairer un trou du cul, encore un trou et encore un. Les habitants de Tórshavn sont si obsédés par le cul que chaque tringle de rideau de leur maison est remplie de trous du cul. Les trous sont également accrochés aux cintres, aux patères et sur les rouleaux à pâtisserie, et quand ces chères personnes tirent les rideaux et essaient de regarder le monde à l'extérieur, que crois-tu qu'elles voient ? Un monde de trous du cul hurlants ! Regarde leurs yeux, essaie voir. La plupart des yeux à Tórshavn sont minuscules et rétrécis, comme le croupion d'un canari !

En se mettant en relation avec le registre d'état civil, Olaf avait appris qu'un journaliste nommé Balder Jeppesen habitait Adelgade, à Copenhague. Quelques jours plus tard, Olaf s'était retrouvé pour la première fois à l'adresse qu'on lui avait indiquée, et il put constater de ses propres yeux que le nom de l'homme qui était à l'origine de sa maladie mortelle figurait bien sur la liste des habitants de l'immeuble. Il toucha le tableau des noms sous la sonnette, mais il ne voulait pas sonner. Pas encore.

Pourtant, il arriva cette chose bizarre que, deux jours après, Olaf eut sa première vision. Sa promenade préférée, depuis qu'il avait emménagé à Copenhague, était de se rendre à Sydhavn, le quartier portuaire sud, et de là emprunter le pont jusqu'à Amager. Non que la promenade fût belle, au contraire plutôt. Sydhavn était une sorte de miroir de l'âme, et même si Olaf était souvent dégoûté par les individus clochardisés qui traînaient entre les bâtiments délabrés, il n'avait pas peur d'eux. Il s'était également dit que si l'un d'entre eux s'aventurait à l'agresser, il n'hésiterait pas à se servir de ses dents. Ils sentiraient la morsure mortelle du cobra de Tinghúsvegur. Il lui arrivait de se demander si ces marginaux étaient de vraies personnes. C'eût tout aussi bien pu être des déchets génétiques de quelque laboratoire scientifique qui, à la force des bras, avaient pu s'extraire des conteneurs de déchets et vivaient leur pauvre vie dans cette partie naufragée de la ville.

Olaf longeait un grand entrepôt de chemin de fer lorsqu'il vit un homme sortir d'une fenêtre tout en haut du bâtiment. Il crut en tout cas que c'était un homme, même s'il était vêtu d'une robe ou de quelque chose qui ressemblait à un habit de moine. Olaf s'arrêta et lui cria d'une voix forte et claire qu'il ne fallait surtout pas qu'il saute. Il y avait quelques habitants de Sydhavn près du bâtiment et ils regardèrent Olaf avec un peu d'étonnement. À l'instant même, l'homme lâcha prise et Olaf serra les paupières, ne doutant pas que l'homme vêtu de bure s'était écrasé en bas. Il resta un moment debout, dents serrées et yeux fermés, et lorsque prudemment il jeta un coup d'œil sous ses paupières, il vit son vieil ami Fríðrikur de l'orphelinat debout devant lui. Dans sa main gauche, il tenait un dossier qui ressemblait à un grand album d'images. Mais cela ne pouvait pas être vrai. Fríðrikur était celui des collectionneurs d'images qui n'avait pas d'album. Et ça ne pouvait pas non plus être Fríðrikur, puisque Fríðrikur était mort. Pourtant, l'homme sourit, et son sourire était si plein de lumière et de beauté qu'Olaf oublia un instant le choc.

— Ça n'a pas fait mal ? demanda Olaf.

— Siii…, répondit Fríðrikur. Seulement je trouve que c'était encore plus dommage pour eux. La haine rend les gens tellement impuissants.

— Je veux dire quand tu as glissé le long du mur.

Fríðrikur rit.

— Qu'est-ce qui pèse le plus lourd, dix kilos de plumes ou dix kilos de plomb ? Tu ne te souviens pas de cette devinette ? Sur une balance, il n'y a pas de différence. Mais si tu reçois dix kilos de plomb sur les pieds, c'est tout à fait autre chose. Je suis un citoyen du royaume de la plume, tandis que toi, tu es toujours un habitant du plomb.

— Tu ne peux pas me dire que tu es mort ? supplia Olaf.

— Si, bien sûr que je le peux, répondit Fríðrikur. Le problème, c'est que je ne suis pas vraiment mort. Personne n'est vraiment mort. On meurt par petits bouts, ou on est emporté morceau par morceau. Évidemment, ce ne sont pas tous les habitants du plomb qui l'ont compris.

— Tu veux dire que tu as emménagé ici ?

— Ne sois pas si inquiet, le pria Fríðrikur.

— Savais-tu que j'étais l'un de ceux qui t'ont porté en terre ? demanda Olaf. Moi, Montana, Torkil de l'orphelinat, ton ami de Hvalba et deux camarades de travail du quai. Tu as été le premier à être enterré depuis la nouvelle église des catholiques. Je n'ai jamais apprécié les nonnes, tu le sais bien, mais le jour où tu as été enterré, c'était vraiment pitoyable de les voir. Elles accompagnaient leur propre fils à la tombe, voilà ce qu'elles faisaient. Tu étais leur enfant préféré. Montana a trébuché quand on t'a porté hors de l'église et il s'est assis sur une chaise pour pleurer. Heureusement, Erland portait de son côté. Il y avait tant de personnes devant l'église qu'on aurait cru qu'on enterrait un prince.

« Savais-tu, poursuivit Olaf en essuyant quelques larmes, savais-tu que le Rat et Rógvi ont purgé leur peine ? Quelqu'un m'a raconté que le Rat habite à Esbjerg, mais je ne sais pas où vit Rógvi.

— Tu sais bien qu'il s'appelle Hans Dávid, dit

Fríðrikur. C'était formidable de ta part de procurer un appartement à sa femme et à ses enfants à Argir.

— *Fuck you*, Fríðrikur.

Olaf rit à haute voix. Il s'accroupit, retroussa la lèvre supérieure vers le nez et, les bras fichés entre les genoux, fit quelques sauts de rat joyeux.

— Je suis un rat sous le pseudonyme de Hans Dávid, dit-il plusieurs fois et, comme une queue grasse, son manteau traînait derrière lui.

— Ils voulaient juste me faire peur, dit Fríðrikur.

— Pas Hans Dávid, grogna Olaf. C'est le type même de la crapule criminelle. Toute cette racaille pourrie de la mère Gigga aurait dû être éliminée au lance-flammes de la surface de la planète. On ne pouvait pas aller danser en ce temps-là sans qu'ils vous écrabouillent le nez. Non, Fríðrikur, ils ne voulaient pas te faire peur, ils voulaient te tuer.

— Viens, dit Fríðrikur.

Enfin Olaf remarqua les marginaux. Un enfant souriant tenait le collier d'un saint-bernard et deux ou trois adultes le fixaient comme s'il était une sorte de *stand-up comic* égaré à Sydhavn. Olaf brossa la poussière de ses mains et eut juste le temps de voir le dos de Fríðrikur disparaître au coin de Bakholtstræde. Mais quand Olaf arriva au coin de la rue, Fríðrikur avait tout à fait disparu. Et pas seulement Fríðrikur. Olaf s'arrêta net. Toute la rue avait disparu ! À ses pieds, il y avait un abîme, et cet abîme plongeait, plongeait dans la terre aussi loin que portait le regard. Un gigantesque orifice bâillait devant lui et les strates de terre étaient blanches, brunes et jaunes comme les couches d'un millefeuille. De ce gigantesque gâteau dépassaient des câbles de téléphone, des fils électriques et plusieurs sortes de tuyaux de fer et de plastique. Olaf n'arrivait pas vraiment à évaluer si les sons sortant des profondeurs étaient des cris d'appel au secours ou s'ils provenaient d'une centrale téléphonique qui avait sombré dans le chaos. Et il n'était pas non plus tout à fait certain, pensa Olaf, que la seule Bakholtstræde avait disparu. Peut-être l'underground avait-il avalé tout Copenhague. Il regarda vers le haut et vit que le bâtiment était fêlé. Il y avait une baignoire qui se balançait sur des planches, et de la musique résonnait d'un transistor sur le bord de la baignoire. Très prudemment, Olaf s'assit. Il avait le vertige. Il se coucha sur le côté et avança en rampant. Il passa lentement devant les quelques portes qui restaient de la rue, mais n'osait pas regarder vers le haut de Bakholtstræde ; ce n'est qu'une fois arrivé au coin de la rue qu'il se leva et se dépêcha de revenir vers l'entrepôt de chemin de fer. Ceux qui avaient observé son imitation de rat et l'avaient entendu parler avec quelqu'un qu'ils ne voyaient pas se trouvaient toujours au même endroit, et la petite fille qui tenait le collier du saint-bernard fit signe de l'autre main à Olaf. Mais il se dépêcha de les dépasser. Ce n'est qu'en voyant la grande citerne à gaz bleue familière sur la route de Gammel Køgevej qu'il retrouva un peu de calme.

L'espion

Il se passa bien deux semaines avant qu'Olaf ne revienne sur Adelgade. L'événement de Sydhavn l'avait tellement secoué que plusieurs fois il eut la pensée à la fois désespérée et insensée qu'il pourrait y avoir un lien secret entre Jeppesen et la vision qu'il avait eue. Il était tout à fait conscient que c'était faire de l'homme un troll de s'imaginer cela, mais cette pensée ne le quittait pas. Il y avait une église de l'autre côté de la rue, et Olaf prit l'habitude de s'asseoir sur le banc de pierre devant l'église pour surveiller le troisième étage, où habitait Jeppesen. Il lui arrivait de voir un chat assis à la fenêtre et, comme il n'était sans doute pas seul à la maison, l'homme devait se trouver quelque part derrière les fenêtres désertes. Mais Olaf ne le voyait jamais. Pas même son ombre. En dépit de quoi, il avait l'impression d'être imbriqué dans une vaste toile de nerfs et que la vision de Sydhavn était un ourlet ou un bord de cette toile.

La grande porte d'église était la plupart du temps ouverte, et lorsque les gens se rendaient à l'office du matin, Olaf avait l'habitude d'entrer avec eux dans l'église. La plupart étaient soit d'âge mûr, soit vieux ; et certains, qu'on poussait dans la nef dans des fauteuils roulants, avaient accumulé un tel nombre d'années que, statistiquement, ils auraient déjà dû être morts. Et peut-être l'étaient-ils vraiment, se dit Olaf avec sarcasme. Les Danois sont si épris d'égalité que la municipalité avait certainement décidé que l'égalité qui valait à la surface de la Terre devrait aussi inclure les habitants des cercueils. Olaf se représentait les fonctionnaires de la commune entrant dans les cimetières en poussant des fauteuils roulants vides. Le gravier des sentiers étroits crissait sous les fines roues et, près des tombes ouvertes, il y avait des cadavres qui souffraient peut-être de claustrophobie ou se sentaient oubliés de Dieu et n'attendaient que de pouvoir se rendre à l'église et d'avoir l'occasion de se présenter devant le Tout-Puissant. Quand Dieu parle, pensa Olaf, l'être humain se tient immobile. Il devient un cœur qui a oublié l'art de battre.

Olaf se plaisait surtout à écouter la musique de l'orgue et pas seulement parce que la musique sortant des longs tuyaux de cuivre était si solennelle, mais parce qu'elle lui rappelait Karin. Et dans ce bâtiment empli de sons, il pouvait pleurer en paix : personne ne remarquait ses larmes.

Olaf ne savait pas combien de pasteurs étaient affiliés à l'église, mais un des plus jeunes prêtres avait la détestable habitude de hausser le ton, comme si de cette manière il voulait convaincre la communauté. Que, le jour de la fête nationale ou le 1er Mai, les orateurs utilisent de tels procédés ridicules, oui, quand bien même ils s'arracheraient les poumons, cela lui était égal. Mais lorsqu'on s'adressait à ce que l'homme avait de plus intime, on n'avait pas besoin de crier.

Un matin, il arriva ce qu'Olaf attendait depuis longtemps. La porte d'entrée de l'immeuble en face s'ouvrit et, pendant un instant, Balder Jeppesen resta debout sur le seuil. Appuyé sur sa canne, il sembla jeter un regard autour de lui, puis commença à marcher. Il portait des lunettes noires, ses longs cheveux blancs dépassaient sous la casquette, et même si le soleil de novembre était tiède, il portait un manteau. Il ne sembla pas remarquer qu'un homme se leva du banc de pierre du côté ombre d'Adelgade et le suivit. Jeppesen avait la cinquantaine, et bien que visiblement marqué par la maladie, sa démarche montrait encore que son corps avait été souple. Sa canne se balançait dans sa main droite et sa façon d'évoluer sur les dalles ensoleillées faisait penser à un félin. Une odeur de pain émanant d'une boulangerie à proximité flottait dans l'air frais du matin et on installait des fruits et des légumes en caisse devant les vitrines des boutiques. Il était neuf heures passées et les ombres des toits s'étendaient jusqu'au milieu de la rue. Jeppesen s'arrêta devant un joyeux groupe d'enfants de maternelle et, arrivé sur Gothersgade, il longea le parc de Kongens Have. Une brume bleuâtre était suspendue au-dessus de la circulation. Comme ils marchaient à présent sur le même trottoir, Olaf essayait de rester sous les grands érables, plantés entre le trottoir et la rue, et le bruit des voitures se réduisait à un profond bourdonnement. Olaf avait lu que les érables étaient capables d'évaporer jusqu'à quatre cents litres d'eau par jour, et tandis qu'ils s'approchaient de Nørreport, de la vapeur s'élevait des cimes nues. C'était comme si les arbres brûlaient de l'intérieur, mais les troncs étaient froids quand Olaf passa la main sur l'écorce. Il ne voulait pas parler à Jeppesen ce matin-là, ce n'était que la curiosité qui le faisait suivre l'homme. Les étourneaux sifflaient dans le parc, et au-dessus des grilles jaunâtres, on voyait au sommet des arbres les derniers feuillages rouge-brun. Le quartier de Sydhavn et le parc de Kongens Have étaient ses lieux favoris. Tout comme certains originaux, Olaf avait trouvé son banc à lui dans le parc, et s'il se révélait occupé, même si ce n'était que par une vieille femme assise à une extrémité avec son chien, Olaf poursuivait sa route. Un matin, il avait vu un majestueux vol d'oies filer au-dessus des arbres.

Savoir où étaient les points cardinaux n'était pas facile à Copenhague, mais à la façon dont le soleil brillait sur les oies, elles venaient sans doute de l'est, de la Scanie. Jamais auparavant Olaf n'avait vu autant d'oies réunies, il y en avait peut-être des centaines, peut-être mille, et lorsque soudain elles se mirent à cacarder sauvagement, farouches et euphoriques, on aurait dit une gigantesque sirène qui se mettait en route, et le son assourdissant annonçait que l'arrêt suivant était l'Amérique.

Franchement, c'était avoir fait les choses à moitié que d'être venu à Copenhague, c'était un peu comme s'il n'avait pas vraiment quitté son pays. L'endroit où il avait fui aurait pu être une banlieue de Tórshavn, à moins que ce ne soit l'inverse, que Tórshavn ne soit la banlieue de Copenhague. Copenhague représentait la part cosmopolite des deux villes. C'était ici que les toits de cuivre flamboyaient au soleil, que poussaient les tours et les fenêtres en saillie. La bureaucratie, que Nólsoyar Páll[1] et ses épigones avaient appris à leurs compatriotes à haïr, vivait ici sa vie guillerette et digne. Copenhague était un Tórshavn sans préjugés. Ici, on avait le droit d'être punk, travesti ou simplement un être ordinaire un peu bancal sur Terre. On ne vous calomniait pas derrière votre dos et personne ne vous téléphonait anonymement tard le soir pour vous traiter de clown homosexuel. De fait, personne ne vous téléphonait. Que vous soyez vivant ou que vous ayez un pied dans la tombe, cela n'avait aucun intérêt pour la ville. Mais plutôt l'indifférence

1. Nólsoyar Páll (1766-1809), marin, commerçant et poète féroïen, héros national de la lutte des insulaires contre le monopole royal danois sur le commerce.

copenhaguoise, oui, plutôt mille fois l'indifférence, que de sombrer sous l'opprobre à Tórshavn.

Dans son trousseau de clefs, Olaf avait encore celles du cabinet d'experts-comptables et du Parlement féroïen et, ici à Copenhague, il se sentait parfois comme le représentant d'un parlement stigmatisé, pris en otage par des rennes blessés. Il savait bien que c'étaient les lithographies de Geirmundur Vang qui hantaient son imagination, et cela torturait Olaf que ce soit justement cet homme, celui qui s'était glissé dans son lit matrimonial et utilisait son ancien bureau comme atelier, qui lui donnait des maux de tête politiques. Olaf avait vu ses lithographies à la galerie Sainte-Gertrud, et ce n'était pas le seul nom de Geirmundur Vang qui les faisait vendre si bien – il s'agissait vraiment d'une série d'œuvres exceptionnellement belles. Par sa mère, Olaf avait appris qu'il y avait souvent des frictions entre Karin et l'artiste, et que Geirmundur Vang était de ces hommes à qui une seule femme ne suffit pas.

En général, Olaf se levait tôt et pratiquait la gymnastique en short selon la méthode Helle Gotved. Il avait trouvé un livre sur celle-ci dans une caisse devant la vitrine d'un bouquiniste, et cela lui prenait environ une demi-heure pour faire les exercices. Parfois, quand il avait bu la veille au soir et avait un peu de migraine, il lui arrivait de les faire nu. Il voyait son corps dans le miroir et était satisfait de sa silhouette. Il arrivait que les gouttes de sueur qu'essuyait sa langue et sa propre odeur sexuelle l'excitent soudain. Mais, depuis sa contamination, les moments où il se touchait avaient changé aussi. Des images tout à fait inattendues surgissaient dans sa tête, dont des images de castration qui l'effrayaient. Il avait vu une fois dans un documentaire un vieux Sami castrer un renne avec ses dents. Peut-être était-ce par respect pour l'animal que l'homme retirait son bonnet avant de fourrer sa tête nue entre les pattes arrière de l'animal, de mordre les testicules et de les recracher à terre. Olaf s'imaginait aussi ce qu'avait ressenti Jørgen Frantz Jacobsen[1] quand les médecins de Vejlefjord Sanatorium en 1936 avaient ouvert ses bourses pour les retourner et retirer les deux testicules tuberculeux. La seule pensée des points de suture qui s'ensuivirent, du fil noir à travers des bourses vides, douchait son excitation. Mais des images de castration surréalistes pouvaient aussi surgir tout à coup. L'idée d'une lame de rasoir sur le gland nu et gonflé, de l'odeur de sang de la coupure, pouvait être si violente qu'Olaf en avait la nausée.

La visite au troisième étage

Ce n'est que le 16 janvier 1994, anniversaire de sa contamination, qu'Olaf se tint de nouveau devant l'entrée de l'immeuble de Jeppesen. Il sonna et, bien que personne ne répondît dans l'interphone, le pêne cliqueta. Un peu surpris par cet accueil mécanique, Olaf ouvrit la porte et entra. Il ne s'était pas fait d'idées sur la

1. Jørgen Frantz Jacobsen (1900-1938), célèbre écrivain féroïen, parent de William Heinesen et auteur notamment du roman *Barbara*. Il mourut jeune de tuberculose.

façon dont la visite se déroulerait, mais lorsqu'il entendit ses propres pas dans la haute et étroite cage d'escalier, il regretta presque d'être entré. C'était Jeppesen qui était venu vers lui le soir où le parti Venstre tenait sa réunion. Il lui avait demandé s'il ne pouvait pas avoir une copie du discours et peut-être réaliser une interview d'Olaf sur la situation délétère aux Îles Féroé. L'homme était habile à manier les mots et Olaf lui avait répondu, en accord avec la vérité, que le discours se trouvait sur le bureau de sa chambre d'hôtel. Déjà dans le taxi en route vers l'hôtel, leur conversation avait pris une coloration qui ne pouvait pas être dite proprement politique, et lorsque Olaf à présent entendit ses propres pas sur l'escalier en ciment, il sentit cette même coloration embraser ses sentiments perturbés.

Au troisième étage, la porte de Jeppesen était entrouverte, et même si personne ne lui dit d'entrer, il était clair que l'autre l'attendait. Qu'est-ce que c'est que cette pitrerie théâtrale, pensa Olaf en refermant la porte derrière lui. Soudain, il sentit quelque chose se frotter contre un de ses mollets. Il fut si surpris qu'il ne pensa pas au chat qu'il avait parfois vu à la fenêtre. Il donna un coup de pied et le félin fut projeté contre le chambranle. Tout cela se passa en une seconde. Un son sifflant s'échappa du museau du chat. Debout sur ses pattes arrière fléchies, il pointait droit en l'air une queue frémissante. Olaf vit la canne de Jeppesen sur une patère. Il tendit la main, peut-être pour briser la tête du chat, quand une voix tranquillisante venue du séjour dit *kis kis*.

— Ça t'a peut-être étonné que j'aie ouvert la porte d'en bas sans demander qui sonnait. Mais je t'attends depuis que je t'ai vu la première fois, sur le banc d'en face. L'église, poursuivit Jeppesen, un peu comme s'il goûtait au mot, cette bonne vieille église symbolise l'éternité, le banc, le repos, et tu es l'homme en quête qui trouve un peu de quiétude.

Jeppesen toucha l'enveloppe posée sur la table basse.

— J'ai toujours ici la lettre que tu as envoyée à la rédaction de *Jyllands-Posten*. Je n'ai pas de mots pour le chagrin que je ressens.

Olaf avait toujours le cœur battant. D'abord se faire surprendre par le chat, puis écouter cette foutaise pseudo-religieuse, c'en était trop.

— Épargne-moi ta phraséologie, dit-il.

— Mais c'est vrai, je n'ai pas de mots pour te dire combien je suis désolé.

— Alors tu aurais pu au moins répondre à ma lettre.

— Peut-être aurais-tu aussi pu poser la canne, sourit Jeppesen. Un homme avec une canne à la main me rend nerveux.

Il avait un châle autour des épaules et les jambes ramenées sous lui.

— Je sais ce que tu veux me demander. Et ma réponse est non, et encore non. Je ne savais pas l'année dernière que j'avais été contaminé.

— Et pourtant, tu ne m'as pas fait signe, dit Olaf.

Jeppesen joua des doigts en direction du chat.

— Kisse voulait seulement être gentil. Je ne sais pas non plus qui m'a contaminé.

— Est-ce que ça veut dire que tu en as peut-être contaminé d'autres ? Mon Dieu !

Olaf se prit la tête.

— Tu en as contaminé plusieurs. Mon bon monsieur, mais vous êtes un sida-rat !

Jeppesen voulut dire quelque chose, mais à la place, il s'essuya le coin des yeux avec son mouchoir. Il ne s'attendait pas à se faire traiter de *sida-rat*. Il jeta un coup d'œil vers Olaf, qui se dirigeait vers les étagères. Olaf accrocha la canne à son poignet gauche et vit que les livres étaient classés par ordre alphabétique. Il sortit *Fornemmelser* de Christian Kampmann et vit que le livre était dédié à Jeppesen.

— Tu as été là aussi ?

— Pourquoi es-tu venu ?

— Je n'arrive pas à me réconcilier avec l'idée de mourir, répondit Olaf. On s'imagine que l'on a encore quarante ans à vivre, mais d'un coup, c'est comme s'il y avait un déficit dans la caisse. Un comptable externe a soudain ramené les quarante ans à un an, c'est-à-dire qu'il reste deux à trois pour cent du capital propre. Et que fait-on avec un si mauvais solde ?

— Tu es peut-être venu pour te venger ? demanda Jeppesen.

— C'était présomptueux de ma part de faire un calcul sur quarante ans. Je dois l'avouer. Non, je préfère dire que je suis venu pour voir ce satané idiot qui a détruit ma vie.

— Ma vie aussi est changée.

— Vraiment ?

— Pas besoin d'être sarcastique, dit Jeppesen.

Olaf rit soudain.

— Tu sentais la transpiration des pieds cette nuit-là.

— Pars. J'aimerais que tu partes maintenant, dit Jeppesen avec des sanglots dans la voix.

— Sinon tu appelles la police ? Oh, comme j'ai peur. Et que diras-tu à la police ? Que le comptable externe a reçu la visite du failli ? Mais putain quel genre d'homme es-tu ?

— Je n'ai pas parlé de police, dit Jeppesen.

— Pendant un an, tu as ignoré un homme qui va mourir et maintenant tu le menaces de la police.

— Je peux t'offrir un verre de vin blanc ?

— Non merci. Pas si tôt. Mais je pourrais peut-être avoir besoin d'une tasse de café.

Olaf regarda vers l'église. Devant la porte, la neige avait été déblayée. Un ciel gris était suspendu au-dessus de la ville, et une averse filait au-dessus de l'hôtel SAS. Les cimes nues des arbres se balançaient sous les coups de vent qui allaient s'égarer dans la rue, et Olaf sourit en voyant une femme se dépêcher vers un taxi qui attendait. La femme était nu-tête. Elle tenait le col de son manteau d'une main et semblait porter une plante en pot de l'autre, en tout cas une fleur rouge reposait sur son épaule. Olaf sentit l'odeur de café, et quand il arriva dans la cuisine, Jeppesen pleurait devant le plan de travail.

— Tu n'avais pas besoin de me traiter de sida-rat, dit-il. Tu vois bien que je suis un homme malheureux.

— Mais ça ne t'empêche pas d'apporter le café dans le salon.

Jeppesen tendit le thermos à Olaf et apporta lui-même un plateau avec des tasses et des biscuits dans le salon. Il s'assit dans le fauteuil et raconta à Olaf qu'il avait hérité l'appartement de sa mère. Il lui montra la photo de sa mère, qui habitait une maison de retraite en ville. Elle avait quatre-vingt-douze ans, et Jeppesen était content qu'elle soit retombée en enfance. Elle n'aurait pas supporté que son plus jeune enfant ait le sida, dit-il. Jeppesen avait trois sœurs, et il lui montra aussi des photographies d'elles et de leurs familles.

— Je t'ennuie ? demanda-t-il à Olaf après lui avoir montré des photos du chat quand il était tout petit.

Il penchait la tête de côté et Olaf ne savait pas très bien s'il était triste ou s'il avait autre chose en tête.

— La famille est importante pour toi, dit Olaf.

— Je suis le plus jeune des quatre. Lena et Rosa ont toujours été gentilles avec moi, et elles sont compréhensives envers ma sexualité. Mais je n'ai aucune relation avec ma sœur aînée, Karen. Tu as peut-être de la famille en ville ?

— Mon ex-femme s'appelle Karin, dit Olaf.

— Tu pensais vraiment cette histoire de transpiration des pieds ? demanda Jeppesen.

Un sourire espiègle passa dans ses yeux. Il enleva une de ses chaussettes et la sentit.

— Peut-être y a-t-il quelque chose qui ne va pas avec mon odorat, mais je ne sens rien. D'ailleurs, j'ai pris une douche ce matin. Tu ris, alors c'était une blague ? Je m'en doutais. L'humour des Féroïens est tellement morbide, ou bien est-ce que c'est un cliché ethnique ? Les citadins aussi savent être morbides. Tu as pris une douche ce matin ? Tu peux emprunter ma baignoire, et je peux te masser après, si tu n'as rien contre. Ouh là, j'en ai peut-être trop dit. Mais ce n'est pas dangereux. Deux loups-garous peuvent prendre un peu de bon temps ensemble.

Jeppesen rigola.

— Tu y as peut-être pensé, alors excuse-moi, mais je

suis un affreux séducteur. Mon Dieu, je sens quelque chose d'étrange.

Jeppesen regarda son propre corps et secoua la tête. Un peu étonné, Olaf écoutait son bavardage, mais le fait qu'il était réceptif aux messages à peine voilés qu'envoyait Jeppesen, il le sentit à son souffle et à sa gorge sèche. Jeppesen se laissa glisser du fauteuil, dit *miaou* et rampa vers Olaf. Prudemment, il lui retira les chaussures et les chaussettes, et commença à lui masser la plante des pieds. Il faisait penser à un yogi en méditation, tel qu'il était assis avec les pieds d'Olaf sur ses genoux, à chercher les endroits réceptifs sous la voûte plantaire. Olaf sentait de petites secousses s'égrener jusque dans son dos. Ce qui se passait à présent poussa même le chat à sortir la tête de sous le fauteuil. Olaf regarda droit dans ses grands yeux étonnés. Le chat avait posé la tête sur ses pattes avant et ses moustaches formaient un grand arc autour du museau. Il était si mignon, tel qu'il était là à les observer, qu'Olaf regretta de l'avoir envoyé promener contre le chambranle.

Jeppesen dit que le pire de la contamination était qu'on n'osait pas toucher les gens. Il dit aussi combien il avait peur de la violence, c'était comme s'il pressentait que ce moment d'éclaircie, né de presque rien, serait bientôt déchiré en lambeaux. Olaf fut incapable de répondre quand Jeppesen lui demanda s'il pouvait le caresser plus haut. Ses doigts enjôleurs avaient déjà trouvé ses lieux secrets assoiffés. Olaf ne résista pas non plus quand Jeppesen s'agenouilla, lui défit sa ceinture et sa braguette et baissa un peu son pantalon. Mais Olaf refusait le contact des yeux. Il appuya les coudes sur le divan et essaya de repousser son corps aussi loin de la tête de Jeppesen que possible. Il sentait que ça commençait à venir. Chaque nerf autour de son sexe tremblait et il demeura un instant comme en délire, haletant.

— Je peux m'asseoir à côté de toi ? entendit-il Jeppesen chuchoter.

Alors Olaf retrouva ses esprits. Jeppesen s'était relevé sur les genoux et sa pomme d'Adam dévoilait que l'homme avalait. Ses pupilles étaient aussi grandes que celles du chat, ses lèvres s'ouvrirent en un petit renvoi, et même s'il tenait la main devant sa bouche, Olaf s'imagina sentir l'odeur de son propre sperme.

— Dégage !

Olaf remonta son pantalon et fut sur le point de vomir de dégoût. Jeppesen retira ses mains.

— Je pensais seulement qu'on pouvait passer un bon moment ensemble.

— Tu es affreux ! cria Olaf.

Il sentait son cœur battre, se gonfler comme un ballon, et ses battements cognaient contre ses côtes. Il assena un coup de pied à Jeppesen. Son talon frappa sa poitrine et l'homme s'effondra à terre. Olaf s'était relevé, il prit la canne et la cogna contre l'écran de télévision. Les éclats de verre volèrent à travers la pièce et, quand Olaf vit l'œil de verre éclaté, ce fut comme s'il était pris d'une rage de destruction.

Jeppesen avait rampé vers le fauteuil. Olaf l'attrapa par le col de la chemise de sa main gauche et frappa de la droite. Jeppesen le suppliait d'être gentil, mais les mots glissaient sur Olaf. Certains coups atteignaient quelque chose de mou, d'autres s'enfonçaient dans l'accoudoir du fauteuil. Quand il frappait le front ou les pommettes, il sentait le coup dans son bras. Ce n'est que lorsque Jeppesen arrêta de se défendre et que le sang coula de son nez et de sa bouche qu'Olaf se rendit compte qu'un homme à demi évanoui était accroché à son poing.

— Pourquoi as-tu détruit ma vie ? hurlait Olaf.

Il serrait Jeppesen contre lui, le caressait et embrassait son front sanglant.

— Je ne voulais pas détruire ta vie, gémit Jeppesen. Dieu m'en soit témoin.

— Et moi, je ne voulais pas te frapper.

— Je croyais que nous allions passer un bon moment ensemble.

— Les hommes morts ne peuvent pas passer de bons moments. Tâche de te rentrer ça dans le crâne !

— Nous ne sommes pas morts.

— Nous ne sommes pas vivants non plus.

— Tu ne veux pas t'en aller maintenant ?

— As-tu quelque chose de cassé ?

— Va-t'en.

Au bas de l'immeuble, Olaf se dépêcha de traverser la rue. Le vent était glacial, et lorsqu'il passa devant un buisson juste à côté de la porte de l'église, il entendit cliqueter les branches gelées. Il alla vers les toilettes. L'église était vide, on entendait seulement l'organiste s'exercer, mais quelle était la musique qu'il jouait, ou si c'étaient simplement des improvisations, Olaf n'en savait rien. Cependant, le souffle des tuyaux d'orgue était effrayant dans sa beauté submergeante. L'orgue, mieux que tout autre instrument, était capable d'interpréter la méchanceté. Ça, Karin l'avait dit une fois. C'était comme si le soufflet empruntait l'air brûlant et étincelant de l'enfer et faisait flamboyer les tuyaux. Le baroque, disait-elle, était un long hymne à la douleur et à la part à la fois grandiose et sombre de l'homme.

Olaf se lava les mains et le visage, et examina avec attention le miroir. Vidé à la fois de colère et de sperme, il vit le visage d'un homme froid mais satisfait. Les joues bien rasées, le crâne chauve et les yeux solitaires derrière les lunettes lui plurent. C'est moi, pensa Olaf. Et cela continuera d'être moi jusqu'à ce que les mouches fassent leur nid dans mes plaies.

C'est autour de sept heures ce même soir qu'il se rendit sur Peder Skramsgade et frappa à la porte de chez Kári.

Mai 1994

Après la phase de primo-infection du sida en mai 1994, les médecins découvrirent qu'Olaf avait attrapé le cytomégalovirus. Ce n'était pas inhabituel, mais dans son cas, le virus était surtout actif sur la rétine. Olaf reçut la médication disponible sur le marché. Du ganciclovir, et plus tard du foscarnet, qui étaient injectés par intraveineuse dans la poitrine. Mais les taches devant ses yeux ne faisaient que grandir et empirer. Elles ressemblaient à des étoiles qui s'entrechoquaient, et s'il devait lire quelque chose entre les intervalles toujours moins nombreux, il lui fallait pencher la tête et plus ou moins épier les lettres. D'abord, il perdit la vue de l'œil gauche et, en août de la même année, lorsqu'il eut quarante-deux ans, les étoiles sur l'œil droit étaient si rapprochées qu'il fut incapable de lire la carte d'anniversaire qu'il reçut de sa fille Turid.

Jamais Olaf n'avait vécu une douleur aussi forte que celle de la diarrhée qui suivit le déclenchement du sida. Les crises de douleur recroquevillaient et comprimaient son corps ; et avant même que les muscles ne trouvent le repos, il était de nouveau en proie à une série d'estocades douloureuses. Il lui arrivait d'essayer d'aller aux toilettes. Poussant l'appareil à perfusion devant lui, il avançait pas à pas sur le sol, et quand il parvenait à se débrouiller tout seul, il ressentait une satisfaction intérieure. Mais Olaf avait sous-évalué la force de la diarrhée. Ses promenades avec l'appareil à perfusion n'étaient que des pauses traîtresses entre les tempêtes. La maladie était bien plus forte que sa volonté et, finalement, il abandonna. Équipé d'une couche, Olaf dut reconnaître le ridicule de l'idée de supporter la maladie avec dignité. Il n'avait pas un mot à dire dans ce contexte. Les bactéries lui avaient retiré le contrôle. Des millions de ces petits diables détruisaient systématiquement ses défenses, pas seulement physiques, mais aussi mentales. C'était comme si les intestins s'étaient hissés jusque dans sa tête, s'y étaient agrafés et liés, et gouttaient sur le cerveau et le fragile hypothalamus. Un instant, le corps tremblait de froid, et l'instant d'après il était baigné de sueur. La frontière entre chair et esprit était effacée, voilà ce qui se passait. Comme un brouillard, la puanteur flottait à travers les longs couloirs mentaux, et son propre nom et tout ce qui appartenait à ce nom pâlissaient. Le monde était caché à sa vue. Il était dégradé en tuyau de viande et à travers le tuyau s'écoulaient toutes les immondices du Rigshospital. C'est exactement comme ça qu'il le sentait. Comme si chaque ventre et chaque utérus de ce grand bâtiment malade étaient branchés sur son système intestinal torturé.

— J'ai assez de diarrhée et de menstruations pour un hôpital entier, pleura Olaf un jour où sa mère lui téléphona.

Et confrontée à des mots aussi forts, elle était incapable de consoler son fils.

Lorsque enfin la paix revint dans ses intestins, Olaf avait perdu un tiers de son poids, et plusieurs membres du personnel eurent peur que sa raison aussi n'ait été endommagée.

*

Olaf était aveugle quand Ingeborg Askildsen fit ses débuts dans son service. Elle comprit aux dires du personnel qu'Olaf était un des patients difficiles. Dans le journal, on utilisait des formules comme *organiquement dépressif* et *hystérie chronique* pour décrire son état mental. Que des patients puissent être assez désagréables n'était pas inhabituel. Mais lorsque son état empira et qu'Olaf commença à briser des assiettes et à arracher la perfusion de sa main, son comportement fut abordé lors d'une réunion du service. La situation se tendit le jour où Olaf donna un coup de pied à une infirmière. Elle tenait un verre avec des cachets lorsque, entre deux étoiles, il vit son dos et lui lança le coup. Il ne la toucha pas vraiment, mais le seul fait d'avoir attaqué une infirmière suffit. Cela s'était passé un matin, et dès midi, Olaf reçut la visite du docteur Lomborg. Le médecin dit que cela ne pouvait pas durer et que la direction pensait le transférer au secteur VIH de l'hôpital de Hvidovre. En tout cas ici, au Rigshospital, le service n'était pas équipé pour faire face à sa *labilité émotionnelle*, comme l'exprimait le médecin.

Ce que signifiait l'hôpital de Hvidovre, Olaf en était tout à fait conscient. À Hvidovre, c'était la classe inférieure. Ils étaient nombreux dans la même salle. Prostitués, toxicomanes, vieux acteurs homosexuels, chômeurs et voleurs. Là, on n'avait pas besoin de sombrer avec dignité. Les malades parlaient, pleuraient et juraient dans toutes les langues. Un malheureux Groenlandais y pleurait son Naalagag natal. Des descendants de dignes muezzins, qui avaient gardé le puissant timbre guttural de leurs ancêtres, s'y allongeaient le vendredi et hurlaient, le front vers La Mecque. Olaf avait aussi entendu parler d'hommes réunis par la maladie, et la seule pensée de devoir entendre deux squelettes se mordiller dans le lit voisin suffisait à enlever le sommeil à un ex-parlementaire correct tel qu'Olaf Lydersen. Et si un patient de l'hôpital de Hvidovre en venait à donner un coup de pied à une infirmière, la direction avait en stock un choix adapté de camisoles.

— Vous me menacez, dit Olaf.

— Vous ne comprenez absolument pas combien la situation est grave ? répondit Lomborg avec colère.

— Je veux bien demander pardon à l'infirmière. Cela ne se répétera pas. J'essaie chaque jour de me faire à cette maladie, vous devez essayer de le comprendre. Et vous devez comprendre que mon comportement est lié au fait que, oui, ça me coûte de le dire, parce que vous le savez parfaitement, au fait que je vais mourir, et on ne peut pas punir un homme pour ça, dit Olaf.

— Personne ne parle de punition, répondit Lomborg. Votre colère est si forte qu'elle n'est pas seulement un problème personnel pour vous, elle contamine tout le service.

Olaf écoutait. L'image du visage abîmé de Balder Jeppesen lui apparut. Peut-être Jeppesen était-il maintenant un de ceux qui étaient couchés parmi les toxicomanes et les voleurs de Hvidovre. Olaf eut soudain la nostalgie de l'église d'Adelgade. Le bonheur d'être assis sur un banc frais et d'écouter la musique de l'orgue. Il pensa dire au docteur Lomborg qu'il y avait encore des gens plus haut dans la hiérarchie qui se souvenaient du nom d'Olaf Lydersen et qui pourraient tirer un peu les ficelles, si cela devenait nécessaire.

— Vous ne pourriez pas parler à un psychologue ? demanda le docteur Lomborg.

— Et apprendre qu'on est un croisement intéressant entre un enculeur et Rambo ?

— Vous êtes un homme difficile, Olaf Lydersen, dit Lomborg. Et je ne dis pas ça comme un compliment. Ne pourriez-vous pas au moins commencer par accepter des visites ?

*

Un mois environ après la conversation avec le docteur Lomborg, Mlle Askildsen fit ses débuts dans le service. Elle vivait à Copenhague depuis quelques années, mais on entendait encore à sa prononciation qu'elle venait de Norvège. Son dialecte chantant de Tromsø était pour ainsi dire inscrit dans ses mouvements corporels et, dès qu'elle entrait dans une chambre de malade, son humeur enjouée était tout de suite perceptible. Très vite, ils se tutoyèrent. Mais elle n'en était pas pour autant de celles qui disaient : « Mon bon Lydersen, tu as bonne mine aujourd'hui. » Et ça plaisait à Olaf. Parce qu'il n'avait pas bonne mine. Aucun de ceux qui avaient le sida n'avait bonne mine. Ni ceux qui avaient le visage et les bras marqués par le sarcome de Kaposi, ni les sacs d'os qui essayaient de se maintenir en vie sous la poche de perfusion. Dire ça, c'était à la fois bête et brutal. Un jour où Mlle Askildsen lui avait donné quelque chose à manger, Olaf se plaignit aussi des médecins qui disaient : « Alors, comment allons-nous aujourd'hui ? » Cette formulation en nous, ce n'était pas seulement le summum de la jovialité malvenue, mais carrément une raison de douter des capacités intellectuelles du médecin.

Mlle Askildsen rit un peu.

— Qu'est-ce qu'il y a de si drôle ? demanda Olaf.

— T'écouter parler, dit Mlle Askildsen.

— Si je t'entends bien, je pourrais figurer sur la liste des salariés du Rigshospitalet en tant que clown d'hôpital au nez rouge en carton.

— La plupart des politiciens ne sont-ils pas des clowns bien payés ? demanda Mlle Askildsen d'une voix taquine.

— Pas ceux qui vont mourir, dit Olaf.

— On croirait presque qu'un bureau des brevets t'a accordé un monopole sur la mort, dit Mlle Askildsen.

— Certaines parties de mon corps ont déjà déménagé vers le royaume de la mort. Dans la caisse d'une grande halle se trouvent mes yeux, et plusieurs de mes fonctions corporelles sont aussi en partance. Je meurs par petits morceaux. Ici les artères, là la peau. Selon moi, c'est vraiment condescendant de demander : « Alors, comment allons-nous aujourd'hui ? » Mais je ne comprends pas pourquoi tu ris. Pour le dire comme c'est, je ne pige rien à votre humour hospitalier macabre.

Mlle Askildsen essaya de se retenir. Elle se tint la bouche des deux mains, puis elle éclata quand même de rire. Le rire explosait à travers ses doigts et lorsque enfin elle demanda pardon à Olaf, lui aussi avait commencé à sourire.

— Allez, demanda Olaf. Raconte à papi ce qu'il y a de si drôle.

— Je ne sais pas. Peut-être qu'on a tout simplement besoin de rire dans un service comme celui-ci.

Mlle Askildsen s'essuya les yeux. Elle n'osait pas dire que ce qui était vraiment ridicule, c'était de voir pester sur son lit un squelette maussade.

C'est Mlle Askildsen qui convainquit Olaf de sortir plus souvent de son lit, et elle fit aussi des allers-retours avec lui dans le couloir. Il prenait un bain jusqu'à trois fois par semaine, pas seulement pour être propre, mais aussi parce que la position allongée était tellement rude pour la peau. Mlle Askildsen versait des huiles naturelles dans l'eau de la baignoire et, quand ses mollets et ses bras trempaient dans cette eau huileuse tiède, il sentait que sa peau devenait plus souple et plus douce. À vrai dire, la jeune femme n'était pas plus consciencieuse que les autres infirmières, mais ses attentions étaient différentes. Elle était la seule infirmière susceptible de caresser la joue d'Olaf, et un jour où elle rinçait ses escarres avec de l'eau salée, elle lui dit soudain qu'il était gentil. Et elle le dit de telle manière qu'Olaf la crut. Il fut si touché par ses jolis mots qu'il se félicita d'être couché sur le ventre. Verser des larmes d'impuissance et de colère, il y était habitué, mais pas à pleurer d'un sentiment de bonheur totalement inattendu.

*

Chaque jour, il entendait le bruit du chariot de laboratoire et de ses petites fioles qui cliquetaient dans leur support de fer. Olaf secouait la tête et parfois il ne pouvait s'empêcher de sourire. Ces tintements et cliquetis étaient un rien sinistres – ils pouvaient faire penser à une sorte de carnaval sanglant, avec des verres contenant de la mort authentique.

Les lits d'hôpital, en revanche, étaient équipés de roues de caoutchouc presque silencieuses, et plusieurs fois par jour, il entendait les lits passer devant la porte. Certains patients étaient emmenés à la radio, d'autres à la rééducation en kinésithérapie, et parfois il entendait aussi le brancardier et le patient discuter entre eux pendant que le lit passait. Il arrivait aussi que passent des lits vides. Cela pouvait signifier deux choses : soit le lit était en route pour la désinfection, soit la mort avait rendu visite au service.

La première vision qu'eut Olaf à l'hôpital même, ce fut un jour où le chariot des repas s'arrêta devant sa porte. Il entendit des pas inconnus entrer dans la chambre avec le plateau du repas, et lorsque la voix dit bonjour et demanda où poser la camelote, Olaf crut entendre parler féroïen et s'étonna en même temps que la voix parle de camelote. Et là, dans la pause entre deux battements de cœur ou entre deux secondes, il vit une femme debout devant lui, tenant dans les bras un grand écrin.

— Je crois que vous vous êtes trompée de chambre, chuchota Olaf.

— Ce n'est pas ici que doit se tenir le bazar ? demanda la femme.

Olaf attrapa le cordon de la sonnette. Il voulait appeler l'infirmière, mais en même temps c'était si bon de voir une personne vivante qu'il le lâcha.

— Je ne sais pas, dit Olaf.

— Tu ne sais pas non plus où je dois poser l'écrin ?

— Non, répondit Olaf.

La femme avait une robe fleurie. Elle avait des fossettes et ne portait pas de chaussures.

— Alors, je vais le mettre sur le rebord de la fenêtre.

Olaf se souvenait juste qu'elle avait déposé l'écrin, puis le noir s'était fait.

Le prochain hôte non invité fut son oncle paternel Montana. Par contre, la raison pour laquelle cette visite-là précisément secoua Olaf, c'est que sa mère lui téléphona le jour même pour lui dire que Montana était mort.

Un jour où le docteur Lomborg faisait le tour de salle, Olaf lui raconta qu'il avait vu son oncle dans la pièce et que c'était justement le jour où l'oncle était mort à Tórshavn. Comme toujours, Lomborg prit tout son temps pour écouter. Il dit que la parapsychologie était un peu en dehors de son domaine de compétences, mais conseilla à Olaf d'en parler à un psychologue.

— Ce sont de fieffés rationalistes, répondit Olaf. Ils vont expliquer mes visions. Non, je préfère vous parler à vous. Et franchement : vous me donnez le sentiment profondément comique d'être un cas de sida intéressant.

— Allons, mon bon Lydersen, je ne mens pas quand je dis que vous êtes un cas extrêmement intéressant.

*

Olaf prenait surtout plaisir à écouter les bruits d'eau et, même s'ils étaient toujours faibles, on les entendait quand même mieux que la plupart des autres bruits du service. Il écoutait l'eau qui coulait dans les tuyaux à l'intérieur des murs et, chaque fois qu'on augmentait le chauffage, il entendait le radiateur de la chambre se remplir lentement d'eau tiède. Olaf pensait pouvoir distinguer avec une certaine certitude dans quelle chambre la cuvette d'eau des WC était vidée, et il entendait aussi le bruit mouillé des serpillières quand le sol du couloir était lavé. Quand il se gargarisait la bouche après s'être brossé les dents, l'eau était comme une cascade qui avait le goût du meilleur des dentifrices. Olaf ne croyait pas que l'on entendait l'eau seulement avec les oreilles. Il le dit aussi à Mlle Askildsen.

— Souviens-toi que le corps se compose d'un peu plus de soixante pour cent d'eau. Et puisque le brouillard peut propager le son, pourquoi les veines et les muqueuses ne le pourraient-elles pas, ou le cœur et les poumons, ou chaque petit bout de corps qui contient ne serait-ce qu'une goutte d'eau ? Et sais-tu ce qui est mieux encore ? Le bruit de l'eau émousse mon angoisse de la mort. L'eau me donne la paix de l'âme. J'ose prétendre qu'en réalité, Dieu est eau.

Le bruit de la pluie était toujours rafraîchissant et rêveur. Et puis la pluie venait de la mer. Mais Olaf n'avait jamais su ce qui était arrivé au sel, quand l'eau douce de la pluie se déversait du ciel. Il adorait aussi le bruit des giboulées quand elles tambourinaient sur les dalles dehors, et il pouvait presque suivre les gouttes quand elles frappaient le ciment poreux et rebondissaient en petites perles brillantes. Mais le beau bruit de pluie, celui qui faisait mal jusqu'au plus profond de l'âme, c'était lorsque les gouttes ruisselaient sur les vitres. Alors il aurait aimé être assis derrière une fenêtre familière et suivre de nouveau, ne serait-ce qu'un petit instant, les averses grises quand elles filaient vers Kirkjubøreyn.

Il se souvenait à quel point tout était sonore quand le brouillard reposait lourdement sur Tórshavn. Parfois, il perdurait plusieurs jours d'affilée, et la corne de brume sur la jetée envoyait sans cesse son hurlement pitoyable jusqu'à Tinghúsvegur. Une fois, quand il était tout petit, il avait demandé à sa mère pourquoi la vache sur la jetée continuait à pleurer. Le concassage d'une bétonnière, les cris des mouettes ou des fragments de conversation, c'était comme si tous les bruits s'agglutinaient dans le brouillard et remontaient avec lui les petites rues étroites. Et à présent, tandis qu'il était couché au Rigshospital, les rues de Tórshavn devenaient de plus en plus étroites et mystérieuses. Lena, une vieille femme qui habitait un sous-sol sur Tinghúsvegur, avait l'habitude de l'envoyer chercher du lait à la laiterie. Parfois, elle lui donnait un sucre d'orge, mais ce qui l'impressionnait le plus, c'était quand de ses doigts crochus elle faisait le signe de croix sur lui et que la minuscule voix sous le châle priait Jésus de l'accompagner.

Certains jours de brouillard, les jeunes enfants jouaient à cache-cache. Ils y jouaient pendant des heures. Les rochers dispersés sur les champs à l'est de Tinghúsvegur étaient hauts et ressemblaient à des trolls ; ils portaient des noms comme Gloymdisteinur et Lítlakonutippi[1]. À un certain endroit, un arbre poussait plus haut que le brouillard, et il arrivait que trois ou quatre grands enfants s'égarent dans une grange à foin ; et si Hervør de Tinghúsvegur était parmi eux, alors l'air était tout de suite chargé d'excitation. Dès l'âge de treize ans, Hervør était mûre sexuellement et, un de ces après-midi-là, Olaf l'avait vue enlever ses culottes et remonter sa blouse au-dessus de ses petits seins. Il n'y avait dans la grange qu'elle, Olaf et un grand gars qui était en quatrième année, et Olaf et l'autre eurent le droit de l'examiner et de la toucher. Mais Hervør voulait aussi qu'ils se montrent. Olaf n'osait pas, parce qu'il était si peu développé. L'autre, par contre, ne se le fit pas dire deux fois. Il déboutonna sa braguette, descendit son pantalon, et Hervør et Olaf contemplèrent le miracle raide avec le plus grand respect.

1. La Pierre d'oubli et L'Enclos de la petite dame.

De l'index et du majeur, Hervør poussa son zizi d'un côté, le lâcha et le laissa se balancer d'un côté à l'autre comme une vipère curieuse. Elle y goûta aussi du bout de la langue et, même si Olaf n'en avait pas envie, il le toucha aussi. À la fin, le garçon avait pris l'affaire dans ses propres mains et Hervør avait applaudi. Même si cela ne pouvait pas vraiment être appelé une expérience homosexuelle, Olaf avait trouvé que c'était aussi bon de toucher le garçon que de toucher Hervør.

Et maintenant, Kári avait recommencé à lui rendre visite et cela précisément réjouissait Olaf. Souvent, ils faisaient un tour dans le petit parc de l'hôpital. En général, ils laissaient le fauteuil roulant à la réception. Olaf prenait Kári sous le bras et, ensemble, ils marchaient lentement jusqu'à un banc, où ils restaient assis à parler. Olaf adorait l'air hivernal et prenait plaisir au froid qui se posait dans les petits creux autour de son front et sous ses yeux. Ils parlaient beaucoup d'autrefois, et un jour où ils évoquaient la famille Danielsen, Olaf dit que cela l'avait souvent tourmenté que Halldór n'ait pas voulu le féliciter pour sa victoire aux élections de 1978.

— Il suggérait que je lui avais volé sa place au Parlement féroïen. Peut-être que cela semble idiot à tes oreilles, mais ça m'a souvent torturé. Je crois aussi que c'est en partie à cause de ça que je n'ai jamais osé m'épanouir dans mes discours en chaire. Tu me comprends ? J'avais été écrasé dans l'œuf avant même de prendre la parole pour la première fois.

— Hmmm, répondit Kári.

— Tu n'as rien d'autre à répondre que hmmm ?

— La politique d'union a toujours tourné autour

de petites affaires, répondit Kári. Et les petites affaires créent rarement de grands hommes politiques. Les grands écrivains ne se portent pas bien non plus dans le mouvement pentecôtiste, le plafond y est trop bas.

— Épargne-moi ce genre de foutaises à la William Heinesen, grogna Olaf. Sans les pentecôtistes et le Parti de l'Union, un peuple faible et alcoolisé comme les Féroïens n'aurait jamais pu se tenir debout. Et tu sais qui j'ai entendu dire ça ? Halldór Danielsen. C'était à la réunion de présentation des candidatures au Parti de l'Union pour les élections de 1978.

— À ma connaissance, les Féroïens ne sont ni plus faibles ni plus alcoolisés que d'autres peuples, répondit Kári. Ce n'est qu'une formule, aussi vide que Halldór Danielsen lui-même. Est-ce que tu es faible et alcoolisé ? Ou bien est-ce seulement l'homme ordinaire qui est faible et alcoolisé, tandis que toi et Halldór Danielsen êtes des modèles forts ?

— Hé hé. Je suis à la fois aveugle et plein de maléfices, répondit Olaf en souriant.

— Tu parles sérieusement ou bien c'est encore une formule ? demanda Kári.

Olaf pensait chaque mot et, si Kári avait été plus porté sur l'humour féroce, il aurait volontiers parlé aussi du terreau noir sur lequel pousse la méchanceté. Mais Olaf se contenta de rire. Kári était trop bonne pâte et trop normal pour ce genre de conversations.

*

C'est grâce à ses visites au Rigshospital que Kári fit la connaissance d'Ingeborg Askildsen. Cependant, au début, il n'eut pas envie de le dire à Olaf. Il craignait de blesser son ami avec cette information. Peut-être qu'Olaf se mettrait en tête que ce n'était pas lui que Kári venait voir, mais l'infirmière. Or, en dépit de sa cécité, Olaf avait déjà perçu qu'il y avait quelque chose entre son ami et l'infirmière. Un jour où Mlle Askildsen lui donnait son bain, Olaf lui demanda pourquoi elle et Kári ne se mettaient pas en ménage.

— Vous êtes tous les deux dans la quarantaine…

— Non, le coupa Mlle Askildsen. J'ai trente-sept ans. Merci !

— OK, dit Olaf. Mais vous avez tous les deux plus ou moins par hasard échoué à Copenhague, et je crois entendre à vos voix que vous êtes aussi amoureux l'un de l'autre. Et je peux t'assurer d'une chose, mademoiselle Askildsen, si Kári tient de son père, alors les boules entre ses jambes sont en excellent état.

Une expression digne et blessée

L'article-portrait de Kristinn Julius faillit ne jamais voir le jour. En 1995, pendant que Kári et Ingeborg étaient à Prague pour Pâques, Olaf aurait pu prendre le large. Son état était si grave que Karin fit un saut à Copenhague avec leur fille. Olaf ne se souvenait pas de grand-chose de la visite. Hypothalamus avait été charitable et lui avait donné tant de fièvre que, la plupart du temps, il naviguait au loin sur la route nord-atlantique. Néanmoins, il pensait se souvenir que Karin l'avait grondé, lui demandant pourquoi il avait absolument fallu qu'il lui soit infidèle avec des hommes, pourquoi il ne pouvait pas l'être de façon normale ? Mais Olaf n'y croyait pas vraiment. Karin était certes capable de se disputer, mais pas avec un homme qui luttait avec la mort. L'avant-dernier jour de leur séjour à Copenhague, elle et Turid réussirent quand même à parler à Olaf. Sa fille lui offrit un petit caillou rond, qu'elle avait trouvé à Hoyvík, et Karin lui demanda où était la fameuse Mlle Askildsen. Elle ne savait pas que Kári et Ingeborg étaient en relation, et quand Olaf chuchota que Mlle Askildsen et Kári Willumsen étaient partis en voyage à Prague, Karin se contenta de hocher la tête – elle était persuadée qu'Olaf délirait.

Quelques semaines plus tard, Kristinn Julius téléphona à Mlle Askildsen. Il la pria de l'excuser de l'appeler sur son numéro privé, mais dit qu'il aimerait reprendre l'interview avec Olaf, seulement il ne savait pas comment il allait. Mlle Askildsen fut très aimable, dit qu'Olaf allait décidément mieux, mais si l'interview devait être reprise, il ne fallait pas attendre. Il y avait des signes visibles de début de démence chez Olaf, ou en tout cas un certain changement dans son état d'esprit. Il lui demanda quel était ce changement et, avec des rires dans la voix, elle répondit qu'Olaf était devenu plus doux. Kristinn dit, ce qui était vrai, que c'était sa faute à lui si la dernière conversation avait pris une fin brutale. Néanmoins, cette discussion avait été si vaste et si sincère que l'article-portrait n'était qu'à moitié terminé.

Au cours de la semaine suivante, Olaf reçut deux

fois la visite de Kristinn Julius. Et Kristinn Julius dut donner raison à Mlle Askildsen : il y avait décidément eu un changement. Non que le ton incisif ait disparu, mais l'atmosphère entre les deux hommes était différente et plus aimable. Cependant Kristinn n'était jamais certain de savoir si Olaf divaguait ou s'il était seulement espiègle et jouait avec les mots. Olaf lui demanda quel était le contraire du rectum et répondit lui-même que puisqu'il n'y avait pas de versum, le contraire du rectum n'existait pas. C'était de la dialectique ordinaire, ce que devrait savoir un journaliste de *Politiken*. Mais le contraire du rectum pourrait aussi être l'emplacement même de la vulve, ce bout de chair velu que la célèbre Völva portait sous la robe.

— Mais cette pauvre Völva, poursuivit Olaf. Elle erre sur la route nord-atlantique en traînant derrière elle un kiosque à saucisses Steff-Houlberg.

— Tu as plusieurs fois parlé de cette route nord-atlantique. Qu'est-ce que c'est que cette route ?

— C'est la route sur laquelle se trouvent Djalli, sœur Bertha et le prince de l'orphelinat. Elle relie le royaume de la plume au royaume du plomb. Là courent les rennes pourris, et en haut, sur la lune rouge-jaune, Hervør montre ses jolis seins de petite fille. On meurt par petits morceaux, souviens-toi de ça. Il y a des voitures qui viennent chercher les sentiments fanés, les yeux éteints et de petits morceaux de peau. Et si tu fais un gros effort, tu peux entendre le fracas des roues sur la route.

— *Sorry*, dit Kristinn Julius. Je ne vois pas très bien ce que tu veux dire.

Toutefois, il devinait une cohérence interne entre

les mots énigmatiques. Mais ce qui inquiétait Kristinn, c'était quand il arrivait à Olaf de discuter en chuchotant avec quelqu'un qui n'était pas là. Au milieu d'une phrase, il sombrait dans ses pensées, et lorsqu'il reprenait le fil, il avait, sans s'en rendre compte, changé de sujet.

Kristinn Julius s'autorisa à entrer en contact avec Karin, une fois la rédaction de l'interview terminée. Il lui expliqua qu'il était journaliste, à moitié féroïen, et qu'il avait sur plus d'un an écrit un certain nombre d'articles-portraits de gens connus frappés par le sida ; à présent, il était en train de terminer une interview avec Olaf Lydersen. Karin ne devait pas se méprendre. Il ne téléphonait pas pour demander à un proche l'autorisation de publier l'article. Son motif était de lui demander de vérifier si éventuellement il y avait des erreurs factuelles dans l'article.

Karin avait entendu Olaf nommer le journaliste et elle accepta de lire le manuscrit. Lorsque ensuite elle contacta Kristinn Julius, elle ne cacha pas qu'elle était très séduite par l'interview. Et ce n'était pas parce qu'elle retrouvait un peu ses propres pensées et son langage imagé dans ce qu'Olaf avait dit de Beethoven. Mais les faits étaient également exacts, et elle félicita Kristinn Julius pour le portrait honnête et bien écrit de son ex-mari. Cependant, elle devait reconnaître – ce qu'elle ne dit pourtant pas à Kristinn Julius – qu'Olaf avait un fort potentiel ironique qui n'avait malheureusement pas trouvé sa place dans leur vie commune. Cela précisément, elle le regrettait.

— Je n'ai aucune envie d'une *Ô si scientifique* pilule antipleurs, disait Olaf dans l'interview. Tant que je pleure, je sais que le terreau de l'âme est bien fertilisé. Ce sont les aveugles et les sourds qui sont les sans-âme sur terre, ceux qui n'ont jamais vu une truculente lune rouge-jaune au-dessus de la jetée de Tórshavn ou entendu un oiseau blessé se plaindre. As-tu déjà vu un aveugle pleurer ? Réponds-moi honnêtement. Ou bien as-tu entendu pleurer un sourd ? Non. Jamais ! Tout handicap corporel important a son propre équivalent spirituel. *Please Don't Pass Me By* de Leonard Cohen n'est qu'une foutaise sentimentale ! Crois-moi : ceux qui sont nés aveugles et sourds, ce sont les vrais sans-âme sur terre, un peuple qui ne pleure jamais et qui déteste le monde qui les enferme dans une obscurité éternelle. Alors tu vas peut-être me demander de démontrer cette affirmation. Malheureusement, je ne le peux pas. Et je ne crois pas non plus que mon ex-femme pourrait présenter des preuves solides. Mais écoute la *Neuvième* de Beethoven ! Comme un raz-de-marée l'œuvre s'élève vers la culture. La *Neuvième* est le testament terrestre des sans-âme sur terre. C'est le noyau de toute l'œuvre de Beethoven. Dès la *Cinquième symphonie*, dès son premier mouvement, il évoque une haine qui se renforce à mesure qu'il devient de plus en plus sourd. Avec la *Neuvième*, la haine devient carrément sublime ! Comme un tsunami impitoyable, la *Neuvième* brise les royaumes côtiers créés par les hommes. L'œuvre se déverse sur les châteaux, pousse les pianos à queue dans les larges escaliers et noie les roses délicates. Les vagues n'épargnent pas non plus les maisons des pauvres, et pendant un instant, les boîtes à bijoux bon marché de la prostituée flottent comme des coquillages sur l'eau. La *Neuvième* est l'histoire de l'Arche de Noé, exposée aux instruments à vent, aux instruments à cordes et aux chœurs. Le péché, la mort et une petite famille bénie croulant sous la merde des grands animaux à bord de l'Arche, voilà le noyau de cette œuvre aveugle pleine de haine, en tout cas dans le deuxième mouvement. Et seuls survivent ceux qu'aime le Seigneur. Seulement son amour est à la fois versatile et sélectif, il n'aime jamais toute l'humanité. Parfois, le Seigneur aime les juifs, parfois il aime les enfants. Mais il n'aime jamais les princes de l'underground !

*

Quelques semaines avant la visite prévue des parents d'Olaf, Sigmar et Annebett, à Copenhague, l'article-portrait de Kristinn Julius parut dans *Politiken*. Dans la colonne de droite figurait une longue photographie étroite d'Olaf. Elle donnait l'impression au lecteur qu'il regardait ses propres paroles. Il était photographié dans le parc de l'hôpital. Kristinn Julius l'avait convaincu qu'une photographie montrant son état actuel serait mieux adaptée au ton honnête de l'article. Son cou maigre avec double menton dépassait du col de son manteau, le tout petit sourire et les lunettes de soleil devant les yeux aveugles lui donnaient une expression digne, mais blessée.

En parlant au téléphone avec sa mère, Olaf avait appris que son père voulait le voir maintenant, parce que le vieux n'allait pas très bien. Il allait à Copenhague pour dire adieu à son fils, c'était ça son motif, et cela justement déplaisait à Olaf. C'était tellement violent, tellement rude de devoir dire au revoir pour la toute dernière fois. Olaf s'était habitué à la proximité de la mort, ce n'était pas ça, le problème. Il avait également décidé que seraient chantés *Sig nærmer tiden* de Blicher et *Tey fara framvið*[1] de J.H.O. Djurhuus lorsqu'il serait porté hors de l'église de Tórshavn. Sa mère avait aussi parlé d'emmener Turid à Copenhague, mais Olaf tenta de la faire changer d'avis, dit que Turid aurait peur de lui. Ces six derniers mois, Olaf pesait entre trente-huit et quarante kilos, et il avait à présent aussi une parodontose. Les petites dents de sa mâchoire inférieure bougeaient toutes, et il avait perdu deux dents de devant à la mâchoire supérieure. La plupart du temps, il portait un bonnet – il ne lui restait plus que quelques touffes au-dessus des oreilles, et même si le sarcome de Kaposi n'était pas des plus violents, il ne lui plaisait pas de montrer sa laideur. Il se sentait mal avec quelqu'un qui pour une raison ou une autre avait peur de lui, ce qui valait aussi pour sa propre fille. Et Olaf le dit à sa mère. Parfois, ils se parlaient deux fois par semaine, parfois, deux fois par jour. Mais ce n'était pas pour se dire au revoir, même s'ils savaient tous deux qu'il ne restait plus que quelques grains de sable dans son sablier. Ils se parlaient parce qu'ils aimaient parler ensemble et parce qu'ils avaient toujours quelque chose à se raconter. L'histoire de la poignée de main d'adieu n'était pas seulement violente et rude, il s'agissait tout simplement de… Oui, de quoi ?

Olaf oubliait souvent ce qu'il voulait dire. Soudain, il

---

1. *Sig nærmer tiden* : « Le temps s'approche ». *Tey fara framvið* : « Les voilà qui passent ».

perdait le fil et malgré ses efforts, il ne le retrouvait pas. Ses parents devaient habiter l'appartement de Valby, sa mère et lui étaient d'accord là-dessus, et un jour où Kári vint en visite, il lui demanda s'il ne voulait pas lui rendre le service d'aller le ranger. Cela signifiait en premier lieu que tous les films et revues porno devaient être enlevés. Il y avait aussi des jouets sexuels dans le placard de la chambre, ces cochonneries aussi, il fallait les vider. Et il ne suffisait pas de les jeter par le vide-ordures. Olaf dit que c'était pour lui d'une importance capitale que tout le merdier soit mis dans des sacs et que Kári emporte les sacs et les jette personnellement dans un conteneur à déchets quelque part en ville.

— Imagine que les voisins se mettent à fouiller dans les ordures ? J'ai un plombier retraité comme voisin, et personne ne sait ce qu'un vieux plombier de Valby peut inventer. Tu comprends ?

Kári dit oui. Il l'assura qu'il laverait aussi les planchers et ferait le lit avec des draps propres. Il n'eut pas envie de rappeler à Olaf que celui-ci lui avait déjà demandé de le faire six mois plus tôt.

— En fait, expliqua Olaf, tu dois t'imaginer que je suis mort et que ta tâche est de ranger derrière moi. Je le pense aussi sérieusement que ça. Et ne me contredis pas quand je te dis que je vais également te payer pour ce service.

— Aurais-tu envie de venir toi-même faire un tour dans l'appartement ? demanda Kári.

— Non, répondit Olaf.

— Et si Ingeborg venait aussi ? insista Kári.

— Ingeborg ? Je ne connais pas d'Ingeborg, dit Olaf.

— Mlle Askildsen, alors, répondit Kári.

Olaf se tut un peu.

— Est-ce que je vais si mal que je ne sais même pas que Mlle Askildsen s'appelle Ingeborg ? Dis-moi franchement. Est-ce que je sais que Mlle Askildsen s'appelle Ingeborg ?

— Tu devrais le savoir, répondit Kári.

— Cette nuit encore, j'ai entendu les oies, poursuivit Olaf. Je me suis réveillé quand elles sont passées au-dessus de l'hôpital. Plusieurs milliers d'oies. Nom de nom, comme elles criaient, comme elles étaient contentes ! Je le crois, en tout cas. Ça doit être sa joie que raconte l'oie quand elle crie, sinon qu'est-ce que ce serait ? Elles étaient en route pour l'Amérique. Elles volaient haut dans l'air mince. Moi aussi, j'étais tellement content quand je les ai entendues. Plusieurs milliers d'oies, et toutes en route à travers l'Atlantique. Quand elles reviendront à la maison, elles passeront aussi au-dessus de l'hôpital et du parc de Kongens Have. Pourvu que je vive aussi longtemps. Alors les petits seront avec elles, bien entendu ceux qui n'auront pas été dévorés par sœur Clerenze. Est-ce que tu te souviens de nos images de collection ? Fríðrikur aurait dû la boucler. Je ne sais pas pourquoi il a fallu qu'il prétende que les suicidés logeaient dans les combles du grenier du royaume des morts. Peut-être pendant dix mille ans. Ça n'aurait pas de sens que l'on soit remisé dans les combles pendant dix mille ans uniquement parce qu'on n'a plus envie de vivre. Mais dis-moi, qu'est-ce que vous faites tous les deux, Mlle Askildsen et toi ?

— Nous sommes allés au cinéma ensemble quelquefois, répondit Kári en souriant.

— Quoi de plus ? Allez, raconte-moi.

Olaf était revigoré et ses doigts maigres cherchaient la main de Kári.

— Elle va peut-être m'accompagner à Tórshavn maintenant que papa va fêter ses quatre-vingts ans.

— Bien sûr. Ça tombe sous le sens. Et souviens-toi d'une chose, Kári, il faut que tu lui montres la maison de mon enfance. Maman et papa en seront tellement heureux. Et Karin aussi. Il faut que tu me le promettes.

Olaf se réappuya sur l'oreiller et soupira.

— Mlle Askildsen, la seule infirmière du service qui m'ait caressé la joue.

*

Olaf mourut la semaine où ses parents devaient venir à Copenhague. Le cercueil fut ramené au pays par cargo et, parmi ceux qui écrivirent un éloge funèbre, il y eut Kári. Ou plutôt, il serait plus juste d'appeler cet éloge une méditation ou une réflexion sur les années passées. Kári parlait des enfants qui, une trentaine d'années plus tôt, assis près du poulailler des nonnes, se montraient leurs images de collection. Ils avaient dix ans et avaient déjà compris que sans beauté, on ne peut pas vraiment vivre. Kári avait repris un petit bout de l'interview de Kristinn Julius : *J'ai perdu ma ville et ma famille la plus proche, et j'ai perdu aussi mes yeux. Ce que j'ai reçu en contrepartie, c'est une confrontation quotidienne avec les conditions essentielles de l'existence. Ça peut sans doute paraître étrange, mais la proximité de la mort a donné à ma vie une ironie et une gravité qu'elle n'avait pas auparavant. Et je ne dis pas ça uniquement pour me consoler.*

Dans son éloge funèbre, Kári nomma Djalli, qui était mort d'une méningite. Il parla de l'ami d'enfance Ingimar, qui avait été balayé par-dessus bord sur la zone de pêche à la crevette à l'ouest de Sisimiut. De Staffan, il dit que l'homme était mort par erreur. Personne n'avait une tête aussi bien faite, un humour aussi ravageur, et pourtant, il avait sombré. Le plus énigmatique des camarades de classe était Fríðrikur de l'orphelinat. Et le dernier de la série de la classe 1952 de l'école Saint-François, ce fut l'ami Olaf Lydersen, qui mourut le 7 février 1996.

POSTFACE

Collectionneurs d'images en Arctique

Reconnaissance de la langue féroïenne

En 2005, lorsque parut le roman *Glansbílætasamlararnir* (*Les Collectionneurs d'images*) de Jóanes Nielsen (1953-), cela faisait presque cent ans que le premier roman féroïen avait été publié (1909).

Les Îles Féroé furent à l'origine peuplées par des Norvégiens et restèrent norvégiennes jusqu'en 1814, année où la Norvège passa sous la souveraineté suédoise tandis que ses possessions extérieures, les Îles Féroé, l'Islande et le Groenland, devinrent danoises. Aux Îles Féroé, sous l'influence de la Réforme luthérienne, qui date du milieu du XVIe siècle, toute communication officielle se faisait en danois. Alors que la Bible fut traduite en islandais et en groenlandais, elle ne le fut pas en féroïen, les messes se déroulant en danois.

Dès 1822, cependant, parut un livre en féroïen, *Færøiske Qvæder om Sigurd Favnersbane og hans Æt* (*Ballades féroïennes sur Sigurd Favnersbane et sa famille*). L'année suivante fut publiée la première traduction d'un texte biblique, L'Évangile selon saint Matthieu. Puis, en 1832, le texte original en vieux-norrois de *Færeyinga saga eller Færøboernes Historie* (*La Saga des Féroïens ou l'Histoire des habitants des Îles*

Féroé), accompagné d'une traduction en féroïen et en danois. Comme il n'existait pas à l'époque de norme d'écriture, le texte féroïen de ces livres est transcrit d'après la prononciation. Tous les paratextes de ces éditions danoises étaient en danois.

La représentation des Îles Féroé comme une nation et du féroïen comme une langue autonome s'amorça au début du XIXe siècle, cela étant le résultat du national-romantisme ainsi que de la nouvelle science linguistique, la philologie, qui mit au jour la proche parenté de l'islandais et du féroïen. Le chercheur danois C.C. Rafn demanda en 1846 au jeune étudiant en théologie V.U. Hammershaimb d'élaborer une langue écrite féroïenne sur la base de la tentative faite par le philologue islandais Jón Sigurðsson à partir d'anciennes formules de magie féroïennes, transcrites d'après la prononciation. Le résultat fut, au bout de quelques années, une orthographe historiquement fondée, qui est pratiquement celle du féroïen actuel.

Cette langue écrite devint plus généralement utilisée dans les années 1890. Des étudiants féroïens à Copenhague commencèrent en 1876 à écrire des chansons féroïennes sur le paysage et le peuple pour leurs réunions et leurs fêtes, et sur l'archipel, les nationalistes fondèrent en 1889 l'Association féroïenne, qui publia le premier journal en féroïen, *Føringatíðindi*, de 1890 à 1906. Cela donna le coup d'envoi à la publication de livres en féroïen, en dépit du fait que la lecture et l'écriture de cette langue étaient très peu répandues autour de 1900. L'école était danoise, on enseignait en danois avec des livres danois : c'était un des buts de l'Association féroïenne de promouvoir un enseignement en féroïen et de permettre aux pasteurs de prêcher dans la langue locale à l'église.

Il est important de souligner que la langue parlée aux Îles Féroé a toujours été le féroïen, mais que toute communication officielle eut lieu en danois jusqu'au milieu du XXe siècle. Le féroïen devint une matière d'enseignement pleine et légale à l'école et à l'église juste avant la Seconde Guerre mondiale. Après la guerre, le féroïen fut reconnu comme la langue principale officielle, parlée comme écrite, grâce à la loi danoise sur l'autonomie. Appliquée en 1948, cette loi accorda au Parlement féroïen l'autorité en matière d'affaires intérieures, transférée par le Parlement danois au financement et à l'administration féroïens. Le Parlement féroïen devenait, de ce fait, un vrai parlement. Depuis 1948, de plus en plus de secteurs ont été transférés aux Îles Féroé, de sorte qu'aujourd'hui il ne reste que peu de domaines encore régis par le Parlement danois. Cela dit, il s'agit de domaines importants : notamment la monnaie, la défense et, en grande partie, la politique extérieure.

La littérature féroïenne

La littérature en féroïen se développa à partir de la fin du XIXe siècle, et au début du XXe, les premières parutions littéraires virent le jour. Le premier roman fut *Bábelstornið* (*La Tour de Babel*, 1909) de Rasmus Rasmussen, sous le nom de plume Regin í Líð. Ce roman, représentant tardif du naturalisme zolien, est un récit historique et familial portant sur deux vieilles familles paysannes. Il décrit l'apparition et l'expansion de l'idée des Îles Féroé comme nation et culture propres, ainsi que certains des éléments malheureux que renfermait ce mouvement et qui mènent à la fin tragique du roman.

Regin í Líð publia le premier recueil de nouvelles des Îles Féroé en 1912. Le premier recueil de poésie moderne féroïen, lui, parut en 1914, publié par Jens H.O. Djurhuus, poète néoclassique et symboliste. Durant la majeure partie du XXe siècle, les publications de romans sont très espacées dans le temps. Les auteurs féroïens écrivant des romans en danois dominèrent les publications et accédèrent ainsi à un lectorat plus grand. Parmi ceux-ci, William Heinesen et Jørgen-Frantz Jacobsen, traduits en de nombreuses langues, sont de loin les plus connus.

Les romans féroïens des années 1920 et 1930 décrivent le passage d'une société où l'agriculture est centrale, et la pêche, un supplément à une économie fondée sur le poisson et son exportation. Ce sont des romans réalistes sur la vie à bord des bateaux de pêche, qui naviguaient jusqu'en Islande et au Groenland, et au pays, où les pêcheurs et leurs familles exploitaient des lopins de terre pour cultiver des pommes de terre et fournir de l'herbe à la vache familiale, essentielle à la survie.

Après la Seconde Guerre mondiale, les publications de romans s'accélérèrent, et durant les années 1980, davantage de femmes entrèrent sur la scène littéraire. Les romans d'après-guerre abordent les problèmes existentiels de l'individu moderne, de ses difficultés à s'adapter à la modernité, de sexualité et de l'absence d'égalité entre les sexes, et plus généralement de la vie sous une économie de pêche industrielle.

Très peu d'écrivains et d'écrivaines féroïens ont pu se consacrer entièrement à l'écriture. Ils devaient, pour la plupart, avoir un autre emploi. C'est pourquoi les genres courts, poésie et nouvelles, ont dominé les publications littéraires féroïennes. Celles et ceux qui ont eu le plus de succès, qui ont vu leurs œuvres traduites et publiées au Danemark et dans d'autres pays, ont peu à peu pu abandonner leurs emplois salariés, comme c'est le cas pour Jóanes Nielsen.

Jóanes Nielsen

Jóanes Nielsen (1953-) est poète et romancier. Il est né à Tórshavn, capitale des Îles Féroé. Son premier volume de poésie, *Trettandi mánaðurin* (*Le Treizième Mois*) est paru à l'époque où l'auteur était ouvrier sur le port et sur les chalutiers féroïens qui pêchaient au Groenland. La vie quotidienne, les pensées et la condition des ouvriers font partie des thèmes des douze recueils de poèmes qu'il a publiés à ce jour. Il est également l'auteur d'un recueil de nouvelles et de six romans, dont *Les Collectionneurs d'images* (2005) est le troisième. Il a par ailleurs fait paraître deux recueils d'articles. Jóanes Nielsen a reçu plusieurs prix pour son œuvre. Pour la pièce de théâtre *Eitur nakað land weekend ?* (*Existe-t-il un pays nommé week-end ?*), il a reçu le Prix du drame nordique en 2002. Il a obtenu le Prix littéraire de la municipalité de Tórshavn en 1984 et en 2012, ainsi que le prestigieux Prix du ministère de la Culture féroïen en 2011. Plusieurs de ses poèmes sont traduits en danois, tout comme *Glansbílætasamlararnir* (*Les Collectionneurs d'images*) et le roman historique *Brahmadellarnir* (2011), également traduit en allemand et en anglais.

La période historique du roman

Le roman *Les Collectionneurs d'images* se déroule sur une période d'environ trente ans. Il démarre dans les années 1950, marquées par la crise qui a suivi la guerre, durant laquelle les troupes britanniques occupèrent les Îles Féroé pour éviter qu'elles ne soient envahies par les Allemands. Même si les restrictions et la pénurie de marchandises marquaient la vie quotidienne, la population acceptait l'occupation. La production principale du pays était la pêche. Cependant, les bateaux féroïens acheminaient du poisson d'Islande vers les marchés britanniques, ce qui mettait en grande partie la pêche régulière à l'arrêt. L'approvisionnement de la Grande-Bretagne était dangereux, mais également très lucratif, de sorte que de grandes épargnes furent réalisées puis mises à profit dans l'après-guerre pour acheter des bateaux plus modernes en remplacement des vieux bateaux en bois à voiles, avec petit moteur d'appoint, utilisés jusque-là. Toutefois, les chalutiers à vapeur britanniques qui furent achetés se montrèrent vite peu rentables et entraînèrent des faillites. La grande banque du pays s'effondra comme bien d'autres activités, provoquant chômage, manifestations, débrayages et grève générale. Ce n'est que lorsque les Îles Féroé reçurent une aide du plan Marshall en 1956 qu'il fut possible d'investir dans de nouveaux bateaux de pêche répondant aux normes de l'époque.

Le niveau d'éducation était relativement bas : seule une minorité d'enfants allait à l'école au-delà des sept années obligatoires. Or certains des garçons du roman poussent plus loin – deux d'entre eux passent l'équivalent du brevet français et un, l'équivalent du bac français. Au moment où les six garçons du roman commencent l'école, en 1958, le Parlement danois avait instauré depuis dix ans la loi d'autonomie pour les Îles Féroé. Le Parlement local féroïen était donc devenu une assemblée législative pouvant légiférer dans les domaines financés par les impôts féroïens. Une série d'institutions étaient passées sous administration féroïenne, celle-ci finançant les bibliothèques, le Musée historique ou encore les archives. S'y ajoutèrent des initiatives telles que la création d'une station de radio nationale en 1957. Au fil des ans, un nombre croissant de secteurs passèrent sous administration féroïenne.

L'instauration de l'autonomie dans les Îles Féroé peut être vue comme un prolongement du processus de décolonisation qui eut lieu un peu partout dans le monde d'après-guerre. D'autres parties du royaume danois acquirent également un nouveau statut à cette époque : l'Islande était déjà devenue un État indépendant en 1944, mais le Groenland ne devint formellement une des provinces du royaume qu'en 1953 avant d'obtenir, en 1979, une autonomie d'un caractère légèrement différent des Féroé, et seulement en 2009, une autonomie renforcée, semblable à celle des Îles Féroé.

Le roman se termine en 1996, alors que les Îles Féroé viennent de surmonter une des crises les plus sérieuses et les plus profondes de l'histoire du pays. En 1992, le pays fit quasiment faillite, les ressources de la pêche étaient épuisées, l'économie à plat, les entreprises et les banques en banqueroute. Environ dix pour cent de la population partit au Danemark ou dans les autres pays voisins pour chercher du travail. Ceux qui restèrent subirent de soudaines et importantes réductions salariales, les institutions, de grandes restrictions, et la société entière, une politique économique très sévère.

Les îles Féroé et l'Arctique

Géographiquement, *Les Collectionneurs d'images* est un roman nord-atlantique, dont le centre est la capitale subarctique de Tórshavn. Les Îles Féroé se situent au milieu de l'Atlantique Nord, au sud du cercle polaire qui, selon certaines définitions, est la limite sud de l'Arctique. Selon une autre définition, l'Arctique se définit par une température moyenne de 10 °C en juillet, laquelle constitue également la limite sud pour la pousse des arbres. C'est selon cette seconde définition que les Îles Féroé font partie de l'Arctique. Dans l'univers du roman, des arbres poussent dans les jardins de Tórshavn, mais il ne pousse pas d'arbres sauvages dans le pays, dans les montagnes, où de nombreux moutons circulent librement, en dehors des terrains cultivés.

Grâce au Gulf Stream, la mer autour des îles conserve une température relativement stable toute l'année ; les hivers sont doux, il neige peu, mais les étés sont frais. Il n'y a pas de réelle différence entre l'été et l'hiver du point de vue de la température. En revanche, la luminosité varie de façon importante selon les saisons. Les Îles Féroé ont de longues nuits claires sans avoir de soleil de minuit et, autour de la fin de l'année, la journée est très courte.

Le climat très pluvieux est illustré dans le roman comme un vécu sensoriel d'automne. Des chiffons et des serviettes sont posés sur les rebords des fenêtres pour absorber l'eau de pluie lors des tempêtes, ce qui génère une odeur d'humidité, mêlée à celle de la cuisinière, souvent encore à charbon et à tourbe dans les années 1950.

Le rôle de la ville de Tórshavn et du contexte social dans le roman

Le roman suit les évolutions différentes, telles que déterminées par leur classe sociale, de six garçons depuis leur rencontre à l'école primaire. Cinq d'entre eux meurent plus ou moins violemment assez jeunes, tandis que le sixième, Kári, survit et peut raconter leur histoire.

La géographie de Tórshavn est importante dans le roman. Le foyer de chacun des garçons dans la ville correspond à sa classe sociale. Djalli est le fils d'un chauffeur de taxi et meurt à onze ans d'une méningite. Il vit dans une des petites maisons à un étage du lotissement communal construit dans l'après-guerre pour remédier au manque de logements. Ce lotissement était nommé *Revagarður*, « la ferme aux renards », parce que les maisons en série évoquaient les cages à renards construites en de nombreux endroits entre les deux guerres par des gens qui se lançaient dans le commerce des fourrures. Fríðrikur, recueilli dans un orphelinat parce que né d'une relation incestueuse entre sa mère et son grand-père, représente les enfants en danger, plus ou moins en dehors des classes sociales. Ingimar, fils de chef mécanicien de bateau, et Kári, fils de télégraphiste, représentent la nouvelle classe moyenne, habitant sur Landavegur, la première route qui a relié Tórshavn au village historique de Kirkjubøur, autrefois évêché. Staffan, fils de juriste, vit dans une des rares villas résidentielles de la ville, à Rættará. Olaf, tout comme Ingimar et Kári, fait partie de la classe moyenne, mais il est le seul à poursuivre ses études. Il suit une formation, fonde une famille et crée un cabinet d'experts-comptables. Il grandit sur *Tinghúsvegur*, la rue du Parlement, qui part de *Tinghúsið*, le Parlement féroïen, au centre de la ville (où l'écrivain William Heinesen a grandi). Plus tard, il s'installe à Copenhague, tout comme Staffan et Kári, car Copenhague a longtemps été la meilleure alternative aux Îles Féroé. C'est là qu'on allait autrefois si on désirait faire des études supérieures ou être soigné pour des maladies que les hôpitaux féroïens n'avaient pas – et n'ont toujours pas – la capacité de traiter, ou si on ne se sentait pas à l'aise dans la société féroïenne, comme ce pouvait être le cas, par exemple, pour les personnes homosexuelles.

Kári représente une génération de jeunes qui ont quitté l'école à quatorze ans et ont repris les études plus tard. Il parvient ainsi à atteindre un niveau plus élevé sur l'échelle sociale que les autres membres de sa famille. Son parcours illustre la hausse générale du niveau d'éducation sur les Îles Féroé.

Ingimar est celui des garçons qui reste dans son milieu et conserve sa culture d'origine, mais comme Kári et Staffan, il change de classe sociale. Ingimar passe l'équivalent du brevet français, mais refuse ensuite de poursuivre ses études, suivant ainsi les courants de revendications prolétaires de l'extrême gauche des années 1970. Il s'agissait d'utiliser son intelligence au profit de la classe ouvrière et non pas de la quitter. Ingimar devient ainsi pêcheur et meurt au cours d'une pêche au Groenland.

Staffan termine ses études secondaires et obtient son diplôme, même s'il appartient à un groupe d'élèves en révolte contre le fait que l'examen se déroule en danois. Les autorités scolaires ne trouvaient pas toujours de censeurs comprenant le féroïen pour les examens finaux, aussi faisait-on appel à des censeurs danois. Staffan est un des leaders du mouvement pour l'utilisation du féroïen, mais au dernier moment, il abandonne son idéal, parle danois et réussit l'examen. Il perd son estime de soi, son assise, et plonge dans les bas-fonds de la hiérarchie sociale.

Les bâtiments et les institutions de la ville

L'ancrage local du roman est aussi illustré par certains des bâtiments importants de la ville, qui jouent un rôle dans la vie des garçons. Le lectorat féroïen connaît les localités, mais pour des francophones, quelques compléments d'information peuvent être utiles.

L'école Saint-François, où les protagonistes du roman se rencontrent tout jeunes, surnommée l'« école des nonnes », était une école payante, contrairement à l'école communale. Ce n'étaient pas seulement les quelques catholiques des Féroé qui envoyaient leurs enfants dans cette école. La classe moyenne y était bien représentée. Djalli et Fríðrikur représentent les défavorisés, Staffan, les plus favorisés, mais aucun d'entre eux n'est catholique. Le roman décrit également la maison de Bauer, la première église catholique des Féroé.

Le chantier naval était un des grands employeurs de main-d'œuvre masculine, tandis que Skálatrøð n'était, jusque dans les années 1970, qu'un terrain en jachère et une plage de galets où jouaient les enfants. Aujourd'hui, Skálatrøð est le plus grand parking du centre-ville. Le café de la ville se nommait *Kondittaríið*, et c'est là qu'Ingimar et Kári découvrent les idées socialistes de l'époque. Il y avait deux clubs de danse.

Le mouvement pour l'abstinence organisait des soirées dans ses locaux à Losjan, et le Club de la bourgeoisie mettait les siens à la disposition d'orchestres de danse. Aux deux endroits avaient lieu plusieurs soirs par semaine des soirées dansantes, où se retrouvaient ouvriers et écoliers de la ville, ainsi que les mouvements de gauche. La rencontre entre la jeunesse de Tórshavn et les villageois dans le roman illustre les différences de cultures et d'idéaux masculins aux Féroé.

Près de la baie de Vestaravágur se trouve le fort que le capitaine et corsaire Magnus Heinason (1548-1589) fit construire à Tórshavn pour protéger l'unique magasin du pays contre les pirates. Heinason fut chargé de combattre la piraterie, très active, mais fut lui-même accusé d'abus et d'autres crimes, puis condamné à mort. Il fut réhabilité de manière posthume pour son action contre les pirates et devint un héros populaire dans l'histoire féroïenne.

Le roman donne une idée des événements qui entourèrent la construction d'une base de l'OTAN dans une vallée au nord de Tórshavn, Mjørkadalur, la vallée des brouillards. Dès l'entrée du Danemark dans l'OTAN en 1945, il y eut des protestations contre le fait que les Îles Féroé en devenaient membres sans que le Parlement féroïen ait été consulté ni même informé. Le passage dans le roman qui décrit comment du matériel pour la base de l'OTAN est déchargé à quai, tandis que toute l'électricité est coupée dans la ville, est un exemple du secret qui entourait l'installation d'un point de surveillance militaire nord-atlantique du système Early Warning, développé à travers l'Atlantique et établi à la fin des années 1950.

Le capital culturel des protagonistes

Le capital culturel des familles des protagonistes est suggéré par les tableaux accrochés aux murs et les livres exposés sur les étagères. Chez Djalli, il y a une encyclopédie, qu'il lit avec passion, ce qui lui permet de briller à l'école. Chez Kári se trouvent une autre encyclopédie, d'une édition un peu plus luxueuse, et des classiques de la littérature, ainsi qu'un tableau de Sigmund Petersen. Petersen était l'un des premiers peintres de paysage des Féroé, grâce auquel on prit l'habitude d'accrocher de l'art sur les murs des foyers locaux. Chez les parents juristes de Staffan, il y a les classiques féroïens et étrangers, ainsi que des peintres féroïens récents. Outre une peinture de Thomas Agre, peintre moderne formé à l'Académie, le foyer n'abrite rien de moins que toute la collection officielle d'art des Féroé. Listasavn Føroya, le musée féroïen, n'était alors pas encore une institution (il le devint en 1989), mais un simple compte de la loi budgétaire pour l'achat d'art féroïen à l'intention d'un futur musée. Les œuvres ainsi achetées étaient accrochées dans divers bureaux officiels.

Dans un milieu subarctique, les jardins sont également l'expression du capital culturel et symbolique. Il est extrêmement rare que l'on puisse séjourner dans le jardin, sa fonction est donc avant tout de contribuer à l'esthétique de la maison et d'afficher son statut social. Dans le roman, les jardins le long de Landavegur sont les aires de jeux de Kári et d'Ingimar. C'est également là que Jóanes Nielsen a grandi. D'autres éléments autobiographiques parsèment le roman. Nielsen était très actif dans l'extrême gauche et animait des représentations de théâtre de rue qui eurent lieu le 1er Mai durant un certain nombre d'années. En protestation contre le pouvoir de la religion, avec un camarade, il organisa un happening en mai 1976, où il fut crucifié au centre de Tórshavn, pendant que les pentecôtistes tenaient une assemblée en plein air à proximité. La crucifixion devait symboliser tous les pêcheurs qui, au service du capitalisme, perdirent la vie en mer. C'est sur cet épisode que le chauffeur d'autocar interroge Fríðrikur lorsque celui-ci va à Sørvágur rencontrer sa famille.

Culture de mémoire, politique et médias

L'ensemble du roman *Les Collectionneurs d'images* prend la forme d'une nécrologie de garçons qui se sont rencontrés à l'école et ont gardé des contacts épisodiques au cours de leur vie. Aux Îles Féroé, on suit quotidiennement les décès de la population, puisque aux informations de midi et du soir sont annoncés les décès du jour et les dates des enterrements. Il y a également une tradition de nécrologies, pas seulement de personnalités connues et importantes, mais aussi de gens ordinaires. Les nécrologies sont publiées dans les journaux, où l'on en trouve chaque semaine – souvent la même dans plusieurs journaux.

À l'époque du roman, les cinq partis politiques avaient chacun son journal. *Tingakrossur*, que conserve et archive la grand-mère de Kári, était à l'origine un journal de la gauche radicale de 1901 ; le journal du Parti de l'Autonomie, auquel la famille est liée. *Dimmalætting*, qui est mentionné en relation avec le conflit sur la langue au lycée, est le plus ancien journal du pays et l'organe de presse du Parti de l'Union (à savoir l'union entre les Îles Féroé et le Danemark). *14.september* est le nom du journal qui, dans le roman, publie les articles du journaliste le plus radical de l'époque, le provo et éternel étudiant Jens úr Leynum. Le nom du journal se réfère au référendum de 1946 sur la séparation des Îles Féroé du Danemark à la suite duquel les partisans du Oui fondèrent le parti républicain de gauche *Tjóðveldi*, et le journal, dont le titre commémore la date du vote.

À l'occasion de ce référendum, une petite majorité l'emporta pour la séparation, et à la suite de la publication officielle des résultats, l'annulation du référendum fut décidée par le gouvernement danois contre la volonté du peuple. Les négociations reprirent et menèrent à la loi d'autonomie, qui est actuellement le noyau de la relation entre le Danemark et les Îles Féroé. La politique féroïenne tourne ainsi autour de deux axes : celui entre la droite conservatrice et la gauche sociale-démocrate, et celui entre la poursuite d'une union entre le Danemark et les Féroé et l'indépendance. À certains moments, la politique d'un des axes domine, mais la plupart du temps, la lutte entre les libéraux conservateurs et les forces sociales progressistes prévaut sur les relations avec le Danemark.

Le roman est orienté à gauche, ce qui est, entre autres, souligné par les références à la revue socialiste

Framin, que publiait l'Association des socialistes féroïens à Copenhague, et où l'étudiant et provo mentionné ci-dessus écrit entre autres sur la musique moderne des années 1970.

Travail et postes de travail

Ancien ouvrier lui-même, Jóanes Nielsen accorde beaucoup de place au travail, aux conditions ouvrières et aux différents métiers dans le roman. Le travail et sa signification sont un capital culturel que les protagonistes du roman abordent différemment.

Kári et Ingimar travaillent, dans leur jeunesse, à bord de bateaux qui pêchent au large des côtes du Groenland et de l'Islande. Cette pêche était le noyau de l'économie féroïenne, et les hommes contribuaient ainsi à fournir des revenus importants au pays, qui était et est toujours entièrement dépendant de l'exportation de poissons. Si la grande pêche féroïenne se déroulait essentiellement au large de l'Islande et du Groenland, c'est que les frontières maritimes féroïennes du début du XXe siècle n'atteignaient pas les bonnes zones de pêche. Au-delà de la frontière maritime de trois milles marins, les eaux internationales étaient dominées par les bateaux de pêche britanniques. Les pêcheurs féroïens obtinrent l'autorisation du Danemark de pêcher dans les eaux groenlandaises et d'établir un port au Groenland en 1927. Cette pêche se poursuivit jusqu'à ce que le Groenland devienne membre de l'UE en 1973, les Féroé restant en dehors de l'Union. En 1978, la frontière maritime fut étendue à 200 milles marins (zone économique exclusive), et la pêche dut être repensée. Les Féroïens régnaient à présent sur de bonnes zones de pêche, mais devaient négocier avec les pays voisins s'ils voulaient pêcher dans leurs eaux. Cela arriva cependant après que les jeunes gens du roman ont abandonné la pêche, Ingimar s'étant noyé au large de Sisimiut, un parmi les innombrables accidentés à bord des bateaux de pêche, et Kári ayant trouvé un autre travail.

Celui des personnages qui a le plus de mal à trouver sa place dans la vie et le travail est Staffan, qui détient le plus haut capital culturel de par son origine de grand bourgeois. Il aurait pu devenir juriste comme son père, mais finit ses jours dans le travail le plus méprisé, celui de prostitué à Copenhague. Le roman dépeint cependant les conditions de travail du peep-show de façon prosaïque et en solidarité avec Staffan. Avant d'en arriver là, il a travaillé pour General Motors à Copenhague, où le survivant Kári a également travaillé un temps avant de commencer des études en langues et littératures nordiques à Copenhague.

Le travail décrit le plus en détail dans *Les Collectionneurs d'images* est celui dans le port de Eystaravágur, la baie de l'Est, à Tórshavn. C'est là que toutes les marchandises des cargos sont déchargées, du papier-toilette aux épingles, en passant par les produits alimentaires, les matériaux de construction, la bière et l'alcool. Les poissons salés des bateaux sont déchargés pour être traités sur la terre ferme avant d'être renvoyés vers les marchés plus au sud en Europe. C'est là aussi que Kári et Fríðrikur travaillent et découvrent certains aspects de la culture masculine concernant la vie sexuelle.

Masculinités

Outre la mort, le thème principal du roman est le rapport des protagonistes à leur masculinité. Les garçons, en devenant adultes, représentent différents types d'hommes et de vies d'homme, des années 1950 et 1960 à la fin du siècle dernier.

Un certain groupe de ploucs, que le roman appelle les « Cro-Magnon », arrivent en voiture à Tórshavn bien habillés, le samedi soir, pour danser, mais quittent les lieux dans un tout autre état. Ils représentent ce que le professeur Firouz Gaïni[1] appelle les *cow-boys atlantiques*. Ils se caractérisent par leur étroitesse d'esprit, leur conception conservatrice de la vie et des points de vue sur le sexe relativement vieux jeu. Ces jeunes gens sont reconnaissables à leur amour des objets de luxe, à leurs belles voitures qu'ils soignent et décorent, et à la musique qu'ils écoutent : les crooners américains, le country et la musique nordique. Les jeunes de Tórshavn sont plus urbains, branchés sur la scène musicale contemporaine d'Europe centrale

1. Firouz Gaïni, « Dreams of cars on an island. Youth. cars and cultural values in the Faroe Islands », *Fróðskaparrit* 57 [*Annales Societatis Færoensis*], Tórshavn : Fróðskapu, 2009.

ou américaine, écoutent du rock, se soucient de la politique et ont des plans d'avenir et des projets de formation.

Quand Kári et Ingimar se rencontrent dans un port en Islande, il ne reste rien de l'urbanité de gauche de ce dernier ni de leur vieille amitié. La colère rageuse que la queue-de-cheval de Kári provoque chez Ingimar n'est qu'une expression renforcée du conformisme que Kári a déjà rencontré à bord et que le roman désigne comme une caractéristique du milieu de travail sur les bateaux.

Pas de masculinité sans son opposé, la féminité, qui dans le roman est représentée par les mères, sœurs et amies des garçons. Elles jouent des rôles secondaires, mais pas sans importance. Les mères s'occupent des garçons et dévoilent certains côtés négatifs du mariage, les sœurs leur apprennent à danser, et une amie les initie à certaines pratiques sexuelles. Aucune d'entre elles ne fait d'études. À la fin, Kári entame une relation avec l'infirmière qui, à l'hôpital, s'occupe d'Olaf. Celui-ci, en tant qu'homosexuel, a rompu avec quelques-uns des attributs de la virilité.

Les Collectionneurs d'images contient davantage de descriptions de scènes intimes que la plupart des romans féroïens. Le rôle que joue l'homosexualité dans le roman est tout à fait à part, en regard de l'homophobie qui s'est exprimée au sein du débat officiel et politique dans les années entourant sa parution. Le sida est dans le roman une maladie interdite aux Îles Féroé. Les personnes qui la contractaient émigraient en général au Danemark.

Le débat homophobe atteignit des sommets aux Îles

Féroé à la suite d'une proposition de loi sur l'inclusion de l'homosexualité dans le paragraphe du code pénal qui traite de diffamation discriminatoire, à savoir le fait qu'une personne qui menace, se moque ou humilie d'autres personnes en raison de leur race, de la couleur de leur peau, de leur origine nationale ou ethnique, ou de leur foi, soit passible d'emprisonnement. L'année suivant la publication des *Collectionneurs d'images*, en 2006, ce paragraphe du code pénal fut élargi pour comprendre aussi l'orientation sexuelle. Ensuite vinrent des discussions encore plus longues et violentes sur le droit d'accès des homosexuels au mariage civil. De la part des cercles religieux conservateurs, cette revendication fut repoussée avec des citations de la Bible et des arguments religieux, à quoi s'ajoutèrent des arguments sur le mariage en tant qu'institution fondamentale de la société et cadre pour les enfants. En 2016, la loi sur le mariage fut modifiée afin que les homosexuels puissent se marier civilement, mais l'Église féroïenne refusa de bénir les couples gays et lesbiens.

L'homosexualité est un thème récurrent dans l'œuvre de Jóanes Nielsen. Dès son premier recueil de poésie, *Trettandi mánaðurin*, il y a un poème sur les homosexuels présentés comme les « huldres » de notre temps. Les huldres sont, dans la mythologie féroïenne, un peuple d'êtres surnaturels : on croyait que les huldres vivaient sous terre dans un univers parallèle, dont les chrétiens devaient se protéger, et c'est pourquoi on les craignait.

Les femmes féroïennes ont eu le droit de vote en 1915, comme dans le royaume danois dans son ensemble, mais la représentation des femmes au parlement local était très déséquilibrée et l'est encore, même si cela s'est amélioré. Le nouveau mouvement des femmes apparut dans les Îles Féroé au cours des années 1970, porté par des femmes qui avaient suivi une formation supérieure au Danemark. La revendication d'un salaire égal pour un travail égal devint une réalité en 1984 et, en 1994, le Parlement féroïen adopta une loi sur l'égalité discutée depuis 1979. La société féroïenne est encore relativement patriarcale.

Jóanes Nielsen ne fait pas des Îles Féroé une image de collection, mais si la vie en commun n'y est pas toujours belle, il y a des moments de beauté car « sans beauté on ne peut pas vraiment vivre ».

PAPIER À BASE DE FIBRES CERTIFIÉES

Le Livre de Poche s'engage pour l'environnement en réduisant l'empreinte carbone de ses livres. Celle de cet exemplaire est de :
400 g éq. CO_2
Rendez-vous sur www.livredepoche-durable.fr

Composition réalisée par Soft Office

Achevé d'imprimer en janvier 2023 en Espagne par
Liberdúplex - 08791 Sant Llorenç d'Hortons
Dépôt légal 1re publication : février 2023
LIBRAIRIE GÉNÉRALE FRANÇAISE
21, rue du Montparnasse – 75298 Paris Cedex 06

78/3624/7